长篇小说

猎人狙击手

王伟力 著

中国言实出版社

图书在版编目(CIP)数据

猎人狙击手 / 王伟力著. -- 北京：中国言实出版社，2024.9. -- ISBN 978-7-5171-4935-4

Ⅰ.I247.5

中国国家版本馆CIP数据核字第20241J2Y09号

猎人狙击手

责任编辑：张国旗
责任校对：宫媛媛

出版发行：	中国言实出版社
地　址：	北京市朝阳区北苑路180号加利大厦5号楼105室
邮　编：	100101
编辑部：	北京市海淀区花园北路35号院9号楼302室
邮　编：	100083
电　话：	010-64924853（总编室）　010-64924716（发行部）
网　址：	www.zgyscbs.cn　电子邮箱：zgyscbs@263.net

经　销：	新华书店
印　刷：	徐州绪权印刷有限公司
版　次：	2025年1月第1版　2025年1月第1次印刷
规　格：	880毫米×1230毫米　1/32　9.125印张
字　数：	237千字

定　价：	59.00元
书　号：	ISBN 978-7-5171-4935-4

目　录

001／开　篇

003／第一章　英雄出少年

019／第二章　英勇无畏

032／第三章　猎狗飞狼

042／第四章　硬汉柔情

054／第五章　胡子来了

070／第六章　侠女雄心

082／第七章　鬼子来了

098／第八章　金雕战野狼

118／第九章　九死一生

137／第十章　伏击运输车

150／第十一章　猛虎豪情

162／第十二章　保卫老黑背

172／第十三章　雪地狙杀

191／第十四章　保卫淘金木屋

204／第十五章　生死对决

216／第十六章　围歼骑兵连

230／第十七章　血战到底

244／第十八章　深入敌后

254／第十九章　艰苦卓绝

273／第二十章　狙杀鬼冢

286／后　记

开 篇

茫茫林海，雪窖冰天。

一头野猪在一尺深的雪地里惊恐地奔跑，一个猎人仿佛敏捷的东北虎在后面飞速追赶。他距离野猪越来越近了。野猪一个急转弯，想甩掉猎人，然而猎人急转弯比野猪还灵活，伸手就抓住了野猪的后腿，紧接着一个鳄鱼翻滚，就想把野猪抡起，撞向一棵大树。野猪猛地一蹬腿，挣脱了猎人的手，就势冲向茂密的森林。眼看野猪就要钻进森林了，只听一声沉闷的枪响，震落了树冠上的积雪。野猪在雪地上翻滚了两圈，就不动了。猎枪的一颗独弹正中野猪的眼睛。

白雪被染红了一片。

猎人的狼皮猎装也被汗水浸透了。

突然，三只野狼疯了一般冲向死去的野猪，穷凶极恶的气势不可阻挡，简直让山林霸主东北虎都望而生畏。

一声沉闷的枪响在山谷中回荡，冲在前面的野狼一头栽倒在草地上。紧接着，又一声枪响，它身后的第二只野狼也栽倒在雪地上，巨大的惯性让它在雪地上翻滚了几圈。第三只野狼非但没有减速，反而似要为同伙报仇一样，更加疯狂地向他扑去。只见他把猎枪放在雪地上，抽出大号猎刀，比野狼还要凶猛地朝野狼冲去。就在野狼跳起来，要用利齿咬住他脖子的瞬间，他左手掐住野狼的脖子，同时右手中的大号猎刀刺进野狼的胸膛……

郝二钢，是密山著名的猎手郝钢的二儿子。郝家爷们儿世代都是无所畏惧的强悍猎人、英勇顽强的血性硬汉。郝二钢小时候，爷爷郝青石、二爷郝红石和父亲郝钢总是给他讲猛虎、讲野狼、讲棕熊，讲打熊屠狼的惊险故事；讲峻岭、讲丛林、讲暴雪，讲战天斗地的传奇经历；讲洋炮（长筒火药枪）、讲猎枪、讲猎刀，讲郝家爷们儿的铁血雄风。他传承了他们英勇无畏、百折不挠的硬汉性格。

郝二钢八岁的时候就开始用稚嫩的肩膀抵顶洋炮后坐力的巨大冲击，开始打猎；十六岁成为出色猎手，和郝青石、郝红石、郝钢翻越山岭追野猪、打狍子，穿过荒原赶山兔、撵野鸡。他孤身一人猎杀过野猪、野狼、棕熊等猛兽，练就了像东北虎一般强健的好身板，奔跑起来健步如飞，也练就了五十米之内能够打中野猪眼睛的好枪法，强悍刚猛、无所畏惧……

郝二钢抽出猎刀，割开野猪的脖子，放干了野猪的血，解下腰间的麻绳，用猪蹄扣捆住野猪的蹄子，又在野猪脖子上缠了两圈，然后扛起二百多斤重的野猪朝山下走去……

第一章　英雄出少年

一九二七年，密山太平村。

密山历史悠久。中国东北三大族系之一的肃慎族系即始于密山，七千年前在大小兴凯湖的湖岗上创造了渔猎文明。密山商周属肃慎，西汉至魏晋属挹娄，唐属渤海国东平府，金属上京恤品路，元属辽阳行省开元路，明属奴儿干都司，清为宁古塔副都统管辖。

密山以境内蜂蜜山得名。清代设治时，奏呈以"蜂蜜山"命名"蜜山府"，批准铸造印鉴时，则从山之"密"字，改为密山府。一八九五年（光绪二十一年），蜂蜜山一带开始放荒招垦，吸引许多垦户陆续迁来。一八九九年（光绪二十五年），于蜂蜜山设置招垦局，管理招垦事宜。一九〇〇年（光绪二十六年），沙俄武装入侵，垦户惨遭杀害和驱逐，招垦局被迫撤销。一九〇八年一月二十九日（光绪三十三年十二月二十六日），于蜂蜜山招垦局址设置密山府。中华民国成立后，一九一三年三月二日，将密山府改为密山县……

一只金雕在乌云笼罩的天空盘旋，金褐色翅膀平直伸展，一动不动，显得霸气威武。

七个孩子在村西头玩老鹞子抓小鸡。郝二钢俨然就是一个孩子王，扮老鹞子。夏雪皎、穆文化、井沿儿、水娃儿、赵梗儿、郎崽

猎人狙击手

子扮小鸡。

郝二钢十六岁，已经继承了郝家爷们儿强悍无畏、英勇顽强的血脉。他身材高大、身体强壮、血性剽悍，尤其是在打猎的过程中，练就了一双金雕一样锐利的眼睛，是经验丰富的少年老猎人。

郝二钢天生力大胆大，同龄的孩子们都怕他，甚至比他大的孩子都打不过他。郝二钢小时候，郝青石、郝红石、郝钢就开始严格锻炼他的体能，尤其是从他打猎开始，就让他和他们漫山遍野地追踪猎物，锻炼他的腰腿力量。打到猎物下山或从湿地、荒野往家走的时候，也总是有目的地锻炼他。他八岁的时候，让他背两只野兔；十岁的时候，让他背六只野鸡；十二岁的时候，让他背一只狍子；十六岁的时候，让他背一头野猪。郝二钢浑身都是肌肉，强健、敏捷，上山，健步如飞；下山，如走平地。

一次，郝二钢在山里遇到一头孤野猪，立刻用洋炮向野猪射击，独弹打中了野猪的肚子。野猪竟然没死，从草地上站起来，疯狂地向他扑来。他给洋炮装填弹药已经来不及了，就用手去抽腰间的大号猎刀，才发现猎刀竟然忘记带了。他只能赤手空拳和野猪搏斗，最后拎起野猪的后腿，用力将野猪撞在巨石上。野猪脑袋撞裂而死。他身上也多处被野猪撞伤、被石头剐伤，浑身是血。

当郝青石、郝红石、郝钢看到他满身是血，还背着一头野猪站在院子里，就像是战场上下来的伤兵，都被吓一大跳，以为他受了重伤。看了伤口才松了一口气，都是皮外伤。他身上的血都是野猪的。

郝青石埋怨他说："不让你自己进山，你非偷着自己进山，太危险了！猎人都知道'一猪二熊三老虎'。不是说野猪比棕熊、老虎都厉害，而是说打猎的时候不能轻易招惹孤野猪，因为孤野猪非常凶猛，不好对付。"

郝红石也告诫郝二钢说："群猪似家猪，孤猪赛猛虎。以后别再招惹孤野猪了，危险！"

第一章 英雄出少年

郝红石是郝青石的弟弟、郝钢的二叔,也是远近闻名的出色猎人。郝红石长得和郝青石几乎一样,高大英俊,强悍威武,目光敏锐,枪法精准。郝红石尤其擅长在雪地里奔跑,能轻易追上雪地里奔跑的兔子。他一直和郝青石、郝钢他们一起生活,没有结婚,没有子女。他把郝钢当作他的亲儿子,把郝大钢、郝二钢当作他的亲孙子。郝红石还是十里八乡出名的木匠,最精通的技术活儿是打榫卯。他做的房梁、门窗、箱子、柜子、炕琴不用钉,不用胶,而用榫卯固定,钢钢地结实。村里人和邻村人盖房子都找郝红石。

郝钢也感到后怕:"郝老二太邪乎了!我和你爷、你二爷打猎的时候遇到孤野猪,都得绕着走,不轻易打孤野猪。孤野猪发起狠来凶猛无比、力量极大,能把人啃了。你竟然赤手空拳地摔死了孤野猪,你胆儿也太大了,真是让人后怕呀!"

郝二钢的奶奶李凤兰、妈妈陈小娟从屋里出来。陈小娟责备郝二钢说:"你虎啊?你爷、你二爷和你爹遇到孤野猪,都得绕着走。你一个人竟然敢招惹孤野猪,真是虎了巴叽的。你爹年轻的时候也挺虎,但也没你这么虎。"

郝红石鼓励郝二钢说:"二钢胆大、勇猛,是我们郝家的爷们儿!"

李凤兰叼着几乎不离手的旱烟袋锅,猛抽一口,再用力吐出来。刺鼻的旱烟味立刻在整个屋里弥漫。她针对郝红石的话说道:"什么胆大、勇猛啊,二钢就是初生牛犊不怕虎。和他爷、他二爷、他爹年轻的时候一个样儿,都虎了巴叽的天不怕、地不怕,随根儿。折腾吧,等哪天让野猪啃一口,就不折腾了。"

陈小娟还在生郝二钢的气:"你每次一个人去打猎,我和你奶都提心吊胆的,担心你出事儿。操老心了。你能不能让人省点儿心?以后,你只能和你爷、你二爷、你爹一起去打猎,不能自己一个人去!"

郝青石再一次告诫郝二钢说:"你一定要记住,打猛兽的时候必须瞄准,一枪毙命,尤其是洋炮。洋炮装填弹药麻烦,太慢。如果没有一枪毙命,被激怒的猛兽就会和你拼命,更加凶猛地扑向你。你又来不及给洋炮装填弹药,非常危险!"

郝二钢记住了郝青石、郝红石和郝钢说的话……

郝二钢经历了和孤野猪搏斗的惊险以后,大猎刀就不再离身,即使在和伙伴们玩老鹞子抓小鸡的时候,他腰间都挂着猎刀。

郝二钢的这把大猎刀是当年太爷爷郝大壮打猎的时候使用过的。郝大壮老年的时候,在和大野猪搏斗身受重伤的情况下,仍顽强地用这把大猎刀杀死了大野猪。

他们玩得正高兴,那只金雕盘旋得越来越低,突然朝着他们俯冲下来。夏雪皎、穆文化他们被吓得一边喊着郝二钢,一边围在郝二钢的身边瑟瑟发抖,恰如老抱子跟前儿的小鸡崽儿。他们从小儿就听大人讲过老鹞子抓小鸡的情形,心灵深处对老鹞子有一种莫名的恐惧。他们经常看到老鹞子在天空翱翔,却第一次看到这么大的老鹞子要把他们当成小鸡崽儿抓走。他们惊恐万状,不知所措。郝二钢则毫不畏惧。他在打猎的途中经常看到金雕在天空翱翔,听郝青石、郝红石和郝钢讲过,金雕是他们见过的最大的鹰,平时饿了捕捉兔子、野鸡、耗子,一般不会伤人,除非饿急了。金雕饿急了可以攻击狍子和野狼,当然也能攻击小孩儿。突然,金雕朝水娃儿快速扑来。郝二钢从腰间抽出猎刀,朝金雕比画着,大声呼喊着,保护水娃儿。

金雕翅膀倾斜,转身飞走了。

孩子们惊魂未定,都没心思再玩儿了。夏雪皎是个胆小的女孩子,水娃儿、郎崽子两个男孩子也像女孩子一样胆子小,都被吓得要哭了。孩子们都想回家。

郝二钢正想带他们回村,猛然看到三个人骑着马、一个人赶着马车朝他们匆匆而来。

郝二钢瞬间意识到,是胡子来了。他立马对夏雪皎、穆文化他们说:"快往村里跑。胡子(土匪)来了!"

孩子们却没有麻溜儿地往村子里跑,非要看看胡子在哪儿。穆文化、赵梗儿缝补丁的小褂儿挂在一棵树上,他俩去取小褂儿。井沿儿露脚指头的鞋子掉了,他在找鞋子。水娃儿一着急,露屁股的裤子刮到树枝上,他在摘裤子。这样,当他们再要跑的时候,胡子已经到了他们面前。紧接着,四个胡子将孩子们围住。

前面的胡子五短身材,猪一样肥胖,长着猪头猪嘴猪眼睛猪鼻子,左眼瞎了,脸上长着肥猪脸上一样的褶子,显得邪恶和凶狠。他的脸上还有十几个猪脸上的苍蝇一样的麻子。他腰里别着一把驳壳枪,像是胡子头儿。

郝二钢听郝青石、郝红石讲过,蜂蜜山上的胡子大当家的叫朱大麻子。朱大麻子心狠手辣,杀人就像猎杀山上的兔子、野鸡那么随意。为了争夺地盘、扩充势力,胡子之间总是明争暗斗,有时杀得你死我活。别的胡子都怕朱大麻子。当然,朱大麻子也杀老百姓。老百姓也怕他。郝二钢想,也许他就是朱大麻子。

这个胡子的确是蜂蜜山寨的大当家朱大麻子;肩膀上背着两个驳壳枪木头枪盒的干瘪老头儿,是蜂蜜山寨的二当家赵四爷;手里拿着老旧猎枪的是赵四爷的亲侄子赵七儿;再就是赶车的老板子(赶车人)。

本来,郝二钢刚看到朱大麻子的时候有机会逃跑,可他没有丢下几个伙伴。他把猎刀藏在衣服里。他要和夏雪皎、穆文化他们在一起,再想办法救他们,和他们一起回家。

朱大麻子把孩子们都劫上了马车,带着他们朝蜂蜜山方向走去。郝二钢清楚,这是要把他们带到蜂蜜山寨胡子的老巢去。郝二钢纳闷儿,不知道朱大麻子为什么要把他们抓上山寨……

太平村有个太平的名字,却不太平。

晚霞把太平村外青黛色的山林涂染成一幅水墨画,小桥流水,炊烟袅袅,有古诗的意境。在田地里干活儿的村民成了画中人。不一会儿,远山吞噬了最后一抹夕阳,村西头那棵古老的孤树终于由剪影融入黑夜。

村里人生活简单,故事却不简单。

因为天色将晚,孩子们的妈妈做好了晚饭,见孩子们还没回来,便有些着急了。

夏雪皎的妈妈赫春枝在院子里朝村西头张望了两次,到院子外又张望了两次,夏雪皎还没回来。她心急了,立马让夏雪皎的爹夏小胆去村西头叫女儿回家吃饭,快黑天了,别再出什么事儿。

夏小胆不仅胆小,人也懒:"叫什么叫,孩子在外面玩儿得兴致勃勃,能出什么事儿?一会儿就回来了。"

穆文化的爹穆大头趿拉着露脚指头的布鞋,一边穿着缝着补丁、露着窟窿的外衣急三火四地往村西头跑。老婆催他四五遍,让他出去叫穆文化回来吃饭。他开始漫不经心,后来又说抽袋烟再去。眼看天黑下来了,穆文化还是没回来,他感到大事不好,才磕了烟袋锅,火急火燎地往村西头跑。他一边跑,还一边骂着:"这败家娘们儿,孩子让她给惯坏了。我说不让他出门,她非得偷偷地放他出去玩儿……"

郝二钢看到夏雪皎、穆文化他们都被凶神恶煞的朱大麻子他们吓得麻爪了,像弱小的动物一样蜷曲在马车上,更急于救他们回家。郝二钢亲手猎杀过凶猛的黑熊、野猪、野狼,猎杀的狍子、野兔、野鸡更是不计其数,但是他从来没有单独和胡子斗过,更没有杀过人。想到免不了一番搏斗乃至要杀人,他有些紧张,但是一想到他如果不杀死赶车的胡子,就不可能救出夏雪皎、穆文化他们,他就不紧张了。

郝二钢时刻在等待出手的时机。

一路上,郝二钢都在暗示夏雪皎、穆文化他们,千万别睡觉,时刻准备逃跑。

朱大麻子、赵四爷骑马走在马车前面。赵七儿一直跟在马车后

第一章　英雄出少年

面。后来,赵七儿也跑到了马车前面,也许因为马车走得太慢,他不耐烦了。

山路崎岖,马车颠簸得厉害,走得更慢了。

在朱大麻子、赵四爷、赵七儿在前面转弯的一瞬间,郝二钢突然把准备好的猎刀用力刺进赶车的老板子后腰,然后就想去拽缰绳,简直就像一个熟练的老板子。老板子一头栽下马车,正好垫在马车木轱辘下,马车一下侧倾在道旁土堆和灌木上。孩子们被抛在了荒草中。万幸孩子们都没有受重伤,只有井沿儿和郎崽子的手和腿被树枝划破了点儿皮。郝二钢赶紧让孩子们往树林子里跑。井沿儿、郎崽子最小,才十一岁,跑了几步就跑不动了。郝二钢拔出老板子身上的猎刀,在他的衣服上擦了擦血,拽着井沿儿、郎崽子往树林子里跑……

赫春枝和穆大头到村西头一看,根本没有孩子们的身影,环顾四周,漆黑一片,什么也看不到了。村子中家家住在道两旁,只要村里进来人了,家家都知道。一帮孩子从村头回来,一边喊叫,一边嬉笑,动静就像敲锣打鼓进村接新娘一样,哪家能不知道?赫春枝和穆大头慌了,又抱着一线希望跑到郝家。

听赫春枝和穆大头说孩子们失踪了,还说有可能让野狼叼走了,郝钢心里一沉,但他是见识过阵仗、经历过风雨的人。他一边穿外衣,一边摘下挂在墙上的洋炮,然后冷静地说:"到村西头来的只能是孤狼,不可能把一群孩子都叼走。"

赫春枝和穆大头立马目瞪口呆。

郝红石也去摘挂在墙上的洋炮:"如果是野狼,不会叼走孩子,它也叼不动那么大的孩子,而是吃掉孩子。大白天的,不可能有那么多野狼同时进村吃掉七个孩子。十有八九是蜂蜜山寨的胡子把孩子们劫走了。"

郝青石说:"听说朱大麻子没有子女,说不准要把这些孩子劫到山寨,当他的子女。"

猎人狙击手

赫春枝这个时候只能干跺脚,一个劲儿地说:"这可怎么办啊?这可怎么办啊?郝钢大哥,只能指望你了。"赫春枝本是个有主意的聪明女人,这个时候也没了主意。

穆大头本来头就大,现在更大了,直用手抓大头上稀疏的头发。他经常莫名其妙地担心穆文化出什么事儿。没想到,让他提心吊胆的事儿终于还是发生了,让他惶恐不安。穆大头平时就是个没有主意的人,现在就更没有主意了,只能把解救穆文化的希望寄托在郝家爷们儿身上。穆大头气愤地说:"咱们费劲巴拉地把孩子养大,凭什么给朱大麻子当儿子当姑娘呀?"转身回家拿老洋炮,骑上他家的老马,拼命也要救出穆文化。

过去,穆大头也和郝钢一样,是个出色的猎手。十多年前的冬天,穆大头的老爹去镇上卖狍子皮和野鸡、野兔,两个喝醉酒的胡子强抢山货不给钱。穆老爹和胡子理论并死死地拽着狍子皮和野鸡、野兔不给他们。一个胡子恼羞成怒,举起一只冻得和石头一样坚硬的兔子就砸向穆老爹的脑袋。可怜的穆老爹被胡子活活砸死。穆大头一直想找胡子报仇,可自己身单势孤,惹不起胡子,郁闷至极。他开始借酒消愁,最后嗜酒如命,一顿饭不喝酒,抓耳挠腮,什么也干不下去了。长此以往,穆大头喝酒喝得身体一天不如一天,手也哆嗦得厉害。过去打野猪、狍子之类的大型动物百发十不中;现在打野猪、狍子百发十中都难,打野鸡、野兔之类的小动物更不用说了,打不了了。

郝钢多次劝穆大头说:"你必须振作起来。以后有机会打胡子报仇,你像现在这样,天天借酒浇愁,打枪手都哆嗦,以后怎么报仇?"

穆大头的大儿子穆天儿生下来就先天不足,脑袋小不说,心肺功能还不全,走路都呼哧带喘的,更别说跑步了,整天在炕上躺着,什么活儿也干不了。穆大头渴望再生一个儿子。在郝钢的劝说之下,他慢慢把酒戒了。之后,他以庄稼不收年年种的不懈努力,稀稀拉拉的种子终于种出了一个丰硕的成果。这个孩子出生就和穆天儿截然不同，脑袋和他爹一样大大的，身体敦敦实实，就像一个木头墩子，穆大头给他起名穆墩子。穆大头媳妇嫌墩子太俗气，没文化，况且村里赵家有叫墩子的了。穆家几代人都没多少文化，连信都不会写，账也不会算，不能再没文化了。于是，她就给孩子起了一个有文化的名字——穆文化。穆大头视穆文化为穆家的宝贝、穆家的希望，主要是传宗接代的希望。不让他种地，不让他打猎，怕离开自己稀疏羽翼的护佑他会受到伤害。他连擦枪都到外面去，生怕走火伤到他。穆大头最害怕的就是穆文化遇到胡子。

这时，井辘轳、水平、老郎、张蔫儿也跑到郝家。他们家的孩子也都没回家，他们担心孩子丢了，也来郝家问郝二钢回没回来。当赫春枝说孩子们可能被胡子抓走了，他们立马心急如焚，又不知所措，只能问郝钢："郝钢大哥，你说应该怎么办啊？"

郝钢对穆大头、井辘轳他们说："既然我爹、我二叔都说孩子们被蜂蜜山的胡子劫走了，我相信他们说的。你们麻溜儿回去拿家伙什儿，咱们去救孩子们！"

穆大头、井辘轳、水平是猎手。穆大头的洋炮已经拿来了。井辘轳、水平立马回家拿洋炮。

赵梗儿的爹赵墩子曾经也是好猎手。他打枪和别人不一样，习惯趴着打枪，狍子、野猪，一打一个准。就有一次一打没打准。他打狍子的时候，遇到了一头四百多斤重的黑熊。猎人都知道：老虎打跳，黑瞎子打翘。打黑熊必须打它直立起来的时候露出的胸前白毛，那是它心脏的位置。黑熊径直向他冲来。因为紧张，黑熊还没有直立起来他就开枪了。洋炮的大号独弹打在黑熊的肚子上。黑熊的肚子被打出一个酒盅大的洞，在汩汩冒血，仍顽强地向他冲来。赵墩子站起来也向黑熊冲去。他和黑熊进行了殊死搏斗，洋炮折断了，猎刀插在黑熊的后背上。最后他和黑熊一起掉下山崖。黑熊摔死了。他砸在黑熊身上，活了下来。但是，赵墩子从此以后再也不

猎人狙击手

打猎了。

赵梗儿有一个姐姐、三个弟弟、一个妹妹。赵墩子和媳妇到密山扛活儿,把赵梗儿的弟弟妹妹带去了……

赵梗儿和姐姐大丫头、姐夫张蔫儿一起生活。张蔫儿、老郎不是猎手,没有洋炮。解救赵梗儿、郎崽子只能指望郝钢他们了。

郝红石说:"我和你们一起去。"

郝钢高兴地说:"好啊,二叔和我们一起去,就万无一失了。我爹看家。"

老郎回到家里,一个人坐在院子里任由蚊子叮咬,一袋旱烟接着一袋旱烟地猛抽深吸,在火烧火燎、浓烟缭绕中等待郝钢他们的消息……

秋天的山里杂草凌乱,枯叶如雪,走在上面就像走在雪地上一样吃力。孩子们都还小,身子骨没长成,在村头疯玩疯跑行,在山林里快跑不行。跑一会儿就累得呼哧带喘的了,走得非常缓慢。

郝二钢以胆大著称,在山里打猎遇到凶猛的黑熊、野猪、野狼都不害怕,可现在,他有点儿害怕了。如果走山路,他担心胡子追上来;如果进山林,他担心他们被野狼吃掉。他知道,林中的夜晚,正是野狼出来觅食的时候,他们正面临巨大危险。为了躲避朱大麻子他们的追赶,郝二钢只能领伙伴们进山林。郝二钢不说对山里的一切了如指掌,却绝不是一无所知。他知道不太远的半山坡上有一个山洞。过去是个狼洞。父亲郝钢和他赶跑了野狼,山洞就成了他们打猎的时候休息、躲雨、避寒的地方。他想带夏雪皎、穆文化他们进山洞躲避一下,确定朱大麻子他们离开了之后再回家……

朱大麻子、赵四爷、赵七儿在前面走半天,才发现马车没有跟上来。他们立刻策马往回赶。当他们看到侧倾的马车和被刺死的老板子,就断定有人杀死了老板子,把孩子们救走了。

朱大麻子骂了一句:"妈了巴子的,追上刺死老板子的人,把他和小崽子们全宰了,一个不留!"然后沿山路往回追赶。

追赶了两里多地,赵四爷说:"别往前追了,小崽子们不可能跑这么远。一定上山了。"

他们决定上山追赶……

郝二钢他们终于到了山洞。山洞口杂草高而密,使洞口显得很隐秘。他最担心的是狼群回到山洞了。如果真是那样,他们反倒更危险了。因为山上的山洞很少,野狼找到一个山洞,把山洞当作狼窝,就不容易离开。当年他和父亲郝钢在这儿驱赶野狼的时候,狼群对他们群起而攻。他们打死了五六只野狼,剩下的野狼才逃之夭夭。

他划着了两根洋火,手持猎刀,先进入山洞观察了一番,没有野狼、黑熊什么的,才放心地让夏雪皎、穆文化他们进入山洞。洞口很窄,只能侧身进去一个成人,里面不宽,也不深。六个孩子蜷缩在漆黑的山洞里面,瑟瑟发抖。郝二钢则手持猎刀,守在洞口,随时准备攻击进入山洞的胡子,来保护夏雪皎、穆文化他们……

朱大麻子他们返回到马车侧倾的地方,上山继续追赶郝二钢他们。快到半山坡的时候,他们下马,把马拴在树上,朝山上看了半天,才朝山上走去。

别看朱大麻子瞎了左眼,右眼却非常锐利,哪怕一点儿风吹草动,都逃不过他的独眼。他们追踪、寻找到山洞口附近了。他们不敢轻举妄动,杀死老板子的人也许不止有刀,还有枪;不止一人,也许多人。杀死老板子的人在暗处;他们在明处,担心中黑枪。

孩子们被吓得魂飞魄散,心里好像有几只蚂蚱在乱蹦乱跳,大气都不敢喘,生怕朱大麻子发现他们,把他们抓进胡子山寨,折磨他们,杀死他们。赵梗儿胆大,拿一块石头坐在郝二钢身边,准备和郝二钢一起打胡子。郎崽子胆小,平时总是爱睡觉,走哪儿睡哪儿,现在不敢睡了,眼睛直勾勾地看着洞口。水娃儿也胆小,吓得尿裤子了,眼泪一直在流淌,就是没敢哭出声。其实,水娃儿小时候胆子挺大,经常和郝二钢他们到湿地芦苇荡里找野鸭蛋,上房檐掏家雀儿窝。有一次掏家雀儿窝的时候被窝里的一条蛇咬了,以后再也不敢掏、不敢找鸟蛋了,胆子也变得小了。

朱大麻子锐利的独眼顺着草木痕迹停在了山洞口处。赵四爷、赵七儿也像是发现了洞口,不光用眼睛看,还用鼻子闻,就要冲进来似的。

郝二钢把猎刀握得更紧了。夏雪皎、穆文化他们的心脏仿佛骤然停止了跳动一样。

洞里和洞外都死一般寂静。

突然,一声野狼的嗥叫,打破了山里的宁静,让人惊心动魄。

朱大麻子一惊,突然意识到一个问题,也许杀死老板子的是郝家爷们儿,都说郝家爷们儿不好惹,很显然郝家爷们儿不是一个人。此刻,也许郝家爷们儿就埋伏在洞口附近或山洞里,正端着该死的洋炮对着他们的脑袋呢。于是,他快速转身离开山洞口,并大声对赵四爷他们说道:"算了,别再吓着孩子,快走吧!"

赵七儿还想继续寻找,听到朱大麻子说"快走吧",回去的态度挺坚决,感觉莫名其妙。只好看了看野狼的方向恶狠狠地说:"那就回去。让小崽子们喂野狼吧。"

似乎马上就要找到孩子们了,朱大麻子突然决定不找了。赵四爷也感到纳闷儿,但是他什么都没说。

离开山洞之后,赵七儿问朱大麻子:"我好像发现了一个山洞,正要进去,为什么突然要离开呀?"

朱大麻子说:"听说太平村郝家爷们儿都是茬子(厉害、难对付的人),不好惹。他们一定也在找孩子。再说,有几个问题你们想过没有,杀死老板子的是什么人?是一个人还是几个人?他们手里只有刀,没有枪吗?"

赵七儿说:"我没想这么多。但是,我感觉杀死老板子的不一定是一个人。"

朱大麻子不会故弄玄虚,也不会危言耸听。他继续说道:"我担心是郝家爷们儿救了孩子们,而且不是一个人。更担心郝家爷们儿和孩子们都躲藏在山洞里,正用洋炮瞄准咱们的脑袋呢。我真有些后怕。刚才咱们万一像赵七儿似的,只会戴各种帽子,不会想各种问题,冒冒失失地闯进山洞,咱们的脑袋都得被郝家爷们儿洋炮里打野猪的独弹打成西葫芦喂猪了。"

听朱大麻子这么一说,赵四爷、赵七儿也感到后怕,也许刚才不走,就走不了了……

朱大麻子他们突然就走了。郝二钢感觉奇怪,也不清楚朱大麻子他们是发现了山洞,还是没发现山洞。他们走了半天,郝二钢也没敢带夏雪皎、穆文化他们走出山洞。他知道,如果这个时候走出山洞,不是被朱大麻子他们抓走或杀死,也得被狼群吃掉。他想和他们在山洞里待一夜,等天亮再回村子。

井沿儿尿憋不住了,要出去撒尿。郝二钢说:"也许野狼在山洞外面想吃小孩儿肉,馋得哈喇子都淌出来了。你敢对着野狼撒尿吗?外面危险。谁也不能出去撒尿,有尿就尿在裤子里。"

井沿儿只好尿在裤子里了。尿完,轻松得眼泪都出来了。穆文化、水娃儿、赵梗儿和郎崽子也憋不住了,都尿在了裤子里。窄小的山洞立刻臊气弥漫,还有一种和臊味截然不同的臭气,也许是井沿儿拉裤子里了。

忽然,一缕浓浓的腥气传进山洞里,和狗嘴的气味差不多。接着,洞口传来触碰荒草的沙沙声。郝二钢压低声音喊道:"别出声,狼来了!"

孩子们刚才稍微放松的心,立刻又被恐惧的阴云所笼罩,压得他们喘不上气来……

郝钢、郝红石、穆大头、井辘轳、水平骑着五匹劣马老马,带着五支老洋炮在寻找孩子们。郝钢在山路上发现了马车轱辘的辙痕,进一步断定孩子们就是被胡子抓走了,并判断胡子用马车要把孩子们拉到蜂蜜山寨去。于是,他们沿着去蜂蜜山的山路一直追来。当他们看到胡子侧倾的马车时，他们还以为马车翻了，胡子们用马驮着孩子们继续朝蜂蜜山的方向走。

走了很远，郝红石突然让他们停下："我感觉不对，别再往前走了。从马蹄子印儿看，加上驾车的马，胡子只有四匹马，不可能驮上七个孩子。也许孩子们逃出来了，不在胡子手里。"

这个时候，被郝二钢刺死的老板子已经被朱大麻子他们拖到了草丛里，驾车的马也被他们牵走了。郝钢他们没有看到死去的老板子，才没有及时判断出孩子们早已摆脱了胡子，正在经历狼群围攻的危险……

郝二钢用猎刀坚守着洞口。洞外有月光，洞里比洞外更黑。郝二钢往洞外一看，大概有五六只野狼在洞外徘徊，眼睛闪烁着蓝色的光，准备冲进洞里。一只野狼经受不住猎物的诱惑，直接向洞口冲来。它长着锋利牙齿的长嘴刚一伸进洞口，郝二钢的大猎刀就一下刺中了它的嘴巴。它疼得就像咬到了烧红的炉钩子一样，"嗷"的一声尖叫，退出了洞口。又一只野狼不知道里面是什么情况，也把脑袋伸进洞口，想探探虚实。郝二钢用力一刀刺中了它的眼睛。它凄厉地大叫一声，也远离了洞口。其他野狼不知道山洞里面是什么厉害的庞然大物，但是它们知道山洞里的东西不好惹，又不甘心离开。于是，狼群蹲在洞外，观察洞口的动静，伺机冲进山洞。

夏雪皎吓得浑身发抖。她轻轻地拽着郝二钢的衣袖，声音有些颤抖地说："二钢哥，我害怕！你千万别让野狼冲进来呀！"

郝二钢为了安慰夏雪皎，显得轻松自信地说："你别害怕。有我在，野狼冲不进来！"

有郝二钢在，夏雪皎心里踏实了许多。

郝二钢知道野狼怕火，但是山洞外是枯草，如果点着了枯草容易引发山火，不仅会烧毁山林，也会把他们烧死。所以没有办法用火驱赶野狼。

郝二钢和狼群相持到半夜，夏雪皎、穆文化他们都靠在一起睡着了，进入没有野狼、没有危险的梦乡。平时最爱睡觉的郎崽子没有睡着，没有一点儿睡意的眼睛一直紧盯着洞口，就好像他不盯着，野狼就冲进来了似的。

郝二钢坚守着洞口，一点儿也不敢睡觉，实在困得坚持不住了，就用刀尖在手背上扎一下，已经扎七八刀了。渐渐地，郝二钢也睡着了。蒙眬之中，他做了一个梦，三只野狼的脑袋同时伸进山洞口，马上就要钻进山洞了。他一下被惊醒，有一只野狼已经冲进洞口。他两手紧握猎刀，朝着野狼奋力挥舞。野狼被他刺中了，心有不甘地退出了山洞。然而，其他野狼已经聚集在洞口，准备采取它们的捕猎绝技——群狼战术，冲进山洞。危急时刻，几束火光照耀在野狼身上。野狼的眼睛登时成为耀眼的金黄色。紧接着，两声洋炮的巨响，两只野狼倒在地上，其他野狼狼狈逃窜。

原来，郝钢记得这附近有一个狼洞。郝钢和郝二钢赶跑了山洞里的野狼，他印象深刻。郝二钢一定领着别的孩子躲避在这个山洞里。于是，郝钢他们找到了山洞。

郝钢也有些后怕，如果狼群又回到山洞，山洞重新成为狼洞，此时被郝二钢他们占据了，那么狼群是不会轻易放弃自己的家的，会疯狂进攻。郝二钢能用一把猎刀阻挡住狼群的进攻，真是万幸。

穆大头、井辘轳、水平都开始佩服郝二钢了。郝钢、郝红石也说："二钢长大了！"

孩子们平安无事。郝钢、郝红石和穆大头他们都非常高兴。夏雪皎、穆文化、井沿儿他们还心有余悸，高兴不起来。当然，郝二钢不会心有余悸。穆大头、井辘轳、水平把马让给了穆文化、井沿儿和水娃儿，自己牵着马。郝红石要把马让给郝二钢骑，他不骑，非得让爷爷郝红石骑。他把父亲郝钢的马牵到夏雪皎跟前儿，一把将夏雪皎举到马上，然后为她牵马。郝红石又把马让给了赵梗儿、郎崽子，他们两人骑一匹马。他为他们俩牵马。

大家来的时候心情沉重，回去的时候心里轻松。

猎人狙击手

朱大麻子自从当上蜂蜜山寨大当家的,胡子们就发现他有问题。他多次强抢良家妇女做压寨夫人,可就是看不见他撒下的种子开花结果,就像种子被炒熟了似的。其实,朱大麻子最大的苦衷,就是光播种不结果。赵四爷多次劝他收养个儿子,好继承朱家香火。开始,朱大麻子不以为然,别人的种儿毕竟不是自己的骨肉,何必自找麻烦呢?后来,经过赵四爷的劝说,朱大麻子心动了,也想在适当的时候收养个儿子,让自己有后,否则过这种刀头舔血的日子说不准哪天就过到头了,连个收尸烧纸的后人都没有,会让他死不瞑目。

那天,朱大麻子和赵四爷、赵七儿、老板子去太平沟给三叔祝寿。当他们经过太平村西头时,看到了郝二钢他们在玩耍。赵四爷立马鼓动朱大麻子说:"咱们把这七个孩子带回山寨去,你从里头选一个男孩儿当儿子,再让女孩儿当女儿。这机会真是难得呀!"

赵七儿跃跃欲试地要冲上去,抓住郝二钢他们七人。朱大麻子这才下决心把郝二钢他们抓回山寨……

第二章　英勇无畏

郝青石、郝红石和郝钢爷三个是方圆百里出色的猎手，枪法精准，英勇无畏，猎手拳更是炉火纯青。他们的大名让密山的胡子们闻风丧胆。

郝钢的两个儿子，老大郝大钢生性柔弱，胆小怕事，对打猎不感兴趣，在镇子里读私塾，每天只知道学习。郝二钢生性强悍，勇猛霸气，就喜欢打猎，读了几天私塾就把镇上的地主老财熊欣的儿子熊样儿给打了。

郝二钢一九一一年出生。十五岁的时候，郝钢让他去镇上读私塾，读一年也行。私塾已经人满。郝钢给塾师送去两只狍子，人家才同意郝二钢来。郝二钢说什么也不去读私塾，做梦都想打猎，当个猎人。郝钢本来不善言辞，为了劝郝二钢都变得口若悬河了，最后威胁他说不读私塾，就不再让他打猎。郝二钢这才答应去私塾。

夏雪皎比郝二钢提前一年读的私塾。

熊样儿仰仗他爹熊欣财大气粗，又有蜂蜜山胡子大当家的朱大麻子做靠山，肆意欺负穷人，看谁不顺眼就打谁，谁对他不恭敬就打谁。谁都不敢出声，更不敢反抗。他是镇里的一霸。人们都不待见他，给他取了个外号叫"熊样儿"。他家看家护院的狗都挺格路

（东北方言，意为奇怪、不合群，此处为贬义），经常狗仗人势，专门对穷人狂吠。

熊样儿经常欺负郝大钢和夏雪皎。郝二钢到私塾后，我行我素，没把熊样儿放在眼里。熊样儿明显感觉郝二钢是个茬子，对自己不恭敬、不待见，所以一直看郝二钢不顺眼，总想给郝二钢点颜色看看，让他知道山外有山。

夏雪皎是私塾里最漂亮的女孩儿，熊样儿总想让她跟他好。她不理他。他就想欺负她。尤其，当他看到郝二钢上学放学都和夏雪皎在一起，就像她的贴身保镖似的，更让他怒气填胸。第二天，他故意用脚踩夏雪皎的凳子。郝二钢看见了，一脚把他从凳子上踢了下来，坐了一个大腚墩。他站起来张牙舞爪地扑向郝二钢。郝二钢轻描淡写地朝他的裤裆踢了一脚。熊样儿两手捂着裤裆、龇牙咧嘴地蹲在地上，久久站不起来。

郝二钢差一点儿让熊家断子绝孙。熊样儿气急败坏地找了两个地痞流氓来教训郝二钢。没想到两个地痞流氓和熊样儿一样熊，不禁打。郝二钢没让他俩断子绝孙，却掰断他们的一根手指。他俩哭着喊着跑回了家。

因为打了熊样儿，郝二钢被落第秀才塾师引经据典地批评了："郝二钢，东坡居士《留侯论》有曰：'古之所谓豪杰之士者，必有过人之节。人情有所不能忍者，匹夫见辱，拔剑而起，挺身而斗，此不足为勇也。天下有大勇者，卒然临之而不惊，无故加之而不怒。此其所挟持者甚大，而其志甚远也。'大丈夫能屈能伸，拳脚相加，匹夫之勇而已。你用心体会吧！"

郝二钢自尊心极强，一气之下，跑回了家，再也不想读私塾了。他对整天坐在私塾识写方块字深恶痛绝，只对打猎情有独钟。

熊样儿不敢报复郝二钢，就拿郝大钢撒气，变本加厉地欺负郝大钢。郝大钢在学校忍气吞声，回到家也不敢告诉父亲郝钢和弟弟郝二钢。熊样儿看到郝大钢软弱可欺，拿他撒气也不解气，竟然带着三个家丁闯进郝家,找郝二钢报仇。郝青石、郝红石、郝钢和穆大头进山围猎。郝二钢腰插猎刀,手握洋炮就冲了出来。熊样儿和三个家丁看到郝二钢就要开火的架势,感觉这家伙虎吵吵的,天大的事儿都做得出来,被吓得抱头鼠窜。熊样儿还扔下一句话:"你等着,我带我们家炮手来收拾你!"

郝二钢立马扔给他一句话:"瘪犊玩意儿,你叫天王老子来,我都不怕!"

熊样儿咽不下这口气,气急败坏地说:"我一定要杀了郝二钢!"

密山的大户人家为了防备胡子抢劫大户,除了建筑高墙炮台,还要购买枪支,雇用炮手。炮手一般都是猎户或军人出身,阅历丰富、枪法精准、胆识过人。

熊家雇了四个一等一的炮手,万一胡子来了,四个炮手各守一个炮台。

熊样儿总是打别人,现在竟然让别人打了,心里过不去这个坎儿。又想让他家炮手帮助他收拾郝二钢,打断他的一条腿就行。开始,四个炮手满口答应,但是,一听说郝二钢是太平村郝青石和郝红石的孙子、郝钢的儿子,立马打退堂鼓。密山的猎人、胡子几乎都听说过郝家爷们儿的威名,没人敢惹。

熊欣是中年得子,熊样儿又是熊家的独苗,自然对熊样儿溺爱有加。他看到熊样儿被郝二钢打了,气成这个熊样儿了,怕他气出病来。尤其是当熊欣得知郝二钢的一脚差一点儿让熊家断了香火,更是怒不可遏,就想亲自出马,为熊样儿出气。熊欣和朱大麻子是拜把子兄弟。熊欣特意到蜂蜜山找到朱大麻子:"兄弟,有一个人把我儿子打了。你这个当叔叔的不能坐视不管吧?"

朱大麻子是日俄战争战场下来的劳工。朱大麻子本名关天豹,奉天人。老爹是清朝县令,他是浪荡公子,整天打猎酗酒,不务正业。老爹死后,家境败落,他落魄江湖。日俄战争爆发,沙俄兵抓捕中国百姓充当苦力,为他们修建军事工事、搬运弹药和运送伤员。

猎人狙击手

为了生计,他主动加入沙俄的劳工队伍。在旅顺,因为中国工头克扣工钱,他和工头大打出手。工头一气之下,进屋取了一支双管猎枪朝他开枪。关天豹没上日俄战争的战场,也没有惨死在日俄两军的枪炮之下,却中了同胞的子弹。一声枪响,他被打了一个满脸花,在外国人开的医院住了半年,性命保住了,左眼却瞎了,脸上还留下十二个铅弹坑,像是麻子。后来,人送绰号朱大麻子。再后来,人们只知道他叫朱大麻子,很少有人知道他叫关天豹。

朱大麻子是睚眦必报的人。他伤愈出院后,第一件事是买了两把杀猪刀,深夜潜入工头房间,杀死工头报了一枪之仇,还抢了他的猎枪和弹药,连夜逃离旅顺。他随着沙俄败兵流落到密山,占据蜂蜜山为王。当时蜂蜜山上只有四个年轻农民,他们因为交不上地租,还欠了一屁股债,被地主逼上蜂蜜山。他们不抢劫,不盗窃,也不杀人,只是住在山上,躲避地主逼债,以采集山货、捕猎、捕鱼为生。朱大麻子上山之后,开始带着他们四个抢劫大户,行话"砸窑",抢枪抢钱。东北的胡子有很多规矩,密山的胡子也是这样。朱大麻子来了,什么规矩也不管不顾,想抢谁抢谁,想抢什么抢什么。朱大麻子有人有枪有钱了,势力不断发展壮大起来,还通过火并,抢夺了附近山寨的地盘,并修建起了坚固的山寨。

朱大麻子当上蜂蜜山寨大当家的。二当家赵四爷祖上就是土匪,闯关东到密山后继续当土匪。他原本是附近玉珠山山寨的大当家。他老奸巨猾,审时度势,感觉玉珠山山寨势单力孤,无法和兵强马壮的朱大麻子抗衡,就投靠了朱大麻子。

朱大麻子作恶多端,杀人如麻。他的势力不断扩大,主要是靠杀大户聚敛钱财,靠吞小寨壮大人马。不是朱大麻子不抢百姓,而是百姓太穷了,没什么油水。一段时间,密山的大户人家整天提心吊胆的,唯恐杀人不眨眼的活阎王朱大麻子光顾。

熊欣是个颇有心计的大地主,头发稀疏、身材矮胖,像是一头黑熊。他不想整天胆战心惊地担心朱大麻子造访熊家,于是带着一马车粮食、绸布,外加一千个袁大头,主动到蜂蜜山,进献给朱大麻子。朱大麻子喜出望外,还和熊欣结为拜把兄弟。打那以后,熊欣不仅仅是大地主,又是胡子的"窝主"。"窝主"称为坐地胡子,不直接参与打打杀杀,主要是为胡子抢劫的财物进行销赃,同时还会负责为胡子购买枪支弹药、粮食以及良马装具等,更是堆金积玉,富甲一方……

朱大麻子听熊欣说熊样儿被打了,一拍桌子:"谁吃了你的心和我的胆了,敢打我侄子?我去收拾他!"

熊欣说:"太平村郝家的二小子,郝二钢。"

朱大麻子也听说过郝家爷们儿邪乎,但是凭蜂蜜山寨二百多个人、二百多条枪,不会把郝家爷们儿放在眼里,更不会放在心上。他霸气地说:"明天我就派几个弟兄,去太平村把郝二钢绑了,由你处置。"

熊欣赶紧说:"别,别,别由我处置。你把他绑到野外,处理得神不知鬼不觉就行了。"

朱大麻子奸笑了一下说:"明白大哥的意思,我一定办得妥妥的,让你满意。"

熊欣递给朱大麻子两捆袁大头。

郝钢、郝青石、郝红石到荒原打野鸡。

郝大钢要去镇上私塾上学。他刚走到村东头,就被蜂蜜山寨的胡子赵七儿带着三人摁住,装进麻袋,用马驮走了。赵七儿还往郝家院子里扔了一张字条:"拿一百个大洋,可到蜂蜜山赎回郝二钢。"

郝钢、郝青石、郝红石回到家,看到院子里的字条,还以为郝二钢被胡子绑架了。进屋看到郝二钢在家往猎枪子弹壳里装填弹药,才意识到绑匪应该是要绑架郝二钢,错把郝大钢给绑了。郝钢要去私塾看看郝大钢在不在,郝二钢说要去,郝大钢已经被绑架,不能再让郝二钢有被绑架危险,郝钢要自己去。塾师说郝大钢今天没来,证实了郝钢、郝青石、郝红石的猜测。

郝二钢灵机一动:"我知道是谁绑架了大哥。一定是熊欣家炮手干的。"

郝钢、郝青石、郝红石几乎异口同声地问道:"你凭啥说是他们干的?"

郝二钢才说出之前没有说的话:"前些天,我把熊样儿打了,把熊样儿找的帮手也打了。熊样儿说要带他们家炮手来报复。"他把打熊样儿的过程讲了一遍。

郝钢、郝青石、郝红石也断定郝大钢被绑架一定和熊欣有关系,也许是熊欣让他家炮手干的,然后嫁祸给胡子;也许是熊欣找胡子干的。他们早就听说熊欣和朱大麻子是拜把兄弟。

郝钢、郝青石、郝红石商量,先去熊欣家,再去蜂蜜山寨,救郝大钢。

晚上,郝钢、郝青石、郝红石带着猎刀、洋炮到熊家算账。郝二钢也要跟着来,他们没让他来,让他看家。

熊家住在太平镇东边,和别的地主家一样,怕遭胡子打劫,把自己家修筑得像城堡似的,高墙大院,牛头炮楼,铁门森严。郝钢、郝青石、郝红石从正门进不去,就从后墙翻了进去。他们直接进入熊欣的正房。熊欣大癞蛤蟆似的瘫软在客厅的座椅里,一边扇扇子,一边喝茶。当他看到郝钢、郝青石、郝红石突然闯到他眼前,大惊失色,心里也知道是怎么回事了,肥胖油腻的脸上瞬间冒出了带油的冷汗。其实,熊欣知道郝家爷们儿都是硬汉猎手,天不怕,地不怕,不好惹,所以才找朱大麻子为他出气。当朱大麻子说让他处置"郝二钢"的时候,他立马推掉,并授意朱大麻子撕票,要做得干净利落,还给朱大麻子两捆袁大头,作为酬谢和封口费。令他没想到的是,蜂蜜山距离太平村较远,也许孤陋寡闻的赵七儿没有听说过郝家爷们儿的威名,还以为郝家爷们儿和其他村民一样,一听说胡子就闻风丧胆了呢。所以,他绑了"郝二钢"的票赚了熊欣的银子还不满足，还想再赚郝家一笔赎金，才给郝家留了字条。

这张字条让熊家遭殃了，给熊家带来了杀身之祸。或者说绑架"郝二钢"是熊欣一生最大的错。

当洋炮顶在熊欣的脑袋上时，平常横行霸道、气焰嚣张的熊欣也如同泄了气的皮球，变成他儿子的熊样儿了。他赶忙推卸责任说："绑架郝二钢是蜂蜜山寨胡子头朱大麻子干的，不是我干的。你们找他去！"

郝青石一听就明白了事情的原委。也不想再问什么了，一猎刀就杀死了熊欣。他下手之快之狠，让郝钢都感到惊讶。

郝钢、郝青石、郝红石又神不知鬼不觉地翻墙返回太平村。路上，郝钢不解地问郝青石："爹，为什么非要杀死熊欣？"

郝青石说："熊欣阴险歹毒，这件事儿败露，他一定会报复郝家，尤其要报复大钢和二钢。如果不杀了他，大钢和二钢就危险了。再说，他是个无恶不作的大恶霸，明明是他授意朱大麻子干的，硬是把自己择得一干二净。杀了他也是为民除害。"

郝红石也对郝钢说："对恶人绝不能心慈手软。熊欣该杀，不杀后患无穷！"

郝钢才恍然大悟，也感觉熊欣该杀。

郝青石又若有所思地说："你们要有准备，我估摸大钢已经被胡子撕票了。"

郝钢心里猛地一沉："马上去蜂蜜山救大钢。如果大钢被朱大麻子撕票了，就杀死朱大麻子，血债血偿！"

郝红石说："夜长梦多。咱们现在就去，必须杀了朱大麻子！"

炽热把白云和冷风一股脑儿都蒸发得无影无踪了，太平村的炊烟就像一柱龙卷风，一直顶到天上，仿佛要把蓝天戳个窟窿。

郝钢、郝青石、郝红石以追踪猎物的速度连走带跑，快到晌午才赶到蜂蜜山脚下。

蜂蜜山距离密山二十五公里，坐落在穆棱河与兴凯湖之间，曾经森林茂密,野蜂成群,在山上筑巢,山石上蜂蜜流淌,故名蜂蜜山。

蜂蜜山势呈东西走向,山顶岩石裸露,主峰海拔五百四十多米。山顶奇石遍布,鬼斧神工,景致天成。以雄、奇、险、秀、幽著称,有石海、滚石坡、鬼斧石、一线天、骆驼峰、斧劈涧、仙人床、罗汉石、望松湖、古栈道等景观,春夏秋冬景色各异,气象万千。

这么好的地方竟然被胡子占了,可惜了!

郝青石说:"朱大麻子手下有二百来个胡子,咱们不能硬闯,擒贼先擒王,抓住朱大麻子。用朱大麻子换大钢。如果他们交不出大钢,说明大钢已经被他们撕票了,就立刻杀死朱大麻子,为大钢报仇!"

郝钢有些为难:"怎么样能抓住朱大麻子呢?山寨不像熊家进出没人看见。"

郝红石似乎胸有成竹:"我有个主意。听说朱大麻子最大的嗜好是逛窑子、抽大烟。不逛窑子、不抽大烟,他就抓心挠肝,浑身不舒服,像得了大病似的。所以,他隔三岔五就去密山逛窑子、抽大烟。咱们就在他下山必须经过的山路等着他。只要他下山,就抓住他。"

郝钢、郝青石都感觉这个办法好。

他们三人埋伏在朱大麻子下山的路旁。狩猎包里有点儿狍子肉干、大饼子,勉强让他们饿不着。

朱大麻子大烟瘾上来了,抓心挠肝,像得大病了似的。他要去趟密山。

赵四爷劝他说:"这个时候还是别下山了。赵七儿这个败家玩意儿给郝家留了字条,撂了咱们的底。山寨已经和郝家爷们儿结下梁子。说不定郝家爷们儿会打上门来。"

朱大麻子坚持要下山:"郝家爷们儿即使打上门来,也不可能这么快。再说,还有两个弟兄跟着呢,有枪,怕啥?我晚上就回来了。"

赵四爷也不好再坚持了。

第二天早上,从山寨下来三个骑马的胡子。前面的胡子腰间别着驳壳枪,五短身材,脖子和脑袋一样粗,猪头猪脸,左眼戴着眼罩,脸上隐约长有麻子似的伤疤。他一定是朱大麻子。三个胡子全都没精打采的。

郝钢、郝青石、郝红石突然冲出,后面两个胡子猝不及防,就被郝钢、郝红石的猎刀杀死。同时,郝青石将猎刀横在朱大麻子的脖子上。郝钢又用洋炮顶住朱大麻子的脑袋,顺手在他的腰间拔出驳壳枪。

神兵天降,把朱大麻子吓得魂飞魄散,但他还是故作镇静地问:"三位兄弟是哪个道上的?不知道我哪儿得罪兄弟三个了?你们要多少银子、多少枪,我都给。"

郝青石声音低沉又严厉地说道:"你别说废话了。哪儿得罪我们了,你心里清楚。我们要拿你换'郝二钢'。'郝二钢'在哪儿?"

朱大麻子心里大吃一惊,一定是郝家爷们儿来赎"郝二钢"的,但是"郝二钢"已经被赵七儿他们撕票了,拿什么和他们换?先把他们骗到山寨,到了山寨就是他的天下,他说了算。于是,朱大麻子说:"你们是郝家爷们儿吧?'郝二钢'在山寨。你们随我到山寨交换'郝二钢'。"

郝青石故意说用朱大麻子换"郝二钢",是想验证自己的一个判断,那就是胡子错把郝大钢当成郝二钢了。从朱大麻子的回答看,的确如此。

郝钢从两个死去的胡子身上取下两支钢枪和两条钢枪子弹带,把一支钢枪和一条子弹带递给郝红石,把驳壳枪递给郝青石。他自己系上子弹带,背上钢枪。这是郝家第一次拥有钢枪和手枪。他们会使用钢枪,但是还不习惯。郝钢捆上朱大麻子的手,把他扶上马。郝青石、郝红石一人骑一匹马,郝钢和朱大麻子骑一匹马,去往

猎人狙击手

山寨。

到了距离山寨门有二百米远的时候,他们下马。郝钢把朱大麻子绑在一棵树上。郝青石躲藏在树后,郝钢、郝红石躲藏在对面树后。郝青石从腰间拔出驳壳枪,朝天空打了一枪,然后对胡子喊话:"朱大麻子在我们手上,麻溜儿带'郝二钢'来换,否则我们就打死朱大麻子!"

胡子窝里一片沉寂。很多人根本不知道"郝二钢"是谁,不知道怎么回答。这时,带头绑架"郝二钢"的赵七儿喊话了:"让我们大当家的说话!"

朱大麻子除了力大、胆大、心狠、枪准外,还非常谨慎、狡猾、多疑,横草不过。他的信念就是除了自己的枪,谁都不能相信。当胡子就得心硬,看别人有不服他的意思,他就先下手为强,除掉别人,以绝后患;别人得罪了他,或者对他有谋反之心,他不是除掉别人,就是安排别人去砸窑、抢地盘,当炮灰,间接除掉。否则,难免会平地崴脚、阴沟翻船。朱大麻子在蜂蜜山占山为王二十多年,历经明争暗斗、刀尖舔血,一直安然无恙。

朱大麻子这次真的要翻船了,因为他杀害了"郝二钢",得罪了不该得罪的人。

郝青石让朱大麻子喊话,他喊道:"赵七儿,是我。你们麻溜儿地把郝二钢放了,否则郝家爷们儿三人是不会放过我的。"

狡猾的朱大麻子想通过喊话告诉胡子们,绑架他的只有郝家爷们儿三人。

赵七儿心想,闹了半天只有三个人啊,还以为是哪个山头的大队人马呢。三个人就不怕了。他硬气地喊道:"你们把我们大当家的放了,我们就放了郝二钢。否则,你们离不开蜂蜜山!"

郝红石喊道:"你们麻溜儿地把'郝二钢'带出来,不许蒙脸,两边儿同时放人。如果你们敢向'郝二钢'开枪,我们就把你们山寨一窝野狼杀光!"

赵七儿心想，郝二钢已经被撕票，上哪儿找一个活的郝二钢交换朱大麻子呀？

郝大钢是个文弱书生，但是，他的血脉里毕竟流淌着郝家人的血。当赵七儿他们四个胡子把郝大钢绑到盖房子取土挖出来的深坑，想要把他打昏并推进深坑淹死的时候，他突然抱住要用枪托打死他的胡子，一起跳进了深坑的深水中。他不会游泳。无论胡子怎样挣扎，他就是死死地不松手，直到和胡子一起被淹死。

郝大钢没给郝家爷们儿丢脸……

赵七儿本想把一个崽子（普通胡子）蒙上脑袋，顶替郝二钢，换回朱大麻子。看郝红石说话十分硬气，又不许蒙上脸，让赵七儿为难了。

赵七儿赶紧和赵四爷商量。

赵四爷是一个干瘪小老头儿，佝偻巴相的，头发稀疏、脸色苍白。他从来不做没有把握的事情，也从来不做没有利益的交易，而且阴险狡诈，脑袋后面长了一块反骨。当年朱大麻子和他们玉珠山寨争夺地盘的时候，他主动放弃抵抗，投靠了朱大麻子。也许并不是因为他贪生怕死，而是审时度势，想借助这个机会进一步出人头地，走上人生巅峰。他在蜂蜜山寨卧薪尝胆、委曲求全地干了十四年，一点儿不敢造次。生怕朱大麻子看出他潜藏的雄心壮志，因为他太了解朱大麻子了。他早就渴望有一天接替朱大麻子当上蜂蜜山寨大当家的。这次机会来了，他岂能放弃？他鸟悄儿地对赵七儿说："郝什么钢已经死了，用什么换朱大麻子？找一个崽子代替郝什么钢，应付一下得了。"他又叮嘱一句，"不用费劲巴拉找个太像的。郝家爷们儿不是傻子，唬不住人家。"

赵七儿似懂非懂。

山寨里的胡子迟迟不回话，自然让郝钢、郝青石、郝红石产生怀疑，也基本可以确定大钢已经被胡子撕票了。他们对朱大麻子恨得咬牙切齿！

猎人狙击手

这时,山寨大门开了。三个胡子押着一个人从寨里缓缓走出。郝钢、郝青石、郝红石一眼就看出这个人不是郝大钢,但是,他们又不敢肯定,万一郝大钢被胡子打伤了腿,走路和平时不一样了呢?他们马上又断定这个人不是郝大钢了。郝大钢小时候就体弱多病,营养不良,有点儿X形腿,是郝钢和陈小娟心里永远的痛。然而这个人有点儿O形腿,和郝大钢的腿截然不同。郝钢、郝青石、郝红石瞬间意识到,胡子用这个假郝大钢来冒充郝大钢,而且走得极为缓慢,一定是在拖延时间,也许大帮胡子正在从后面包抄过来。想到这儿,郝红石猛地把猎刀刺进朱大麻子的心脏。郝青石用猎刀割断了朱大麻子的脖子。郝钢明明知道朱大麻子不可能活了,可因为愤恨至极,还是用猎刀猛刺朱大麻子的后腰。郝家爷们儿一人一刀,为郝大钢报仇!

猎狂谨慎了大半生的朱大麻子来不及叫唤一声,就一命归西了。

郝钢、郝青石、郝红石快速骑上从三个胡子手中夺来的马,想离开山寨。

这时,上百个胡子从左右两面包抄过来。郝钢、郝青石、郝红石同时开枪,洋炮打完,立即换钢枪、驳壳枪射击。七八个胡子中弹身亡。他们突破包围,朝山下冲去。

赵七儿对赵四爷说:"郝家爷们儿太可恶了,削倒了咱们七八个弟兄。我带着弟兄们去追他们。"

蜂蜜山寨三当家的、朱大麻子的心腹杨二愣也说:"必须追上他们,为朱大当家的报仇!"

赵四爷明显对杨二愣不满:"你那脑袋转筋,成筋头巴脑了?还是脑袋密封不好,进水了?郝家爷们儿个个如狼似虎,厉害着呢。这么一会儿就让人家削倒了七八个,你们都像傻狍子似的,傻傻地等着让人家削呀?你们的家伙什儿都是烧火棍吗?有多大屁股穿多大裤衩。就凭你们还想追郝家爷们儿,再追你们还能回来吗?再说,人家都骑着马呢,你们能追上吗?君子报仇,十年不晚,不急于一时。"

　　杨二愣、赵七儿只好放弃了追赶的念头。

　　郝钢、郝青石、郝红石迅速撤离了蜂蜜山寨，带着对大钢的思念和惋惜，返回了太平村。

　　守在家里的家人焦急等待着，看到只有爷儿仨跨进院子，一阵无言，顿时明白了一切，哭号声随之响起，母亲陈小娟竟几度哭晕过去。郝家人无奈，只得给大钢建了衣冠冢，像一道伤疤刻在了太平村的山上。

　　打这以后，郝二钢说什么也不读私塾了。郝钢了解自己的儿子，和自己小时候一样，倔得像头熊。刚强的郝钢也软了下来，由着他吧，不是读书的料，就别去给塾师添乱了。不读私塾了，也能给家里减轻一些经济负担。就不再强迫他了，由着他当个猎手吧。

　　于是，郝二钢如同去掉羁绊的小野马，除了和郝钢、郝青石、郝红石去打猎外，整天和村里的一群孩子满世界疯玩疯跑……

第三章　猎狗飞狼

村里老郎家的母狗郎丁下崽儿了，第一天下了六只，第二天又下了一只，一共七只。

随着狗崽儿一天一天长大，老郎一天比一天苍老。他愁肠百结，他愁容满面！平时，家里的粮食就不多，人都不敢吃太干的，增加了七张嘴，养，养不起；送人，他的儿子郎崽子不干，就像是要送走他的命一样，还要死要活的，让老郎苦不堪言。

郎崽子是老郎的独生子。郎崽子出生的时候难产，他的妈妈因为心力衰竭而去世。老郎和郎崽子相依为命。老郎视郎崽子为心头肉。

郎崽子最喜欢狗。老郎气愤地说："郎崽子对狗比对他爹都亲！"

郎丁是郎崽子给母狗起的名字，意即郎家的一员。以前，郎崽子把郎丁当成"哥们儿"。小狗崽儿一天比一天变大、变可爱。郎丁把它们也当成了"哥们儿"。

狗崽儿越长越大，越来越能吃。开始，郎家喂狗崽儿野菜苞米面干粮，它们还吃。后来，再喂狗崽儿野菜苞米面干粮，它们竟然只是闻闻，不再吃了。

家里实在养不起七只小狗崽儿了。万般无奈之下，老郎只能求助郝家。让郝家打猎的时候给狗崽儿们留点儿动物内脏，回家收拾动物或者烀动物肉的时候给狗崽儿们留点儿骨头。郝钢满口答应。

郝钢隔三岔五让郝二钢给郎家送猎物的内脏、骨头什么的。狗崽儿们看到猎物内脏和骨头，就像是一群饿狼遇到狍子似的，疯狂撕咬，狼吞虎咽。

随着狗崽儿们的长大，郝家除了继续源源不断地为狗崽儿们提供猎物内脏、骨头外，还经常因为不够狗崽儿们吃，得专门为它们打猎物。

狗崽儿能奔跑了。白天，郎崽子领着七只狗崽儿到外面疯玩疯跑。

有一天，郎崽子和平时一样领着七只狗崽儿到外面疯玩疯跑。要回家的时候一数，有两只狗崽儿不见了。郎崽子哭着带五只狗崽儿回了家。

老郎和郝二钢找遍了村子里的旮旯胡同、村外的田垄水沟，都没有两只狗崽儿的踪影。

老郎不再让郎崽子出去遛狗崽儿了，担心狗崽儿再有丢失。对郎崽子来说，让他出去遛狗他也不会出去了。小狗崽儿丢了，比他自己丢了都痛心！

郎崽子喜欢狗崽儿，达到了如醉如痴的境地。以前他最能睡懒觉，日上三竿了他都不起来。自从有了狗崽儿，他每天早上六点就起来，到狗窝看狗崽儿。狗崽儿丢了两只，他难过得大半夜都没合眼，不知道什么时候才睡着。梦中，他似乎听到了狗崽儿的叫声。第二天早上，郎崽子还是六点就起来了。然而，当他到狗窝看狗崽儿的时候，竟然被眼前的景象吓出了一身冷汗。郎丁的脖子、前腿在流血，已经奄奄一息。五只狗崽儿不见了。

郎崽子昨天的心理阴影还没消失，今天心理阴影扩大到湿地那么大了。他痛苦至极，他痛不欲生！

一定是野狼把狗崽儿们叼走了！被野狼叼走了，狗崽儿不是九死一生，而是十死无生。

老郎虽然为狗崽儿太多、长大能吃而苦恼，但是，养到这么大了，和狗崽儿有了感情，尤其是宝贝儿子郎崽子喜欢狗崽儿，甚至爱狗如命，狗崽儿丢了，比自己丢了都痛苦。所以，老郎也很痛苦，一再埋怨自己："我昨晚喝了两碗'祥发东'烧锅，睡得太死了，怎么就没听到野狼和郎丁掐架的动静呢？唉！"

郝二钢来给郎家狗崽儿送骨头，也看到了这个凄惨的场面。他说："一定是来了狼群。它们咬死了郎丁，然后把狗崽儿都叼走了。"他说完，眼睛直盯着幽暗的狗窝，似乎有什么重大发现。他走近狗窝，把手伸进去，竟然抓出来一只小狗崽儿。

这是七只狗崽儿中第二天下的，也是最瘦小的一只。它也许被半夜郎丁和野狼的打斗场面、被野狼凶恶的长相吓坏了，仍然心有余悸，浑身在发抖。

郎崽子把小狗崽儿搂在怀里，坐在地上，眼泪无声地掉在正仰头看他的小狗崽儿的脸上。

郝二钢环顾了一下院子里："除了狗窝附近，院子里没有搏斗痕迹，我估摸狗崽儿不是被野狼叼走的。那么大的狗崽儿，野狼叼不动，要是硬拖走的，地上应该有血迹。狗崽儿是被野狼带走或赶走的。"

老郎要和郝二钢说话，眼睛却看着郎崽子："狗崽儿不管是被野狼叼走的，还是被野狼带走的，都不可能回来了。我看把这只小狗崽儿送给郝家养活吧。郝家有枪，野狼不敢来招惹小狗崽儿。小狗崽儿放在我们家，保不齐哪天野狼还会再来。"

郎崽子听到老郎的话，立马跳了起来。老郎以为郎崽子暴跳如雷了，赶紧上前安慰他："你要是不同意把小狗崽儿送给郝家，咱们就自己养活，把它拿屋里去，野狼来了也叼不走它。"

出人意料的是，郎崽子毅然决然地把小狗崽儿放到郝二钢的手上，也不问问郝二钢是否同意要。

第三章 猎狗飞狼

郝二钢喜欢野生动物，不喜欢家养的动物，尤其这只小狗崽儿是七只狗崽儿中最小的一个。他担心即使把它养大了，也当不了勇猛听话的好猎狗。转念一想，这只小狗崽儿挺可怜，放在郎家，他们也养不好，还得他给它送吃的，挺麻烦。再说，野狼一定会再来。还是把它带家去吧。于是，他把小狗崽儿带回了家。

郝二钢怕野狼把小狗崽儿叼走，就把狗窝建在了他的窗外，每天晚上，他都在身边儿放着一支装填着独弹的洋炮，并注意聆听院子里的动静。一有动静，他捅破窗户纸就能对野狼开枪。

外面一直没有动静……

小狗崽儿长成大狗了，身体一天比一天强壮。不能再叫它小狗崽儿了，应该给它起个大名。郝二钢总是感觉它不像家狗，而像野狼。郝青石、郝红石和郝钢也感觉它像野狼，也许是野狼和郎丁的杂交品种。郝二钢发现，狗崽儿吃起肉来非常快，远比狗吃得快。狗是由狼驯化来的，但狗的咬合力远不如狼。它的咬合力明显强于一般小狗崽儿。

郝青石、郝钢让郝红石为它起个名字。

郝红石也不推辞。既然小狗崽儿像野狼，就为它起了一个威风凛凛、动感十足的名字——飞狼。希望它以后能勇猛强悍、奔跑如飞。

郝青石、郝钢清楚郝红石给它起名"飞狼"的用意。

过去，郝家前后养过五只小狗，都想让它长大后成为一只能够帮助他们狩猎，追踪、驱赶、围堵、叼回猎物，甚至在关键时刻能够护主救主，听主人话的猎狗。然而，五只小狗长大后都让他们大失所望，不但不听主人的话，在关键时刻表现出胆小、懦弱，缺乏凶猛无畏的霸气，最终不是被野狼吃掉，被棕熊拍死，就是被野猪啃残。郝红石还养了一只起名为"飞刀"的狼，为了救他而死。打那以后，郝家就不再养狗了。

郝青石、郝红石、郝钢也同意养活这只小狗崽儿，主要是它和

猎人狙击手

别的狗崽儿不一样,它像野狼,长大后能成为一条凶猛的猎狗。也许,他们都想多了,小狗崽儿只是一只普通的农家笨狗。

寒冬到来了。太平村被白雪笼罩着,灰黑色草房上面茅草的积雪如同大大的蘑菇,从白雪皑皑的地上冒出,宛如神话世界一般宁静、美丽。

郝二钢怕飞狼挨冻,也怕透过结了霜的窗户看不清外面,再闯进来野狼伤害到它,就在外屋地(厨房)铺些蒲草,让它在外屋地过冬。

冬天,郝家食物的主要来源是打猎。天天吃野兔肉炖野鸡肉、野鸡炖榛蘑、野猪肉血肠炖酸菜粉条、狍子肉炖酸菜、烀狍子骨头、野猪肉酸菜馅饺子。天天吃也吃不够。野兔肉有土腥味,和什么肉在一起炖就是什么肉味。

傍晚,外屋地烧柴火做饭,热气腾腾,火墙子和火炕都很热,然而到了后半夜,火墙子和火炕就拔凉拔凉的了,外屋地更冷。前半夜房门是厚厚的霜,后半夜房门厚厚的霜冻成了厚厚的冰。一般情况下,飞狼厚实的皮毛足以抵御寒冷,但是太冷,它只能钻进了略有余温的灶膛。早晨,要做饭了,飞狼还不愿意从灶膛中出来。硬是把它撵出来,它身上沾满草木灰。它还使劲儿甩着身上的草木灰,弄得外屋地飞土扬尘的。

冬天总算挨过去了。

春天,南雁北飞。大雁的队形在不断变化,如同排兵布阵的军队一般气势恢宏、蔚为壮观。大雁一会儿排列成整齐的箭镞形,一会儿排列成整齐的弯弓形,一会儿排列成整齐的箭杆形;大雁一会儿又排列成千军万马、浩浩荡荡冲锋的队形,最后又变幻成手掌纹络一样凌乱无序、一败涂地的溃军队形,看得人眼花缭乱,令人想象无限。

大自然最大的魅力,就是千变万化。

郝二钢想带着飞狼去湿地里打野鸭,也想按照训练猎狗的样子训练一下它。

第一次带飞狼到野外打猎，郝二钢没有把飞狼当作猎狗，只是当作一个伙伴，好让他不寂寞。自从独自打猎，郝二钢一个人翻山越岭、爬树涉水，已经适应了孤独和寂寞。开始，他还自言自语，和自己对话。后来，他用心灵和自然对话，用心去感受大自然的无限美好、打猎的无穷乐趣。

飞狼到郝家以后第一次走出家门，回归大自然，有一种无以言表的兴奋。它跳跃着，奔跑着，追逐着蝴蝶，追赶着蚂蚱，追踪着属于自己的梦境，在草地上尽情撒欢儿。然后蹲在郝二钢的身边，和郝二钢一样，久久地仰望着蔚蓝的天空。

郝二钢看到飞狼忘我地放纵自己、放飞自己，他也和它一样兴奋了。然后躺在草地上，和飞狼一起凝视蓝天。这时，有一只猛禽出现在他们的头上，在蓝天翱翔。也许是一只金雕。他久久地仰望着金雕，心也飞向蓝天，和金雕一起翱翔。他猛然意识到，听说金雕能捕食野狼，是不是金雕把飞狼当作野狼，要捕食它呀？看看飞狼，它对天上的金雕似乎视而不见，但是眼神却变得异常凶悍。之后，飞狼的眼睛又直直地盯着不远处的草地。郝二钢一看，原来有一只野兔在目中无人地吃草。

郝二钢拍拍飞狼，又指了指野兔，想让飞狼去捕食野兔。飞狼似乎明白了他的意思，又似乎不明白他的意思，还是一动不动地盯着野兔。他又比画了两次，飞狼还是没有去追捕那只野兔。

郝二钢感觉飞狼应该是饿了。就举起猎枪，想打死野兔作为飞狼的午餐。马上又把猎枪放了下来。他感觉一颗子弹打一只野兔太浪费了，应该用一颗子弹打死一只野猪或者狍子。平时，为了节省子弹，他闲暇的时候总是在村西头一棵老树上练习飞刀。就是把猎刀用力甩出去，扎中他在树上画的圆圈。他渴望像说书人说的古代武林高手那样，刀无虚发，百发百中，以后打猎就不用洋炮，而用飞刀了。然而练习了三年，也没有成功，十次飞刀，只有一次命中。

猎人狙击手

此时，他抽出猎刀就朝野兔掷去。猎刀竟然扎在野兔的脖子上。野兔一头栽倒在草地上。

郝二钢也没想到，他轻描淡写地一刀飞出，竟然命中了二十米开外的野兔。他赶紧指了指飞狼的嘴，又指了指野兔，示意它吃野兔。飞狼还是无动于衷。他又指了三遍。没等飞狼扑过去，他自己扑过去了。他担心猎刀伤了飞狼的长嘴。其实飞狼有些不耐烦了，一下趴在草地上。当他拔出猎刀，把野兔取了回来，距离飞狼只有五米远的时候，飞狼竟然像饿狼一般跳起，一口从他手里抢走野兔，到不远处狼吞虎咽地吃了起来。

密山、虎林是候鸟迁徙的中继站，每年春天，天鹅、大雁、野鸭等候鸟从南方飞到密山、虎林一带补充营养和体力，二十多天后继续北飞。每年秋天也是如此，候鸟在此停留一段时日后继续南飞。

郝二钢不是什么动物都打。他从来不打东北虎、东北豹这类稀少的猛兽，也不打白天鹅、白鹤、白鹳这类稀少的飞禽。

初春，是青黄不接的时节，家里早就没有粮食了，只能依靠打猎来维持生计。郝二钢这才到湿地打一些繁殖快、数量多的大雁、野鸭等鸟类。

一群野鸭在水面上飞过，溅起层层涟漪。远处，还有野鸭在戏水。

一大群大雁从天空飞过，铺天盖地，非常壮观。

郝二钢举起洋炮，想打下掉队的大雁，又怕惊吓到集群的大雁，就没有开枪。

雁群过后，有五六只野鸭从头顶飞过。郝二钢抬手一枪，一只野鸭扑啦啦掉进湿地里。他摆手，让飞狼把野鸭叼回来。飞狼听不懂人话，怎么摆手、怎么说也不去。他只好自己下水把野鸭捡了上来。

湿地里的鱼很多，旁边小壕沟里的鱼也很多。郝二钢也喜欢捕鱼，每年夏天都在湿地里放置柳编的须笼捕鱼，在小壕沟里设置鱼亮子捕鱼。他也用捕到的鱼喂过飞狼。它不吃鱼。

又有一只野鸭从头上飞过。郝二钢抬手一枪，野鸭应声掉下湿地。他又朝飞狼比画一下手势，看它视若无睹，就不再向它摆手了，自己去湿地里把野鸭取了回来。然而回来一看，飞狼正在撕咬第一只野鸭，已经吃掉一半了。郝二钢非常生气，让你去叼你不叼，我取回来你竟然把它吃掉了。他想打它两个巴掌，让它认识错误，又一想，它也许就是个农家笨狗，怎么能把它当猎狗一样对待呢？其实，郝二钢知道对待猎狗的规矩，每次叼猎物之前之后，都要喂它吃点儿肉，或者把第一次叼回来的小猎物送给它吃。否则它可能不去叼猎物或者把叼到的猎物吃掉。郝二钢刚才喂它一只野兔了，所以没再喂它野鸭。没想到飞狼这么能吃。

第二天，郝二钢带飞狼到草甸子里打野鸡。野鸡平时都深藏在草丛里，很难发现它们。郝二钢打野鸡的时候，必须装填铅砂子弹，然后握着猎枪蹚着草走，野鸡受到惊吓，会突然起飞。郝二钢就是要抓在它起飞的瞬间开枪，猎枪的枪砂形成一个圆面，在有效射程之内，距离越远，圆面越大，命中率越高。

当他打到一只野鸡，本来不想再费劲巴拉地麻烦人家飞狼了，自己去取，刚走两步，飞狼飞一般地冲到野鸡掉落的地方，准确地把野鸡叼了回来。

郝二钢非常高兴，飞狼可以像猎狗一样把猎物叼回来了。然而，飞狼把野鸡叼回来并没有送到他的跟前，而是把野鸡放下之后，自己津津有味地吃了起来。

郝二钢白高兴了。

有一天，飞狼早晨跳出障子，不知道跑哪儿去了。郝二钢拎着洋炮到山林、到荒原、到湿地找了一天，也没有看到它的影子。老郎和郎崽子听说飞狼不辞而别，也到村子周围寻找，也没看到它的踪迹。

郝红石、郝青石、郝钢一直坚信飞狼是野狼，都认为飞狼去山林寻找它的狼妈妈了,不会回来了。

此时,郝二钢也相信飞狼是野狼了。但是,他对飞狼已经有了深厚的感情,飞狼走了,他心里非常阴郁,仿佛下大雨前的天空。

老郎和郎崽子经常来郝家看飞狼,开始肯定地说飞狼不是野狼,后来越看飞狼越像野狼,最后,也坚信飞狼是野狼了。飞狼走了,他们更难过。

然而到了晚上,飞狼回来了。它一点儿也不把自己当外人,径直走到外屋地,把它食盆里的两块带肉的狍子骨头啃了,然后钻进狗窝就睡觉。两个时辰后,才出来和郝二钢见面。

郝二钢的心里瞬间雨过天晴。他久久地抱住飞狼的脖子不松手。

郝红石、郝青石、郝钢也为飞狼回来感到高兴。老郎和郎崽子听说飞狼回来了,麻溜儿过来看飞狼。郎崽子也搂住飞狼不松手。

大家七嘴八舌,开始对飞狼的来历身世议论纷纷。

郝红石提出:"飞狼到底是怎么来的呢?我感到纳闷儿?是郎丁和野狼的杂交后代吗?"

老郎立刻否定:"我敢保证,我家郎丁作风正派,飞狼绝不是郎丁和野狼的杂交后代。也许是野狼把郎丁的狗崽子吃掉了,把它们的狼崽子留下,让郎丁抚养,一举两得。郎丁死也不同意。野狼一气之下咬死了郎丁。"

郎崽子也说:"郎丁半年没出院子门,不可能和野狼有什么交集。"

郝青石分析说:"小郎崽子不懂。郎丁半年没出门,怎么能怀上崽子?不是郎丁出没出门的问题,而是它和谁怀上的问题。我分析,是公野狼来郎家偷鸡的时候,顺便和郎丁偷情,歪打正着,生了一窝杂交狼崽儿。"

郝钢打圆场似的说:"世界上的事儿复杂得难以想象。我分析,那天晚上,狼群带着狼崽儿到郎家捕食。郎丁和野狼拼死搏斗,保护狗崽儿,最后寡不敌众,被狼群咬死。当然了,几只狗崽儿也没能幸免。当狼群撤离郎家的时候,一只跟来的小狼崽儿淘气,好奇地钻进狗窝里,被落在了狗窝里。第二天早晨,被郝二钢意外发现。"

大家各说各的理,老郎和郎崽子也不吱声了。最后,大家还是不明白飞狼到底是怎么来的,只能转移话题,说点儿大家都明白的。飞狼跑出去一天,到晚上才回来,也引起了大家的议论。

郝红石说:"飞狼长大了,是强壮的公狼,现在正是野狼交配和繁殖幼崽儿的时候。它跑出去一天,估摸是找母狼去了。"

郝钢说:"这下麻烦了,说不定哪天母狼领着一群小狼崽儿来找飞狼认爹来了。"

郝青石说:"把飞狼放了吧。它毕竟是野狼,而不是家狗。万一哪天兽性大发,再伤着人!"

郝二钢舍不得放了它。但是听郝青石一说,他也担心万一哪天飞狼兽性大发,再伤着人。于是,第二天早上,郝二钢用麻袋装上飞狼,把麻袋口捆紧,用推车把它推到山里。想放下飞狼的时候,郝二钢为难了。解开麻袋,它一定会跟着他回去;不解开麻袋,它一定会饿死或被猛兽吃掉。怎么办?只能解开麻袋放它走。然而飞狼紧紧地跟着他,说什么也不离开他。他怎么赶它,它也不走。没办法,郝二钢只好又把飞狼带回了家。

猎人都知道,野狼等猛兽扑食技能一半是与生俱来的,一半是从出生以后受成年猛兽的训练以及扑食现场的耳濡目染,逐渐形成的。飞狼就是缺少来自它爹妈的训练和影响。

对飞狼影响最大的是郝二钢。于是,郝二钢每次打猎都带着飞狼,像训练猎狗一样重新训练飞狼。

飞狼终于成为一只既听话又凶猛的猎狼……

第四章　硬汉柔情

　　太平村多数人家是早年闯关东到密山来的汉族人，只是有的人家来得早，有的人家来得晚。少数人是当地的满族及其他民族的人。
　　满族是发源于东北的古老民族。古代东北有三大族系：肃慎、东胡、秽貊。肃慎、挹娄、勿吉、靺鞨、女真、满族一脉相承，绵延不绝。清军入关，一统中原之后，东北人烟稀少，成为"北大荒"。清廷为了充实东北"龙兴之地"，于一六五三年颁布了《辽东招民开垦条例》，规定"招民开垦至百名者，文授知县，武授守备"。闯关东浪潮席卷而来，蔚为壮观。"鲁民移民东北者甚多"，许多地区因移民而"地利大辟，户益繁息"。之后，又有两次大的闯关东热潮。一九一一年，东北人口共一千八百多万，其中约一千万人是由山东、河北和河南闯关东到东北来的，仅山东就有七八百万人。
　　郝二钢和夏雪皎祖籍都是山东。
　　一八九〇年，郝二钢的太爷郝大壮和夏雪皎的太爷夏清河在闯关东的路上相遇，一路上互相帮衬、互相照顾，一起到了吉林榆树。后来，他们听老乡说再朝北走才是真正的北大荒，有一个叫密山的地方，黑土地肥沃得流油，洋炮插进地里都能长出绿芽来。于是，他们带着对黑土地的向往，拖家带口来到了密山，在太平村安家。

第四章 硬汉柔情

郝大壮长得高大英俊、力大威猛，仿佛《水浒传》里水泊梁山的英雄豪杰一样血性强悍、英勇无畏，是典型的山东汉子。

郝大壮和夏清河主要靠开垦荒地种粮食为生。当时，北大荒的动物很多，正所谓"棒打狍子瓢舀鱼，野鸡飞到饭锅里"。他们种地的时候，经常看到狍子、野猪、野狼和黑熊，野鸡、野兔更是随处可见。为了保护自己和庄稼，郝大壮用一车黄豆和密山的商人换了一支崭新的洋炮和一些枪砂、火药。他每天下地干活儿，都背着装填好弹药的洋炮。

有一年秋天，一只野狼跳进郝家院子里吃鸡。郝大壮听到院子里鸡鸣狗叫，估摸是狐狸、黄皮子或者野狼来吃鸡鸭了。拎着洋炮就出去了。他的洋炮里装填的是三四十粒高粱米大小的铅砂，打野鸡、野兔用的，发射时声音巨大，近距离目标被击中肯定会被打成马蜂窝。他一看是一只野狼，抬手就是一枪。野狼被铅砂打中，满脸是血，却没有倒下，而是龇牙向他扑来。洋炮装填弹药需要时间，他没有时间为洋炮装填弹药，想抢起洋炮砸野狼的脑袋，又怕把洋炮砸断，于是，把洋炮往旁边一扔，就冲向野狼。野狼腾空跳起，就来咬郝大壮的脖子。他一把抓住野狼的脖子，猛地将野狼撂倒在地上，然后用两只手死死地掐住野狼的脖子。野狼怎么张嘴，也咬不到他，就开始疯狂地蹬腿挣扎，四只锋利的爪子把他的手臂划出十多道深沟。他的血和野狼的血流淌在一起，分不清是谁的了。野狼终于不再挣扎，窒息而亡。

将要收苞米了。突然，一群野猪闯进了苞米地。不开枪赶跑野猪，苞米地就被野猪糟蹋了，苞米就会颗粒无收，大半年白忙活了。郝大壮端起洋炮朝一头大野猪射击。洋炮里装填的是铅砂，一洋炮把大野猪打得满脸开花，却没有打死。大野猪直接撞向郝大壮的肚子，一下把他撞了个四仰八叉。郝大壮很强壮，和比他还强壮的大野猪进行了惊心动魄的生死搏斗。最后，他用一块大石头砸在大野猪的脑袋上，才把大野猪砸死。大野猪死了，其他野猪一溜烟儿地

猎人狙击手

跑掉了。郝大壮给夏清河家送去一半野猪肉。他们兴高采烈地吃上了烀野猪肉，都感觉野猪肉没有家猪肉香，但是肥肉比家猪肉少，瘦肉比家猪肉多。

郝大壮第一次打野狼，也第一次打野猪，差一点儿被野狼吃了，也差一点儿被野猪啃了。郝大壮想了很多，并总结了两个深刻教训：用洋炮打野狼、野猪、棕熊、狍子这类大的猎物，尤其是猛兽，必须装填大号独弹，要有足够的威力；必须瞄准猛兽要害处开枪，一枪毙命，否则没有时间再补填弹药，受伤的猛兽会更加凶猛地反扑，人就危险了。他又和密山商人换了一些大号独弹和火药。再打大型猛兽的时候，他就用大号独弹。

有一年，太平村遭遇了蝗灾。蝗虫如同乌云一般铺天盖地而来，席卷着郝大壮和夏清河辛辛苦苦种植的庄稼，所到之处，蔬菜和尚未抽穗的粮食都被一扫而光。秋天颗粒无收。

郝、夏两家只收获了一些土豆。

夏清河在湿地里钓鱼。湿地里的鱼很多，他每天都能钓二十多斤，供两家食用。

他们还去山上采摘一些山野菜、木耳、蘑菇什么的。夏天山里、水里物产丰富，他们饿不着。

郝大壮平时舍不得用的洋炮，这回必须舍得用了。开始，他为洋炮装填铅砂，打野鸡、野兔，供两家十来口人食用。后来，野鸡、野兔不够吃了，就为洋炮装填大号独弹，打野猪、狍子。洋炮的弹药快打光了，郝大壮就用打到的猎物或猎物的皮毛去密山商人那儿换。

郝大壮成了猎人。

郝大壮打到的猎物多了，就去密山卖掉猎物或猎物的皮毛，然后买些咸盐、豆油、针线什么的。有时，夏清河也帮助郝大壮到密山卖猎物或皮毛。

夏清河是个聪明人，有经商天赋。他只和郝大壮去了几次密山卖山货，就悟出了经商的门道。

蝗灾给郝、夏两家造成的困难终于扛过去了。他们恢复了正常的生产和生活。

经过蝗灾的考验，郝、夏两家情谊更为深厚。郝大壮和夏清河有个共同的意愿，就是两家联姻。然而，他们两个生的都是儿子，没有女儿。他们孙子辈也是如此，终究没有实现联姻。

粮食打得多了，郝大壮劝夏清河也用粮食换一支洋炮，护身和打猎。夏清河则心不在焉地说："我不敢打枪。你有洋炮就行了。"

夏清河把口粮之外的余粮用推车推到密山去卖。他又用卖粮食的钱买了一匹马和一驾马车，然后收购村里其他人家的余粮，拉到密山去卖。夏家越来越有钱。

夏清河成了商人。

七年之后，夏清河成为太平村的地主。十年之后，夏清河成为镇里的大商人、大财主，在太平镇里买了宅院，举家乔迁到太平镇里，享受有钱人的生活去了。

郝、夏两家再无来往……

到了郝二钢、夏雪皎这辈儿，夏家有了夏雪皎一个如花似玉的女儿，郝家有了郝二钢一个英俊强悍的儿子。可郝大壮、夏清河已经撒手人寰，时过境迁，没有人再提两家联姻之事了。

平静的生活中，总有一些突如其来的事情让人心里不平静。

自从朱大麻子、赵四爷他们要把郝二钢、夏雪皎、穆文化、井沿儿、郎崽子、水娃儿、赵梗儿劫持到蜂蜜山寨，郝二钢挺身而出，救了他们之后，夏雪皎开始对郝二钢有了一种说不出又让她暗自心跳的好感。

虽然郝、夏两家没有人再提联姻的往事，但无论是郝青石、郝红石，还是郝钢、郝二钢都清楚郝、夏两家一起闯关东、一起来密山安家的历史。

夏小胆的爹夏霸是夏清河的儿子，也是太平镇出名的恶霸地主。

猎人狙击手

夏小胆是夏霸的小儿子,个儿不高,随他地主老爹,就是不像他老爹那样出奇地胖,而是出奇地瘦。也许因为早产,身体弱,从小儿胆量就特别小。夏霸给他起名夏明凡,同时还给他起了一个名副其实的小名——夏小胆。夏小胆弱不禁风、心胸狭隘,胆小怕事、谨小慎微,平时深居简出,不问世事,除了郝家之外,不和村里其他人家来往。他在村子里最有文化,读过私塾,当过先生。村里人都管他叫夏先生。他本来身材矮小,却带有一种谁都不知道怎么回事的高傲,还有一种谁都知道怎么回事的自卑,憋在心里,偶尔又能表现出来。说话总是带有腐儒的做作和穷酸,词不离口,出口必带词。

夏小胆经常说这样一句话:"高苦低苦,心足名足。"只有赫春枝理解,别人都不知道他说的是什么。她也经常敲打他:"明凡啊明凡,你别再自命不凡了,咱什么样,咱自己知道,别人也知道!"

村里人只知道他叫夏小胆,只有赫春枝、夏雪皎知道他叫夏明凡。

夏家地里的活儿都由赫春枝干,夏小胆负责打下手;家里的活儿也由赫春枝干,夏小胆也负责打下手。赫春枝白净细腻的手脚都晒黑了、粗糙了,他也不关心。

赫春枝是知书达礼、精明贤淑、美丽大方的女人。她喜欢古代历史和古典文学,熟读《诗经》和唐诗宋词。

郝家人对没有男人样的夏小胆没有好感。但感觉郝春枝、夏雪皎正直本分、贤淑善良,都对她们娘儿俩心存好感,相处和睦。

郝二钢、夏雪皎从小在一起玩耍,谁欺负夏雪皎,郝二钢就打谁。别的孩子怕郝二钢,也怕夏雪皎。

郝二钢、夏雪皎长大了,互相之间反而不像小时候那么爱说话了。郝二钢读了几天私塾。上学放学,她在前面走,他在后面跟着,互相一句话都不说。但是,如果夏雪皎挨欺负了,他就不会不说话了。熊样儿就是因为欺负夏雪皎,才差一点儿被郝二钢踢得断子绝孙……

夏雪皎渐渐长大，出落成白净美丽的大姑娘了，长得像她的妈。她对郝二钢的好感如同一颗种子，在她的心里渐渐扎根发芽、含苞待放。她除了到镇上读私塾，就在家里帮助母亲赫春枝做饭。也经常在院子里隔着障子偷偷地观察郝二钢的动静。

郝二钢不读私塾了，开始专心致志地打猎。他隔三岔五把打到的猎物往夏雪皎家送，野猪肉、狍子肉、野鸡、野兔什么的。他的话还是很少，和夏雪皎说的话更少。

要过春节了。郝钢让郝二钢去打一头野猪送给夏雪皎家。郝二钢特意进山打了一头大野猪。他背着大野猪从山上下来，用放在山下的爬犁把大野猪拉回村子。他没进自己家，直奔夏雪皎家，用手臂一夹，就把大野猪从爬犁上夹起，然后放到她家院子里，没进屋就回家了。

夏小胆出门看到了院子里的大野猪，差一点儿被吓破了胆，一跳老高，跑进屋里。那大野猪浑身黑漆燎光、埋了巴汰的，大长嘴里还伸出两颗肋骨一般的獠牙，非常丑陋。赫春枝问他怎么了，他也不吱声，只是用手指着门外。赫春枝出门一看，也吓了一跳，但是她立马估摸出是郝二钢送给他们家过年的，不，是送给夏雪皎过年的……

赫春枝是太平村的坐地户，满族。她也说不清楚他们家是什么时候来到太平村的，只知道她爷爷的爷爷就在太平村生活。

夏小胆和赫春枝是私塾的同学。夏小胆为她梨花一枝春带雨的美貌和青春的活力而倾倒。他偷偷地爱慕她一年多了，也不敢开口。他经常在她放学的时候，偷偷地跟在她的身后，用他无缚鸡之力的细手、用他不敢表达的爱心暗中护送她。把她护送到太平村西头，她平安无事了，他再回镇里。有一天，赫春枝突然发现身后有人跟踪她，被吓得失魂落魄地跑回村子。到村子回头一看，是夏小胆，她大喊一声："夏小胆，你好大的胆子啊，竟然敢跟踪我！"

猎人狙击手

夏小胆被吓得连话都说不出来,夹着尾巴逃走了。赫春枝这才知道夏小胆喜欢她,但是,她喜欢英勇无畏的硬汉,不可能喜欢胆小懦弱的夏小胆。

打那以后,夏小胆每天都跟在赫春枝后面护送她。她也习以为常了。赫春枝读了三年私塾,她又多了两个弟弟,家里生活更加困难,交不起私塾的费用了。她只能恋恋不舍地离开私塾。夏小胆知道她是因为交不起学费才不再读私塾的,便主动要给她交私塾的学费。她坚决反对。

最后,夏霸找到了赫家,直接对赫老爹说道:"我老儿子对你姑娘春枝爱慕已久,已经相思成疾。尤其是春枝不再读私塾了,见不到春枝,他整天茶饭不进,日渐消瘦,也不再读私塾了。"

赫老爹对夏霸前面说的意思明白,后面说的就莫名其妙了:"你儿子茶饭不进,日渐消瘦,不读私塾了,和我姑娘有什么关系呀?"

夏霸虽然有三个儿子,老大、老二都不愿意读书,除了舞刀弄枪,别的什么都不会。老三夏小胆喜欢读书,识文断字,以后必成栋梁之材。所以,夏霸把夏小胆当成夏家之宝树、掌上之明珠。他遇到难题了,那还了得,夏霸必须亲自出马,为他排忧解难。

夏霸解释说:"我这次来你们赫家,是想亲自为我家老三保媒,如果赫家能把春枝嫁给我家老三,我愿意出二十个银元宝,作为聘礼,并用八抬大轿把她迎娶回家。"

赫春枝的爹妈本不是见钱眼开的人,是老实本分的农民,但是为生活所迫,他们不能不考虑二十个银元宝对他们全家的意义。因此,他们苦口婆心地劝说赫春枝嫁给夏小胆。赫春枝开始坚决反对,后来,考虑到爹妈养育她的辛苦和家里的困境,她应该为家里分担,于是同意嫁给夏小胆……

夏霸的土地、财富几乎占太平镇所有地主的一半,可谓富甲一方。夏霸为了防备胡子抢劫他们家,高筑夏家大院,修建砖围子,立起转角子(四角炮台),购买枪支弹药并雇用炮手看家护院,以防不测。

　　风云来了,是不测风云。

　　夏霸富得流油,周边的胡子必然垂涎三尺,总是惦记着夏家这块肥肉。俗话说,不怕贼偷,就怕贼惦记。一天夜里,蜂蜜山寨的朱大麻子带领二十多个胡子想冲进夏家,洗劫夏家。夏霸和老大、老二两个儿子组织家里雇用的炮手顽强抵抗,硬是把朱大麻子他们打跑了。然而,被打跑的朱大麻子不甘心,又带领四十多个胡子再次攻击夏家。夏霸和两个儿子带领四个炮手拼命抵抗。夏小胆和夏霸在一起,一直捂着耳朵,就是没胆子开枪。夏家虽然有十支辽十三步枪、十一支洋炮,拼命射击,顽强抵抗,还是敌不住四十多个胡子的猛烈进攻。两个胡子抽冷子(东北方言,意为"突然趁人不备")从后面爬上夏霸两个儿子看守的两个炮台,往里扔了两颗手榴弹,两个儿子瞬间丧命。

　　夏霸没工夫悲痛,眼看大势已去,只得在两个炮手的保护下带着夏小胆弃家而逃。

　　朱大麻子把夏家的钱财洗劫一空,还不解恨,因为夏家两次一共打死了二十一个胡子。最后,把夏家的房子点着了,把没来得及逃走的夏小胆的妈及两个佣人也扔进火海。夏家被烧成灰烬,连地契都烧光了。

　　一夜之间,夏霸由大财主变成了小地主。

　　夏霸和夏小胆不敢在太平镇住了,去投奔密山的远房亲戚。亲戚认为虎再瘦也比猫大,也许夏霸在密山银号里存有海量银元宝呢,即使遭了难,也能衣食无忧。于是,对夏霸、夏小胆亲如一家,关怀备至……

　　夏家还没有给赫家二十个银元宝,也没有用八抬大轿迎娶赫春枝,就遭到了胡子洗劫,一炬成为焦土。夏小胆不想和夏霸过寄人之篱下、吃嗟来之食的生活,一心想见赫春枝。他徒步从密山走了一天,才走到太平村。当赫春枝看到他的时候,他连累带饿,身体更加瘦弱,已经站立不稳就要倒下了。

赫春枝看夏小胆可怜,不顾爹妈反对,坚持把他接进家里。

夏小胆成为赫家的上门女婿。

夏小胆对赫春枝挺好,只是他胆小体弱,不愿干活儿,缺乏担当,缺少男人的阳刚之气……

夏小胆对赫春枝说:"你告诉郝家二小子,把大野猪拿回去,咱家没人能收拾。"

赫春枝瞪了他一眼:"二钢费了多大的力气打到大野猪,又用多大的力气把它从那么远的山里弄回来,这份情谊比大野猪都重,哪儿有送回去的道理?"然后瞅了一眼夏雪皎,"大野猪是人家二钢送给雪皎过年吃的,他说拿回去不好使。你说,是不是不能送回去?"

夏雪皎很温柔:"妈,不能送回去。二钢不容易。你们不能收拾,我收拾。"

赫春枝马上接过话说:"哪儿能让你收拾。让你爹收拾,他毕竟是个大男人。"

夏小胆反驳她说:"我不是庖丁。你让我收拾大野猪比打一头大野猪都难,比解一头牛都难,难上加难,难如登天。那是一个庞然大物,怎么收拾?猪毛怎么整,内脏怎么整,猪肠子里的秽物怎么整?工欲善其事,必先利其器。连把杀猪刀都没有,用菜刀、镰刀收拾啊?"

赫春枝有些生气了:"你没看过收拾野猪,还没看过收拾家猪啊?满脑袋为难情结,就那么难吗?你不能收拾,我收拾!"说完,她撸起袖子,系上围裙,拿起菜刀,就开始准备收拾大野猪。她说行,真收拾,就不行了。那么大的野猪,她和夏雪皎也抬不动啊。再说从哪儿开始下手?她也为难了。

赫春枝万般无奈,只好求助夏雪皎:"妈实在整不了这么个大家伙。你去找一下你二钢哥,还是让他帮忙收拾一下吧。否则,真得给他送回去了。"

第四章　硬汉柔情

夏雪皎心里正在埋怨郝二钢:"二钢哥也是的,有心给送一头大野猪,就给收拾好了呗。咱家谁能收拾?"听赫春枝一说,她立马说道,"好啊,咱俩抬着大野猪给郝家送回去。"说完,就要去抬大野猪。

郝春枝这才感觉到刚才说得有些走嘴,这是雪皎不愿意了。立马说道:"哪儿能送回去呀?还是让你二钢哥帮忙收拾了吧。"

于是,夏雪皎就要去找郝二钢。

夏雪皎刚要出院子门,郝二钢来了。见到夏雪皎,他想笑又没笑,想说又没说,显得挺尴尬。他也不吱声,背起大野猪就往自己家走。夏小胆、赫春枝从窗户看到了,感到莫名其妙。

其实,郝二钢给夏雪皎家送去大野猪,回到家就后悔了。怎么能给人家送头囫囵大野猪呢,人家怎么收拾?于是问父亲郝钢怎么办。

郝钢笑了:"过年了,让你给雪皎送去一头野猪,并没有让你打回来直接送去,而是让你送去一头收拾干净的白条野猪。"

郝二钢恍然大悟,赶紧往大铁锅里加满水,灶膛里塞满柴,点着柴火后就去夏家取大野猪……

大铁锅里的水烧开了。郝二钢把大野猪放在一块专用的案板上,把滚烫的开水浇在大野猪身上,再用剔骨刀将它身上的毛刮干净。然后,把大野猪身上的残毛、脏物冲净,把案板冲净,用他锋利的猎刀把大野猪的肚子划开,掏出里面的内脏。平时,郝二钢和郝青石、郝红石、郝钢打到野猪,都立刻开膛,把里面的心肝肺都掏出来,喂猎狗或者扔掉。主要是为了减轻重量,路远,野猪太沉重,背回去太费劲儿。再就是,如果是夏天,天气炎热,不掏出内脏容易捂膛。这次,郝二钢想要给夏雪皎送去一头整个野猪,过年吃全猪,才没有开膛。

赫春枝纳闷儿:"这个二钢,把大野猪送来了,为什么又拿回去了?"

猎人狙击手

夏小胆早就看出郝二钢对夏雪皎有情，夏雪皎对郝二钢有意。但是他打心眼儿里并不看好郝二钢。他认为郝二钢胸无点墨、腹无诗书、胸无大志、腹无良谋，徒有一腔热血、一副虎胆、一身蛮力、一支洋炮，没有什么大出息。只是暴虎冯河，有匹夫之勇。真正的男人修身，齐家，治国，平天下，需才高八斗、学富五车，有经天纬地之才、济世匡时之略。这些，郝二钢有吗？没有。因此，当郝二钢把大野猪背走，赫春枝纳闷儿的时候，夏小胆如同把背着的大野猪放下了，轻松地说："别想太多。很简单，老郝家二小子是送错了，拿回去呗。"

夏雪皎则微笑着说："他为什么拿回去？你们别把简单的事情想复杂了。他肯定是拿回去收拾去了，收拾干净再送来。不信，我去看看。"

夏雪皎很少去郝家，不敢去。这次，她出人意料地变成了夏大胆，主动要去郝家。到了郝家，眼前的场面让她既害怕，又佩服。郝二钢正在用他的猎刀在把大野猪肢解成相对小的块儿。那娴熟的刀法，让她想起《庖丁解牛》中的句子："以无厚入有间，恢恢乎其于游刃必有余地矣。"郝二钢也不理她，似乎沉醉在自己刀法娴熟、游刃有余的踌躇满志之中。

不一会儿，郝二钢就把整个大野猪收拾完成。猪头、猪蹄、肘子、前槽、后鞧、排骨、里脊、猪肝、猪肚等，摆放得井然有序。对了，还有猪心。陈小娟想把猪心留下，晚上炒着吃。他硬是没让留，必须给夏雪皎送去一头完整的大野猪，尤其是大野猪的心。

郝二钢把猎刀擦拭干净，插入刀鞘。

夏雪皎既感动，又敬佩。

郝二钢把收拾好的大野猪全部送回夏雪皎家。

在东北，过春节要杀年猪，才有过年的气氛。夏家没有年猪可杀。郝二钢送来了大野猪，还是收拾干净的，他们家自然都笑逐颜开。平时在郝二钢面前故作深沉、不苟言笑的夏小胆也笑了。

赫春枝准备多包一些野猪肉酸菜馅饺子,摆在盖帘或者直接摆在院子干净的雪地里冻上,然后让夏雪皎给郝二钢送去一些。再把冻透的饺子装在布口袋里,吃一个春节。

　　夏雪皎笑靥绽放,更是心花静开……

第五章　胡子来了

　　清朝咸丰时期,国家内忧外患,东北的胡子乘势而起。之后胡子势力发展迅猛,如同泛滥的狼群,占山为王,据村立寨,打家劫舍,尤其靠砸窑聚敛钱财。胡子有的是甲午战争、日俄战争打散的军人,有的是当地游手好闲的地痞流氓,有的是被官府追捕的逃犯,有的是为生活所迫逼上梁山的农民猎户。山东自古出英雄,也出胡子。清政府打开柳条边,山东人开始闯关东,一些胡子也随着闯关东的人流来到了东北,来到了密山。

　　密山地界上胡子非常猖獗,成帮结伙,称霸一方,打家劫舍,劫道杀人,无恶不作。胡子把密山闹得乌烟瘴气,生灵涂炭,民不聊生。甚至有些农民看到当胡子来钱快,竟然白天在地里干活儿,晚上把脸蒙上当胡子,抢别的村子,甚至抢自己村子。

　　郝钢、郝青石、郝红石杀了朱大麻子之后,担心蜂蜜山寨的胡子来太平村寻仇,伤害到家人和村民们,天天在家里不出门,时时准备和胡子开战。他们已经二十多天没进山打猎,家里没有吃的了。

　　一九二九年的春天,郝二钢和郝钢、郝青石、郝红石、穆大头去山上围猎。

　　下午,蜂蜜山寨的大当家赵四爷带领六十多个胡子突然冲进太

第五章 胡子来了

平村。他们想给朱大麻子报仇,也想抢夺些粮食什么的,给山寨增加物资储备。

村西头的人听到胡子进村了,争着往山上跑,往荒原跑。一伙胡子对他们紧追不舍。有的胡子朝天空开枪,有的胡子朝人群开枪。跑在后面的几个老人被胡子打死。村东头的人听到枪声,知道胡子来了,想跑,但来不及了,被胡子堵在屋子里。

胡子挨家挨户翻箱倒柜找值钱的东西,连茅房都不放过。家家都很穷,没有值钱东西。于是,胡子就不管值不值钱,看东西就抢,见东西就拿。

井辘轳正在家干活儿,胡子来了,赶紧跑进屋里,手忙脚乱地为洋炮装填弹药。过去,井辘轳家非常贫穷,经常因为吃不上饭,靠挖蚯蚓、捉蚂蚱、捕麻雀、采灰菜为食,勉强维持生存。后来,跟着郝钢、郝青石、郝红石他们进山围猎,因为没有洋炮和猎枪,只能握着洋叉吓唬猎物往围猎圈里跑,为了能分得一份猎物。再后来,郝钢送给他一支老洋炮,他才成为猎手,生活也比过去好了一些。

胡子已经冲进屋里,井辘轳的洋炮还没装填好弹药。井辘轳抢起洋炮打倒了一个冲上来的胡子,却被另一个胡子一洋炮打中大腿,一下坐在地上。洋炮、弹药和两张刚熟好的狗子皮被胡子抢走了。

水平的家境和井辘轳差不多。他也是打猎之前才为洋炮装填弹药。水平的洋炮还没有装填好弹药,三个胡子就冲了进来。他担心水娃儿受到伤害,没敢反抗,眼睁睁地看着胡子把他的洋炮和弹药抢走了。

赵七儿、杨二愣带领二十多个身手好、枪法准的胡子直奔郝家。

郝二钢的奶奶李凤兰、妈妈陈小娟没来得及跑,就被赵七儿、杨二愣他们堵在屋里。

李凤兰、陈小娟早就听说蜂蜜山的胡子心狠手辣、杀人如麻。尤其知道郝钢、郝青石、郝红石杀了蜂蜜山寨的大当家朱大麻子,

猎人狙击手

更是整天提心吊胆。在胡子闯进屋里之前,都在脸上涂了锅底灰,故意弄得埋了巴汰、人不人鬼不鬼的样子,坐在炕上瑟瑟发抖。

赵七儿、杨二愣他们小心翼翼地冲进屋,搜了个遍,没有找到郝钢、郝青石、郝红石,就对李凤兰、陈小娟大喊大叫起来:"我们是蜂蜜山上下来的。你们郝家爷们儿杀了我们大当家的,罪该万死。他们都死到哪儿去了,只留下娘们儿?他们把钢枪、猎枪、洋炮都藏哪儿了?"

郝钢、郝青石、郝红石把缴获蜂蜜山寨胡子的钢枪、朱大麻子的驳壳枪和子弹都藏在院子柴火垛里头了,没让郝二钢、李凤兰、陈小娟知道。

李凤兰胆战心惊地说:"家里四个老爷们儿一早就进山打猎去了,把洋炮都带走了,家里没有洋炮了,也没有别的东西了。"

赵七儿看到手下的胡子找到了一些兽皮和洋炮用的火药、铅砂,他又大喊大叫起来:"说你们家没东西,看看这是什么?"

这时,赵四爷走进屋里。赵七儿偷偷地对他说:"没抓到杀害朱大麻子的郝家爷们儿。把郝家的两个娘们儿带回去吧,当诱饵,让郝家爷们儿去救,然后杀了他们,给朱大麻子报仇。"

赵四爷阴险地说:"抓两个娘们儿多两张嘴。郝家爷们儿没抓到没关系,跑了和尚跑不了庙,哪天咱们再来。我就不信他们总不在家!"说完就出去了。

赵七儿这回似乎明白了赵四爷的心思。赵四爷本不想专门兴师动众地为朱大麻子报仇,多一事不如少一事。但是,杨二愣多次提出要血洗太平村,为朱大麻子报仇。赵四爷也不好再拖延,只好做做样子,给杨二愣看,也给所有胡子看。没有这种样子,怕朱大麻子的心腹不服。再说了,赵四爷听说过郝家爷们儿非常邪乎,也看到了他们杀死朱大麻子时下手的凶狠和利索,自己没必要因为给死鬼朱大麻子报仇而招惹了郝家爷们儿。

赵四爷当上蜂蜜山寨大当家后,没有让原本的三当家杨二愣当

第五章　胡子来了

二当家，而是让自己的侄子赵七儿当上了二当家。虽然赵七儿吃啥啥不剩，干啥啥不行，但是他毕竟是自己人。杨二愣是朱大麻子的人，对朱大麻子忠心耿耿，未必对他赵四爷忠心耿耿。

杨二愣对自己没有顺理成章地当上山寨二当家的耿耿于怀。

此时，杨二愣因为没抓到杀害朱大麻子的郝家爷们儿，也没翻到什么好东西，恼羞成怒，想用火把将郝家的房子点着，又怕赵四爷怪罪下来。于是，他猛地把手里的火把朝李凤兰的大腿戳去。瞬间听到火烧皮肉的咝咝响声、李凤兰疼得撕心裂肺的喊叫声，闻到火烧皮肉的焦煳味。然后，杨二愣把火把用力扔在地上，喊叫着："杀猪啊？告诉你们家爷们儿，过几天我们还要来，把他们的命和抢夺我们的钢枪、手枪都给我们准备好了，我们来取。如果抓不到他们，你们全家都得挨枪子儿。"说着，他用驳壳枪在她们身上比画了几下，转身离去。

郝家唯一的一头猪、三只鸡也被胡子抢走了。

胡子走后，陈小娟看到李凤兰腿上严重的烧伤，才和她一起号啕大哭起来。

夏小胆被郝家的哭声吓破了胆："胡子可能在郝家大开杀戒了！胡子心狠手辣，咱爹就是因为和胡子针锋相对，才家境败落、流落密山、无家可归的。粮食实属身外之物，把咱家粮食一股脑给胡子，胡子就不会难为咱们。生命重于泰山，比什么都重要。"

夏雪皎年纪尚小，只知道害怕，没什么主意。

郝春枝不同意："现在是青黄不接的时候，把粮食都给胡子，咱们吃什么？赶紧把粮食藏起来！"就要把全家仅有的一袋高粱米藏进菜窖里。

夏小胆急忙阻拦她说："我不是说过了吗，如果命丧黄泉，有再多粮食也无济于事了。再说，粮食藏在地窖里根本藏不住，胡子进咱家门，首当其冲的就是菜窖。"

这时，赵四爷带着几个胡子冲进夏家。

猎人狙击手

赫春枝拗不过夏小胆,只能任由他乖乖地把全家赖以生存的一袋高粱米拱手给了赵四爷他们。赵四爷一进夏家,就开始打量赫春枝,最后眼睛一动不动地停在她高耸的胸脯上,足有五分钟。

胡子们还想翻箱倒柜地搜出什么稀罕玩意儿。赵四爷向他们摆了摆手。他们就离开了夏家。

穆大头的媳妇拽着儿子穆天儿想往山上跑,然而没跑到村头,穆天儿就跑不动了。他大喊着:"妈,你快跑,不要管我!"

他妈妈哪能不管他,拽着他跌跌撞撞就奔自家的一片苞米地跑去。马上就要进入苞米地了,穆天儿一头栽倒在地头儿的垄沟上。瘦弱的她也不知道哪儿来的力气,抱着他就往苞米地里面跑,跑了二十多步,感觉他已经没有呼吸了,才把他放了下来。穆天儿再也没有醒来。她悲痛欲绝,号啕大哭。这时,胡子逐渐围了上来。她彻底绝望了,掏出平时抽旱烟的洋火,点燃了干枯的苞米秸秆,想把自己熏死或烧死,不能让胡子玷污了她。然而,苞米秸秆还没有形成燎原火势,就被冲上来的三个胡子踩灭了。她被熏得昏昏沉沉,但是没有死成。

郝二钢、郝钢、郝青石、郝红石、穆大头打到三只狍子,正兴致勃勃地背着狍子下山,突然听到了枪声,是从太平村传来的。郝青石说:"不好,胡子进村了!"他们五人扔下狍子就往村子里跑……

三个胡子按倒了穆天儿妈,撕碎了她的上衣,准备强奸她。她拼命挣扎,惨烈哭喊。本来郝二钢跑得最快,冲在最前面。然而当他看到胡子正要强奸穆天儿妈的时候,竟然不知道自己要干什么了。愣了一下,才想用洋炮打死胡子,又犹豫了一下。这时,一个胡子拿起猎枪要杀死郝二钢。郝钢、郝青石、郝红石飞快冲出,毫不犹豫地用猎刀杀死了三个胡子,各得一支双管猎枪和弹药。穆大头跑得慢,最后才赶到……

郝红石责备郝二钢说:"胡子要杀死你的时候,你必须先杀死他

第五章　胡子来了

们，否则死的是你。正像猛兽向你扑来，你不先杀死猛兽，猛兽就先杀死你。"

郝青石也对郝二钢说："面对坏人，进行的是你死我活的生死搏斗，绝不能犹豫，更不能手软！"

郝二钢用洋炮打死过野狼、棕熊、野猪，就是没用洋炮打死过人。当他要打死猛兽的时候，他没有手软；当他要打死人的时候，他手软了。郝二钢不是没杀过人。前年，朱大麻子要把他们七个孩子劫持到蜂蜜山寨去，郝二钢为了解救夏雪皎、穆文化他们的时候，就毫不手软地杀死了赶车的胡子。

郝青石、郝红石的话，郝二钢铭记在心，以后遇到坏人决不犹豫，决不手软！

郝二钢、郝钢、郝青石、郝红石到家，得知家里闯进了胡子，李凤兰被胡子烧伤，都非常气愤。

郝二钢大喊一句"对胡子决不手软"，拎起洋炮就要去追赶胡子。

郝钢、郝青石和郝红石急忙阻拦他。郝青石说："咱们一定要报仇，但不是这个时候。胡子人多，家伙什儿又好，你一个人去追胡子肯定要吃亏。"

郝红石也劝郝二钢说："你爷说得对，这个时候不能去追。找机会，二爷和你一起去打胡子。必须抽冷子打到胡子的痛处，让他们不敢再来太平村。"

郝二钢只好听郝青石、郝红石的。

郝钢担心胡子再来，让村里人受伤害，就召集开会，全村一家出一个人参加。他琢磨了一宿，感觉当前迫在眉睫的事情，是把村里的猎手组织起来，齐心协力对付胡子，让胡子不敢再来太平村。他建议成立猎人小队，全村猎手必须全部参加猎人小队，负责保护村民生命安全和财产安全。平时加强备战，加固房子门窗，准备好洋炮、猎枪和弹药。晚上要在村西头、村东头设暗哨，两人一组，

猎人狙击手

轮流放哨。有陌生人进村就开枪示警，以枪声为号令，帮助村民转移到山上去。猎人小队要同心协力，保卫全村安全。大家基本同意郝钢组织猎人小队的想法，并一致推举郝钢当队长。

郝钢以身作则，率先给郝二钢、郝青石、郝红石报名参加猎人小队。穆大头、井辘轳、水平等猎人纷纷报名，参加猎人小队，保护全村安全。

郝钢提醒大家："胡子虽然有拿大刀、长矛的，但是拿钢枪、猎枪的多些，家伙什儿比咱们的强老鼻子了，而且他们人多，好多人过去当过兵，也有些人是炮手和猎手，打仗有经验，枪法也很准。咱们一定要拿出打猛兽的劲头儿来，要打就一枪毙命，否则胡子比猛兽更难对付。咱们的家伙什儿大部分是洋炮。洋炮装填弹药麻烦，没有钢枪、猎枪装弹快，争取一枪撂倒一个。记住，一家被胡子包围，其他猎手不能只顾自己，必须奋力猎杀胡子，为他们解围。"

夏小胆和赫春枝也参加了会议。

夏小胆反对成立猎人小队："成立什么猎人小队呀？多此一举。明目张胆地和胡子对着干，容易激怒胡子，使胡子铤而走险，更加疯狂地报复咱们，以后咱们村就永无宁日了。还不如和以前一样，息事宁人。平时坚壁清野，胡子来了，咱们就往山里跑。实在跑不了，就把家里的粮食什么的给他们，破财消灾。"

赫春枝气愤地批评他说："你这叫为虎作伥。村里的男爷们儿都像你一样胆小如鼠、畏首畏尾，胡子就会更加肆无忌惮，来得次数会更多，村子里的娘们儿都得被胡子糟蹋了，太平村就更没有太平日子过了。郝大哥把猎人都组织起来打胡子，保护村里人安全，是好事儿，胡子就不敢肆无忌惮地来太平村抢劫杀人了。"

散会的时候，水平搀扶着一瘸一拐的井辘轳拉住郝钢说："我们俩的洋炮被胡子抢走了。我们非常想打胡子，保卫咱们村安全，但是没有家伙什儿呀！以后打猎都没有家伙什儿了，用什么打胡子？"

郝钢没有私心："前些日子，我们缴获了蜂蜜山寨胡子的两支

第五章 胡子来了

钢枪、三支猎枪、一支驳壳枪。从我家拿两支洋炮和弹药,给你们俩用。"

井辘轳得寸进尺:"既然你们缴获三支猎枪,你就把猎枪给我们两支用呗。"

郝钢解释说:"不是不能给你们猎枪和钢枪,因为用猎枪和钢枪很危险。我们在蜂蜜山寨杀死了朱大麻子和他的两个保镖,又杀死了来咱们村抢劫的三个胡子,才缴获的这些枪支和弹药。胡子再来,最先会冲我们郝家来,也就是冲着这些枪支和弹药来的,为朱大麻子和他们兄弟报仇。你们用猎枪,不怕胡子报复啊?"

井辘轳退缩了:"那我们还是用洋炮吧。"

夏小胆和赫春枝也路过郝家,听到了郝钢的话。夏小胆阴阳怪气地说道:"闹了半天,是你们郝家爷们儿逞一时之勇杀死了人家大当家的和人家弟兄,才和蜂蜜山寨的胡子结下梁子,才给太平村引来杀身之祸呀。既然胡子是针对你们郝家爷们儿来的,你们就应该勇于担当、独自面对,别让无辜的村民受到连累,受到伤害!"

郝钢说:"是我们杀死了朱大麻子,才和胡子结仇,为咱们村带来祸殃。我们一定会勇于担当,也能独自面对。但是,即使我们没有杀死朱大麻子,胡子就不来咱们村杀人放火了吗?以前来过的次数还少吗?"

赫春枝非常气愤地指责夏小胆说:"夏小胆呀,夏小胆,你平时胆小怕事,没有血性,没有男人该有的阳刚之气,我都能忍,现在大敌当前,你还胆小如鼠、畏首畏尾,我无论如何不能忍。我忍无可忍了!你无端指责郝大哥引来了胡子,让无辜的村民受到连累。你没胆儿,也没心啊?我都为你害臊!你扪心自问一下,如果没有郝家爷们儿的强悍威名和无畏气势,胡子早就把咱们村洗劫一空了。你还能像现在活得人模狗样的,不负责任地在这儿无端指责别人不负责任吗?我嫁给你是我一生最大的错!"

夏小胆灰灰溜溜地回了家。

井辘轳中枪的当天,郝钢就把猎刀用火烧消毒,然后用猎刀把井辘轳腿上的独弹取了出来。井辘轳疼得叫出了杀猪的声音。

郝钢安慰他说:"别号了。你够幸运的了,是钢弹。如果是铅弹,你就没命号了!"

为了郝二钢的安全,郝钢也没有让郝二钢使用猎枪。当郝钢把两支洋炮送给了别人。郝二钢极为不愿意:"你把我的洋炮送人了,我用什么打胡子?"

郝钢安慰他说:"小孩儿打猎行,打胡子不行。胡子比猛兽更凶猛、更狠毒。如果胡子来了,你就待在我身边,帮助我换弹药。"

郝二钢非常不情愿。

过了十天,蜂蜜山的胡子真又来了。

这次来的胡子头是赵七儿和杨二愣。他们带着四十多个胡子,就是要为朱大麻子和弟兄们报仇。都说郝家爷们儿不好惹,他俩不信,就想惹一惹郝家爷们儿。

下午,郝钢领着郝二钢在村东头放哨。郝钢握着一支猎枪,埋伏在一棵大树下。郝二钢非要上树,说在树上看得远。他拿着一支洋炮。

郝钢劝他下来:"天要黑了,在树上也看不了多远。别让胡子炮手把你当成活靶子。"

郝二钢就是不下来。他心里有数。

突然,郝二钢低声喊道:"爹,胡子来了!"

郝钢一看,果然是胡子来了。当他们看到胡子,胡子已经离他们一百多米远了。他赶紧叫郝二钢快下来。郝二钢像是听到了,又像是没听到。他又催了郝二钢两次,郝二钢就是不下来。

郝钢看到前面的胡子已经进入猎枪的射程,就果断开枪,打死了最前面的胡子。然后反身就往村里跑。小崽子不听话,就顾不了他了,让他自生自灭吧。他得组织村里的猎人小队阻击胡子,再说,蜂蜜山的胡子主要是冲着郝家来的,他担心郝青石、郝红石两人在家寡不敌众，就飞一样跑回了村子。

即使听到了郝钢报警的枪声，大家还是感觉心慌，不知所措。有的人想往山上跑，又担心路上遇到胡子；有的人想留在家里，又担心胡子冲进家里。

郝钢边跑边喊："大家不要乱，把房门关好。猎人小队守住自己的家，互相支援，看准了打！"

东北很多农村都是中间修一条村路，村民家房子都建在村路两边。太平村也是如此。这样的布局便于猎手互相掩护、交叉射击。就怕胡子从房前房后两面攻击，让他们腹背受敌。

胡子还没进村，就被郝钢打死一个。赵七儿、杨二愣他们知道这次不同于上次，遇到反抗了，不能轻敌。

杨二愣带着山寨里八个硬实的胡子直奔郝家。杨二愣认为，上次在太平村有三个兄弟在苞米地里被人杀害，郝家爷们儿出去打猎，他们兄弟又是被猎刀所杀，也许正是郝家爷们儿干的。如果在郝家抓捕或杀死郝家爷们儿，既是为朱大麻子报旧仇，也是为兄弟们解新恨了。

郝青石、郝红石的手里有两支钢枪、两支猎枪、一支驳壳枪和两把猎刀。

郝青石、郝红石清楚胡子这次还是冲郝家来的，为了给朱大麻子和被他们杀死的胡子报仇。为了保护郝家人和村里人，他们做好了与胡子殊死搏斗的准备。他们早已把枪装满子弹，立在窗户旁、房门旁或者背在身上。然后郝青石手握猎刀站在了门旁，郝红石手握猎刀站在窗户旁，准备迎接冲进来的胡子。

院子里，飞狼在疯狂吠叫。

"咣当"一声巨响，一根冰镩子从北面的窗户飞进屋里，深深地戳在炕上。幸好李凤兰、陈小娟早从炕上下来，蹲在了地上。接着，一个胡子从窗户飞了进来。他还没站稳，郝红石的猎刀已经深深地插进他的后胸。

猎人狙击手

又一个胡子闯了进来。同时，房门也被胡子撞开，一个胡子冲了进来。李凤兰、陈小娟被吓得魂飞魄散。

郝红石直扑从窗户进来的胡子，飞起一脚将他踹倒，顺势把背着的猎枪转到前面，果断地朝胡子开枪。胡子当即身亡。郝青石一刀割断了破门而入胡子的脖子。这时又一个胡子从后窗户飞了进来，还没有站稳，郝青石一枪打中他的胸膛。胡子鱼贯而入，郝青石、郝红石和胡子猛烈对射。

屋里立刻火星四溅、烟尘弥漫。

杨二愣竟然在院子外用钢枪瞄准郝青石，想要射杀郝青石。只听一声枪响，杨二愣应声倒地。这一枪是郝钢打的。他从村东头回来，没敢走村路，而走的房后小道，正好赶上郝青石、郝红石和胡子们对射，关键时刻救了父亲郝青石。

原来，杨二愣仗着自己人多势众，先让四个胡子冲进郝家，来个突然袭击，也是试探郝家的虚实。四个胡子转眼就被郝青石、郝红石杀死了。郝家爷们儿果然邪乎！杨二愣又让两个胡子从房后包抄、两个胡子从正面进攻，自己则抽冷子射杀郝家爷们儿。于是，杨二愣躲在栅栏外准备朝屋里开枪。

杨二愣等九个胡子被郝钢、郝青石、郝红石消灭了。郝青石捡起一个胡子的猎枪，检查了一下子弹，递给郝钢。郝钢把这支猎枪背在身后。郝钢也把自己的猎枪补满子弹。他们想冲出去，支援其他猎人小队成员，解救被困的村民。然而，村路对面又冲过来五六个胡子。他们封锁了郝家屋门，郝钢、郝青石、郝红石冲不出去了，只能抽冷子从窗户向外打胡子。

郝钢瞄准了一个胡子，刚要开枪，只听一声枪响，那个胡子一下坐在地上。郝钢正在纳闷儿，又一声枪响，又一个胡子被击毙。第一枪是郝二钢打的，第二枪是穆大头打的。郝钢和郝青石趁机开枪，各打死一个胡子。这时郝青石听到房后有响动，估摸胡子要从房后包围他们。他让郝钢在屋里守着，他冲向房后……

第五章 胡子来了

郝钢跑回村子后，郝二钢继续在树上埋伏。他就想自己从胡子手里抢到一支猎枪。

四十多个胡子悄悄摸进村。留下一个胡子在村东头放哨。他先是四周观察了一下，然后坐在了树下。

郝二钢想用猎刀捅死他，又怕不能一刀毙命。于是，想用洋炮打死他。大树正要发芽，枝芽茂密，阻挡了郝二钢瞄准。于是，他想轻轻地爬到树下。没等他爬到树下，胡子听到树上有动静，一边去拿身旁的枪，一边抬头朝树上张望。此刻，郝二钢的洋炮已经背在肩上，使用洋炮已经来不及了，只好从腰间抽出猎刀直接跳下，一下坐在胡子的脑袋上，将正要站起来的胡子压得趴在地上。同时，胡子的枪响了，打在对面的树上。郝二钢的猎刀也刺出去了，深深地刺进胡子的后背。胡子死了。

郝二钢捡起胡子的枪一看，不是猎枪，是一支不知道名的钢枪，和郝青石他们缴获胡子的钢枪差不多。他不知道这支枪怎么用，不过他感觉这支枪肯定比洋炮和猎枪好用。他喜出望外，迅速把钢枪背在身后，把自己的洋炮装填了弹药，把胡子身上的弹药带在自己身上，然后撒丫子就往村子里跑。他和郝钢一样，没有走村路，而是从房后小道进入自家的院子里。

郝二钢是初生牛犊不怕虎！胡子打到家门口了，作为男子汉，他必须挺身而出，绝不能手软，保护家里人和村里其他人不受伤害！郝二钢从房子侧面看到一个胡子正趴在院外柴火垛旁朝屋里瞄准，不好，他担心胡子要向郝钢、郝青石、郝红石打黑枪，这还了得。他想冲出院子，去打死那个胡子。没想到，院子里还躲藏着一个胡子。他看到郝二钢要冲出院外，立马举枪向郝二钢开枪。千钧一发之际，飞狼像野狼一样凶猛地从狗窝飞了出去，一口咬住胡子的右手，子弹打在了房檐上。

这一切，郝钢看在眼里，他瞄准胡子就要开枪，没想到飞狼扑了上去，他怕打到飞狼，就没开枪，只能另找时机。郝二钢瞬间冲出，照胡子的后腰就是一刀。这时，郝钢的枪响了，埋伏在院外柴火垛旁边的胡子被一枪毙命。郝钢早就看到了这个胡子，一直没法开枪。两个胡子互相掩护，他打其中的一个，另一个胡子瞬间就会打中他。是郝二钢救了郝钢。

郝二钢捡起胡子的枪一看，是一支崭新的猎枪，他喜出望外。

郝钢心里也非常高兴，因为郝二钢长大了，可以帮助他打胡子了！

赵七儿他们这次进村，除了要杀死郝家爷们儿，为朱大麻子和弟兄们报仇外，就是奔赫春枝来的。赫春枝是村子里最漂亮的女人。年轻的时候，赫春枝如同荒野里奔跑的小鹿，身材娇小，充满青春的活力。她现在已经成为丰满的女人。她的皮肤已不像年轻的时候如凝脂、似霜雪地白，而是像初秋的西葫芦，黄里透白，十分光滑。她知书达礼、聪颖贤惠、精明干练。上次赵四爷来太平村，看到了赫春枝，登时被她的美貌所倾倒。二十年没想碰女人的赵四爷，看到了赫春枝，又想碰女人了。赵七儿看到赫春枝是个眉清目秀的美人，脸蛋光溜，也对她想入非非了。但是他看出赵四爷对赫春枝动心了，他就不敢动心了。

其实，二十年前，赵四爷是个吃喝嫖赌抽五毒俱全的胡子，尤其是个出了名的好色之徒，嫖过的烟花女子、玩过的良家妇女数不胜数。终于得上了梅毒。加上纵欲过度，导致身如枯井、力不从心了。他因自卑而自闭，此后便远离了女人，视女人如仇人。因此，他一直没有找女人，当然没有子女。这个时候，如果他对赫春枝有欲望，也只能是奢望。动动嘴，动动手而已。

这次，虽然赵四爷没来太平村，却暗地里给了赵七儿一个重要任务，那就是不管用什么手段，都要把赫春枝带回山寨去，做他的压寨夫人。即使朱大麻子的仇不报，也得把赫春枝带回来……

杨二愣在郝家栽了。带十多个胡子也没有损伤郝家父子一根毫毛，自己却大伤元气。赵七儿坐山观虎斗，看得清清楚楚，就是没

第五章 胡子来了

有拔刀相助。因为出发前，赵四爷对他面授机宜，那就是让杨二愣去攻击郝家，借助郝家爷们儿的手杀死杨二愣，消除身边隐患。

杨二愣死了。赵七儿领教了郝家爷们儿的厉害，自己不想冒着风险去对付郝家爷们儿，也不想一无所获地回到山寨，被赵四爷责罚。既然杀不死郝家爷们儿，也抓捕不了郝家爷们儿，就顺手把大美人儿赫春枝带回山寨去。没为朱大麻子和弟兄报仇，毕竟为赵四爷带回去了压寨夫人，赵四爷不但不能责罚他们，还可能奖赏他们。于是，赵七儿和十多个胡子扔下杨二愣他们的尸体，远离不好惹的郝家爷们儿，翻过栅栏进入夏家。

当夏家的门被胡子一脚踹开，本来听到外面不断的枪声就已经提心吊胆的夏小胆，胆子如同烟消云散，没有胆了。胡子要把赫春枝带走，赫春枝拼命反抗，宁可死也不跟他们走。夏雪皎也帮助妈妈挣脱胡子的手。这时，赫春枝拿起早已经准备好的剪子，就要自杀。她后面的一个胡子突然用枪托砸了她的脑袋。她一下昏倒在地。胡子背起她就要往院外走。

赵七儿一看到夏雪皎，感觉比赫春枝还漂亮，尤其是她有着情窦初开的清纯，更让他魂不守舍。既然得不到赫春枝，能得到她女儿夏雪皎更是天大的美事，这让他大喜过望。于是，他突然背起夏雪皎就往屋外走。夏雪皎拼命挣脱他的手，从屋里冲出。她照背着赫春枝的那个胡子长满猪毛似的手上咬去，用了啃猪蹄的力量。胡子疼得差一点儿松手。旁边的胡子急了，抬起枪就要向夏雪皎开枪。两声枪响，夏雪皎被吓得紧闭双眼。当她睁开眼睛一看，自己还活着，向她开枪的胡子死了，背着赫春枝的猪蹄胡子也死了。这两枪是郝二钢打的，救了夏雪皎。

郝二钢、郝钢、郝青石、郝红石、穆大头等一群猎手冲进院子，砍瓜切菜一般又杀死了十来个胡子。赵七儿和两个胡子如同冲出围猎圈的野猪，逃离了太平村。

从胡子冲进夏家，把赫春枝背到院子里，到夏雪皎被赵七儿背

> 067

走，夏小胆都没敢出声，仿佛被吓傻了一样，蜷曲在炕头上。

这次护村战斗，让刚刚成立的猎人小队初露锋芒，给胡子以沉重打击，共击毙胡子三十八人。仅郝家三代英雄就击杀胡子二十五人。穆大头、井辘轳、水平等护村队员共击毙胡子十三人。只有赵七儿和两个胡子逃走。从此，蜂蜜山寨的胡子以及太平村周边的胡子都不敢到太平村来了。

猎人小队缴获了近二十支洋炮、猎枪、钢枪，还有大量弹药，增强了战斗力。

过去，郝家有三支老洋炮，现在有六支猎枪、三支钢枪和一支驳壳枪了。

郝二钢自己缴获了一支钢枪、两支猎枪。他第一次拥有猎枪，而且是崭新的，自然喜不自胜。猎枪左右两个枪管，不用像洋炮那样从枪管口装填火药和纸垫，再装填铅砂或独弹，最后还得压上纸垫，麻烦而费时。猎枪是用子弹的。子弹要事先制作。弹壳是黄铜的，底部压上底火，里面装填火药、纸垫、铅弹、纸垫。打猎的时候直接上子弹，方便、快速，即使没有一枪毙命，还可以立刻补射第二枪。然而，郝二钢对缴获的钢枪更是情有独钟，简直如获至宝，天天摆弄钢枪，琢磨钢枪。他仔细观察，这支钢枪和郝钢他们缴获的钢枪还不太一样，枪管略长。

郝红石拿起钢枪看了半天，对郝二钢说："这支枪应该是张作霖的奉系军阀使用的辽十三式步枪，东三省兵工厂生产的。这是一支好枪，可以装五发子弹。这支步枪打得比猎枪远老鼻子了，在四五百米以外都能打死野猪、野狼和黑瞎子。"

胡子横行，人心惶惶。大户人家纷纷购买枪支自保，雇用炮手，部分大户人家还成立了保安队，对于枪支需求数量大。而奉天军械厂也是给钱就卖，每支辽十三式步枪五十银圆，附送五十发子弹。辽十三式步枪自然也就成了胡子当中常见的一款步枪。

郝二钢一听说这支辽十三式步枪能在四五百米外打死野猪、野狼和黑瞎子，更是对这支步枪爱不释手，每天睡觉都把它放在身边，生怕它跑了似的。步枪和猎枪的子弹还不一样。步枪子弹是尖尖的，露出弹壳外，比猎枪子弹细，还不怕水淹。猎枪的独弹是圆圆的铅弹，藏在比步枪要粗的弹壳里面，外面看不到。

郝二钢天天带着辽十三式步枪到村西头树林里练习瞄准，就是舍不得实弹射击。辽十三式步枪里和缴获胡子的步枪子弹一共二十八颗，他舍不得用。打野猪、打野狼、打胡子的时候，他才能用。

郝二钢十分警觉，开始打猎的时候，就想使用两支洋炮，如果遇到猛兽没有一枪毙命，就用另一支洋炮补枪。那个时候，家里没有那么多洋炮。当他缴获胡子一支辽十三和一支猎枪之后，他就总是身背辽十三，手握猎枪了……

第六章　侠女雄心

胡胜男，是虎林猛虎山的胡子大当家的。

早年，胡胜男的大伯胡志彪、父亲胡志虎是密山老黑背山下老黑背村的农民。日俄战争的时候，他们被俄国人征招当了马夫。在坚守狼山阵地的战斗中，胡志彪、胡志虎也拿起枪上战场，打死了三个日本兵。后来，他们被打散，和部队失去联系，阴差阳错地参加了张作霖的队伍。张作霖秉持着"谁给我好处，我就帮助谁"的原则，先为沙俄军队效力，后为日本军队效力。胡志彪、胡志虎感觉张作霖的队伍不着调，靠不住，就偷偷跑了出来。因为没饭吃，又到了另一支俄国部队当马夫。当马夫既不用打仗，又有饭吃。俄国被日本打败，他们随着如山倒的败兵到了沈阳。为了活着，胡志彪、胡志虎什么活儿都干过，什么苦都吃过，甚至召集了二十多人，当上为人消灾、替人解难的大哥。

此时的胡志虎已经结婚生女，在沈阳安家。女儿起名胡胜男。

直奉战争前，奉系军队抓壮丁，将胡志彪、胡志虎他们二十多人都抓去当兵。在战争中，胡志虎、胡志彪打仗挺虎挺彪，胡志虎当上了连长，胡志彪当上了排长。

胡胜男长相秀美，身材娇小，却有着男孩子的豪放和胆识，正直正义，敢作敢为。她从小就立志参军，向往戎马生涯。胡志虎不同意她参军，胡志彪也反对，女孩子不应像男人一样打打杀杀的。但是她是个话语不多、心里有数的女孩子，倔强得让人无奈和气愤、让人怜爱和心疼。胡志虎、胡志彪也就由着她了。胡志虎把胡胜男安排到他的部队中，想让她体验和感受一下军旅生活，兴许部队艰苦的生活会让她知难而退，放弃当兵念头。

没想到，胡胜男一到部队，几乎立刻就适应了部队生活。部队的苏联女翻译娜塔莎成为胡胜男的好朋友。她教胡胜男骑马，还送给胡胜男两把崭新的左轮手枪和一百发子弹。胡胜男对两把左轮手枪爱不释手，天天练习射击。胡志彪也送给她一箱左轮手枪子弹，供她练习射击。她最后练成了弹无虚发的神枪手，尤其擅长骑射，技艺精湛，在马背上使用左轮手枪射击，几乎百发百中……

一九三一年九月十八日，日本关东军炮轰沈阳东北军北大营，"九一八事变"爆发，抗日战争开始。当时，胡志虎是东北军的团长，胡志彪是东北军的营长。东北军执行不抵抗命令，让胡志虎、胡志彪气愤不已。他们不甘心受日本人的欺负，想冲出北大营，冲出沈阳，到外面打游击。当他们看到鬼子进攻北大营，屠杀东北军战士时，充满血性的胡志彪、胡志虎忍无可忍，带领二十多个兄弟毅然自卫还击，打死七八个鬼子。

然而在突围过程中，胡志虎中弹身亡。胡志彪和部下孙一刀保护着胡胜男、娜塔莎冲出沈阳，回到了老家密山。娜塔莎住在和虎林只有一江之隔的苏联伊曼。娜塔莎邀请他们到伊曼去。

孙一刀本名孙长山，他是胡志彪的老部下，长得其貌不扬、歪瓜裂枣一般。他擅长使军用刺刀，下手狠辣，杀人只用一刀，直中要害，不用第二刀。他刚参军的时候，大家都叫他歪瓜裂枣。后来看他出手狠辣，不敢得罪他，又叫他孙一刀。在北大营的时候，孙一刀就喜欢娜塔莎，几次向她表白，都被她断然拒绝了。胡胜男清楚，美丽爽朗的娜塔莎怎么能看上歪瓜裂枣的孙一刀。娜塔莎喜欢胡志彪，也直接向胡志彪示爱过，他却直接回绝了她。胡志彪不喜欢俄国女人。

这件事，娜塔莎对胡胜男说了，并明确表态不喜欢孙一刀。

孙一刀还是不甘心，求胡胜男帮助他说说情，做做娜塔莎的工作。他深陷对她的单相思中不能自拔。

胡胜男问娜塔莎为什么不喜欢孙一刀。

她坦率地说："孙一刀不够光明磊落，心理阴暗，总是感觉他心事重重的，让人捉摸不透。再说了，他的长相让人看着别扭，像歪瓜，喜欢不起来。"

胡胜男对孙一刀的印象和娜塔莎大同小异，所以她不能干预娜塔莎的选择。

胡志彪也气愤地说："孙一刀那歪瓜裂枣的癞蛤蟆长相，也敢惦记天鹅一样洁白美丽的娜塔莎，真是癞蛤蟆想吃天鹅肉！"

因为这件事，孙一刀对胡志彪、胡胜男心存芥蒂，总以为胡志彪、胡胜男没有为他说好话，甚至还说他的坏话，娜塔莎才没有接受他……

这次，娜塔莎提出让胡志彪、胡胜男、孙一刀和她去伊曼。胡志彪、胡胜男都不同意，国难当头，他们不能躲藏到国外去。孙一刀却极力主张去伊曼："自打咱们从沈阳逃出来以后，日本军队攻势迅猛，几个月时间就占领了东北大部分地区。咱们没什么地方可去了。先去伊曼避一避，看情况再决定以后的去向。"

胡志彪对孙一刀说："如果娜塔莎同意，你就和娜塔莎去伊曼吧。我和胜男先回老黑背村老家看看，休息几天再做打算。"

娜塔莎赶紧对胡志彪、胡胜男说："如果你们不去伊曼，我就自己回去了。青山永在，绿水长流。我们以后一定还会再见面的。"

孙一刀明显看出娜塔莎没有一丝留恋他的意思，只好无奈、没趣地跟胡志彪、胡胜男去老黑背山下的老家。

娜塔莎回到了伊曼。

第六章 侠女雄心

过去，每当夕阳西下，密山的农村被蒙蒙的、轻轻的薄雾笼罩，家家的烟囱里升起袅袅炊烟，户户的窗户里闪烁着微弱的猪油灯的灯光。给人一种温馨、祥和的生活气息。鬼子来了以后，有的村变成了日本移民村，有的村被并入"集团部落"，有的村和别的村合并，有的村被鬼子屠村成为无人村。有的村即使有人也不敢点灯，甚至不敢烧火做饭。乡村死气沉沉，没有了生气。

当胡志彪、胡胜男、孙一刀赶到老黑背山下老黑背村一看，村子极其荒凉，简直是荒无人烟。胡志彪家的老房子空无一人，好像多年没人居住了。胡志彪的爹妈不知去向。全村只有三个老人在村子里坚守着，聊以度日。一问才知道，附近有好几伙胡子。他们隔三岔五到村子里抢劫，村里人什么东西都没有了，没法活了，有的因为反抗，被胡子杀害了；有的担心被胡子杀害而离开村子，远走他乡了。胡志彪的爹妈因为不让胡子抢走家里唯一一只正在下蛋的老母鸡，被老黑背山上的胡子杀害了。

胡志彪、胡胜男悲痛万分，半夜摸上老黑背山寨，杀死了胡子大当家的、二当家的，其他三十多个胡子都是当地农民，手里的家伙什儿不是大刀，就是镰刀，只有两支洋炮，还没有弹药。当他们看到胡志彪、胡胜男、孙一刀手里的驳壳枪、左轮手枪，立马扔下手里的大刀、镰刀，归顺了胡志彪、胡胜男他们。

胡志彪想把他们杀光，为爹妈报仇雪恨。

胡胜男阻止了他："不能杀了他们。他们一看就是农民，不是十恶不赦的老胡子。留着他们，对咱们占据山寨有利。"

从此，胡志彪、胡胜男、孙一刀占据老黑背山寨，暂时安顿了下来。

为了争夺势力范围，胡志彪他们不断和各山头的胡子进行战斗。他们的势力不断壮大，人数增加到二百多人。胡志彪身手敏捷，反应迅速，上树下树似攀云梯，上山下山如履平地。有一次，他为了追杀一个罪大恶极的胡子头儿，竟然从近二十米高的山崖跳下。胡

猎人狙击手

子头儿摔死了，他竟然完好无损，加上胡志彪身体瘦高，长着一张黑漆燎光精瘦的脸，故江湖人称"黑鹞子"。

黑鹞子重视山寨建设，大兴土木，老黑背山寨比以前更像山寨了。黑鹞子是大当家的，胡胜男是二当家的，孙一刀是三当家的。

一九三三年，日本鬼子占领了鸡西、密山、虎林。

黑鹞子、胡胜男对鬼子怀有深仇大恨，发誓和鬼子势不两立，抵抗到底。他们炸毁鬼子的运输车队，袭击鬼子巡逻小队，拔掉鬼子检查站，让鬼子不得安宁。

鬼子在老黑背山附近发现了金矿。为了侵占金矿，鬼子调动两个中队的兵力去"围剿"老黑背山寨。黑鹞子他们死伤惨重，被迫转移到虎林的猛虎山占山为王。

鬼子侵占虎林后，就开始奴役中国百姓。强迫老百姓当劳工，修铁路、挖煤炭、打马草、挖河垫道、修飞机场，什么苦役都由中国老百姓承担。鬼子看劳工不顺眼、干活慢了，就用棍子、洋镐把、洋刀背殴打，轻者鼻青脸肿，重者头破血流甚至被活活打死然后抛尸荒野。

鬼子强迫到了年龄的青年去接受身体检查，合格的入伍当"国兵"（伪军），充当鬼子打击抗日武装的炮灰；不合格的去出"勤劳奉仕"（当劳工），为鬼子做苦力。鬼子还要对他们进行奴化训练。早晨起来要上操，口令全是日语，听不懂、做错了就挨一顿嘴巴子。早饭后要背"国民训""勤劳训"。谁做错了动作或背错了，也要挨鬼子一顿毒打。有时鬼子自己不动手，让其他劳工打，或让他们互相打。有的劳工嘴巴被打肿，连嘴都张不开了。

鬼子规定，凡是种地的老百姓都要交"出荷粮"。鬼子把棉布、棉花、棉线、咸盐等生活必需品都垄断了，实行配给制，不交或交不够"出荷粮"，就不配给这些东西，还要受罚挨揍。老百姓除了少数是自己开荒种地外，大多数是租种地主的地。地租是每垧一石粮（六百斤），鬼子要的"出荷粮"，每垧要五斗（三百斤）。一年到头，老百姓基本就不剩啥了，常常忍饥挨饿，用野菜、树皮充饥，甚至出门讨饭求生。

鬼子要在猛虎山和附近的山上修筑工事。后来黑鹞子、胡胜男他们才知道，鬼子修筑的工事叫虎头要塞。鬼子集结重兵疯狂地进攻猛虎山寨。黑鹞子、胡胜男他们顽强抵抗，利用丛林游击战术，把鬼子折腾得在山林里疲于奔命、损兵折将，一个多月也没有"剿灭"他们。然而，他们能够抵挡住鬼子的进攻，却抵挡不住鬼子大炮的猛烈轰击。他们人员伤亡惨重，又缺乏武器弹药补给，已经无力和鬼子抗衡了。最后，黑鹞子决定放弃猛虎山寨，到密山东山再起。胡胜男坚决反对，她认为这是中国的土地，为什么要让给日本鬼子。她虽然不得不放弃猛虎山寨，但坚持要在猛虎山及附近山林里打游击，继续和鬼子战斗。

黑鹞子无奈，只好暂时和胡胜男分道扬镳。黑鹞子和孙一刀又悄悄地回到老黑背山寨。为了蓄精养锐，黑鹞子他们暂时没有袭击鬼子。

鬼子看到黑鹞子消停了，也没有去攻击他们，只是在山下加强了戒备。鬼子想收编黑鹞子，让他们去对付其他抗日武装、胡子武装。

胡胜男开始在猛虎山一带打游击，和鬼子周旋，和胡子斗智。又到大青山、独木河等地和鬼子打游击。后来成立了抗日独立大队，她当队长。独立大队在土屯子山上建立秘密营寨，修筑炮台，还在山下种植庄稼，主要是苞米、高粱和黄豆。

胡胜男继续和其他抗日武装一起打鬼子。

土屯子山下的村民竟然不知道鬼子来了。当胡胜男告诫村民挖密道，防备鬼子袭击时，村民都不以为意。猎手张老爹的儿子去密山赶集，兽皮被鬼子抢了，还差一点儿被鬼子的刺刀给挑了。他回来对张老爹说："日本鬼子来了，听说是从东洋来的，要占领咱们这疙瘩不走了。他们在密山城外杀了不少人，比胡子狠。"

猎人狙击手

张老爹还不信:"这大山里,数九寒天的大烟炮(暴风雪)天气咱们都不敢出门儿,在家猫冬。鬼子敢进山?"

只有张老爹的老伴儿天天担惊受怕,害怕哪天鬼子突然来了,像鬼一样吃人。

就在张老爹认为鬼子不能来的数九寒天大烟炮天气,十二个鬼子突然闯进土屯子山。张老爹和儿子拿起洋炮,打死五个鬼子,最后被鬼子用手雷炸死。张老爹的老伴儿、儿媳苦苦哀求鬼子饶命,鬼子兽性大发,然后点着张家的草房。张老爹的老伴儿和儿媳抱着两岁的孩子从屋里跑了出来。鬼子又残忍地把她们推进熊熊燃烧的草房,活活烧死。

胡胜男带领独立大队赶到,消灭了正要撤走的十二个鬼子。把他们的尸体也扔进草房熊熊燃烧的火焰中,让他们给张家五口人陪葬。

东北抗联成立后,其可歌可泣、浴血奋战的精神感染着胡胜男,增强了她抗日的决心和信心。

东北抗联英雄辈出,让胡胜男感动和敬佩。一九三八年十月,在乌斯浑河,在指导员冷云率领下的东北抗联八名女战士,主动吸引鬼子的火力,掩护部队主力摆脱敌人的攻击,和鬼子浴血激战,被鬼子围困在乌斯浑河边。在背水一战至弹尽的情况下,她们宁死不屈,毁掉枪支,挽臂涉入乌斯浑河,并高呼"打倒日本帝国主义",高唱《国际歌》,集体沉江,壮烈殉国,表现了中华民族同敌人血战到底的英雄气概……

一九三九年,虎林的一场大烟炮刮了六七天,如同千军万马冲锋陷阵的队伍,摧枯拉朽一般,刮得天昏地暗,两米多深的山间洼地被飞雪添平。

苍茫刺骨的东北大烟炮堆积了无数悲壮的传说和凄惨的故事。

这样儿的大烟炮天气过后,山里人经常能捡到野鸡,有的是冻死饿死的,也有的是飞起的时候看不清方向,撞树上撞死的。当然,

第六章 侠女雄心

人也有冻死的。村民们遇到大烟炮天气都在家里猫冬，怕出去冻死。

虎林的山挺多，但是没有险峻的高山。山多，洼地自然就多。雪大的时候，有些洼地被大雪填平了，经常把人陷进去，甚至吞噬人的生命。第二年开春的时候，冰雪消融，才能露出尸体。

前些天胡胜男的一个通信员，走路的时候不小心滚落到了山坡下。大家找到他并七手八脚把他挖出来的时候，他早已经被冻僵了。一个小战士就这样失去了生命。冬天穿的靰鞡是牛皮鞋底的，一冻就容易打滑。为了避免小战士的悲剧再次发生，大家到处寻找野草，把野草捆绑在靰鞡底上，避免行军的时候脚下打滑……

大烟炮慢慢停了下来，气温却急剧下降，滴水成冰，能轻松把人冻死，冷得让人绝望。

黑鹞子过五十五岁大寿，邀请胡胜男来老黑背山寨参加寿宴。黑鹞子邀请，天再寒冷，哪怕下刀子，胡胜男都得去。胡胜男清楚，这样的形势、这样的天气，黑鹞子是不可能大张旗鼓地过大寿，也不可能让她冒险穿越大烟炮天的山坳的。一定是找她商讨抗日大事。

早晨，胡胜男和袁大件儿骑着青白两匹马，从土屯子山寨出发，要去老黑背山，为黑鹞子祝寿。

袁大件儿是独立大队副队长，本是当地的老胡子、地头蛇。胡胜男为了壮大抗日力量，收编了袁大件儿的胡子武装，任他为副队长。

袁大件儿的脑袋长得三扁四不圆，贼眉鼠眼，身材不太高大。他是远近闻名的好色之徒，看到美女，就像野狼见到狍子似的垂涎欲滴。他打鬼子不积极，砸响窑积极，玩女人积极，严重败坏了独立大队的名声。胡胜男总想除掉袁大件儿，清除独立大队的这个害群之马。

开始，胡胜男和袁大件儿走得还挺顺畅，虽然马跑不起来，却一直走着。当他们走到一个二十多里长的山坳，就不顺畅了。

这是个死亡山坳，当地人大烟炮天气都不敢走这个山坳。山坳里的积雪有一米多深,个别地方有两米多深。

他们骑着的两匹马走得非常吃力,他们得拽着马走。后来马都陷在雪里,走不出来了。他们几乎用尽了力气,也没能把两匹马拽出来。

胡胜男心想,不能再拽了,再拽,把自己的力气耗尽自己也得倒在雪里了。她清楚,精疲力尽的马深陷雪里自己是出不来的,很快就得被狼群撕咬成白骨。"咚、咚"两声枪响,青白两匹老马几乎没动,鲜血却如同葫芦瓢倒水一样流出,白雪被融化了一片,变成红雪。过一会儿,两匹老马才几乎同时倒在了红雪中。

这两枪是胡胜男打的。大白马跟着她出生入死,到了生命的最后时刻,她真是于心不忍、心有不甘。又一想,让狼群撕咬更遭罪,让它死个痛快吧。

袁大件儿吓了一跳。他听说胡胜男枪法精准,没想到这娘们儿出枪也太快了,他没看到她掏枪的动作,手臂没伸出来枪就响了。

他也心疼跟随他多年的大青马。

没有马,他们只能步行,要在天黑前赶到密山。雪深到大腿根儿,一脚下去,雪没过了膝盖,要费很大的力气才能拔出腿走下一步,简直不是在走路,而是在蹚雪。每蹚一步都异常艰难。胡胜男名叫胜男,其实胜不了男。开始,她咬牙坚持着往前走,几乎用尽全身的力气,才艰难地走出二里多路。她没有身高优势,在深雪里走路非常消耗体力,走得非常吃力。袁大件儿要搀扶着她走,她不让。

在独立大队,袁大件儿对胡胜男毕恭毕敬,不敢有丝毫非分之想。这次带袁大件儿去老黑背山寨,独立大队另外两个副队长都极力反对,并提醒胡胜男,袁大件儿是个敢做不敢当的好色之徒,担心路上不安全,要陪她一起去。她坚持只带袁大件儿一起去。袁大件儿见多识广、胆大心细,枪法准、功夫好,又是副队长,胡胜男带他去老黑背山寨也无可非议。

第六章 侠女雄心

突然又起风了，不一会儿，又刮起了大烟炮。飞雪如同浓烟，世界变得朦胧，伸手不见五指，对面不见人脸。大烟炮的风力极大，还带着阴森恐怖的嚎叫，轰起的飞雪有的像是急速飞翔的白鹭，却不像白鹭羽毛一样轻柔，有抽脸打嘴的感觉；有的是从雪地卷起的冰粒，恰似砂子一样坚硬，有刺脸割嘴的感觉，脸上疼得火辣辣的。顶风走的时候走得慢，走一步退两步；顺风走的时候走得快，有被刮跑的感觉。东北人遇到大烟炮天气都在家里猫冬，打死都不出门。即使是猎人，也有在大烟炮天气迷路，冻死在野外的。

前面出现了一排大脚印。开始她们以为是人的脚印，仔细一看，应该是棕熊的大脚印。冬天，棕熊和黑熊都在树洞或山洞里冬眠，也不知道这只大棕熊为什么跑出来了。

棕熊要比黑熊大很多，是庞然大物，八百斤的棕熊司空见惯，一吨重的棕熊也不稀奇。棕熊肌肉发达，爆发力惊人，即便是凶猛的东北虎也未必是棕熊的对手，狼群也不敢采用群狼战术攻击棕熊。主要是因为棕熊体形庞大，力大无穷，皮糙肉厚，野狼很难咬伤它。棕熊的牙齿和熊掌具有巨大的杀伤力。

胡胜男在大烟炮中行走，更是举步维艰，每走一步都更加吃力。她长得小巧玲珑，总是有快被大烟炮吹跑甚至吹上天去的感觉。她俊俏的小脸儿被冻得粉红，宛如一朵娇羞的芍药花。

他们走，走不动；不走，又怕冻死。即使没冻死，也要被棕熊、黑熊、狼群吃得只剩白骨。她进入进退两难的境地。她本不想让袁大件儿搀扶着她走，但是面对这种生死攸关的困境，她只能让他搀扶着她了。

袁大件儿自顾不暇，走得也很吃力。但是，胡胜男让他搀扶，他受宠若惊，立马连拽带扶加推地帮助她往前走。走了三个时辰，竟然没有走多远。

他们想吃点儿苞米饼子，好有力气走路。苞米饼子比冰还硬，根本咬不动，只能啃。胡胜男想喝水。袁大件儿把日本军用水壶递给她。她一喝才知道,水壶里的水已经冻成冰了,只好吃雪。

当太阳就要落山,白雪变成红雪的时候,他们终于到达密山附近,和前来迎接她们的孙一刀会合。他们骑上孙一刀带来的东洋马,奔老黑背山疾驰而去。

月上树梢,黑鹞子筹备已久的生日宴席开始。山寨大厅里油灯通明,兄弟齐聚;大块吃肉,大碗喝酒,推杯换盏,吆五喝六。

席间,袁大件儿也不忘了用他那色眯眯的眼睛、酒气熏天的嘴调逗胡胜男。她开始视而不见,后来偶尔回敬他一个莫名其妙的手势。

当宴席即将结束,桌上杯盘狼藉,胡子东倒西歪的时候,胡胜男回木屋休息了。

袁大件儿仍然沉醉在雪地的春光里,欲望在酒精的作用之下更加膨胀。

他色胆包天地一把推开胡胜男木屋的木门,迫不及待地冲进去直扑她的火炕。刚刚摸到胡胜男穿着的毡疙瘩,就听"咚咚"两声枪响,袁大件儿向前一头栽倒在冰冷潮湿的泥地上。

不一会儿,黑鹞子领着一帮胡子冲了进来。

胡胜男面带泪水,哭喊着说:"该死的袁大件儿,他想强奸我!"

黑鹞子气愤至极地说:"他是个什么玩意儿呀,吃了熊心豹子胆了,敢强奸我侄女?把他扔到山沟里喂野狼!"

孙一刀带着六个胡子,把袁大件儿的尸体放在马拉的爬犁上,扔到后山沟喂野狼了。

黑鹞子离开木屋后,胡胜男偷偷地哭泣,直到半夜。

黑鹞子找胡胜男来老黑背山寨,就是想把她留在老黑背山寨。因为他得到情报,胡胜男的独立大队出现叛徒,鬼子要血洗土屯子山秘密营寨,彻底消灭独立大队。黑鹞子怕胡胜男遭到叛徒的暗算,才通知她来老黑背山寨出席寿宴的。第二天,他们才知道,独立大队的叛徒就是袁大件儿。他之所以没对胡胜男下手,是想放长线钓大鱼，趁机侦察清楚老黑背山寨的防御工事，然后向鬼子请功，抽冷子把老黑背山寨一锅端了。

黑鹞子要派人坐马爬犁去土屯子山秘密营寨，通知独立大队转移到老黑背山寨。

胡胜男说："我必须亲自去，否则独立大队的战士不会相信。"

胡胜男迅速返回土屯子山，在山下开枪示警，然后带领独立大队和老黑背山寨的人马合兵一处。

有十二个鬼子在土屯子山附近失踪，密山的鬼子怀疑是胡胜男独立大队干的，那时已经暗中叛变投敌的袁大件儿向鬼子证实了这一点，并为鬼子画出过密营的草图。久久未收到袁大件儿传递的情报的鬼子决定进犯土屯子密营，当鬼子包围密营的时候，密营已经空无一人。

黑鹞子、胡胜男扛着抗日独立大队的大旗，由黑鹞子当队长、胡胜男当副队长，继续打鬼子……

第七章　鬼子来了

太平村是个鱼米之乡，有山林有荒原有湿地，生活极为宁静、舒适，每个人的心里都是春天般阳光明媚、花草芬芳。村民多数以种地为生，也有的人家边种地边打猎。郝家，是方圆百里有名的猎人世家，几代人都是一边种地，一边打猎，生活自然要比纯种地的家庭富足。

自从猎人小队打跑了蜂蜜山寨的胡子，蜂蜜山寨及其他山寨的胡子都不敢来太平村了。

然而，日本鬼子来了，打破了太平村的宁静。

一九三三年一月八日，日军广濑第十师团的松尾联队武装占领密山。八十多辆军车朝密山开进。车上的日本鬼子见到中国人就开枪。

郝青石、李凤兰赶着大车去太平镇上卖兽皮，正好遇到鬼子军车通过。郝青石经常和李凤兰去镇上卖兽皮，怕遇到胡子，他们总是在装兽皮的大车里藏着一支猎枪和一条子弹带。郝青石、李凤兰正好看到日本鬼子对中国百姓开枪。当时，他们不知道这些人是什么兵，更不知道他们是日本侵略者，但是看到鬼子兵滥杀无辜中国百姓，义愤填膺，郝青石突然端起猎枪就朝鬼子连开两枪。二百多粒铅砂打在两个鬼子的脸上,旁边的三四个鬼子也被铅砂扫到。五六个鬼子疼得鬼哭狼嚎。

郝青石打了两枪后,立马跳进大车后面的土沟,想为猎枪装填子弹,猎枪的子弹带还在大车的兽皮下面。这时,李凤兰大喊一声"接着",随即把车上的子弹带扔给郝青石。郝青石迅速为猎枪换上子弹。鬼子突然用机枪瞄准李凤兰射击,她当场死亡。郝青石怒火冲天,从土沟里一跃而起,两枪又打倒两个鬼子,打伤三四个鬼子。接着,他抽出猎刀想冲上军车再杀死几个鬼子。三四个鬼子同时向郝青石开枪。他快速躲避,又跳进土沟。然而,两个鬼子朝土沟扔了两颗手雷,爆炸溅起一片灰尘。

郝青石被炸得血肉模糊,当即身亡。

拉车的老马也被鬼子乱枪打死……

当郝二钢、郝钢、郝红石、陈小娟得知李凤兰、郝青石被鬼子打死、炸死的消息,非常气愤,十分痛心。郝二钢拎起步枪就要去找鬼子报仇。

郝钢拉住了他:"你爷爷、奶奶的仇必须报,但不是今天。咱们得看准时机,让日本兵加倍偿还血债!你记住,最好的复仇,是仇人死去,你还活着。和日本兵同归于尽,只能是匹夫之勇,不是英雄所为!"

郝红石也劝郝二钢:"你现在不能去。这个仇咱们一定要报。我先去密山了解一下情况。回来咱们再商量报仇的事儿。"

郝红石经过了解,才知道"九一八事变"后,日本关东军几乎占领了整个东北。郝青石、李凤兰就是被进攻密山的军车上的日本兵杀害的。

不久,日本关东军下川中将被派往密山任司令官,开始对密山地区的老百姓进行残酷的殖民统治。地处偏远、消息闭塞的密山老百姓这才知道自己的国家闯进了强盗、侵略者。他们管日本兵叫日本鬼子。

猎人狙击手

一九三四年秋季的一天，太平村出了一件大事。

郝红石打猎回来，一直沉默不语，在他的屋里闷头抽着旱烟，也不出门。郝钢感觉他好像遇到了什么事，心事重重。陈小娟以为二叔郝红石看上了哪家的姑娘，自己不好开口，还主动要为他保媒呢。他平静地说不是。第二天早上，郝红石说是去打猎，郝二钢、郝钢都要和他一起去，他说什么都不同意："听说鬼子杀人放火，比胡子还残忍。你们得留在家里，把枪都装满子弹。万一鬼子来了，你们要挺身而出，保护家人和村民。郝家爷们儿无论是打野狼还是打胡子、打鬼子都不能含糊！"

郝二钢、郝钢感觉郝红石说的这些话就好像和他们告别似的，有些莫名其妙。只好让他一人去打猎了。

天黑了，郝红石还没回来。郝钢预感情况不妙，立马和郝二钢、穆大头、井辘轳、水平到山林里寻找。他们找到半夜，也没有发现郝红石的踪迹，活不见人，死不见尸，让郝钢他们忧心忡忡。第二天，他们又到荒原、湿地寻找，还是一无所获。郝钢断定郝红石不是遇到了鬼子被打死或抓走，就是遇到狼群被吃掉了。反正郝红石不可能活着回来了。

陈小娟叼着旱烟袋从屋里出来。郝二钢闻不了旱烟那让他头疼的气味，躲到院子里去了。她安慰郝钢说："二叔怎么就回不来了？我估摸二叔是看上邻村老谁家那小谁了。对了，不是看上了，而是好上了。他不好意思和咱们这些晚辈说，尤其是也许人家爹妈还不同意，只好自己带着人家私奔了。"她深深地抽了一大口让人喘不上气的旱烟，又重重地呼了出去，接着说道，"二叔已经六十二了，应该有个女人了，所以，他失踪是好事儿。"

郝钢感觉陈小娟说得既不着调，又有点靠谱。他不信，又不能全不信。

郝二钢没有听到陈小娟说的话。他对郝红石的失踪感到悲伤，同时，更加憎恨鬼子和野狼！

第七章 鬼子来了

然而,一九三八年春天,进山打猎突然失踪了的郝红石活着回来了!大家都很惊讶,问他这几年去哪儿了,他说被抓了壮丁,当兵打仗去了。

陈小娟听到郝红石回来了,立马从屋里跑了出来:"我说什么来着,二叔一定能回来。"然后,她看看外面,再用力把旱烟袋在鞋底磕一磕,接着说,"老谁家那小谁没跟你一起回来呀?孩子多大了,几个?"

郝红石感到莫名其妙,不知道陈小娟说的是啥:"啥谁呀谁的?啥孩子?"

这个时候,陈小娟才感觉也许自己猜错了,郝红石根本没有私奔。于是,她有些尴尬地到外屋地给他做饭去了。

郝二钢、郝钢都以为郝红石这次回来,就不再走了,他说还得走,有事情要做。问他住在哪儿,他说现在住在榛子山。再问他什么,他就不说了。大家都感觉他很神秘,就不再问他什么了。

郝红石嘱咐家人说:"自从日本鬼子占领东北,占领密山,老百姓就遭殃了,无数老百姓被鬼子杀害了。他们是残忍的刽子手。你们一定要做好准备,最好告诉全村,家家挖一条通向后院的地道,万一鬼子来了,你们就从地道转移到后山躲起来!"

郝红石在太平村住了两天就走了。

郝二钢、郝钢都感觉郝红石和以前不一样了,知道的事情很多……

一九三九年夏天,五十多个鬼子突然冲进太平村,如同狼群冲进羊圈。他们见人就杀,无论是老人,还是孩子。开始,人们还以为是山上的胡子下山抢劫的。有的鬼子甚至朝四散逃跑的人群扔手雷。

井辘轳、水平、井沿儿、水娃儿他们进山打猎,都不在村子。

郝二钢正要去打猎,听说鬼子来了,立马让郝钢把陈小娟扶到菜窖里,然后从菜窖里的地道转移到山上去。

猎人狙击手

郝红石告诫过郝二钢和郝钢,鬼子比胡子更凶残、更野蛮,也更难对付。事先,郝钢预感到鬼子一定会来太平村,按照郝红石的建议,多次督促各户村民挖地道,从自家通向村外,万一鬼子来了,就从地道跑到山上去。他和郝二钢天天挖,终于挖成了房后通往村外的地道。而且,他们的地道入口隐藏在菜窖里。

他们把缴获胡子的三支步枪和弹药藏进地道,留着撤退到山上的时候打鬼子。

大多数村民没有挖地道。郝钢多次催促他们,他们也是一再拖延。做事不怕拖延,就怕一拖再拖。当鬼子真的进村了,他们就无路可逃了。

郝钢知道鬼子心狠手辣,又是正规军队,武器装备先进,比胡子要难对付。和鬼子打仗非常危险,他已经做好了战死的准备。所以,他不让郝二钢留在家里,让他和陈小娟一起转移到山上去,是想为郝家留下一根独苗。

郝二钢有自己的想法。他担心父亲郝钢一个人对付不了那么多鬼子,还铭记爷爷、奶奶的仇恨,要为爷爷、奶奶报仇,他把陈小娟送进菜窖,让飞狼保护她一起上山,自己又从菜窖返回家里。

郝钢一看郝二钢又回来了,明白他的想法,也没有时间责备他,就和他一起检查武器弹药,准备爷俩儿一起打鬼子,保护村民。

郝二钢背着辽十三,手里握着一支猎枪。郝钢背着一支猎枪,手里握着一支猎枪。他们把枪里装满了子弹,还把所有的子弹都带在了身上,正要冲出去,看到三个鬼子正朝着他们家冲来。

郝钢躲在房门后。郝二钢躲在东屋门旁。郝钢小声对郝二钢说:"先不要开枪!"随即抽出猎刀。郝二钢明白他的意思,也抽出了猎刀。

走在前面的鬼子一脚把房门踹开,端着步枪就要冲进来,一只脚刚迈进屋里,郝钢一手握住他的步枪,另一手的猎刀用力刺进他的肚子。然后将他猛地推向后面的鬼子,又一猎刀刺进后面鬼子的

第七章 鬼子来了

胸膛。最后一个鬼子快速挺起步枪，用刺刀刺向郝钢。郝二钢早已冲到郝钢身后，看到鬼子的刺刀刺向郝钢，想给鬼子一猎刀，又隔着郝钢，够不着鬼子，只能开枪。一枪把鬼子的脑袋打成了掉在地上的西瓜。

郝钢本想用猎刀杀死三个冲进家里的鬼子，再冲出去射杀其他鬼子。没想到鬼子动作太快，郝二钢只能开枪。没想到枪声并没有招来鬼子，也许因为鬼子到处开枪杀人，枪声不断，已经习以为常了。

郝二钢和郝钢悄悄走到院子里，朝院子外面张望。只见三个鬼子走进穆大头家院子，穆大头从屋里开枪，打死了一个鬼子，另外两个鬼子端枪就要冲进去。

郝二钢、郝钢正要去增援穆大头，旁边突然冲出四个鬼子，朝郝二钢、郝钢开枪。这个时候才能感受到为什么说"上阵父子兵"了。郝二钢、郝钢同时开枪。郝二钢打死了朝郝钢开枪的鬼子，郝钢打死了朝郝二钢开枪的鬼子。然后猛地跳起，踹向后面的两个鬼子。两个鬼子猝不及防，同时被踹倒。紧跟着，两把猎刀如同杀死野狼一样又准又狠地刺进鬼子的胸膛。

郝二钢惦记着夏雪皎的安危，心急如焚地想冲到夏雪皎家里，保护夏雪皎。

郝钢清楚郝二钢的心事，就对他说："穆大头危险。我去救穆大头，你去夏家。记住带他们从咱家地道进后山。别蛮干！"

穆大头又开了一枪。一个鬼子倒下了，立马又站了起来，好像没中枪。两个鬼子一前一后冲进穆家。穆大头不光脑袋大，力气也大。他想用猎刀杀死前面的鬼子，却被鬼子用刺刀打掉了猎刀，接着，鬼子的刺刀就要刺进他的大肚子。穆大头一把抓住刺刀，一用力，把刺刀掰弯了，然后抱紧鬼子猛地用力，鬼子的肋骨折断好几根，顺势倒下。后面的鬼子照穆大头刺去。穆大头猝不及防。

穆文化从日本学校放学，正在家里吃饭，看到鬼子来了，拿起门后的洋叉就冲了出来。关键时刻,穆文化从后面袭击鬼子,用洋叉刺进鬼子的后腰,救了穆大头。

又有两个鬼子冲进穆家院子。

穆大头的手鲜血直流,他也顾不上了,赶紧给洋炮装填弹药。但是已经来不及了,他只好拎着洋炮,穆文化端着洋叉朝鬼子冲去。

郝钢正好赶到,从后面袭击鬼子。一个鬼子被他拧断了脖子,一个鬼子被他割断了脖子。

郝钢和穆大头、穆文化一起去救其他村民。然而,其他村民几乎都被鬼子杀害了。他们又杀了两个鬼子。当穆大头、穆文化回家,想带穆大头的妈上山的时候,才看到穆大头的妈被鬼子炸死了。她躲藏在菜窖里。鬼子发现了她,并往菜窖里扔了一颗手雷。穆大头、穆文化气疯了,找到郝钢,要和郝钢一起找鬼子拼命。

鬼子进村,夏小胆又被吓破了胆,赶紧把家里仅有的半袋苞米面拿出来,准备像送给胡子那样送给鬼子,换取家人平安。赫春枝担心夏雪皎遭到鬼子的侮辱,就把夏雪皎脸上涂了锅底灰,藏在菜窖里,还叮嘱她说:"无论听到什么声音,你都不要出来。千万别出来呀!"

两个鬼子冲进夏家。一进门,夏小胆壮着胆,把半袋苞米面送到鬼子手中,并点头哈腰地说:"我们家就这半袋粮食了,不成敬意!"

鬼子一把将半袋苞米面推开,直奔里屋搜查。当他们看到赫春枝的时候,瞬间将目光停在她的脸上。赫春枝虽然在脸上涂了锅底灰,但是涂得匆忙,还露着雪白的脖子,不难看出她的脸上有黑尘,身体却一尘不染。两个鬼子把步枪放在炕上,就要侮辱赫春枝。赫春枝拼命反抗,宁死不屈,还用力一脚踢在一个鬼子的裤裆上。鬼子疼得捂住裤裆蹲在地上,然后突然站起来,拿起步枪就要刺死赫春枝。另一个鬼子赶紧制止了他,并对他奸笑着说了一句让人听不懂的日本话。两个鬼子更加凶猛地扑向赫春枝。她再次用力踢向另一个鬼子的裤裆,然而鬼子已经有所防备,她没踢到鬼子。两个鬼子按住她的双手,开始扒她的上衣。赫春枝毕竟是个女人,不可能抵抗过两个色胆包天的鬼子,渐渐体力不支。她的上衣被鬼子撕下来了,又要扒她的裤子。

赫春枝在绝望地喊叫。

夏小胆只是在懦弱地请求:"求求你们手下留情啊,放过她吧!"

鬼子看出来夏小胆是个胆小鬼,就没把他放在眼里。

这个时候,夏小胆要是有郝二钢十分之一的胆量,拿起鬼子放在炕上的步枪,是完全可能刺死两个鬼子,救下赫春枝的。然而,他没有这个胆量。

夏雪皎藏身菜窖,完全可以自保。然而她听到母亲赫春枝绝望的哭喊声,毅然推开菜窖盖,拿起院子里的洋叉就要和鬼子拼命,保护母亲。鬼子非常警觉,已经听到了夏雪皎的动静。当她刚一冲进屋里,就被一个鬼子抢下洋叉。鬼子一看是一个身材窈窕的女人,估摸是赫春枝的女儿,应该是一个更漂亮的小姑娘,就扔下洋叉向夏雪皎扑来,一下把她摁在炕上。

夏雪皎拼命挣扎。

就在这时,郝二钢冲了进来。他随手捡起地上的洋叉照正要强暴夏雪皎的鬼子的后腰就是一洋叉,因为火气太大、力气太大,一下把鬼子刺了个透心凉。郝二钢瞬间又跳到炕上,拧断了赤身裸体的鬼子的脖子。

赫春枝急忙穿上衣服。她泪流满面。

夏雪皎惊魂未定,抱住郝二钢就不松手,好像一松手鬼子就又来了似的。

郝二钢催促他们说:"赶紧到我家,从菜窖的地道转移到后山去!"

夏小胆被鬼子兵吓得走不动道了。

郝二钢要背他,他也不走,哆哆嗦嗦地说着:"这是我家,我哪儿也不去了!"

夏雪皎上炕去拽他走,他也不走。

赫春枝和夏雪皎纳闷儿了,不知道夏小胆的胆是被鬼子吓大了,还是吓没了。

郝二钢指了指地上的鬼子尸体说:"一会儿鬼子来了得杀了你,快走吧!"

也许过度害怕,反而不害怕。夏小胆突然站起来大声说道:"我夏小胆是胆小,但是我有人格、有亲人、有国家。亲人没了,国家没了,我还有什么人格?本以为自己仰不愧于天,俯不愧于人。没想到我愧对家人,愧对国家。日本倭寇,犯我国家,欺我家人,我不能以力相抵,只能以命相抗。'霜露所均,不育异类;姬汉旧邦,无取杂种。'二钢贤婿,你如果真喜欢雪皎,你必须是个无所畏惧的男人,保护好她们娘俩儿,把倭寇赶出中国去!"说完,他一头撞向房子的土墙,差一点撞倒了土墙。

夏小胆死了,死得悲壮,死得胆大!

赫春枝和夏雪皎没有时间悲伤。鬼子马上就要搜索到夏家,再不走就都走不了了。

赫春枝和夏雪皎匆忙收拾了些随身物品,郝二钢拽着她们赶紧离开,从郝家地道转移到后山……

张蔫儿是赵墩子的大女儿大丫头的丈夫,是村里有名的老实人,平时胆小怕事,无精打采。今天,他看到鬼子进村杀人,抱起大丫头就往外跑。大丫头长得挺胖,还怀着七个月大的孩子,显得更胖。张蔫儿抱着她感觉非常吃力。大丫头让张蔫儿放下她,指着弟弟赵梗儿说:"你领着梗儿快跑。我太沉了,你如果抱着我跑,谁都跑不了!"

张蔫儿只好领着小舅子赵梗儿往苞米地里跑。跑了几十步,不再继续抱头鼠窜,而是停下脚步对赵梗儿说:"你姐不能一个人在家,

第七章　鬼子来了

我必须去救她。你在苞米地里待一会儿，如果我没来，你就往山里跑，等那些鬼子兵走了你再回家！"

张蔫儿从栅栏外头朝院子里一看，三个鬼子已经把怀着七个月身孕的大丫头摁倒在院子地上晾着的苞米棒子上，正在扒她的衣服。大丫头像腊月待杀的年猪一般，挺着大肚子在做拼死挣扎。眼看大丫头的衣服被鬼子扒光了，白条猪一样无力喘息着。张蔫儿一开始胆小如鼠，没勇气反抗，一看媳妇被鬼子糟蹋了。突然变得胆大如牛起来，操起院子里的冰镩子朝鬼子冲去。第二个鬼子也已经脱去衣服，正要扑向大丫头。张蔫儿一冰镩子穿透了正在对大丫头施暴的鬼子的后心，黑血就像用冰镩子穿透冰面喷出来的水一样。然后，张蔫儿想拔出冰镩子再穿死另外两个鬼子，拔了两下没拔出来。

第三个鬼子快速拿起旁边的步枪，一个拼刺，长长的刺刀深深地刺进张蔫儿的胸膛，他倒在了大丫头身边。接着，又挣扎着想用自己穿得破衣烂衫的身体遮挡大丫头赤裸的身体。第一个鬼子一刺刀，刺进大丫头怀着孩子的肚子。同时，第三个鬼子又一刺刀，刺穿张蔫儿的脖子。张蔫儿和大丫头死在了一起。

两个鬼子端着步枪冲进老郎家。老郎和郎崽子妈为了保护郎崽子，用藏在身后的菜刀砍死了一个鬼子，然后让吓傻了的郎崽子快跑。另一个鬼子用步枪瞄准郎崽子。郎崽子妈情急之下，用身体去挡鬼子的子弹。她被鬼子枪杀了。老郎一看，郎崽子妈被鬼子枪杀了，就疯了似的用菜刀向鬼子乱劈乱砍。鬼子一刺刀刺进他的肚子，然后就要去追赶郎崽子。老郎强忍剧痛，拼命抱住鬼子的大腿。鬼子挣脱两下，没有挣脱，就用枪托照他的脑袋用力猛砸。可怜的老郎脑袋都被鬼子砸碎了，鲜血流淌了一地，还是没有松手。他早已经死去。

郎崽子逃出了村子。

鬼子撤走之前要清点人数。他们发现有十三个鬼子兵不见了。他们开始全村搜查，寻找失踪的鬼子兵。当五个鬼子搜到夏家的时候,看到屋地上的两个鬼子尸体。把尸体抬走了。

鬼子发现了郝钢、穆大头、穆文化,一边开枪,一边向他们冲来。郝钢、穆大头他们一边向鬼子射击,一边快速逃出了太平村。

鬼子撤走之前,把村里的茅草房、柴火垛都点着了。整个太平村变成熊熊燃烧的火海。

太平村经历了一场惨痛的浩劫,村里六十八口人,有五十四口人被鬼子残忍杀害了。

姐姐、姐夫被鬼子杀害,赵梗儿悲痛万分,发誓要为他们报仇。

井辘轳、水平、井沿儿、水娃儿进山打猎,躲过了一劫,但是,井辘轳、水平的爹妈和兄弟姐妹没有逃过劫难。井辘轳的爹妈和两个小儿子被鬼子烧死了。水平有四儿一女,水娃是老大。水平的爹妈和三儿一女都被鬼子烧死了。

他们也发誓为亲人报仇雪恨!

在上山的路上,穆大头、井辘轳、水平找到郝钢,要让穆文化、井沿儿、水娃儿加入猎人小队,一起打鬼子,为被鬼子杀害的亲人报仇。赵梗儿也来了,也要参加猎人小队打鬼子!

郎崽子也哭着赶了过来。不用问,大家也知道是怎么回事。

穆文化小时候,穆大头就不想让他出头露面,怕他有危险。后来感觉既然给穆文化起了一个有文化的名字,就真得有点文化。于是让他到镇上日本学校读书,学点文化。他天天接送,确保穆文化平安无事。这次鬼子来了,杀人放火,无恶不作,穆大头才知道日本鬼子是侵略中国的杀人恶魔。穆文化不能再到日本学校读书了,要和他一起杀鬼子。穆文化也极力要参加猎人小队打鬼子,因为他在书中看到这样一个词,叫作"覆巢无完卵",意思就是说,国家被侵略,国人无法独善其身。

郝钢一看,穆大头、井辘轳、水平他们的家人都被鬼子杀害了,没什么地方去,也没什么牵挂了,就同意穆文化、井沿儿、水娃儿、赵梗儿、郎崽子加入猎人小队。不过猎人小队以后的任务不再是保卫村子，村子没了，而是打击日本侵略者，把他们赶出中国去。

郝钢提出让郝二钢当猎人小队队长，穆大头、井辘轳他们都佩服郝二钢强悍无畏、有勇有谋，一致同意他当猎人小队队长。

郝二钢也不推辞。他领大家来到了山里的猎人窝棚。这是郝家爷们儿打猎的时候休息、避雨的地方。这个猎人窝棚太小，陈小娟、赫春枝、夏雪皎三人勉强住下。郝二钢又领大家用树木、枯草又搭建了两个大的窝棚。猎人小队也勉强住下。

猎人小队和陈小娟、赫春枝、夏雪皎在三个猎人窝棚里生活了七天，实在没法坚持下去了。郝二钢、郝钢、穆大头他们天天轮班带着飞狼在外面站岗放哨。没有粮食，郝二钢偷偷下山到镇里买了铁锅和粮食。烧火做饭都得小心翼翼，生怕鬼子发现炊烟，追踪过来。郝二钢、郝钢、穆大头他们轮流进深山打猎，用猎物当食物，再就是到湿地抓鱼，解决吃饭问题。

赵梗儿、郎崽子家世世代代都是农民，没有当猎人的，没有打过枪。参加猎人小队了，必须学会打枪，而且要打得准、打得狠。郝二钢发给赵梗儿、郎崽子一人一支猎枪和一些猎枪弹药，让井辘轳、水平他们教赵梗儿、郎崽子打枪。当然，只是教他们俩了解猎枪的结构、性能，如何打枪，而不是真的开枪。

赵梗儿、郎崽子平时胆小怕事，现在，他们学会了打枪，什么都不怕了。

赵梗儿的姐姐大丫头被鬼子糟蹋的时候十九岁。他发誓要杀死十九个鬼子，为她报仇。

陈小娟想回家，赫春枝、夏雪皎也想回家看看。

郝钢对她们说："哪儿还有家可看啊！本不想现在告诉你们，不得不告诉你们了。咱们都没有家了，太平村被鬼子烧光了，房子没了，人也没了。"

她们感到惊讶和愤怒。夏雪皎也想参加猎人小队，和他们一起打鬼子。

郝二钢感觉她一个女孩子,和一帮大老爷们儿在一起不方便,就没同意。

虽然她们都知道家没了,但是还想回去看看。

郝钢拗不过她们,只好自己先回村看看。他从山坡上远远望去,太平村的凄凉景象让他目瞪口呆。村民的房子已经被鬼子的推土机推平,好多鬼子在监督中国民工挖地基、盖新房子。

日本鬼子为了长期占领中国东北,实施了移民计划,把大批日本人移民中国东北。密山土地肥沃,适合种田,是日本移民的首选。鬼子把太平村当成了日本的移民村。附近村屯的村民也没能幸免。在鬼子屠杀之下侥幸活下来的村民被鬼子赶入了黑台的"集团部落",过着囚犯一样的生活。

郝钢回到猎人窝棚,对大家说:"咱们想重建家园都不可能了。鬼子正在太平村重新盖房,听说是为从日本来的日本人盖的房子。以后太平村住的都是日本人了。"

他们都为没有家而痛心。

在猎人窝棚生活不是长远之计。郝二钢和郝钢商量,决定去榛子山,投奔郝红石。

赫春枝、夏雪皎无家可归了。郝二钢、郝钢、陈小娟已经把她们当作自己家里人。郝钢、陈小娟和赫春枝商量,既然郝二钢和夏雪皎真心相爱,在这战乱的时候,艰苦的生活条件,也不用举行什么婚礼,就算他们已经结婚了吧,也方便互相有个照顾。

郝二钢、夏雪皎当然愿意。郝二钢和穆文化出去打了三只野鸡、四只野兔,吃了一顿干饭,改善了生活,就算庆祝郝二钢、夏雪皎结婚了。

郝二钢、夏雪皎在无仪式、非正式的情况下,正式结为夫妻。有情人终成眷属。

郝二钢刚毅勇猛、杀敌果敢;夏雪皎温柔明媚、靓丽清澈。郝钢、陈小娟和赫春枝对他们的婚姻非常满意。美女配英雄,天生的伉俪。郝二钢、夏雪皎沉浸在幸福之中,真挚之情,溢于言表……

山下一个村子也被鬼子屠村或者都被驱赶到"集团部落"了。郝二钢、穆文化在空无一人的村子里找到一辆破旧的木头马车,准备去榛子山。

郝钢一再嘱咐家人:"人多车小,没用的东西就不要带了。"

陈小娟随身带了一个旱烟笸箩,里面装满了旱烟。她嗜烟如命,可以不吃饭,不可以不抽烟。她还有一个爱好就是做针线活儿和纺线,匆忙逃离时还带了针线盒和拨浪槌儿。拨浪槌儿是用黑熊腿骨做的,用于纺线。

夏雪皎在慌乱中只带了三十二个狍子嘎拉哈。嘎拉哈是狍子后腿踝骨中间活动的小骨头。狍子嘎拉哈比别的动物的嘎拉哈小巧、精致,是郝二钢送给她的。

赫春枝收拾东西时随手带了一本《诗经》、两本《古文观止》。她喜欢背诵古诗古文。

第二天起早,郝二钢背着辽十三步枪,手握双管猎枪,腰间扎着猎枪子弹插得满满的腰带,还背着一个装着辽十三步枪子弹的牛皮背兜。牛皮背兜也是抢胡子的。郝钢背着一支双管猎枪,手握一支步枪,腰间也扎着一条和郝二钢一模一样的、猎枪子弹插得满满的腰带。两人威风凛凛,俨然即将冲锋陷阵的将士、杀敌诛寇的英雄。

穆大头、井辘轳他们也都身背猎枪或缴获鬼子的三八大盖步枪,准备威风八面地跟在马车后面。

郝二钢和郝钢把铁锅和一点粮食也装上马车。本来马车是马拉的,没有马,只能人拉。郝二钢主要负责拉车。穆大头、井辘轳、穆文化要替他拉车,他不让,不放心。郝二钢、郝钢、穆大头他们保护着三个女人朝东北方向的榛子山进发。

六十多里路,他们走到半夜,才到榛子山下。

榛子山榛树繁茂,岭奇松怪,以盛产榛子而得名,主峰海拔

猎人狙击手

五百多米。榛子山群山耸翠，溪水潺潺，人迹罕至，荒草丛生，野兽出没，环境极为幽静。也有一些山是荒山秃岭、贫沟瘠壑的不毛之地，都是民国前后关里关外的一些淘金客在山上山沟寻找金矿时破坏了生态环境所致。几十年都恢复不了。当然，榛子山也盛产野菜、野果、蘑菇、黑木耳等野生食物。

郝二钢、郝钢他们费尽周折，才找到了郝红石。

郝红石居住的木屋坐落在一个清静的山坡平地上。木屋四面绿树繁荫，曲径通幽，非常隐秘。木屋是过去在榛子山淘金的人建造的。

一年多没见，郝红石变化更大。他的右眼已经失明，右腿有些跛，脑门上还有一条深深的刀疤。谁也不知道他这一年多究竟经历了什么。

过去，郝红石性格开朗，现在却变得性格内向，不苟言笑，显得城府幽深，非常神秘。但是大家能感觉出来他是欢迎大家到来的，他立马把刚打到的野猪肉烀了一大锅，还做了他天天吃都吃不够的苞米面饼子。大家都饿得前胸贴后背，走不动道了，吃起肉很多的野猪大骨棒和金黄色的苞米面饼子，都狼吞虎咽的了。

木屋已经相当陈旧了，但还是挺结实。木屋是按照东北民居风格和结构建造的，中间是外屋地，左右共五个住屋，外屋地很宽敞，住屋却比较狭小，而且郝红石有话，西小屋不能住人，只能住两个东大屋和两个西大屋。郝钢在分屋的时候，本来想给郝二钢和夏雪皎安排在一个屋，但是屋太少，还没有那么多被褥，铺的是兽皮，只能按照郝红石说的，郝二钢、郝钢和郝红石住东大屋。陈小娟、赫春枝和夏雪皎住另一东大屋。穆大头、井辘轳、水平、穆文化、井沿儿、水娃儿、赵梗儿、郎崽子住两个西大屋。

夏雪皎管这儿叫"淘金木屋"。

郝二钢、郝钢进入郝红石的房间，看到墙上挂着两支洋炮、一把特大号猎刀。炕梢还有一支猎枪，旁边摆着一个插满猎枪子弹的腰带和一把猎刀。感觉郝红石的木屋戒备森严，随时防备敌人冲进来似的。

郝红石开垦了一片荒地，种植粮食和蔬菜。他自己吃完全可以自给自足。为了解决这么多人的吃饭问题，郝红石带着郝二钢、郝钢、穆大头又开垦了一片荒地，种粮食已经来不及了，就种了一些土豆、白菜。

郝红石介绍说，每到春天，漫山遍野盛开着达子香，在木屋和院子里都能闻到花香。

夏雪皎说这里像世外桃源……

第八章　金雕战野狼

榛子山下有湿地，山水相依，风景秀丽，水鸟翻飞，生机盎然。可以捕鱼、打水鸟。

过了三天。

夏雪皎轻轻地拽了一下郝二钢，小声对他说："我想去湿地看看。你陪我去呗。"

郝二钢受宠若惊。他没为媳妇做过什么，他非常愿意为媳妇做点儿什么，做什么都行。

他们走到一个寂静无人的地方。蓝天白云，空气清新。湿地里的水清澈见底，水草芳菲，有小鱼在欢快地游动。不远处，有绿头鸭、凤头䴙䴘、白骨顶鸡、白鹭、白天鹅等水鸟在水中畅游、嬉戏、翻飞。

夏雪皎有些娇羞地对郝二钢说："我好长时间没洗澡了，身上脏死了。我想洗个澡。"

郝二钢说："你洗吧，我给你看着。"

夏雪皎叮嘱他说："你转过身去，不许看我。"

"你洗吧，我转过身去。"

夏雪皎脱掉鞋子，脱掉外衣，又脱掉裤子，裸露出雪白细腻的身体。她赶紧下水，一回头，看到郝二钢的眼睛瞪得比牛眼睛还大，正在愣愣地、傻傻地看着她。

郝二钢长这么大，第一次看到一个光着身子的女人，也第一次感觉女人竟然这么好看。她玉体修长，浑身雪白雪白的，白得耀人眼睛，恰似削了皮的红萝卜一样，没有一处虫眼儿。

郝二钢以为夏雪皎要生他的气了，正要转过身去。夏雪皎却说："你也下来洗洗吧。你的身上都有一种公野猪的臭味了。"

平时，夏雪皎胆小得不敢正眼看郝二钢，羞涩得不敢和他说话，此刻却比他都胆大了。她想，身子都被他看了，反正都已经结婚了，索性都给他吧。

郝二钢一听她说让他下来，他就如同扣动扳机射出去的子弹，激情爆发，情欲飞冲。他把猎枪往草地上一扔，三下两下就脱光了衣服，没有裤衩，也没有背心，猎刀都掉水里了，他也不管不顾，一下跳入清水中。

干柴烈火开始在清水中熊熊燃烧。

郝红石每天都为郝二钢、郝钢、穆大头、井辘轳他们讲述东北抗联打鬼子的故事，还介绍说："日本鬼子为了长期占领中国，把中国东北据为日本的一部分，向东北各地战略移民，实施了'满洲农业移民百万户移住计划'。密山平原辽阔，黑土肥沃，自然成为他们的移民的首选。鬼子向密山派进了多个'移民开拓团'，下设分团，强占中国农民的村庄和土地。其实，日本'开拓团'成员不仅仅是农民，也是名副其实的侵略者。他们和鬼子一样欺压中国百姓。"

郝二钢、郝钢、穆大头他们震惊和愤怒，日本鬼子太可恨了！

郝红石说："鬼子烧毁了太平村，还在太平村建房，就是要建移民村。"

郝二钢、郝钢、穆大头他们恍然大悟，发誓总有一天要把日本鬼子和日本移民一起赶出去。

郝红石接着说："中国的血性男人必须挺身而出，拿起武器和鬼

猎人狙击手

子进行不屈不挠的斗争,把鬼子赶出中国去。东北,包括密山活跃着一支由中国共产党领导的抗日队伍,叫东北抗日联军,进行着艰苦卓绝的抗日战争。东北抗联是人民的军队。密山的抗联队伍不断发展壮大,打得日本侵略者心惊胆战。鬼子不断增兵,千方百计想要消灭抗联。他们为了消灭抗联,实行严酷封锁、军事'讨伐'和'归屯并户'政策,强迫抗联游击区的百姓离开自己的村子,进入他们建立的'集团部落',过着非人的生活。从而孤立抗联,让抗联成为无水的鱼,冻死饿死,无法和他们对抗。"

郝二钢、郝钢他们听说东北抗联是打鬼子的队伍,非常敬佩抗联。他们渴望参加抗联打鬼子。他们也非常敬佩郝红石,因为他知道这么多他们不知道的故事……

一棵枯树,屹立在湿地和山林之间。枯树上有一个巨大而神秘的鸟窝。

春天,郝二钢和穆文化带着飞狼到湿地打野鸭。他们用猎枪打了五只野鸭,正要往回走,猛然看到水边漂浮着一个鸟蛋。他们在山上和湿地里经常能看到成窝的鸟蛋,但是从来不拿鸟蛋。这只鸟蛋是漂在水上的,他们怕鸟蛋被别的水鸟、鱼类和水耗子吃掉,就把鸟蛋捞了上来。也许附近有水鸟抱窝,不知什么原因鸟蛋掉到水里了。他们想把它放回鸟窝。然而,他们找了半天,附近也没有鸟窝。想把鸟蛋放回水里,害怕大型水鸟吃掉;放在水边,又怕被陆上动物踩碎或吃掉,就带回了淘金木屋。

鸟蛋呈灰白色,有近似红色的斑点,和鸭蛋差不多大。郝二钢看到过好多鸟蛋,但是这只鸟蛋没看到过,不知道是什么鸟蛋。

陈小娟看到郝二钢拿回来了个鸟蛋,就说:"一个鸟蛋太少了,和鸡蛋一起炒了吧。"

郝二钢很少去母亲陈小娟的屋,因为他一闻到她抽的浓烈的旱烟味就头晕头疼。陈小娟知道郝二钢闻到旱烟味头疼后,也尽量不在他面前抽烟。她琢磨,也许是他小时候,她一边推着悠车,一边一袋接一袋地抽着烟袋锅，把他熏出病来了。她感觉有点对不起他，但是她又戒不掉。因此，郝二钢和陈小娟语言交流沟通得很少。

陈小娟说要把鸟蛋炒了。郝二钢说："这只鸟蛋不能炒，不知道它是什么鸟蛋，也不知道它能不能吃。"

陈小娟坚持要炒了鸟蛋，"后面甸子里野鸭蛋大雁蛋有得是，这鸟蛋也不是什么稀罕玩意儿。今天鸡蛋少，咱们人多，就炒了吧！"

郝二钢说什么也不同意。

夏雪皎也不同意炒鸟蛋，"咱家又有一只母鸡开始下蛋了，五六只母鸡每天都能下五六个鸡蛋，为什么非要炒了这只鸟蛋？二钢不让炒，就别炒了。"

陈小娟才不再惦记鸟蛋了。

郝二钢想把鸟蛋孵化出小鸟，看看到底是什么鸟。他不知道怎样才能孵化出小鸟，正在犯愁。赫春枝给他出了个好主意："有一只老抱子正在抱窝。你把鸟蛋放进抱窝的鸡蛋里，也许能抱出来小鸟。"

郝二钢感觉赫春枝说得再好不过了，就把鸟蛋放进母鸡抱窝的土篮子里。过了十多天，土篮子里的鸡蛋陆续破壳儿，小鸡崽儿一个个活蹦乱跳地跑到了院子里。那只鸟蛋却没有一点儿动静。

陈小娟催郝二钢说："二钢，那只鸟蛋也许是臭蛋，或者是没被踩过的蛋。你赶紧把它煮了，看看能不能吃，吃毛蛋也比吃臭蛋强！"

还没等郝二钢反对，夏雪皎伶牙俐齿，抢在他前面："千万不能煮，真能抱出小鸟，煮了多可惜。"

郝二钢坚信它能抱出小鸟。

当最后一个鸡蛋破壳后，母鸡也对这个长着雀斑的大蛋产生了怀疑，开始用嘴叨鸟蛋。鸟蛋的壳挺硬，竟然没有被叨破。母鸡又想把它挤出土篮子，让它自生自灭。

郝二钢担心鸟蛋被母鸡祸害了，就把母鸡赶了下去，把土篮子和鸟蛋拎进屋,放在炕上。用一个破棉裤盖上,继续孵蛋。他学奶奶孵蛋的样子,每天都用手抚摸鸟蛋,保持温度。夏雪皎、赫春枝也经常帮助郝二钢人工孵蛋。

又过了三天,鸟蛋终于破壳了。刚出壳的幼鸟光秃秃的,就像刚出壳的家雀儿,只是喙长得非常夸张,出奇地大,简直有些不成比例。夏雪皎喂它高粱米,它不吃;郝二钢喂它动物肉,它张开大嘴近于贪婪地抢着吃。

开始,郝二钢以为大鸟是只大嘴乌鸦,他不喜欢浑身漆黑的乌鸦,因为乌鸦没有猛禽的钩嘴利爪,也没有猛禽那么凶猛,却非常愿意招惹别的鸟类。他只想把它喂大能飞了,就放飞它。有一天,他突然发现大鸟的大嘴不是乌鸦那种直直的,而是钩状的。它不是乌鸦,而是一只鹰。他喜出望外。在所有鸟类中,他最喜欢的就是鹰之类的猛禽。猛禽目光锐利、强悍威猛、英勇无畏,是天空的霸王。

赫春枝听郝二钢说喜欢猛禽,就对夏雪皎说:"正所谓'平生莫恨无知己,英雄自古识英雄'。英雄惜英雄,好汉惜好汉。二钢有着和鹰一样的性格,自然喜欢鹰。猛禽孤飞云天,猛兽独行山林。只有那些弱小动物,才成群结队。人类也是如此。"不难看出,赫春枝对郝二钢这样英雄的女婿非常满意。

夏雪皎也为郝二钢血性、强悍的英雄性格感到无比骄傲和幸福。

郝二钢如同养育孩子一样认真细致地养育鹰,每天都喂它猎物的肉,还专门为鹰捕捉兔子和耗子,喂它活食或者新鲜肉食。鹰很能吃,一天得吃二斤肉,长得也挺快。过三个月,鹰开始长出白色羽毛,之后又长出黑色羽毛。鹰越来越大,已经长出褐色和金色羽毛。

郝二钢猛然意识到,它不是一般的苍鹰、雀鹰,而是真正的空中霸王——金雕。他欣喜若狂!记得小时候到荒原放牛,他总是躺在草地上,躺在牛背上,长久地仰望一只在蓝天上盘旋的金雕。当

第八章 金雕战野狼

时,郝钢和郝青石、郝红石都提醒他注意,别被金雕叼上天。郝红石说:"无论猛禽,还是猛兽,饿急了都会攻击人。金雕贼拉凶猛,能捕食野狼。在二里外地能清晰地看到草地上奔跑的野兔。你别让它把你当野兔给叼走了!"

郝二钢记得十六岁那年,和夏雪皎他们在村头玩老鹞子抓小鸡,就有一只金雕扑了下来,差一点儿把水娃儿叼上天空。

金雕还没长大,就天天练习飞翔。它经常伸展毛茸茸的翅膀,后来,开始扇动翅膀了。郝二钢千方百计地试图驯化金雕。他不顾陈小娟的反对,和夏雪皎把仓房腾出来,作为金雕的训练场。金雕刚刚试飞,他就带回来一只活野鸡、一只活野兔,放进仓房,让金雕捕食。金雕垂涎欲滴地看着活蹦乱跳的野鸡、野兔,就是不去捕食。最后终于蹒跚学步似的飞下去捕猎野鸡,野鸡没捕到,差一点儿让疯了似的野鸡把它啄死。野鸡开始在仓房里乱飞乱跳,躲避金雕的追捕,后来径直冲向金雕,拼命地用爪抓,用嘴叨,把金雕吓得落荒而逃。郝二钢这才感觉到自己太急于求成了。金雕还不能熟练地飞翔,也不会捕猎,不可能抓捕到活蹦乱跳的野鸡和野兔,只能喂它野鸡和野兔的肉或者死了的野鸡、野兔。否则金雕不是自寻烦恼,而是自寻死路。

郝钢对郝二钢说:"你井叔是驯鹰专家。你去请教一下你井叔。"

郝二钢请教了井辘轳。

井辘轳说:"驯化猛禽很复杂,我也不会驯化。我就是训练毛脚鵟一种猛禽,让它捕猎。我没训练过金雕,但是有一点应该是一样的,就是反复用猎物引诱它捕食,十天半个月,它就真的能捕食了。如果你实在想训练它,你就天天用野鸡、野兔引诱它吧。"

郝二钢没把井辘轳的话当回事儿,因为郝二钢也知道这样驯化金雕,是他自己做过的。

当年,井辘轳看郝家爷们儿和穆大头他们都打猎,自己也想打猎,因为家里穷,买不起洋炮,就参与他们围猎。有一天,他抓到

猎人狙击手

一只受伤的毛脚鵟。在他的精心照料下,毛脚鵟伤口痊愈能飞了。他就驯化毛脚鵟捕猎。驯化成功。毛脚鵟能为他捕猎野鸡、野兔了。初春,毛脚鵟飞走了。进入深秋,他以为毛脚鵟还会飞回来,然而它没有飞回来。井辘轳就用旧渔网制作捕鹰的套子。他把捕鹰的旧渔网挂在毛脚鵟以前出没的几棵树之间,同时,把一个装鸟的笼子和拴着的野兔放在几棵树附近的荒地上,诱惑毛脚鵟来捕食。真的捕获了一只毛脚鵟。当毛脚鵟捕捉荒地上的鸟或野兔时,一下撞在旧渔网上。他用一个多月时间驯化毛脚鵟,然后让毛脚鵟为他捕捉野鸡、野兔。因为毛脚鵟很能吃,一天能吃一只野鸡或一只兔子,养毛脚鵟很费。所以他深秋抓捕毛脚鵟,冬天让毛脚鵟为他捕猎,初春再把毛脚鵟放回自然。周而复始,他成了驯鹰专家。

郝二钢用木板和柳条,在菜园子旁边大树上给金雕做了个窝。窝不高,方便给它送食物。又担心晚上狐狸、黄皮子、野猫吃掉它,白天把它放进窝,晚上再把它拿进木屋去。

终于,金雕可以独自飞翔了。虽然它翅膀的扇动力量不足,但是却带着大型猛禽特有的气质和威风。

金雕的羽毛也和以前大不一样了,身体羽毛褐色,翅膀下和尾巴长有白斑,后脖子金黄色,显得威风凛凛、霸气十足。

郝二钢担心金雕能够自由飞翔后,会直接飞走了。他想用麻绳儿拴住它的腿,不行。腿被拴住了,当它飞起来的时候,麻绳儿会把它的腿拽伤。想用剪子剪下它翅膀上的羽毛,让它不能飞远,也不行。翅膀羽毛被剪了,它不能飞远,万一遇到天敌,它就会送命。

既然喜欢它,就不应该束缚它飞翔的自由,想飞就飞,顺其自然吧。

十天以后,金雕已经可以自由飞翔了。然而它没有飞走,而且还能扑食院子里和院子外的耗子了。

郝二钢琢磨,应该带金雕去打猎。它还不成熟,没有成熟的金雕那样的体力、那样的威猛,不渴望它能帮助他扑杀野狼,只希望

第八章 金雕战野狼

它像猎犬那样，帮助他叼回他打到的野鸡、野兔就行。

郝二钢把金雕装进一只露眼儿的麻袋里。到了野外经常有野鸡野兔出没的地方，把金雕放了出来。然而，当金雕腾空飞起，荒原仿佛立马掀起了惊涛骇浪。远远地，野鸡胆战心惊地飞走了，野兔魂飞魄散地逃走了。就连天不怕地不怕、擅长"群狼战术"的喜鹊都飞走了。空旷的蓝天没有别的鸟，金雕成为蓝天寂寞的主宰。

过了一会儿，一只大金雕出现在蓝天之上，时而盘旋，时而飞翔，也许是小金雕的妈妈，在召唤小金雕和它一起回家。然而，小金雕似乎不认识它，没有和它一起飞走。郝二钢感到欣慰。如果这个时候，小金雕和大金雕飞走了，他是不会阻止的。他懂得人的感情，也理解鸟的感情。

郝二钢自从打猎以来，第一次一无所获地回到淘金木屋。庆幸的是金雕没有飞走，也和他一起回来了。

秋天，淘金木屋经常有耗子出没，祸害粮食；有黄皮子夜晚进院子里吃鸡鸭，鸡鸭一天天见少。有一天，黄皮子竟然把一只正在下蛋的大鹅咬死了。

平时，郝二钢担心狼群进入院子，咬死飞狼，晚上用麻绳把飞狼的窝门捆住，不让它出来。当黄皮子吃鸡鸭、吃大鹅的时候，它只是在窝里嚎叫，出不来。

赫春枝为郝二钢支招："飞狼和野狼一样凶猛，你别捆住它的窝门，而是把它的窝门打开。这样，黄皮子就不敢来吃鸡鸭了。再说了，如果狼群来了，飞狼一嚎叫，你就会听到，再出来打野狼也不迟。"

郝二钢感觉赫春枝说得有道理，就把飞狼的窝门打开了，让它吓唬和捕猎黄皮子。他还在木屋上面为金雕建了一个巢，想利用金雕的英勇和霸气，居高临下地看家护院，吓跑黄皮子，让它不敢再来。

晚上，郝二钢则坐在靠近窗户的炕上，抱着猎枪，望着窗外，

猎人狙击手

时刻准备保护飞狼和金雕。

连续三天晚上,黄皮子都没来。黄皮子不敢来了。郝二钢不再担心黄皮子了,而是担心野狼来,伤害了飞狼。

第四天,前半夜,世界都睡着了。大半夜过去了,郝二钢硬是没合眼,一直在观察着外面的动静。后半夜,也不知道什么时辰,他竟然睡着了。蒙眬之中,只听到院子里鸡飞狗跳,杂乱不堪。他一骨碌下地,端着猎枪就冲出木屋,只见飞狼正在和两只野狼猛烈撕咬。金雕正在和一只野狼搏斗。野狼看到凶神恶煞的郝二钢从屋里冲出,还端着一支猎枪,立马停止搏斗。郝二钢抬手一枪,打倒了一只和飞狼撕咬的野狼,另一只野狼吓得跳过院子栅栏狼奔豕突。和金雕搏斗的野狼腿脚蹒跚地想跳出栅栏,一只眼睛被金雕啄出了血,凄厉地嚎叫着。郝二钢冲上去就是一猎刀,帮助金雕杀死了野狼。金雕还在不屈地站立在鸡窝旁,恰如一个勇敢坚强的战士。它的腿在流血,嘴上也有血。不难看出,飞狼、金雕跟来偷吃鸡鸭的三只野狼进行了英勇顽强搏斗。它们伤了野狼,野狼也伤了它们。

金雕从小没有经过老金雕潜移默化的肢体训练,也没有经过专业驯兽师的驯化,不够凶猛,身体也不是最强壮的时候,尤其是没有实战经验,如果郝二钢再晚出来一会儿,金雕就凶多吉少了。飞狼伤得不重。

郝二钢直拍脑袋:"唉,我怎么就睡着了呢?"他心疼金雕和飞狼!这件事儿对他触动很大,他不想让金雕和飞狼再和残忍的野狼拼命了。野狼捕食都是成帮结伙的,金雕和飞狼势单力孤,又没有实战经验,怎么能和凶残善战的狼群对战呢?

郝红石对郝二钢说:"金雕全依仗高速飞翔的冲力,才能撕开野狼的脖子,抓瞎野狼的眼睛。如果在原地和野狼较量,它是打不过野狼的。还是放了它吧!"

其实,郝二钢也准备等金雕伤好了,能飞了,就把它放回大自然。它不属于这个家,它是属于蓝天的。

第八章 金雕战野狼

郝二钢到太平镇买了一些消炎药和纱布，给金雕和飞狼上了消炎药，并用纱布缠好伤口。过了一个多月，金雕和飞狼的伤就彻底痊愈了。

早晨，郝二钢用纱布把金雕的眼睛蒙上，装进那个露眼儿的麻袋，把它背到湿地和山林之间的枯树附近，将蒙它眼睛的纱布取下，想让它飞向大自然，去寻找它的爹妈，回它们的家。金雕头也不回地飞向山林，飞向蓝天。

郝二钢回到家，感觉到一种轻松，就像是漫山遍野地跑了一天，回家放下猎枪一样。马上，又有一种沉重的失落感压上心头，就好像丢失了心爱的猎枪一样让他心疼。他失眠了。也不知道什么时候睡着的。他做了一个梦，金雕回来了……他笑醒了，天也亮了。他赶紧出去看房上的金雕窝，是空的。他又看树上的金雕窝，立马欣喜若狂起来，金雕回来了！

夏雪皎看到郝二钢欣喜若狂，她也欣喜若狂。郝二钢高兴得把她抱了起来。

金雕既然回来了，郝二钢就不想再放飞金雕了。他已经和金雕成为朋友，不能分开了。

冬季来临，满眼葳蕤的绿色已经变得遥远，秋季的枯黄被大雪覆盖成数九寒天冷酷的苍白。

金雕没有经历过冬天。郝二钢想带它去山里打狍子，让它适应一下严寒的天气。

现在的金雕，上山已经不用装进露眼儿的麻袋里了，而是自己飞或者站在郝二钢的脑袋上、肩膀上。开始，它听到枪声心惊肉跳，现在听到枪声就像是听到鸟叫一样不以为意了。

郝二钢已经成为出色的猎手，经验丰富、胆识过人、身体强悍、枪法精准。

因为是打狍子，郝二钢的子弹带里装的主要是大号独弹。独弹就是猎枪弹壳里除了装火药，加上纸垫后，再装填一个几乎和猎枪

猎人狙击手

弹壳口径一样大的钢珠或铅珠。这样,猎枪射程远,威力大,打野猪、黑熊、野狼、狍子等大型动物可以一枪毙命。

郝二钢发现了狍子的脚印,他放开脚步去追狍子。

猎枪使用独弹,可以打到八十米;使用霰弹,就是铅砂弹,可以打到六十米。看到狍子了。郝二钢抬手一枪,也不瞄准。狍子一头栽倒在雪地上。

郝二钢打完一枪,必须立马给猎枪补上子弹,然后再去观察猎物。当他距离狍子三十米的时候,突然从树丛中冲出两只野狼。郝二钢猛地停下,观察着野狼。野狼是奔狍子来的,直扑那只狍子。他和刚才打狍子一样,用手臂夹着猎枪,也不瞄准,一枪就打穿了一只野狼的脑袋。另一只野狼看到同伙被人打死了,立马朝郝二钢冲来。

金雕看到野狼,没有表现出在家和野狼殊死搏斗时的勇猛,而是出人意料地自己飞走了。也许它还心有余悸,没有从和野狼搏斗受伤的心理阴影中走出来。

郝二钢十分冷静,当野狼距离他只有六米的时候,他的猎枪声响了。野狼在雪地上打了一个滚儿,倒在他的脚下不再动弹了。子弹打的位置和它的同伙一样,都是脑袋。郝家爷们儿打猎有个习惯,打大型猎物尽量打它的脑袋,除了一枪毙命节省子弹,确保不受到它的疯狂反扑外,还为了大型猎物的皮毛完整,没有弹孔。皮毛完整,没有弹孔才能卖出好价钱,自己用也不透风。

郝二钢背起两只狍子就往家走。他还惦记着金雕。

金雕已经飞回到家里的窝。

回来就好。郝二钢没有埋怨金雕胆小如鼠、忘恩负义,毕竟是鸟类,不能用人的想法去评价它。毕竟,它是在家里出生并长大的,没有经历江湖险恶、世界复杂,也许以后它会成为出色的猎鹰。然而,他的心里总是感觉有一种说不出的痛。

夏雪皎不停地安慰郝二钢:"咱们这儿曾经有一个古老的民族叫

肃慎，也就是满族人的祖先。他们把矛隼等猛禽驯化成凶猛无比又听话的猎鹰，称作'海东青'，给皇上进贡。猛禽即使再猛，也需要驯化，才能成为更为凶猛，而且听人话的'海东青'。要把猛禽驯化成'海东青'需要熬鹰等很复杂、很艰难的过程，得三四年的时间。金雕也是这样，在咱家长大，你又不会驯化，它怎么能敌得过在野外长大、天天捕猎的野狼呢？我劝你还是放了金雕吧。大自然才是它的家。"

夏雪皎三年私塾没有白读。她非常喜欢历史，尤其喜欢研究肃慎族系的历史。她讲过，兴凯湖、乌苏里江流域是历史上肃慎族系的重要祖居地。传说肃慎人乌布西奔妈妈就带领部族从乌苏里江源头处渡江，追寻太阳升起的地方。满族人和赫哲族人一直沿袭着肃慎族系的游牧渔猎的生活习俗。

在周朝时期，古老的肃慎人通过进贡了楛矢石砮，与中原取得联系。奇特物产楛矢石砮成为纽带和媒介。夏雪皎聪明绝顶，在私塾学习如同鹤立鸡群，出类拔萃。塾师讲了这样一个故事：春秋战国时期，一只受了伤的隼鸟掉在宫廷院落里，伤口还挂着一尺多长的楛矢。正好鲁国孔子周游列国，来到陈国。孔子说："隼鸟从很远的地方飞来，鸟身上的楛矢是肃慎人造的。"

夏雪皎当即对这个故事表示质疑。她站起来说："猛禽擅飞，毋庸置疑，但是，猛禽受伤了，还带着一尺八寸长沉重的木头箭杆、青石箭头飞到四千多里外的陈国。是不可能的事情。"先生感觉夏雪皎说得不无道理，但是这个故事从古代流传至今而且古书都有记载，不能否定。他还固执地坚持古人传下来的东西是正确的。夏雪皎因为塾师的墨守成规而不再读私塾了。

夏雪皎不再读私塾了，但这并不影响她对中国北方历史、文化和这片土地的热爱……

郝二钢不同意放飞金雕："放什么放，它在咱们家长大，没有野生金雕那么凶猛。放了它，它活着也会很难。我学着训练它。"

猎人狙击手

夏雪皎说:"驯化猛禽得经过五个步骤:捉鹰、熬鹰、养鹰、驯鹰、放鹰。没有专业和有经验的驯化师,不可能完成驯化。反正你也不用捉鹰,金雕是现成的,咱也不用把它驯化成'海东青',让它学会自己捕食,饿不死就行了。"

郝二钢听夏雪皎说的一番话,茅塞顿开。他不会那么复杂地驯鹰,但可以做一些最基本的事情,提高金雕的捕猎能力。他不再喂金雕切好的野猪肉、狍子肉了,而去下套捕捉一些活的野鸡、野兔、斑鸠什么的,野兔直接放在院子里,野鸡、斑鸠剪些羽毛放在院子里,让金雕自己捕食。如果金雕不捕食就饿着。开始,金雕不习惯自己捕食,两天之后饥饿难耐了,才终于从树上的窝中俯冲下来捕杀野兔、野鸡和斑鸠了。

后来,夏雪皎给郝二钢做了一个牛皮护套,套在手臂上,然后把斑鸠等动物肉放在手臂的护套上,让金雕飞到他手臂上捕食。

金雕可以轻松捕猎到野鸡、野兔了。郝二钢带它去打猎,检验一下它的捕猎本领。

一只野鸡从前面的草丛里飞起。金雕一跃而起,高速扑向野鸡。野鸡拼命挣扎,但不是金雕的对手,一爪就抓在野鸡的脖子上。野鸡不再挣扎。然而,金雕没有把野鸡叼回来,而是在原地吃掉了。

金雕能在野外捕猎野鸡了,这是郝二钢训练的结果,它非常高兴。叼不叼回来无所谓,以后会叼回来的。

郝二钢和夏雪皎成家不久,小家庭就开花结果,生下一个儿子。

郝家有后了!

夏雪皎让郝二钢给儿子起名。他说自己没文化,不会起名。夏雪皎为儿子起了一个威风十足的名字——郝云龙。希望他以后像云天飞龙一样,继承郝家爷们儿的血脉,血性、强悍、威猛、无畏。

一九四○年冬天,淘金木屋实在没有什么吃的了,粮食缸已经见底,菜窖里的土豆、白菜也要吃光,就连秋天下的大酱也要吃光了。陈小娟、赫春枝、夏雪皎难为无米之炊。

第八章　金雕战野狼

郝二钢、穆文化、水娃儿连续三天带着金雕出去打猎，都是一无所获。他们很失望，金雕也很失望。也不知道什么原因，山里的动物越来越少。

因为长期吃不饱饭，营养不足，夏雪皎没有奶了。郝云龙饿得狼哇的。

郝二钢听说锅盔山一带出现了一群野狼。最近，有两个村民串亲戚，喝多了酒半夜回家，在锅盔山附近遭到狼群的疯狂围攻，被吃成两堆血淋淋的骨头。有一个年轻人大白天经过锅盔山，竟然被山上的狼群吃掉了。锅盔山野狼吃人，闹得锅盔山附近村民人心惶惶，谁也不敢晚上出门，白天都不敢经过锅盔山。

郝二钢决定一个人去锅盔山打野狼。消灭狼群，为村民除害，又能给木屋带回来吃的。

夏雪皎坚决不同意他一个人去打野狼："你虎啊？一个人深入狼穴，去打狼群，狼群能把你吃了！你没有为村民除害，野狼把你除了！再说了，你像饿狼似的，什么肉都敢吃，我和孩子可不敢吃狼肉。狼肉腥。"

郝二钢坚持要去："野狼吃好几个人了，村民都不敢出门了。这个时候，我不去打野狼谁去打野狼？再说了，我吃过狼肉，一点儿都不腥，非常香，能把人香迷糊了。能吃上野狼肉，也比没有粮食，等着饿死强。"

夏雪皎拗不动郝二钢，就说："你要是去，就和穆文化、井沿儿、水娃儿一起去，好有个照应。"

郝钢要和郝二钢一起去打野狼："我和你一块儿去，上阵父子兵。"

郝二钢坚决不同意。自从爷爷去世后，他就不让郝钢打猎了，尤其打大猎物，到甸子里打打野鸭子还行，不能进山打猎了。打猎是个体力活，年纪大了不行。当年太爷爷郝大壮就是固执地要一个人进山打野猪才死去的，谁劝他都不听。郝钢重感冒，还要和郝青

猎人狙击手

石、郝红石到镇上赶集。郝大壮看到了一只大野猪,迅速用老洋炮瞄准野猪的脑袋开了一枪。按理说,凭郝大壮的枪法,大号独弹打中野猪的脑袋,野猪肯定一枪毙命。然而,郝大壮老了,眼睛不那么好使了。独弹打在大野猪的脖子上。大野猪脖子上喷着鲜血,在地上挣扎了几下,竟然顽强地站了起来。郝大壮快速为洋炮装填弹药,因为着急,装填火药的羊角掉在了地上,他把枪管直接插进火药袋里装填火药。当他装填完独弹,大野猪已经冲到他的跟前儿。他果断地朝大野猪的脑袋开枪,没想到洋炮火药装多了,炸膛了,没有打到野猪,还差一点儿炸伤了自己的眼睛。如果是郝二钢,飞快地避开大野猪的攻击,再用猎刀杀死受伤的大野猪,很容易化险为夷。然而,郝大壮跑得慢了。眼看大野猪追上他了,他抡起老洋炮去打大野猪的脑袋,动作也慢了。老洋炮没有打到大野猪,还因用力过猛而脱手。大野猪一头将郝大壮撞倒,又用锋利的獠牙挑开了郝大壮的肚子。

当郝青石、郝红石、郝钢找到郝大壮的时候,他已经死亡。大野猪死在了郝大壮的旁边,脖子上深深地插着他的大号猎刀……

郝钢看郝二钢坚决不让他去打野狼,只能无奈地把自己的猎枪交给郝二钢,并嘱咐他说:"那你就和穆文化、井沿儿、水娃儿一起去吧。黑天,野狼怕火。你们白天去,也带着洋火和松明。遇到狼群千万别紧张,要一枪一个,不能放空枪。咱们这儿狼群的数量不是很多,十多只了不得了。你们四人,应该没问题。把金雕和飞狼也带上。"

现在的郝二钢,经验已经不比郝钢差了,感觉郝钢说的都是多余,随口应付一句:"知道了。"

郝二钢也不想带着金雕和飞狼去,担心到关键时刻还得照顾它们。

夏雪皎说:"带上金雕吧,让它经受一下锻炼,也能给你们做个伴儿。一定注意安全,我和孩子等你!"

第八章 金雕战野狼

几天来，郝二钢一直在装填大号独弹。他把两支猎枪斜背在肩上，带了三十发独弹，没有带一发霰弹，起大早和穆文化、井沿儿、水娃儿带着金雕向锅盔山进发。为了出枪快速，穆文化、井沿儿、水娃儿的猎枪连背带都卸下来了。这是穆大头和水平的主意。

郝二钢想起郝红石讲的东北抗联。东北抗联是中国共产党领导的抗日队伍，是老百姓的军队。抗联战士穿山林、进草甸，和鬼子进行艰苦卓绝的游击战争。他希望能遇到东北抗联的战士。

到了锅盔山脚下，郝二钢检查了一下自己的两支猎枪和子弹，并嘱咐穆文化、井沿儿、水娃儿为猎枪装填好独弹。他摸了摸永不离身的大号猎刀，然后把一支猎枪用右胳膊夹着，从东面斜坡向锅盔山山顶走去。

郝二钢用洋炮和猎枪打猎的时候很少瞄准，只是根据经验对猎物的距离、跑动速度及风速等做出判断，几乎枪管指哪儿打哪儿。主要是他开始打猎的时候年纪太小，用肩抵枪托射击感到吃力，才习惯用手臂夹住枪托，有时单手、有时双手握枪射击。

刚刚走到山顶古人的饮马坑，就听到"嗷"的一声狼嚎，声音比狗叫长得多，立刻生成恐怖的氛围。

只见一只野狼把长嘴插在地上在长嚎。很快，另一个地方也传来了狼嚎的声音。让人感觉胆战心惊！

郝二钢感觉他们的位置不利于反击狼群的进攻，应该选择一个居高临下的位置。趁狼群还没有聚集，他们快速朝山顶高地的古代石头城墙跑去。刚一到达石头城墙后面，四只野狼就围在了他们前面。它们低垂着脑袋，鼻子上堆满褶皱，嘴里露出锋利的犬牙，做出捕猎的架势，准备向郝二钢他们发起冲锋。突然，四只野狼一起朝他们冲来。

穆文化、井沿儿、水娃儿还是第一次和狼群较量，心里有些紧张。郝二钢是久经猎场的老猎手了，清楚在这危险时刻，越是紧张，就越容易出错。于是，他告诉他们："不要紧张。我说开枪再开枪。

猎人狙击手

先朝靠近自己的野狼打。"

狼群距离他们只有十多米远了。

郝二钢说:"打。"同时用双手在腰间平端猎枪,一枪打中最前面野狼的脑袋。野狼倒下了。他本以为这能给狼群以震慑,别的野狼就会停下来。然而,别的野狼没有停下来,依然保持队形继续进攻。穆文化、井沿儿、水娃儿几乎同时开枪,三只野狼又被打死。

此时的金雕已经飞落他们身后的树上。

郝二钢赶紧告诉他们快速更换子弹。

突然,有十多只野狼从三个方向一起朝他们冲来。井沿儿、水娃儿还没有为猎枪装填完子弹,野狼已经冲到他们跟前,并张开血红大嘴向他俩扑来。他们俩一紧张,竟然不知道如何是好了。郝二钢果断开枪,将两只野狼击毙。又快速把郝钢的猎枪端在腰间。朝野狼开枪。又打倒两只野狼。两只野狼在地上挣扎。

双管猎枪打两枪就得换子弹,需要双手掰开用铰链连接的枪管和枪身,退出两个弹壳,装填两个独弹,再用力将枪管掰回和枪身结合处,才能继续射击。当然,郝二钢给猎枪换独弹的速度极快,然而狼群的进攻速度更快。他刚把猎枪里的弹壳退出来,还没来得及装填上子弹。野狼就扑上来了。

穆文化打死一只野狼,打第二枪的时候,因为紧张,没有打中。正要给猎枪换子弹,野狼就冲上来了。

郝二钢大喊一声:"用猎枪砸野狼!"然后自己抽出猎刀刺死一只野狼。

水娃儿力气小,用猎枪击打野狼,被野狼叼住枪托用力一甩,猎枪被甩出三四米远。他刚要抽猎刀,野狼一下冲上来,将他扑倒。郝二钢猛然看到野狼把水娃儿扑倒,飞身跳起,一猎刀刺进野狼的肚子,然后用力一挑,野狼的肚子被猎刀划开了。

穆文化力气很大,猎枪砸向野狼的脑袋。野狼的脑袋被打碎,枪托被打断了。他抽出猎刀继续和野狼搏斗。

第八章　金雕战野狼

井沿儿聪明，开始打野狼的时候，他就把两颗子弹握在手里。他第一枪没有打死野狼，野狼前腿受伤，一瘸一拐地向他冲来，他又补了一枪。野狼才倒地身亡。他比别人都快地更换了子弹。

然而，狼群并不像郝钢说的那样，十多只了不得了。可了不得了，又有十多只野狼朝他们冲来。

这时，郝二钢、井沿儿已经为猎枪更换了子弹。水娃儿有些手足无措，生死关头，换子弹的速度比平时还慢。他们如同守卫山头的抗联战士在打击鬼子的冲锋，稍有不慎，就会阵亡。他们还是朝最前面的野狼开枪，后面的野狼紧跟着扑了上来，就好像有组织的进攻一样。他们接着朝第二只野狼开枪。连续打死四只野狼。郝二钢刚要给猎枪更换独弹，第五只野狼冲了上来。他用枪托击打野狼的脑袋，都说野狼是铜头，的确很硬。他怕把猎枪的枪托打断，没敢像穆文化那么用力。野狼"嗷"的叫唤了一声，再次扑了上来。郝二钢再次用枪托重击它的脑袋，没有打到。它一口叼住了猎枪。此刻，一只野狼从后面偷袭郝二钢，他没有察觉。在这危险时刻，一道黑影，从树上一闪而下，是金雕。金雕脖子上金黄色羽毛奓起，犹如威风凛凛的雄狮，直扑偷袭郝二钢的野狼，用利爪抓住野狼的脖子，同时用钩嘴撕咬野狼的脑袋。野狼拼命反击。金雕和野狼厮打在一起，打得难解难分，最后一起掉进山崖。

此刻，穆文化、井沿儿、水娃儿都在和野狼搏斗。这是你死我活的搏斗。我不打死野狼，野狼就会咬死我，所以都拼命了。

郝二钢力大无穷，猛地用猎枪别野狼的犬牙，把野狼的犬牙别掉了一颗。野狼低声呻吟着，看了看他，然后向树林逃去。

郝二钢立刻给一支猎枪换上两颗独弹，然后迅速为穆文化、井沿儿、水娃儿解围，打死了三只野狼。又把一只野狼从金雕掉下山崖的地方扔下山崖。他刚要到山崖下面寻找金雕。又有五只野狼从四个方向朝他们冲来，其中有一只嘴里淌着血，应该是被他别掉犬牙的那只野狼。

猎人狙击手

郝二钢心想,狼群如果从开始就一起向他们进攻,他们就更危险了,为什么一波一波地进攻呢?

他们没有更换子弹的时间,只有郝二钢的猎枪里有一颗子弹。井沿儿、水娃儿已经筋疲力尽,而且还受了伤。郝二钢让井沿儿、水娃儿坐下来休息一会儿,更换子弹。他要和穆文化两人对付五只野狼。

郝二钢一枪打死冲在前面的野狼,然后抽出猎刀就要冲向野狼。穆文化都杀红眼了,握着一把带血的猎刀紧紧地跟在他的后面。

只听两声枪响,两只野狼应声倒地。两只野狼狼狈逃窜,钻进树林。

打枪的是两个猎人打扮的人。他们也是来打野狼的,刚走到山下,听到山上有枪声,才上来帮忙。他们互相通报了名字,他们一个叫郑毅,一个叫赵百强。郝二钢看到郑毅拿着猎枪,赵百强却拿着鬼子的三八大盖步枪。于是,对他们的猎人身份产生了怀疑,不想和他们继续聊了,还要急于寻找金雕,就和他们匆匆告别,想快速下山。

郝二钢快速更换子弹,然后让他们每个人卸下野狼的两条大腿带走,下山和他会合。

郝二钢先下山寻找金雕。找了半天,才找到金雕。它和野狼摔在锋利的石头上,都已经死亡。金雕救了郝二钢。对金雕的死,他非常痛心。他把金雕埋在了一个石头前面,山清水秀,风光美丽,金雕安葬在这儿,对他也是个慰藉。以后到这儿打猎,还能来看看金雕。

郝二钢用猎刀割下两只野狼的大腿,和穆文化他们快速离开锅盔山……

郝二钢向郝钢、夏雪皎、赫春枝讲述了和狼群搏斗、金雕救他的过程。他们都为金雕救了郝二钢而感激,也为金雕的死而惋惜。

郝钢说:"金雕英勇无畏,令人敬佩。但是,它缺乏训练,没有经验，不会打仗。金雕要想猎杀野狼，必须借助飞冲的力量，用一只利爪插入野狼的眼睛，另一只利爪锁住野狼的脖子，同时用钩嘴撕咬野狼的皮肉，让野狼疼得无力反抗。金雕没有击中野狼的要害，让野狼有反抗的机会。金雕无奈之下才和野狼同归于尽。"

郝二钢再也不想家养金雕了。他受不了这样的结果，太让人痛心了……

第九章　九死一生

一天傍晚，飞狼突然开始像野狼一般地嗥叫，叫得越来越厉害，简直要把野狼招来似的。一定是野狼来了或者鬼子、胡子来了！

郝二钢、郝红石、郝钢他们不约而同地拿起武器。郝红石嘱咐别点油灯，并嘱咐夏雪皎她们："木屋里有密道。你们做好准备，如果是鬼子、胡子来了，你们从密道进山躲避起来。"

郝二钢捅破窗户纸，朝外一看，栅栏外面站着一个人。不知道是什么人。

郝红石看了看，那个人不像鬼子，也不像胡子，也许是抗联交通员。如果是抗联交通员，应该跳进院子里，按照暗号敲门，前三声很轻，后三声很重。然而他没有跳进院子里，也没有敲门，只是扶着栅栏站在那儿。也许是因为木屋院子里多了飞狼，他不敢跳进院子里。

郝红石让郝钢、穆大头他们掩护，自己和郝二钢出去看看是什么人。

大半夜的突然外面站着个人，让人感到恐惧和不安。郝红石让大家镇静："大家不用害怕，应该是自己人。"

郝红石打开院子门。跌跌撞撞进来一个衣衫褴褛的不速之客。

第九章 九死一生

飞狼飞一般扑向他,被郝二钢阻止了。他浑身是血,手里还握着一支鬼子的三八大盖步枪。当他进屋看清了郝红石,刚要说话,就昏倒了。

郝二钢把不速之客背进外屋地。郝红石立马让他背进西小屋。郝红石为他包扎伤口。过了一会儿,他醒了。他和郝红石小声说了一些别人听不清、听不懂的话,显得非常神秘。郝二钢、郝钢已经知趣地走出西小屋。

郝二钢在外屋地对穆大头、井辘轳他们说:"是自己人,没事儿了。你们都睡觉吧。"

郝二钢和郝钢手握猎枪,注视着院子外面,防备意外发生。

第二天,不速之客坚持要走。郝红石担心他的枪伤没好,走不了太远。他还是坚持要走:"我必须走,否则会连累你们。"郝红石只好让他走了。

看到他跟跟跄跄渐渐消失的背影,郝二钢、郝钢他们都为他担心。他们不知道他是干什么的,但是都感觉他应该是个和郝红石一样的好人。

不速之客走后,郝红石急忙收拾武器弹药,说要出去几天,并嘱咐郝二钢、郝钢说:"如果我回不来了,你们一定记住,要参加或帮助东北抗联打鬼子,做保家卫国、顶天立地的中国人!"

郝二钢、郝钢感觉要出什么事儿,就问郝红石:"到底怎么了?"

郝红石清楚郝家爷们儿没有孬种,都是强悍无畏、有血性敢担当的英雄好汉。于是,就对他们说:"我是东北抗联的秘密联络员,专门负责为抗联传递情报,接纳抗联伤员。受伤的人是共产党驻密山联络站的交通员小何。他送来一个非常重要的情报必须火速送给抗联独立营营长钟志勇。鬼子已经知道情报泄露了,正在搜捕抗联交通员小何和其他情报人员。这份情报太重要了,我必须把它送到抗联独立营。如果万一我回不来了,希望郝钢接替我,就住在木屋,担任抗联的秘密联络员。"说完,又低声和郝钢说了几句。郝二钢听不清他们说的什么。

郝二钢、郝钢这时才知道淘金木屋是东北抗联的秘密联络站,郝红石是东北抗联的秘密联络员,西小屋是郝红石专门为抗联的伤员、交通员准备的。

郝钢严肃地说:"我当抗联秘密联络员可以。你不会回不来。为了万无一失,让二钢陪你一起去送情报。遇到鬼子,两个人有个照应,比你一个人强。"

郝二钢立马表态:"我陪二爷一起去。"

穆大头、井辘辘、水平他们都没有去睡觉,感觉情况严峻,怎么能睡着觉。他们在外屋地等待消息,听说要去送情报,立马从外屋地进来,主动请缨,要和郝二钢、郝红石一起去送情报。

这个时候,郝红石对猎人小队高度信任,不再隐瞒什么,对穆大头、井辘辘、水平他们说:"淘金木屋也需要你们守卫。送情报就不用你们去了。"

郝钢说:"这次任务事关重大,不能有任何闪失。不让猎人小队去,也得让我和二钢去。咱们爷儿仨去,才能万无一失。"

郝红石有些严肃地说:"这次送情报不同以往,任务非常艰巨,甚至是九死一生。我琢磨让二钢和我一起去,又担心二钢出事儿,对不起你们和你爹你妈,对不起夏雪皎和郝云龙。既然你说了,就让二钢和我去吧。二钢是块好钢,应该锻炼锻炼。对了,厕所里有通往山林的密道。这是早年住在木屋的淘金客挖的。如果万一鬼子来了,你们就从密道逃走。"说完,他又带着郝钢、郝二钢、穆大头他们去厕所里看密道入口,并告诉他们如何进入密道。

郝钢催促郝红石、郝二钢快走:"放心吧。送情报任务重要,你们快走吧!"

郝二钢想把飞狼带上。郝红石不同意:"飞狼毕竟是动物,遇到鬼子和伪军嚎叫,就会暴露咱们俩的行踪。不能带着飞狼。"

郝红石平时一个人住在淘金木屋,也不养猎狗,这不只是担心

第九章 九死一生

猎狗吠叫暴露淘金木屋。

郝红石年轻的时候也养过猎狗，那只猎狗看似普通，其实不普通。有一次打猎，郝红石遇到了电闪雷鸣大暴雨，想进入一个两年前曾经进入过的山洞避雨。里面传出野狼浓烈的血腥味。也许里面有野狼，也许里面没有野狼。他想离开，但是外面雨大得让他有一种走投无路的绝望，只能冒险看看里面到底有没有野狼了。他舍不得开枪把野狼赶出山洞，而是朝山洞里扔了两块石头。里面没有动静。想点个火把扔进山洞，火柴还湿了。他只好手握洋炮，一步一步，小心翼翼地猫腰走进山洞。山洞不深，猛然看到里面有十颗"小星星"在闪烁。是五只野狼！他赶紧退出了山洞。野狼没有追出来。他意识到洞里应该是五只小狼崽儿，而不是大野狼，否则不可能看到他进来不攻击，也不可能看到他出去不追赶。于是，胆儿比野狼脑袋还大的郝红石竟然又钻回山洞中。从十颗闪烁的"小星星"看，山洞里的确只有五只小狼崽儿，没有大野狼。他搬来几块大石头封住洞口，抱着洋炮和五只小狼崽儿和睦相处，度过了漫长的电闪雷鸣之夜。

天亮了，雨停了。郝红石挪开洞口大石头下山回家。走了不远，突然感觉身后有动静，好像有人跟踪他。猛然回头，只见一只皮毛发黄，有点儿像狗崽儿的狼崽儿在后面颠颠儿地跟着他。他赶它回去，它不回去；想甩掉它，也甩不掉它。只好让它一直跟着他回到了家。这只小狼崽儿长大后成了他的得力助手和伙伴。因为它勇猛、跑得飞快，郝红石给它起名飞刀。

飞刀很听话，也很凶猛。曾经咬死过两只进羊圈吃羊的野狼。他每次打野猪，它都在一旁攻击野猪，分散野猪的注意力，好让他有机会开枪。飞刀多次救他性命。

有一天，郝红石带着飞刀去荒原打野猪。也不知道怎么了，飞刀没有和平时一样去攻击野猪，而是围着郝红石嚎叫，并盯着树林里。他感觉树林里也许还有野猪，飞刀是在向他示警，等打死这头

猎人狙击手

野猪，再对付树林里的野猪。眼看眼前的野猪转身要跑。他抬手一枪，大号独弹正中野猪的脑袋。他正要给洋炮装填弹药，树林里突然又冲出来一头大野猪，疯了一样径直朝他扑来。他来不及给洋炮装填弹药了，拔出猎刀就迎向大野猪。这时，飞刀真的像飞刀一般刺向大野猪，和大野猪撕咬成一团。他赶紧为洋炮装填弹药，然后就要向大野猪开枪。只见飞刀的肚子被大野猪的獠牙刺出两个血洞，鲜血汩汩流淌，还在顽强地和大野猪拼命。他一枪打中大野猪的胸膛，大野猪躺在地上挣扎。飞刀死了。打那以后，他就再也不养猎狗了……

郝二钢嘱咐夏雪皎："你照顾好自己，也帮助爹照顾好猎人小队和家人。等我回来！"

夏雪皎说："嗯，你照顾好自己。我等你！"

郝钢要把自己的三八大盖送给郝红石。郝红石说："我只带两支猎枪。自从眼睛受伤，步枪打不准，只能凭感觉使用猎枪了。"

郝二钢和郝红石全副武装。郝二钢身上背着辽十三步枪，手里握着猎枪，带了二十颗猎枪子弹和二十颗步枪子弹。郝红石带着两支装满子弹的猎枪和二十颗子弹，还从密道的仓库里取出四枚手雷，自己带两颗，给郝二钢两颗。郝二钢不会使用手雷，郝红石说在路上教他……

一九四一年夏天，东北抗联的一名机枪手潘仁里叛变投降了鬼子，他对密山抗联队伍驻扎、活动以及三十七个密营分布情况非常熟悉。

潘仁里曾是抗联独立营的机枪手。他胆小如鼠，一见到鬼子就惊慌失措。有一次战斗，面对鬼子的冲锋，他竟然丢弃战友自己临阵脱逃，致使七名抗联战士死在鬼子屠刀下。营长钟志勇要枪毙他。他趁夜逃跑，辗转投靠了鬼子。潘仁里叛国投敌，充当了鬼子的密探，搜集抗联情报，残害抗联战士，策反抗联人员。他为了向鬼子邀功请赏，向鬼子提供了密山抗联驻扎地点以及三十七个密营具体

第九章 九死一生

分布情况。鬼子已经调集两个中队兵力，准备首先"围剿"抗联独立营，摧毁三十七个密营。

抗联为了和鬼子打游击战，防御鬼子在冬季的"讨伐""围剿"，在密林深处修筑一些密营。这些密营除了是抗联队伍御寒避雨休息的地方，抗联伤员治病养伤的秘密医院，还是抗联的武器弹药粮食仓库。如果鬼子把这些密营都摧毁了，那么密山的抗联队伍就会失去驻地，失去补给，陷入极度艰难的困境。如果独立营没有准备，被鬼子偷袭，即使不全军覆没，也会遭受重创，大伤元气。

郝红石、郝二钢要送的情报就是通知潘仁里叛变投敌，独立营藏身的密营以及其他三十六个密营已经暴露，两个中队的鬼子很快要进犯，让独立营做好反击和转移的准备。

独立营现住杨岗沟密营。郝红石、郝二钢必须今晚把情报送到独立营。

开始，郝红石怕暴露淘金木屋，带着郝二钢在林子里面走，走了五六里远，才说："林子里走太慢，咱们到公路上走。"

郝红石为郝二钢讲解手榴弹的使用方法："这种手雷是缴获鬼子的，九一式，通过爆炸产生的破片杀伤人。为了和抗联的木把手榴弹区别开，我们都管它叫甜瓜手雷。使用的时候先拔掉安全销子，在树干、石头、枪托等硬物上撞击一下触发引信，然后将手雷准确地投向鬼子。好多抗联战士的步枪的枪托上都钉着一块铁皮，专门用于磕手雷。"他边说边比画。郝二钢很快就对手雷的使用方法烂熟于心。

郝红石、郝二钢在公路上刚走不远，前面突然出现了两辆鬼子军车。郝红石拉着郝二钢就往后面跑。后面也出现了一辆鬼子军车。他们就朝山上跑。翻山越岭，是猎手的强项，一般的鬼子只能是望尘莫及。没想到这些鬼子不是一般的鬼子，而是经过特殊训练的鬼子。他们和郝红石、郝二钢一样，翻山越岭如走平地。郝二钢的身体素质比郝红石强，奔跑速度比郝红石快，如果是郝二钢自己，完

猎人狙击手

全可以摆脱鬼子的追赶。郝红石的右腿有些跛，跑不了太快。郝二钢得照顾和保护郝红石。他们总是想甩掉如影随形的鬼子，却总是甩不掉。鬼子的子弹在他们的身边纷纷飞过，有一颗子弹差一点儿打中郝红石的脑袋。

面对鬼子追杀，郝红石担心郝二钢害怕，就为他鼓劲："你别看小鬼子这样凶神恶煞似的，这帮瘪犊玩意儿也是肉长的，你揍他，他也疼。你向他开枪，他也得死。野狼和棕熊你都打过，还怕他们！"

郝二钢自信地说："谁说我怕鬼子了？我就像打野狼一样打死他们！"

郝红石感到欣慰："好样的！"

眼看鬼子和伪军就要追上他们了，郝红石和郝二钢躲在石堆后面向鬼子开枪。郝红石是老猎手，又是老抗联，具有丰富的战斗经验。他掏出一颗手雷说："手雷最好扔在鬼子聚堆的地方，一炸一片。"于是，他拔掉手雷的安全销子，在石头上磕了一下，不紧不慢地朝鬼子最多的地方投去。"轰"的一声巨响，炸死炸伤五六个鬼子和伪军。

郝二钢第一次看到手雷的使用和爆炸，感觉这玩意儿真不错，一下炸死好几个鬼子。他也想用手雷炸鬼子。

郝红石阻止他说："你的手雷等关键时候再用。你枪法准，一定要用步枪打鬼子军官和机枪手。"

郝二钢还没打过辽十三，怕第一次使用没把握一枪毙命。正好鬼子距离他们不远。于是，他用猎枪射击，一枪打死一个鬼子小军官。他换了一个射击位置，又一枪，打死一个鬼子机枪手。

郝红石欣慰地说："你的枪法比我想象的还要准，参加抗联吧，当抗联狙击手，多打死一些鬼子。"

郝二钢没来得及回答，左边的鬼子上来了，而且看到一个鬼子朝他们扔了一个铁疙瘩，应该是手雷。他大喊一声："快跑！"

他和郝红石刚一跳出石堆,身后就传出震耳欲聋的爆炸声,和刚才的手雷爆炸声音一样。

他们一边跑,一边为猎枪装填子弹,一边向鬼子射击。鬼子还是穷追不舍。

郝红石也感觉自己跑得没有郝二钢快,一起跑摆脱不了鬼子,还容易被鬼子包抄:"咱们这样跑下去不是办法,跑不了多远就得被鬼子包抄或打死。咱们分头跑,但是不要离太远,好互相救助和策应。万一被打散,就在杨岗沟口周猎户家会合。你千万要保护好自己!"

郝二钢清楚,哪怕自己死了,也必须保护郝红石把情报送到:"我掩护你,你朝右边儿跑!"说着,径直朝后面的鬼子冲去。

郝红石本想掩护郝二钢,他跑得快,让他把情报送到抗联独立营。没想到郝二钢要掩护郝红石,让郝红石把情况送到独立营。郝红石想招呼郝二钢回来,已经来不及了,只好按他说的朝右边跑去。

郝二钢绝不是自寻死路,而是为了吸引鬼子的注意,以掩护郝红石。他朝鬼子跑了二十米,猛然摔倒在地,然后一个翻滚,躺在了一棵树后向追在最前面的两个鬼子开枪。猎枪装填的是独弹。两个鬼子顷刻倒地身亡。他赶紧给猎枪填上两颗子弹,然后往左跑。多数鬼子朝他追去,少数鬼子追向郝红石。

也许鬼子看出了郝二钢调虎离山的意图,判断出他要保护的人才是他们要抓的抗联秘密联络员。于是,又多数鬼子追赶郝红石,少数鬼子追赶郝二钢了。

郝红石渐渐被鬼子包围。

郝二钢打死了追赶他的三个鬼子后,眼看其余的鬼子一起撒下他去追赶郝红石。不好,郝红石危险!他快速向郝红石靠近,想帮助郝红石突出包围。他打死了郝红石左侧的三个鬼子,又按照郝红石教他的方法,朝郝红石后面的十几个鬼子扔了一颗手雷,炸倒了七八个鬼子,缓解了郝红石的压力。

猎人狙击手

郝二钢冲进郝红石藏身的土坑,和他一起射击最近的鬼子。郝红石虽然经过练习,可以用左眼瞄准、左手打枪,但是远不如过去打得准。两枪打死了一个鬼子。他的猎枪里子弹已经打空,正来不及装填子弹呢,郝二钢为他解了围。郝红石问他:"你怎么回来了?"

郝二钢说:"你没有我怎么行,我得保护你。"

郝红石很受感动。当初,他对懦弱胆小的郝大钢大失所望,甚至感觉郝家也许后继无人了。有郝二钢,郝家后继有人、大有希望了!

突然,一声枪响从远处传来,郝红石一个后仰倒在土坡上。郝二钢刚要借助土坡的掩护,把郝红石拽到土坑里。只见郝红石向他摆了摆手,让他隐蔽好。他没有被击中,只是意识到这一枪应该是一个枪法极准的鬼子狙击手打的,用被击中的姿势一动不动地麻痹鬼子狙击手,好找机会摆脱他或者干掉他。

郝二钢爬到郝红石跟前。郝红石说:"鬼子狙击手是鬼子特种部队中枪法最准的,咱们一露头就得被他狙杀。你也不是他们的对手。追击咱们的鬼子马上就要包围上来了,再不走咱俩都得死在这儿。你跑得快,只有你能把情报送到独立营了。我掩护你,枪声一响,你麻溜儿朝西跑。"说完,把一颗手雷递给郝二钢。

郝二钢还想掩护郝红石,让他跑。

郝红石焦急地说:"别争了,再争谁都跑不了了。"话音还没落,只见郝红石一下冲在郝二钢前面想跃出土坡。一个鬼子突然冲出,一刺刀深深地刺进郝红石的后胸。郝二钢抬手一猎枪,打死了这个鬼子。也不知道这个鬼子是什么时候悄悄爬过来的。

郝红石的胸膛血如泉涌,他的衣服被染红了一大片,也染红了旁边的石头。郝二钢不知所措地用手捂着他出血的伤口。鬼子的刺刀还插在他的胸膛,郝二钢不知道该不该拔出来。郝红石用微弱的声音说道:"快跑,一定要把情报送到杨岗沟,找到周猎户。"说完,他猛地起身,趴在土坡上朝远处开了一枪。

第九章 九死一生

同时，一声枪响从远处传来。郝红石牺牲了。这一枪是鬼子狙击手打的。

郝二钢清楚，郝红石是为了掩护他，才扑上去吸引鬼子狙击手子弹的。他必须摆脱鬼子，完成郝红石没有完成的任务。他没有时间悲伤，抹了一把眼泪，猫着腰想要朝西边跑。一颗子弹从他的耳边擦过。他赶紧趴下，用手摸了摸耳朵，庆幸没有被打掉。他惊出了汗。天热，也让他出汗。他心急如焚。附近的鬼子很快就会赶到这里，将他包围。他死不足惧，完不成送情报的任务，让他痛心！

郝二钢把猎枪背在身上，把辽十三握在手里，然后用一只手把郝红石的猎枪枪管伸出去，想试探鬼子狙击手，看能不能发现他的位置，好射杀了他。鬼子狙击手瞬间开枪，正好打在枪管的正面，正是他脑袋的位置。鬼子狙击手太可怕了！他感觉鬼子狙击手不好对付，必须尽快离开这个危险之地。他灵机一动，为了完成任务，只能让郝红石继续做出牺牲了。于是，他把郝红石的上衣脱下。用猎枪支撑着上衣，又轻轻地伸出一点儿，不能伸出的太大，又像是人在走动，才能吸引鬼子，不让鬼子怀疑。果然，一声枪响，打中了郝红石的衣服。郝二钢又让衣服像是人中枪倒地一样。然后，他从土堆后面紧贴地皮快速爬行，爬了三十多米，鬼子枪手看不到了，才站起来，大步跑去。

追踪他们的鬼子阴魂不散，步步紧逼。

郝二钢钻进一片荆棘下面，一颗手雷握在手里，一动不动地趴着。荆棘浑身都是针刺，鬼子不敢进来。但是，也把他扎得浑身都是针刺，又疼又痒。如果鬼子发现了他，他就用手雷炸鬼子。

鬼子追到荆棘附近，没有看到郝二钢的身影，怀疑他藏在荆棘树丛中，就用刺刀向荆棘树丛一顿乱刺，又在附近草丛里、倒木下、树洞中、石隙处找了个遍，也没有发现郝二钢的踪迹。接着，鬼子又向荆棘树丛射击，打了五六枪，才到别的地方搜索。

郝二钢没有被鬼子的子弹打中，身体却多处被荆棘刺破划伤。

猎人狙击手

郝二钢看看鬼子已经走远,不顾浑身痛痒,开始朝着杨岗沟的方向奔跑。

突然,前面出现了鬼子,而且还有狼狗。一看左右都有鬼子在搜索前进。他必须先干掉狼狗,否则摆脱不了狼狗的追踪。他举起猎枪,瞬间又意识到距离远,猎枪打不到。于是,他背起猎枪,举起辽十三。应该是它发挥作用的时候了。他瞄准狼狗的脑袋就是一枪,然而,没有打中。狼狗顺着枪声朝他冲来。他再次瞄准,感觉用空枪瞄准和实弹射击不一样。后悔当时没舍得用实弹练习射击。但他是聪明的,猎枪左右两管,准星在两管中间,平时打猎的时候,开枪的瞬间稍微左右校正已经成为本能。辽十三一个枪管,准星在枪管上边,无须校正。于是,他又用辽十三瞄准狼狗。这时狼狗已经冲到离他只有二十米的地方。他果断开枪,子弹穿透狼狗的脑袋。他紧接着朝左边儿的鬼子射击,左边儿的鬼子少,离他近。

两个鬼子瞬间被他的辽十三击毙。他才真切地感受到辽十三远比猎枪的威力大、射程远。他一边打枪,一边朝左边冲去。然而,他一开枪,立刻吸引了三面的鬼子,一窝蜂地向他冲来。

郝二钢躲在一棵树后,掏出一颗手雷,将手雷投向最密集的鬼子。"轰"的一声爆炸,有六七个鬼子被炸飞。他进一步感觉手雷这玩意儿好使,以后得多整点儿手雷。

鬼子的子弹把他包围,纷纷打在大树两旁,只要离开大树就得被打中。

过了片刻,鬼子的枪声骤然停止。也许鬼子的子弹打光了,或者想抓活的。郝二钢趁机冲向没有鬼子的地方。跑了五百多米才发现,他被追赶到一个山崖,无路可走了。看了看后面近在咫尺的鬼子。他心想,即使摔死,也得抓几个垫背的鬼子,决不能让鬼子抓住。这时,一个鬼子冲了上来,郝二钢左手端右手握着猎枪,一枪把鬼子打死。又一个鬼子冲了上来,他又一枪将鬼子打死。刚才,鬼子追得太急,他没有时间给辽十三换子弹。猎枪打空了。

第九章 九死一生

三个鬼子向郝二钢扑来。郝二钢把猎枪背在身上，拔出猎刀，左手抓住前面鬼子的步枪，一刀刺死鬼子，又反手刺死紧跟着的鬼子。这时，第三个鬼子将他紧紧抱住。他还没来得及拔出猎刀，只能和鬼子肉搏。这个鬼子又高又胖，像棕熊一样有力。他挣脱了几下，都没有挣脱胖鬼子。他才意识到，他连累带饿，已经精疲力尽了。眼看后面的鬼子狼群一样冲向他。于是，郝二钢猛然后仰，和胖鬼子一起掉下山崖……

郝二钢的头脑十分清醒，即使在掉下山崖的空中，他都不忘记把胖鬼子放在身下，当作他身下的肉垫，然而在空中身不由己，开始他把胖鬼子翻在身下，鬼子在挣扎，身位又变得不知道什么样了。他心想这回完了，完不成任务，也看不到儿子了！

然而，他和胖鬼子都没死。下面是大片湿地，湿地里的塔头墩子又松又软，接住了他们。鬼子背着的三八大盖不知道掉哪儿了。郝二钢的猎枪也不知道掉哪儿了，但是辽十三还背在他的身上，硌得手臂疼痛难忍。鬼子抽出腰间的步枪刺刀向郝二钢冲来。郝二钢一摸腰间才想起来，猎刀还插在鬼子身上。他出枪的速度极快，打猎的时候如果稍慢，就可能被猛兽扑倒吃掉。他像打猎一样，把辽十三用手臂和上身一夹，瞬间朝胖鬼子开枪。然而辽十三没来得及装填子弹。胖鬼子稍一停顿，又快速向他刺来。他抡起辽十三砸向胖鬼子紧握刺刀的手臂。刺刀掉进水里。胖鬼子扑上来抢夺他的辽十三。他怕用辽十三砸胖鬼子折断枪托，就把辽十三扔在一旁，赤手空拳朝胖鬼子扑去，如同猛虎扑食，双拳齐出打在胖鬼子胃部，又飞身跳起，踢在胖鬼子前胸。胖鬼子一下跌坐在塔头墩子上。郝二钢借助自己的冲力，左手臂从后面瞬间搂住胖鬼子的脖子，用右手扣紧左手臂，死死地锁住胖鬼子的脖子。这个锁喉招式是猎手拳的一个绝招，只有遭遇强敌，要置其于死地时才能使用。

当年郝青石、郝红石、郝钢教郝二钢猎手拳的时候，他学得不是很认真，因为他有力气，加上他的猎枪，足以战胜猛兽和敌人，

猎人狙击手

保护自己和家人。后来，郝青石、郝红石、郝钢苦口婆心地劝他必须练好猎手拳，以后能用上，他才下功夫学习。其实，无论是郝青石、郝红石，还是郝钢逼着郝二钢学习猎手拳，都是担心郝家几代猎手依靠打猛兽、杀敌人的亲身经历创造的猎手拳失传……

郝二钢用洋炮、猎枪射杀过胡子，射杀过鬼子，也用辽十三步枪射杀过鬼子，还是第一次用猎手拳杀过人。他锁住胖鬼子喉咙的时候，他突然想起了郝青石、郝红石以及村里人被鬼子打死时的悲壮场面。要为郝青石、郝红石和村里人报仇！所以，他手臂更加用力。胖鬼子已经死半天，脸都青了，他才放手。

郝二钢起身的时候，用手臂去摁身旁的塔头墩子，手臂疼痛难忍，才知道手臂不是辽十三硌的，而是受伤的胳膊又被石头划伤，伤口在出血。郝二钢从鬼子白布衫上撕下一条白布，也不管干净不干净了，把手臂的伤口包扎上。

他找到了猎枪，完好无损。于是，给猎枪和辽十三装填上子弹。又在胖鬼子的背包里找到一盒牛肉罐头、两包压缩饼干，还从胖鬼子腰间摘下两个手雷。

郝二钢肚子饿得"咕咕"叫，想吃了罐头再赶路。看了半天，不知道怎么打开，心想，这小鬼子也太蠢了，整个罐头费劲巴拉地打不开，应该一拉就开或者一拧就开。他开始吃饼干，就着湿地的清水。最后，他站在塔头墩子上用清水洗了一把脸。看到了胖鬼子掉到水里的刺刀。他把刺刀捞了上来。

郝二钢想起自己的猎刀。为他祖传的猎刀还插在鬼子身上而惋惜！如果猎刀还在他手上，他会杀死更多鬼子！

他把鬼子身上的刀鞘取了下来，把刺刀插进刀鞘，带在身上。他不顾伤痛，继续奔向杨岗沟。

终于来到了杨岗沟口，却让他大失所望。周猎手的房子已经被烧毁。周猎手无影无踪。

找不到周猎手，就找不到抗联独立营。郝二钢急得抓耳挠腮，就是想不出办法！他冥思苦想，他绞尽脑汁。如果一个猎手无家可归了，他会去哪儿？山里。如果一个抗联的秘密联络员身份暴露了，房子也被鬼子烧毁了，他会去哪儿？一定是山里的抗联密营。

于是，郝二钢沿着杨岗沟朝山里走去，必须找到抗联密营。饿了，他就吃自己带的野猪肉干和干粮；渴了，就喝山间的溪水或者吃野果、野菜。最后，他用胖鬼子的刺刀把胖鬼子的罐头割开，狼吞虎咽地一气吃光了，感觉还是没吃饱。打猎这么多年，他对山林了如指掌，什么野果能吃、什么野果不能吃、什么野菜能吃、什么野菜不能吃，他清清楚楚。所以，他在山上饿不死，尤其是夏天。他翻过了两座山，也没找到抗联密营。关键是他不知道密营到底什么样。郝红石说过，抗联密营就是建在密林深处的木房子，有的密营一半建在地上、一半建在地下，有的密营建在地下，有的密营就是个山洞，有的密营甚至就是猎人挖的捕捉大型猎物的陷阱。他就是按照郝红石说的样子找的，就是没找到。

郝二钢的伤口已经化脓，苍蝇还在伤口产了蝇卵。他才想起忘记给伤口上消炎草药了。他用刺刀把伤口的蝇卵扒拉掉，又找了一些草药，用嘴嚼碎，涂在伤口上。胖鬼子的白布衫条已经腥臭了，只能扔掉。他把夏雪皎给他做的灰布衫底边撕掉，缠上胳膊。

天色将晚。正当郝二钢为没有完成送情报任务有些绝望的时候，突然看到山下有一个十分隐秘的小村庄。他再次充满希望。他想进村庄打听一下抗联的情况。因为他听郝红石说过，抗联得不到政府的支援，武器弹药、食物、冬装、药品极度缺乏，不得不去抢鬼子的。在鬼子冬季"讨伐"的时候，是抗联最艰苦的时候，好多战斗因为弹尽粮绝而失败，好多战士因为没有棉衣而冻死。战士们有时只能依靠草根树皮来维持生命。有些小村庄是抗联的堡垒村，冒着生命危险收治抗联伤员。一些群众在背后偷偷地支持抗联，为抗联送粮食、送干粮。也许这个小村庄是抗联的堡垒村，知道抗联在什么地方。

猎人狙击手

他刚要进村,突然从树林里冲出两个人。他们手里握着三八大盖步枪,对准他喊道:"别动。你是干什么的?到这儿找谁?"

郝二钢很机智:"我在山上打猎,迷路了,想到村子里找点儿水喝。"说话的时候,他就感觉这两个人很眼熟,又一时想不起来是谁。

其中的一个人向前一步说:"你是郝二钢吧?"

郝二钢猛然想起来了,这两人是在锅盔山上帮助他们打死野狼的赵百强、郑毅。

在这荒无人烟的地方,看到人就是惊喜,尤其是看到认识的人。郝二钢麻溜儿回答:"我是郝二钢。你们怎么在这儿?"

郑毅十分警觉地说:"我们就住在这儿。你是太平村的,为什么走这么远打猎?"

郝二钢试探地说道:"我想找一个猎户朋友。不知道他叫什么,只知道他姓周。"

赵百强马上接着说:"你要找的是周猎户吧?周猎户我们认识。二钢兄弟,咱们进村说吧。"

郝二钢求之不得。他拿猎枪的手有些漫不经心,另一只手却紧紧地握着手雷。郝青石、郝红石、郝钢都多次告诫过他,江湖险恶,不能轻易相信任何人。

最后,互相信任了。原来,赵百强是抗联独立营的侦察排长,郑毅是抗联战士。这个村子就是抗联独立营建造的一个密营。

钟志勇得知郝红石牺牲了,寸心如割。他和郝红石是生死与共的战友,而且郝红石救过他的命。

周猎户也被鬼子杀害了。

钟志勇迅速安排独立营转移。其实,这个时候的独立营除了几个伤员之外,已经没有什么可转移的了。粮食屈指可数,弹药都带在战士们身上,单衣也穿在战士的身上,根本没有棉衣。唯一转移不走的是小村庄这个秘密营地。小村庄秘密营地建在原始森林里,鬼子"讨伐"了几年，都没有发现这个秘密营地，现在却被叛徒出卖，将要被鬼子摧毁。大家感觉惋惜和痛心！

钟志勇非常喜欢郝二钢，从送情报九死一生的经历就能看出，郝二钢是一个英勇无畏、血性强悍、枪法精准的英雄。

钟志勇和郝二钢说起了郝红石。郝二钢有些伤感地流下眼泪。

钟志勇安慰他说："打鬼子，总得有牺牲。郝红石是老抗联了，他是一个英雄。"

原来，一九三四年秋季，郝红石就参加了东北抗日义勇军，和钟志勇一起打鬼子。抗日义勇军是东北抗日联军的前身之一。

"九一八事变"后，东北沦陷。广大的东北人民并没有屈服，反抗日本鬼子侵略的武装斗争风起云涌。其中以部分东北军为基础，联合民间武装和爱国群众而建立的东北抗日义勇军是一段时期抗日的主要力量。义勇军为抵抗侵略、收复失地而同日本鬼子英勇作战，队伍不断发展壮大。

但是蒋介石政府没有给义勇军实质性支持，始终执行"攘外必先安内"的政策，一味和日寇妥协。义勇军没有统一领导和编制，各自独立，军费靠自筹和全国人民的捐助。一九三二年，义勇军遭受惨败。保存下来的义勇军一部分继续和鬼子作战，后来参加了东北抗联。

赵百强讲，郝红石在抗联加入的共产党，是忠诚的共产党员，是骁勇善战的抗联侦察排长。钟志勇和郝红石在一次执行任务时，遭遇了偷猎的鬼子。他们打死了三个鬼子后，躲在暗处的一个鬼子悄悄地用猎枪瞄准了钟志勇。郝红石发现了鬼子在朝钟志勇打黑枪，就在推开他的同时朝鬼子开枪，钟志勇死里逃生，鬼子被郝红石打死。郝红石的右眼被鬼子猎枪的一粒枪砂划伤，因为没有及时治疗，尤其是没有消炎药，导致右眼失明。这样，独立营才派郝红石到榛子山淘金木屋当秘密联络员。一段时间，郝红石无法打枪了。他就刻苦练习左眼瞄准，左手射击。苦心人，天不负。他终于练成了左

猎人狙击手

眼瞄准、左手射击。

后来,钟志勇和赵百强在一次战斗中负伤,在淘金木屋养伤。鬼子搜查到淘金木屋附近。本来,郝红石可以和钟志勇、赵百强一起转移,他担心如果一起转移,密道口很可能会被鬼子发现,他们就会遭到鬼子追击。钟志勇、赵百强伤未痊愈,跑不多快,也跑不多远,如果被鬼子逮捕就会被杀害。同时,联络点也会暴露,密道里藏着的武器弹药也会被鬼子发现,将给抗联传递情报带来不便,给抗联打鬼子造成损失。因此,郝红石决定留下来和鬼子周旋。他掩护钟志勇、赵百强从密道转移后,刚刚把密道口掩饰好,鬼子就冲进屋里。鬼子军官逼迫郝红石说出抗联伤员的下落,他说他就是个猎人,从来没离开过榛子山,不知道什么抗联,也没看到什么伤员。鬼子军官恼羞成怒,照他的腿上打了一枪,他还是不说。鬼子军官看出他死也不会说了,就想砍死他,一刀砍在他的脑袋上。这时,山下传来手榴弹的爆炸声。鬼子才匆匆离开淘金木屋。原来是郑毅为了掩护他们,引开鬼子,朝两个放哨的鬼子投掷了一颗手榴弹。

钟志勇和赵百强在鬼子离开后返回木屋,看到郝红石满脸是血,腿上也在流血,赶紧为他包扎伤口,并为他采摘中草药。抗联长期在山林里和鬼子打游击,长年缺医少药,都懂得一些中草药的知识。但是中草药治病效果慢,尤其是消炎,远不如西药效果好。郝红石腿上的伤口发炎了,发着高烧。钟志勇和赵百强真以为郝红石活不过来了。没承想,他竟然活了过来。只是,他的脑门上留有一条深深的刀疤,右腿有点跛。

郝二钢知道了更多抗联的事情。

一九三三年五月,中共满洲省委根据中央指示,开始在抗日游击队的基础上组建东北人民革命军。一九三四年十一月,东北人民革命军第一军正式组建,杨靖宇任军长兼政治委员。之后,东北人民革命军第二军正式成立,王德泰任军长;东北反日游击队哈东

（哈尔滨以东地区）支队吸收部分抗日义勇军改编为东北人民革命军第三军，赵尚志任军长；汤原游击总队改编为东北人民革命军第六军，夏云杰任军长……

一九三六年二月，东北人民革命军各支部队与东北抗日同盟军第四军及东北反日联合军第五军等，陆续改编为东北抗日联军。到了一九三七年，东北抗日联军共编成十一个军，转战于东北大地，艰苦卓绝，浴血奋战，给鬼子和伪军以沉重打击。有自己的兵工厂，能制造单发手枪和手榴弹。随着东北抗联的不断壮大，还建起了被服厂，部分抗联部队有了统一的军服。后来，鬼子破坏了抗联的兵工厂、被服厂，切断了他们的物资供应。抗联第三军和第十一军在七星砬子山密营设立了一个大型兵工厂。一九三九年，日本鬼子对抗联兵工厂发动了大规模的进攻，持续三天三夜，甚至使用了毒气。最终，抗联战士和兵工厂工人全部牺牲，兵工厂遭受严重破坏，无法恢复生产。抗联的武器弹药、服装紧缺，只能靠缴获鬼子、伪军的武器和服装。由于大部分东北抗联部队没有统一的军服，很多官兵都穿着村民的衣服，或者是之前从旧部队带来的军服作战。在冬季，御寒服装更是五花八门，有缴获鬼子的军大衣、有自制的羊毛大衣、有旧部的棉大衣……

分别的时候，钟志勇依依不舍地对郝二钢说："加入我们抗联吧，打鬼子需要你这样的英雄！"

郝二钢也想带着猎人小队参加抗联打鬼子。但是，他出来送情报，不回去了，怕家里人和猎人小队惦记，以为他失踪了。郝二钢出发前，夏雪皎悄悄对他说，她又怀孕了。这是他放心不下的，得回去给他们报个信。

钟志勇以为郝二钢在犹豫，就安慰他说："你不用现在就答复我，你再好好考虑考虑。"

有郝钢照顾和保护家人，郝二钢放心。他明确表态："我已经考虑好了，我参加抗联，和你们一起打鬼子。我得先回去安顿一下，免得家里人惦记。然后我带着猎人小队一起参加抗联打鬼子。"

独立营正处在极度艰难困苦时期,队伍越打越少,没有兵源补充。郝二钢不仅自己要参加抗联,还要把猎人小队其他成员都带来参加抗联。钟志勇非常高兴,嘱咐郝二钢说:"我们独立营要转移到老黑背山一带打游击。你安顿好了家人之后,就去老黑背山一带找我们!"

郝二钢愉快地答应:"嗯哪。"

第二天中午,鬼子突然袭击了小村庄密营。密营变成一片废墟。抗联的其他三十六个密营也被鬼子破坏了。抗联在其中的二十个密营设置了诡雷,一共炸死了五十多个破坏密营的鬼子和伪军。

抗联独立营四十多人安全转移……

第十章　伏击运输车

郝二钢回到了榛子山淘金木屋。

郝二钢、郝红石走后，郝钢、夏雪皎、穆大头他们整天提心吊胆的。看到郝二钢活着回来了，大家非常高兴。但是马上又高兴不起来了。去的时候是两个人，回来的时候是一个人了。大家马上意识到郝红石出事儿了。

郝二钢详细讲述了郝红石牺牲的经过，简单讲述了自己送情报的过程。

大家为郝红石的牺牲深感悲痛，对郝二钢的勇敢深感敬佩。

郝二钢完成了送情报的艰巨任务，本应高兴，他却闷闷不乐，心事重重。家里人问他怎么了，他也不说话。却偷偷地和穆大头、井辘轳他们商量去参加抗联。他们一致同意参加抗联打鬼子。

夏雪皎做的烀狍子骨头齁咸，郝二钢啃了一盔子狍子骨头，又一气喝了两葫芦瓢井拔凉水。然后倒炕上就要睡觉，也不盖被。

过了一会儿，夏雪皎想看看郝二钢睡着了没有。他眼睛竟直勾勾地睁着，毫无睡意。

夏雪皎感觉郝二钢有话憋在心里，想让他一吐为快，就语重心长地说："二钢，我是你媳妇，咱俩之间没有秘密。你心里有什么话不能对别人说，也得对我说。我帮你出出主意、想想办法。话憋在心里，时间长了会憋出病的。你对我说说吧！"

听夏雪皎说这些，郝二钢不想再憋着了。他把家人都叫到一起，让郝钢、陈小娟、赫春枝、夏雪皎坐在炕沿儿，一下跪在了地上，给他们磕了三个头，然后对他们说："爹、妈、妈、雪皎，我要带着猎人小队参加东北抗联，打鬼子去了！就要离开你们了，我心里不好受！"

家里的气氛瞬间严肃了起来。陈小娟赶紧出去，猛吸了一口刚点着的旱烟袋，再用力呼出去，然后把旱烟袋磕在了地上，赶紧进屋。赫春枝麻溜儿把围裙解下来，送到外屋地，赶紧进屋。水娃儿想喝水，刚从水缸里舀了一水舀子水，又倒了回去，赶紧进屋。

除了郝钢，陈小娟、赫春枝、夏雪皎都感到惊讶。

陈小娟惊讶地问道："什么，你想参加东北抗联，打鬼子去？"

郝二钢严肃地说："听二爷说的和抗联独立营钟营长说的一些话，让我明白了一些道理。这些天也想了很多。日本鬼子是侵略中国的强盗，是一群残忍的野狼。他们在中国的土地上疯狂杀害中国人，包括女人、孩子，甚至一个村的人都被鬼子杀光了。鬼子进攻南京后，屠杀了三十多万中国人。他们烧毁中国人的房子，强占中国人的土地。咱们村不是也被鬼子强占、村民快被鬼子杀光了吗？作为中国人，尤其是郝家爷们儿，我不能看着这些不管。我要用手里的枪像打野狼一样打死那些鬼子，保护家人，保护中国人！但是，家里有你们，我又不忍心离开你们。也不知道你们支持我，还是不支持我参加东北抗联打鬼子？"

沉默了一会儿，夏雪皎说话了："我支持你参加东北抗联打鬼子。强敌入侵，国难当头，男人必须挺身而出，舍小家顾大家，保家卫国！"

赫春枝也接着说："我支持二钢参加东北抗联，如果不把鬼子赶出中国，任鬼子屠杀中国人、侵吞中国土地，国家就要灭亡。我们不能当亡国奴！"

郝钢听到赫春枝、夏雪皎的话，有些激动地说："你们的话让我很受感动。二钢这几天闷闷不乐，我就知道他在想什么。我还担心雪皎不同意呢。咱们郝家爷们儿祖祖辈辈都是有血性、敢担当的硬汉，没有软骨头。打鬼子，保家卫国，郝家男人必须冲上去。二钢，你放心去吧，家里有我呢。说心里话，如果没有二叔的嘱托，我也想和你们一起参加东北抗联打鬼子！"自从郝钢接替郝红石，当上了东北抗联的秘密联络员，他已经是抗联的战士了。郝红石牺牲了。郝钢也不知道他是不是抗联战士。

郝红石送情报临走之前对郝钢说过："淘金木屋不仅是东北抗联的联络站，也是东北抗联的密营。木屋密道里藏着一些抗联缴获鬼子的武器弹药。这些武器弹药虽然不多，但是对东北抗联来说意义重大，你除了做好联络员，还要保护好这些武器弹药。"

郝钢深感自己的责任重大！

陈小娟心里不想让郝二钢去打鬼子。大钢出事了，她现在还没有从痛苦的阴影中走出来。担心二钢再出事儿！作为郝家媳妇，她是深明大义的。鬼子在中国一天，国家不得安宁，百姓不得安生。你不去打他，他也得来打你。于是对郝二钢说："二钢放心去打鬼子吧，一定要多杀鬼子，为你爷、你奶和你二爷报仇。不用惦记家里！照顾好自己，也照顾好文化、水娃儿、井沿儿、赵梗儿和郎崽子！"儿行千里母担忧。她表面带着微笑，眼睛里含着泪水。

郝二钢表态说："爹、妈、妈、雪皎，放心，我一定照顾好自己，也照顾好文化、水娃儿、赵梗儿、郎崽子他们。要多杀鬼子，把鬼子赶出中国去。到那时，我再回来开荒种地，孝敬你们！"

穆大头、井辘轳、水平也表态说："你们放心吧，我们一定照顾好二钢。"

郝钢知道郝二钢的大猎刀插在了鬼子身上，就把郝红石的一把大猎刀交给郝二钢。郝二钢离不开猎刀，也明白郝钢的用意。

猎人狙击手

郝二钢本没有多少文化,但是,他怕离开家之后就再也回不来了,还给夏雪皎留下一段既像是告别,又像是遗言的文字。他走以后,夏雪皎才看到:"我冷,是为了你暖;我苦,是为了你甜;我死,是为了你活。鬼子来了,我必须挺身而出,保家卫国。我别无选择。"

夏雪皎哭了。

郝二钢带着他的辽十三、猎枪、猎刀和子弹离开了淘金木屋,离开了亲人。他和穆大头、井辘轳他们去老黑背山寻找东北抗联独立营……

他们寻找了三天,终于找到了独立营的密营。

猎人小队郝二钢、穆大头、井辘轳、水平、穆文化、井沿儿、水娃儿、赵梗儿和郎崽子九人正式参加东北抗联,成为东北抗联战士。

钟志勇和独立营全体都非常欢迎郝二钢他们猎人小队的加入,为抗联独立营增添了新生力量。钟志勇保留了猎人小队的人员和名称,由他直接领导。猎人小队负责独立营的侦察、狙击、斩首、狩猎等任务。郝二钢继续担任猎人小队队长。

东北抗联从成立以来,一直在武器装备落后、缺乏给养补充的情况下,孤军和强大的日本关东军浴血奋战,歼灭大量鬼子,牵制大量鬼子,有力地打击了日本侵略者,极大地鼓舞了东北人民的抗日热情。

从一九四〇年开始,东北抗联进入极度艰难时期。日本鬼子为了彻底消灭东北抗联,对东北抗联进行更加疯狂的"讨伐"和"围剿"。鬼子采取"冬季大讨伐""拉大网""封山""归屯子""连坐法"等等,切断群众和东北抗联的联系,以达到消灭东北抗联的目的。东北抗联成了无水之鱼。有一个村的村民偷偷地给东北抗联送粮食,被鬼子发现了,竟然把这个村的村民全部杀害了。村民都不敢给东北抗联送吃的了,甚至把房门闩上,不敢让东北抗联战士进

第十章 伏击运输车

屋。东北抗联的密营大部分遭到破坏，给养被完全断绝，与上级党组织失去了联系，连续作战，几乎弹尽粮绝，部队损失惨重。过去抗联缺乏重武器，仅用步枪、驳壳枪和手榴弹等武器和鬼子抗争。抗联早期有一些骑兵，穿行于林海雪原中、出没于荒原旷野里。后来骑兵的战马一些被鬼子打死了，一些因为没有吃的饿死了，一些被抗联战士吃掉了。人没吃的了，马也没吃的了，只能杀了马，让人活着，好打鬼子。冰天雪地的严寒天气，东北抗联战士没有住处，没有粮食，饥寒交迫，冻死的不计其数。

东北抗联的游击区由原先的七十个县缩小至不足十个县，部队由三万多人减员到两千余人。杨靖宇牺牲后，东北抗联为了保存实力，继续打鬼子，陆续转移到苏联境内休整，留下少量部队在山林里和鬼子打游击……

秋天到了。

东北抗联独立营一直在坚持和鬼子打游击。战士的秋冬装还没有解决。没有秋装，战士们还能对付。如果没有冬装，就不能对付了。战士们无法越冬，数九寒天，大雪封山，尤其大烟炮天气，战士们都得冻死。

解决冬装问题成为独立营的当务之急。

根据情报，明天早上有一支鬼子的运输车队，有两辆运输车要从鸡西往密山运送过冬物资，主要是皮大衣、棉裤、棉鞋、手闷子等。钟志勇决定伏击鬼子运输车队，抢劫过冬物资。

独立营的战士都是多面手。纪小段是神枪手，也是神炮手。他还有一项别人无法替代的工作，就是负责武器维修。独立营缴获了一门鬼子的迫击炮，炮座被打坏了，击发装置也坏了，不能使用了。这次伏击鬼子运输车，纪小段想把没有炮座的迫击炮也带上，想让它在关键时刻发挥作用。他一夜没睡觉，用简单的几样工具，硬是让迫击炮能发射炮弹了。为了方便机动携带，一些抗联队伍有意将迫击炮简化成只有炮管，不用脚架、炮座，炮手使用时只需蹲在地

猎人狙击手

上,一手搂着炮管,一手用"跳眼法"伸出大拇指进行目测射击。纪小段听说有些抗联队伍还发明了迫击炮平射打坦克,但是他不清楚人家是怎么打坦克的。

独立营唯一的一匹黑马,叫黑子。行军打仗的时候,战士们都让钟营长骑上黑子。但他说什么都不骑:"战士们更辛苦。我不能搞特殊。"

纪小段让黑子驮着迫击炮和三发炮弹。他想,迫击炮一定能派上大用场。

独立营在树林中摸索前进。本来吃得就少,夜里长途行军,很快就饿了,也渴了。

钟志勇突然指着前面说道:"快看,前面有一片梅林……"

郑毅立马打断他说:"还想给我们讲'望梅止渴'的典故啊?讲得次数太多,习以为常,嘴里就出不来水儿了。"大家都憋不住想笑。

战士们饿得浑身无力,直冒虚汗,硬是坚持着走路。干枯、尖利的树枝、荆棘将许多战士的脸和手都剐破了,还有一些战士被倒木或者藤条绊倒,膝盖磕出了血,也没有人说疼、说苦、说累。

钟志勇闹肚子,肚子疼得厉害,浑身没劲儿。队伍一夜走了六七十里地,他累得几乎要瘫痪,腿脚无力,感觉倒下就再也爬不起来了,咬牙往前走。

纪小段想把黑子驮的迫击炮炮管、炮弹卸下来自己背着,让钟营长骑马。钟营长立刻阻止了他,坚持不骑马。

郝家有个偏方,拉肚子用水曲柳树根熬水喝。正好郝二钢兜里有水曲柳树根,但是无法熬水,只能让钟志勇咀嚼出水来咽到肚子里。

郝家偏方还真管用,钟志勇的肚子竟然不疼了。

鸡西、鸡东的名字由鸡冠山而来,鸡冠山以西是鸡西,以东是鸡东。部队早上四点就到达埋伏地点,鸡冠山下。鸡冠山位于密山

第十章 伏击运输车

到鸡西的公路边上。

钟志勇部署任务："一连、二连负责冲锋，三连负责掩护。猎人小队负责先打掉鬼子司机，再射杀鬼子军官和机枪手。一连、二连要注意，不要一窝蜂似的上，要分开梯队上，鬼子太鬼，防备有诈；不用地雷，也尽量不用手榴弹，别把过冬物资炸坏了！必要的时候三连也要进攻，猎人小队掩护。"

抗联和鬼子打了这么多年，总结出了一些行之有效的战术打法，让鬼子胆寒。独立营冲锋，一般在双方的子弹都打光或将要打光的时候，除非是特殊情况，否则不能聚堆，按照事先分成的小组分散冲锋，否则还没有接近敌人，就被敌人的机枪收割得寥寥无几了。一连先冲锋到阵地之中的某个掩体下面等待时机；二连看见一连冲锋到目标一半的时候发起冲锋；三连负责掩护一连、二连；一连到达掩体之后再以火力掩护二连、三连发动冲锋。同时，投掷手榴弹准而远的投弹小组专门负责投掷手榴弹，哪儿鬼子人多往哪儿投。这样可以极大程度地保全战场上士兵的生命，提高冲锋的效率，密集式冲锋消耗的只是人命，就算是人海战术也是有很多战斗技巧和讲究的。

郝二钢给猎人小队布置任务。他和穆文化、井沿儿、水娃儿一组，负责射杀后面的鬼子运输车司机、鬼子军官和机枪手；穆大头、井辘轳、水平、赵梗儿、郎崽子一组，负责射杀前面的鬼子运输车司机、鬼子军官和机枪手。

郝二钢嘱咐说："千万记住，每人负责一个目标，不能三个人把三颗子弹都打在一个鬼子脑袋上。"

在等待鬼子运输车的时候，郑毅问郝二钢："你什么时候开始打猎的？"

郝二钢开始话不多："从小就打。"

郑毅羡慕地说："我们村子也有打猎的。我也很小就想打猎，只是我们家里太穷，买不起洋炮和弹药。你家挺有钱啊，能买起

猎人狙击手

洋炮!"

郝二钢解释说:"我家也很穷,听我爷说,我太爷是闯关东过来的。那时候野狼老鼻子多了,经常晚上到家院子里吃鸡鸭。我太爷为了保护家里的鸡鸭,也怕在地里干活遭到狼群围攻,才用一车黄豆和密山的商人换了一支洋炮和一些枪砂、火药。有了洋炮,他才成了猎人。以后的洋炮、弹药都是用猎物和皮子换的。"郝二钢平时话不多,一说起打猎,话就多了起来。

郑毅问:"你打过野狼吗?你打野狼怕不怕?"

郝二钢笑着说:"打野狼和打鬼子一样,第一次怕,以后就不怕了。它不死,你就得死。"

郑毅很佩服郝二钢,年纪不大,枪法就那么准,尤其是在他的身上,能看到一种令人望而生畏的霸气、克敌制胜的强悍。这是他自身不具备的,应该向郝二钢学习,成为一个英勇无畏,又战无不胜的硬汉。

七点,两辆鬼子运输车从鸡西方向缓缓驶来。

当后一辆运输车开进伏击圈的时候,按照事先约定,郝二钢用辽十三一枪击毙了后面运输车司机。后面运输车一下撞在右侧山坡上。同时,穆大头打中了前面运输车司机。司机没有瞬间死亡,而是踩了刹车,运输车停在了路边儿。井辘轳、水平、穆文化他们几乎同时开枪,击毙了前后两车的副驾驶和机枪手。

一连、二连战士快速冲下山坡。

前后车的鬼子瞬间换了机枪手,朝战士们射击。

郝二钢又一枪打死了后车的机枪手。穆大头一枪没有打中前车机枪手。穆文化补枪,才把机枪手打死。

鬼子的运输车都是用绿色帆布蒙着的,看不到里面装的是什么。

郝二钢嘱咐猎人小队注意观察车里的动静,一有鬼子露头,立马打死。

当三个冲在前面的战士揭开前面运输车后面帆布的瞬间,一挺

第十章 伏击运输车

重机枪突然开火。三个战士立马倒地身亡。同时,两辆运输车的帆布瞬间被掀起,四五挺机枪一起向冲上来的战士扫射。十多个战士牺牲。原来,运输车上装的不是过冬物资,而是埋伏的鬼子兵。

钟志勇一边喊"趴下",一边组织三连掩护一连、二连的战士撤退。三连战士向前面运输车投掷手榴弹。

前面运输车上的鬼子已经下车,并组织反击。

郝二钢一枪打死一个鬼子机枪手,又打死一个鬼子机枪手。鬼子机枪向郝二钢扫射。他赶紧移动身位,变换射击位置。穆大头、井辘轳他们打得有些慌乱。专门盯着鬼子机枪手打,如果鬼子机枪手被打死了,他们就不知道应该怎么打了。

郑毅和另一个战士借助猎人小队打掉前车鬼子机枪手的机会,朝前车投掷了两颗手榴弹,炸毁了前车,消灭了三个鬼子。

后面运输车上还有鬼子机枪向战士们射击。三连的战士们拼命向车上的鬼子射击,想尽快消灭他们,以减少一连、二连战士的伤亡。

郝二钢看到一个鬼子穿的军装和其他鬼子不一样,在后面运输车旁边指手画脚,确定他是鬼子军官。一枪打中他的脑袋。

突然,一辆鬼子坦克从鸡西方向开来。其实它一直跟在鬼子的两辆运输车之后。前面的运输车遭到袭击,它才快速冲了上来,一边向三连的阵地开炮,一边向一连、二连的战士扫射。

很显然,鬼子是做好充分准备的,就是用过冬物资来引诱急需过冬物资的独立营进入他们设置的圈套,然后消灭独立营。

钟志勇大喊一声:"炸掉鬼子坦克!"

一个小战士抱起炸药包朝鬼子坦克冲去,还没冲到跟前儿,就被坦克上的机枪打中。他挣扎着站起来,继续向坦克移动。鬼子的机枪再次打中他的身躯,他才倒下了。第二个战士抱着炸药包朝鬼子坦克冲去。鬼子坦克上的机枪向他扫射。他一头栽倒在路边土沟里。大家都以为他牺牲了,然而他瞬间跳起,继续朝鬼子坦克冲去。

猎人狙击手

就在他距离鬼子坦克十米远的时候，他胸部中弹。他坚持爬行，同时拉着炸药包的导火索。这时，他的头部中弹。炸药包在他的怀里爆炸，因为距离鬼子坦克还有三米，没有炸毁鬼子坦克。第三个战士又冲了上去。他已经没有炸药包，而是把三颗手榴弹捆在一起，向鬼子坦克冲去。鬼子机枪打中了他的胸膛，他忍着剧痛，把手榴弹投向鬼子坦克。然而，他胸部中弹，已经无力投掷三颗捆在一起的手榴弹了。手榴弹在他前面四五米远的地方爆炸。他牺牲了。

鬼子坦克里的机枪仍在向战士们扫射。

钟志勇心急如焚。

郝二钢他们猎人小队都没看到过坦克。看到坦克这么厉害，有些紧张。郝二钢也很焦急，但是他很冷静。他用辽十三、用猎枪打坦克，打了七八枪，坦克就像大块岩石一般坚硬。鬼子的钢盔也挡不住辽十三的子弹，但是打坦克就像弹弓打棕熊一样了。

坦克继续开炮开枪。

独立营没有武器弹药供给，只有从鬼子手里抢。鬼子为了防止武器被抗联缴获再打他们，即使要被抗联消灭之前也要把武器破坏掉。纪小段为了打好这次伏击战，把六支缺少零件的三八大盖拆卸下来，重新组装了一支三八大盖。没想到今天，他用组装的三八大盖瞄准鬼子坦克射击孔要射击鬼子机枪手的时候，子弹竟然打偏了。连续打了三枪，都没有打中，偏得不是一星半点儿。

看到战友被坦克上的机枪扫射，纪小段心如刀绞。他拿着三发迫击炮弹，抱起迫击炮管就跑下山坡，隐蔽在公路旁的石堆后面。他将迫击炮略微倾斜，瞄准，然后用力将迫击炮弹从炮口推进迫击炮管。迫击炮弹真的发射出去了，但是没有打中坦克，只炸死了三个鬼子。他感觉用石头当炮座打不准。情急之下，他用自己的身体当炮座再一次平射迫击炮，当炮弹在炮膛中向底部滑行的瞬间，迅速调平调准炮口，从正面打中了坦克，却没有炸毁坦克。他捂着被迫击炮管后坐力撞击得疼痛难忍的肚子，还坚持着想发射最后一发

第十章　伏击运输车

炮弹。这时，坦克上的鬼子炮手发现了纪小段，朝他开炮。他和迫击炮一起被炸飞。

郑毅眼看坦克里的机枪还在扫射抗联战士，三个炸坦克的战士相继牺牲，纪小段又被鬼子坦克炮炸飞，心如刀绞。鬼子坦克就要冲到独立营埋伏的山坡了，再炸不掉鬼子坦克，会增加更多伤亡！他快速跳到距离公路最近的山坡上，抱住捆在一起的四颗手榴弹在等待鬼子坦克靠近。很快，鬼子坦克冲到他下面的公路了。郑毅用力拉出手榴弹拉火绳，奋不顾身地从山坡跳了下去。他的腿骨折断了，身前是鬼子坦克，身后是山岩。就在鬼子坦克调整履带要挤死他的瞬间。手榴弹爆炸，他和鬼子坦克同归于尽。

后面运输车上的鬼子也被三连消灭。

打扫战场的时候，才知道，十八名战士牺牲、十一名战士受伤。消灭鬼子四十六人，缴获了大批枪支弹药。独立营取得了一场难得的胜利。

郑毅、纪小段等战友牺牲了，大家都很难过。这样的悲壮场面大家经历得太多了，人人都做好了牺牲的准备。

钟志勇对郝二钢说："以前战友牺牲了，大家都要朝天打几枪，为战友送行。"

郝二钢说："别朝天打枪了。咱们子弹不多，留着多打几个鬼子，为战友报仇吧。"

钟志勇感到郝二钢说得对，就不朝天开枪了。

抗联独立营只有一个信念，前仆后继，不怕牺牲；驱逐日寇，保家卫国。郝二钢他们也铭记于心。

抗联打鬼子不容易，经常是一次伏击，只消灭三五个鬼子。在一次遭遇战中，独立营死伤八个战士，鬼子只死伤了五个。

这次，郝二钢一个人就打死一个鬼子军官、五个鬼子机枪手、三个鬼子兵。猎人小队其他战士也都各打死打伤了两三个鬼子，出色地完成了任务。钟志勇非常高兴！

猎人狙击手

由于郝二钢的表现，钟志勇要奖励他一支三八大盖和一支驳壳枪，然而郝二钢不要。他习惯了使用辽十三步枪和猎枪，不习惯使用三八大盖和驳壳枪。他向钟志勇提出给他配发一百发辽十三步枪子弹。

独立营尚有六名战士使用辽十三步枪。钟志勇从六名使用辽十三步枪战士手中挤出一百发子弹奖励给郝二钢。还答应郝二钢，以后再有辽十三步枪子弹首先满足他。还奖励他一个缴获鬼子的昭和五式野战水壶。

郝二钢非常高兴。他最缺乏的就是辽十三的子弹。

钟志勇向郝二钢介绍说："三八大盖就是有坂三八式步枪。辽十三的性能比三八大盖好些，主要是射程比三八大盖还远。"他猛然想起了什么，对郝二钢说，"咱们独立营缺少一个狙击手。你枪法准、腿脚快，有打猎的经验，你就当咱们营的狙击手吧。以后如果缴获鬼子狙击步枪，保证发给你使用。"

郝二钢还不清楚狙击手是什么，但是能感觉到狙击手在战斗中应该比一般战士的任务重、责任大。他表示非常愿意当狙击手。

钟志勇高兴地说："好啊，好钢就要用在刀刃上。狙击手的任务很重，一些战斗取得胜利的关键在于狙击手的表现。鬼子狙击手都是经过特殊训练的，是特种兵中的神枪手。经常是战士稍一露头，就被鬼子狙击手狙杀，给咱们造成被动局面，咱们没少吃鬼子狙击手的亏。你要记住，在战斗中你时刻都要防备鬼子狙击手。如果你发现了鬼子狙击手，首先要保护自己，发挥你猎手在移动中射击的优势，争取先发制人狙杀鬼子狙击手。鬼子狙击手的狙击步枪是特制的，比三八大盖精度高、射程远，而且上面带一个瞄准镜，远距离能看清你，你不一定看清他。你记住：你的任务，主要就是狙杀鬼子狙击手、指挥官和机枪手。"

郝二钢信心十足地说："明白。我还想问一个问题。我二爷送情报之前嘱咐我爹接替我二爷，担任了抗联的秘密联络员。我爹是正规的抗联战士吗?"

钟志勇非常肯定地回答:"那当然。你爹是名副其实的抗联战士。"

郝二钢感到欣慰。

郝二钢当上了抗联狙击手。穆大头、井辘轳他们都非常羡慕郝二钢,但是都认为郝二钢当之无愧。以后,他们也争取当上狙击手。

猎人小队九人都沉浸在伏击鬼子运输车战斗胜利的喜悦之中。

太阳也因为抗联独立营的胜利而比往日灿烂……

第十一章　猛虎豪情

一九四一年，鬼子对抗联进行秋季"讨伐"。

鬼子每次"讨伐"，都有抗联活动的具体情报，或者都会找来有经验的向导。这些向导要么是常年在山林出没的土匪，要么就是当地偷鸡摸狗的无赖，专门在密林中寻找和追踪抗联的踪迹，依靠向鬼子提供抗联活动的情报换取鬼子的赏钱。到了秋天，枯叶飘落，抗联战士失去了密林的遮蔽；到了冬天，白雪铺地，抗联战士容易留下脚印，更容易被向导或鬼子发现、追踪……

过去，黑鹞子他们的老黑背山寨主要是依靠打大户、打猎和打鬼子为生。自从胡胜男和黑鹞子合兵一处，重新组建抗日独立大队以后，独立大队就不再轻易打大户了。他们依靠偷袭鬼子运输车，给队伍补充给养。

胡胜男提出不在近处袭击鬼子，要到鬼子想不到的远处袭击鬼子。这样，鬼子既挨了打，又不知道是谁打的。鬼子的运输车频频遭到袭击，他们怀疑是抗联独立营或者黑鹞子他们干的，又没有足够证据。所以，鬼子既想进攻黑鹞子他们，又想收编他们，让他们和鬼子一起对付抗联。这次"讨伐"没有把黑鹞子他们作为"讨伐"对象，但是怕黑鹞子他们抽冷子袭击他们，就把老黑背山寨作为封锁对象，并派了鬼子小队密切监视山寨的动静。

黑鹞子要进山打猎，为弟兄们改善生活。孙一刀劝他说："鬼子在山下封锁咱们，不方便下山。再说了，鬼子在打击抗联，没有打击咱们。打猎的枪声鬼子能听到，咱们别招惹鬼子。"

黑鹞子看不上孙一刀的长相，更看不上他没有骨气的模样："人不能没有骨气。在我们的山寨，我们的山上，我进出随便，打猎自由，不能看鬼子的脸色行事。山寨没有多少粮食了，我去打猎，看鬼子能把我怎么样！"

胡胜男担心黑鹞子和孙一刀矛盾加深，说道："把笼子里的野猪杀一头，为弟兄们改善生活吧。"

黑鹞子坚持说："野猪不能杀，等关键时候再杀。打猎必须去。"

孙一刀说："非要下山打猎也千万别只带猎枪，不带步枪和手枪。要不然遇到鬼子，一点回旋的余地都没有。"

胡胜男预感这次打猎一定会和鬼子遭遇，她清楚黑鹞子固执，没有劝他不要去打猎，但是她坚持和黑鹞子一起去打猎。

天还没亮，黑鹞子和胡胜男及另外两个战士悄悄进山打猎。

黑鹞子、胡胜男他们走到距离山寨五六里远的时候，突然遭到了鬼子的伏击。他们天还没亮进山，就是想尽量不和鬼子遭遇，还是遭遇了。两个战士还没等还击，就被鬼子的乱枪打死。

黑鹞子一边骂着"妈了巴子的小鬼子，专门搞偷袭。有本事和老子当面鼓对面锣地干一场"，一边还击。然而，除了胡胜男带着两支左轮手枪外，黑鹞子和两个战士只带着猎枪，没有带步枪、手枪、手榴弹什么的。他拉着胡胜男想朝山寨跑，通往山寨的路已经被监视山寨动静的鬼子小队堵死。他们只好边打边往山林里跑。

他们打死了十多个鬼子，子弹就几乎打光了。胡胜男的手枪里只有一颗子弹，是留给自己的。她绝不能被俘，不能让一群畜生一样的鬼子糟蹋自己。

一小队鬼子在后面穷追不舍……

猎人狙击手

钟志勇和郝二钢他们躲藏在一个破旧得将要倒塌的密营里,已经两天没吃什么东西了。如果没有伤员,他们绝不会坐以待毙,一定冲出去。尤其是伤员的伤口已经发炎,再没有消炎药,伤员随时会有生命危险。再这样下去,他们将被困死在密营里。

郝二钢多次自告奋勇,要出去打点儿猎物,找点儿草药,为战友充饥,为伤员消炎。

钟志勇开始不同意:"咱们不光是没有粮食,子弹也打光了,密营里还有伤员,行动不便。如果你出去,鬼子发现密营,我们只能依靠这一箱手榴弹,和鬼子同归于尽了。还是等鬼子撤走了再出去吧。"

郝二钢坚持出去打猎物:"不出去,没有食物,大家都得饿死。我黑天出去,不会被鬼子发现。"

钟志勇也实在没有别的办法了,只好同意郝二钢出去打猎,找草药。

郝二钢和穆大头、水娃儿各自把三颗手榴弹别在腰间,拎着自己的武器,借助暮色的掩护,神不知鬼不觉地钻出密营,钻进密林。

郝二钢心想,什么打猎呀,枪膛里只有一颗子弹了,不到万不得已不能使用。再说,即使打猎,也不能距离密营太近,枪声能把鬼子引来。他记得老黑背山方向有猎人设置的捕猎夹子,也许那些夹子还在。他可以利用捕猎夹子捕猎动物。于是,郝二钢和穆大头、水娃儿朝老黑背山东面隐蔽前行。

郝二钢的手上一直握着猎刀。如果遇到鬼子或猛兽,他先使用猎刀。除了几个小动物受到他们的惊吓,从他们前面跑过之外,没有遇到鬼子,也没有遇到猛兽。天大亮了,当郝二钢、穆大头、水娃儿终于来到设置捕猎夹子的地方,开始寻找捕猎夹子。

突然,"咣、咣"几声枪响,是三八大盖的声音。鬼子来了!郝二钢他们一下藏身树后。只见一男一女从远处跑来,后面还有六个鬼子在紧紧追赶。被追赶的是中国人,绝不能袖手旁观。郝二钢随

第十一章 猛虎豪情

即朝鬼子扔了一颗手榴弹,"轰"的一声,有四个鬼子被炸飞。另外两个鬼子愣了一下,又快速朝一男一女追来。郝二钢飞身冲向一个鬼子,一刀割断他的脖子。就在这同时,最后一个鬼子举枪就要向男的射击。穆大头的反应没有郝二钢快,也没有时间考虑子弹的珍贵,抬手一枪,打中鬼子的肚子。

一男一女就是出来打猎的黑鹞子和胡胜男。他们拼命狂奔,不想死在鬼子手里。胡胜男实在跑不动了,又不想拖累黑鹞子,就偷偷地用手枪瞄准了自己的脑袋。没想到在生死一线的关键时刻,郝二钢他们突然杀出,救了黑鹞子和胡胜男。

黑鹞子、胡胜男对郝二钢他们千恩万谢,并邀请他们去老黑背山寨做客。盛情难却,郝二钢他们只好和黑鹞子、胡胜男上了老黑背山寨。山寨杀了一只养在笼子里的野猪,用好肉好酒好烟招待郝二钢他们。郝二钢从小在爷爷、奶奶旱烟袋的熏陶、折磨下长大,对旱烟深恶痛绝。他不抽烟不喝酒,只吃了一碗野猪肉。胡胜男又让战士给郝二钢端上来一大碗野猪肉。郝二钢不再吃了。密营里的战友们都在忍饥挨饿,他不可能在这儿饕餮大吃。穆大头、水娃儿没想那么多,一人吃了三碗野猪肉。

郝二钢亲眼看见黑鹞子、胡胜男被鬼子追杀,也听到黑鹞子讲述自己"九一八事变"时的经历,以及胡胜男帮助抗联打鬼子的经历,感觉他们和鬼子势不两立,是打鬼子的英雄。就和他们讲述了抗联打鬼子的故事和目前的处境,并邀请他们参加抗联。黑鹞子虽然常听胡胜男介绍抗联,却是第一次接触抗联。他被抗联舍生忘死打鬼子的精神所感动,从心里敬佩抗联,并表示适当的时候一定参加抗联。

黑鹞子、胡胜男送给郝二钢一箱三八大盖子弹和一箱辽十三子弹,还有一些粮食、野猪肉和消炎西药。这些东西有些是缴获鬼子的,有些是抢劫恶霸地主的。

郝二钢他们连夜赶回密营……

猎人狙击手

后半夜,黑鹞子似乎听到了虎啸的声音,好像是小虎崽儿。

天刚亮,黑鹞子带着两个人急不可耐地骑马出寨,去寻找虎崽儿。他们发现一只东北虎虎崽儿被捕猎夹子夹住了前腿。万幸的是虎崽儿没有被捕食的野狼发现,否则就得被野狼吃掉。他们救了虎崽儿,并把它带回山寨,把它放进装活猎物的笼子里,像是小猫一样养了起来。

黑鹞子扔给虎崽儿一块大饼子,它闻一闻,没吃。他又扔给虎崽儿一块野猪肉。它闻都没闻,立马津津有味地吃了起来。

胡胜男观察了虎崽儿的腿,只是夹伤了皮肉,没有伤到骨头。

孙一刀极力反对养活小虎崽儿:"养活这么个吃货干啥,最近山寨里粮食紧张,顶多能坚持一个多月。又多了一张吃肉的大嘴,尤其它长大了,比七个八个兄弟都能吃,咱养活不起。"

黑鹞子态度非常坚决地说:"必须给我好好地养活。这家伙浑身都是宝。等虎崽儿长大了,杀了它,我要用虎皮做一个虎皮靠垫,虎肉供弟兄们解馋下酒,虎骨给弟兄们泡酒强身。"

胡胜男极力反对把虎崽儿养大再杀了它:"先把虎崽儿的腿伤治好,养大后放归山林。虎是食肉动物,不能喂它粮食,只能喂它肉。东北虎是咱们东北山林里的灵魂,千万不能把它养大再杀了它!"

此后,黑鹞子每天都去木笼子看虎崽儿。

虎崽儿渐渐长大,越来越能吃了,一天能吃一只羊或六只鸡,不时从喉咙里发出阵阵低沉又令人恐怖的声音,显示它不可一世的霸气和威严。

郝二钢救了黑鹞子和胡胜男的性命。黑鹞子永远铭记郝二钢的名字,铭记抗联的名字。为了不忘记抗联英雄郝二钢的救命之恩,他多次对独立大队的战士们说道:"郝二钢兄弟救过我的命。咱们绝不和郝二钢为敌、不和抗联为敌,要帮助抗联打鬼子!"他心里已经琢磨好了,有机会他一定带着独立大队参加东北抗联,和鬼子打到底。

第十一章 猛虎豪情

小虎崽儿已经是成年虎了，凶猛异常，足以杀死几个强壮的鬼子了。它的皮毛非常漂亮，金黄色、黑色、白色条纹清晰、耀眼，仿佛一个威风凛凛的少年英雄。黑鹞子给老虎起了一个更霸气、赫亮的名字——威风凛凛。

黑鹞子越来越喜欢威风凛凛了。他没有儿子，简直把威风凛凛当作了他的儿子。他安排两个战士，每天出去打猎，或者用钢丝套捕猎狍子、野兔，专门给它吃新鲜的肉。威风凛凛越来越强壮。有一天，山寨陷阱捕捉到一头二百斤的野猪。黑鹞子让抬野猪的战士直接把活野猪投进威风凛凛的笼子里，练习威风凛凛的进攻和捕猎能力。野猪和威风凛凛进行了惊心动魄的生死拼搏。威风凛凛开始极为被动，处于下风，甚至差一点儿被野猪拱成残废。后来威风凛凛开始反击，一口咬住野猪的脖子。无论野猪怎么挣扎，它也不松口。最后，野猪窒息死亡。

胡胜男埋怨黑鹞子："练习威风凛凛的进攻和捕猎能力应该循序渐进，直接用凶猛的野猪练习太急于求成了，差一点儿葬送了威风凛凛。"

黑鹞子也知道自己急于求成，但是，他考虑威风凛凛在笼子里长大，没有经历过大自然的风霜雨雪，没有和别的野兽搏斗过，搏斗能力、生存能力肯定不强。说不定哪一天，他不得不把威风凛凛放回山林了，没有高强搏斗能力的它无法在残酷的山林里生存，无论遇到狼群、棕熊、野猪都难以应对，遇到鬼子更是难以逃生。他为威风凛凛着急，才不得不急于求成地练习威风凛凛的进攻和捕猎能力。

黑鹞子担心木笼子不够结实，让威风凛凛跑出来伤到战士们，或者让威风凛凛跑进山林，鬼子伤到它。就让山寨的工匠扩大并加固了木笼子。之后，还隔三岔五往笼子里投放活的动物，进一步练习威风凛凛的进攻和捕猎能力，让它真正成为山林的霸主。

有一天，山寨抓到一个潜入山寨的鬼子密探，应该是个特种兵。

猎人狙击手

他身体强壮，擅长搏击，打死了三个战士，打倒了四个战士，才被制服。他不但不服气，还口出狂言，侮辱中国人是野猪。黑鹞子一气之下把他投进威风凛凛的笼子，想让威风凛凛为死去和受伤的战士报仇，也练习一下它的进攻和猎杀能力。出人意料的是，威风凛凛轻轻松松就杀死了这个强壮的鬼子密探。

这个时候，黑鹞子才对威风凛凛的生存和猎杀能力放心了。

孙一刀总是看威风凛凛不顺眼，多次催促黑鹞子杀了威风凛凛。

黑鹞子坚决保护威风凛凛："坚决不能杀，谁杀威风凛凛，谁就是和我黑鹞子为敌！"他和威风凛凛有了父与子的感情。

此后，黑鹞子多次主动和鬼子战斗，袭击鬼子运送给养的车队；炸毁鬼子运送日本"开拓团"成员的车队，阻止他们强占农民的土地。还两次给被困的抗联队伍送弹药和食物，协助抗联打鬼子，成为抗联的朋友。抗联早已不再管黑鹞子他们叫胡子，而称呼他们为抗日豪杰。

密山的鬼子对黑鹞子他们抗日独立大队失去信心和耐心，不再想收编他们了。密山北大营关东军的老鬼子宫泽内一制订了周密的作战计划，要亲自带兵偷袭老黑背山寨，像"讨伐"抗联一样"讨伐"他们。密山城里的抗联交通员得到情报，立刻按照抗联领导的指示，把情报送给黑鹞子和胡胜男，并嘱咐黑鹞子和胡胜男立马转移，避其锋芒。

黑鹞子具有宁折不弯的东北硬汉性格，宁可和鬼子打个鱼死网破，也不会把山寨拱手让给鬼子。然而，抗联领导的意见，他又不能不尊重。胡胜男也极力主张转移。于是决定转移。但是有一个问题，却让黑鹞子失眠了。听郝二钢说，鬼子派出一些人专门捕杀东北虎，然后把珍稀的中国东北虎运回到日本去。鬼子就是强盗，太可恶了！他担心鬼子占领山寨把威风凛凛拉走，然后送到日本去。绝不能让威风凛凛落入鬼子手里。黑鹞子决定放虎归山，把威风凛凛放回大自然，还它自由。

第十一章　猛虎豪情

傍晚，黑鹞子安排伙房杀了一头野猪，烀野猪肉。野猪是他们用捕猎陷阱捕获的活野猪养起来的。他想让战士们吃饱喝足后转移。他还特意让厨师卸下一个野猪后鞧，让威风凛凛吃饱。

第二天一早，独立大队开始转移。

黑鹞子趴在木笼子上久久不愿离去。直到最后的战士已经离开山寨，胡胜男多次催促他了，他才再次不舍地看了威风凛凛最后一眼，然后解开捆绑木笼子门的铁丝……

鬼子进攻老黑背山寨的时间提前了。黑鹞子他们刚刚离开山寨，鬼子就开始炮轰山寨。不一会儿工夫，山寨就几乎被鬼子炸成一片废墟。

黑鹞子担心威风凛凛还没有离开山寨，遭到鬼子炮击；还担心威风凛凛遭遇鬼子，被鬼子枪杀。突然，半山腰响起了枪声。从后山偷袭的鬼子和独立大队遭遇了。正在战士们进退两难之际，只见一个矫健的身影飞身扑向鬼子。是威风凛凛！顷刻间，三个鬼子被威风凛凛扑倒，有一个鬼子还被它咬断了脖子。一群鬼子掉转枪口朝威风凛凛开枪。一颗子弹打中了它的前腿。只见它猛然转身，踉跄而又敏捷地钻入树林。

黑鹞子、胡胜男带领独立大队趁机突破包围，也钻进树林……

鬼子并没有占据老黑背山寨，看到山寨被炸成一片废墟，就退出了山寨。

黑鹞子他们在山林里转悠了两天，准备的食物几乎要吃光了。想去找郝二钢，投奔抗联独立营，又不知道他们在什么地方。实在没什么地方去了，只好又回到老黑背山寨。他们没有实力和时间重建家园，而是简单收拾一下山寨，又开始了他们自己的生活。

黑鹞子清楚，鬼子是不会让他们过上安逸、宁静的生活的，一定会再次袭击山寨。于是，他带领弟兄们紧锣密鼓地加固山寨工事，修筑山寨战壕。还挖掘出一条通往后山的暗道，做好抗击鬼子偷袭的准备。

猎人狙击手

黑鹞子一回到山寨，立马派人去寻找威风凛凛和郝二钢。然而找了三天，没有发现威风凛凛一丝踪迹。却找到了郝二钢。

郝二钢答应黑鹞子帮助他寻找威风凛凛……

鬼子撤走后，独立营把两个重伤员抬到一个堡垒户家里养伤。因为吃了郝二钢带回来的消炎药，伤员的伤情有明显好转。

郝二钢进山打猎，给战士们吃，同时，他帮助黑鹞子寻找威风凛凛的下落。

郝二钢终于在一个岩石后发现了威风凛凛。

威风凛凛瘦成了皮包骨，但仍十分警觉和威凛。看到了郝二钢，它发出低沉的吼声，充满了敌意。从伤口看，它前腿上的伤是鬼子三八大盖打的贯穿伤。它用舌头轻轻地舔着伤口，在用自己独特方式疗伤。郝二钢知道，威风凛凛因为受伤无法捕食，才饿成皮包骨的。必须让它吃到猎物，它的伤口才能尽快愈合，才能恢复体力。

郝二钢没有靠近威风凛凛，怕它伤害到自己，也怕自己惊吓到它。他把刚刚打到的一只狍子放在了离它十米远的地方，就离开了。

过两天，郝二钢又给威风凛凛送去一只狍子。前天送它的狍子已经被它吃得只剩一堆大骨。

郝二钢隔一天，给威风凛凛送去一只狍子。明显感觉威风凛凛一天比一天好，伤口正在愈合，身体也逐渐强壮，不再皮包骨了。威风凛凛对郝二钢也没有那么多敌意了，甚至眼睛里流露出一丝温情。

当郝二钢第十八次给威风凛凛送狍子时，刚把狍子放在草地上，突然，一只东北豹朝郝二钢扑来。郝二钢快速拔出猎刀，本来可以刺进东北豹的胸膛，然而他犹豫了，只是本能地侧身一躲，就在这一瞬间，东北豹和东北虎一样锋利的硬爪在他的脸上抓出一道深深的犁伤。

东北豹，又叫银钱豹，凶猛暴躁，轻盈敏捷，嗅觉和听力都极为敏锐，擅跳树跃涧，能上树抓鸟，能下河捕鱼，是东北仅排在东

第十一章 猛虎豪情

北虎之后的森林小霸王。有一次，一只东北豹半夜闯入太平村，咬死了三条狗和三十多只鸡，闹得全村不得安宁。郝家爷们儿都没忍心猎杀了它……

东北豹转过头来，再次向郝二钢扑来的时候，只见威风凛凛和东北豹一样快速凶猛地飞扑上来。

郝二钢吓了一跳，以为威风凛凛向他扑来，快速挑起猎枪枪管，做好开枪的准备。然而威风凛凛没有扑向他，而是扑向东北豹。两只山林霸王厮打在一起，四个爪子抓、打、拍、格动作之快让人眼花缭乱，远胜唯快不破的武林高手。毕竟威风凛凛的身躯比东北豹大很多，优势明显，猛然一口咬住东北豹的脖子。东北豹拼命挣扎，威风凛凛硬是不松口，就像咬死那头野猪一样。直到东北豹一动不动了，它才放开东北豹，朝郝二钢这边冲来。

郝二钢一向喜欢猛兽和猛禽，它们有着和他一样的性格。因此，他从来不打东北虎、东北豹和鹰雕。然而，刚才东北豹毫不留情地向他扑来的时候，他又不敢对猛兽自作多情了。威风凛凛朝他冲来，他以为威风凛凛扑杀了东北豹，又要像扑杀东北豹一样扑杀他呢，于是用右臂夹住猎枪枪托，食指放在扳机上，右手握紧猎枪枪身，做好射击的准备。他的脸剧烈疼痛，不能对猛兽抱有幻想，和它不可能成为兄弟。然而，威风凛凛并没有扑向郝二钢，而是跳跃到那只狍子跟前儿，叼起狍子，头也不回地朝山上跑去，不一会儿就无影无踪了。

东北豹虽然也很凶猛，毕竟在体重上，和东北虎相差悬殊。正常情况下，东北豹不会闯入东北虎的领地，也不会和东北虎同在一个势力范围，更不会抢夺东北虎的食物。也许这儿以前是东北豹的领地。东北虎受伤后无意占据了东北豹的领地。或者因为东北虎受伤示弱，东北豹才敢来和东北虎抢食的。

东北虎猎杀东北豹的情况十分罕见。

无论东北虎，还是东北豹，都喜欢独往独来。因为它们独自就可以在山林中随心所欲、畅行无阻。野狼就不一样了。一只野狼不敢招惹东北虎、东北豹、棕熊、黑熊、野猪，群狼就战无不胜了。当然，一般情况下，群狼不会进入东北虎的势力范围，互相回避。当东北虎饿急了的时候，也敢突然袭击狼群。

郝二钢对东北豹被威风凛凛咬死而感到惋惜！同样是山林猛兽，为什么还要自相残杀呢？无非是为了争夺食物、争夺领地。

郝二钢擦了擦脸上的血，朝山下走去。他有着惊恐、惆怅、失落多种心情，感觉不舒服。他想，不用再给威风凛凛送狍子了。它的枪伤应该好了，能够自己捕食了。他也感到欣慰。

又过了三天，郝二钢进山打猎。他打到一只狍子后，若有所思。心里有一件事儿，总是让他牵挂，那就是威风凛凛。不知道它现在怎么样了，回没回来。于是，他背起狍子，去看威风凛凛。

郝二钢远远就看到有四个鬼子，牵着两条狼狗，正准备接近威风凛凛。他想起钟志勇说过的一件事儿："最近，鬼子派兵专门抓捕中国的珍稀动物，然后送到日本去。一定要打击鬼子这种强盗行为，保护好国家的珍稀动物。"鬼子一定是发现了威风凛凛，在打它的主意。

鬼子偷猎东北虎的时候，发现了威风凛凛。他们想检验一下东北虎到底有多厉害。解开两只日本狼狗脖子上的皮带，然后指挥狼狗像野狼一样扑向威风凛凛。威风凛凛本来已经转身，要避开鬼子，进入森林。然而，当它看到两条狼狗气势汹汹地向它冲来，它饿虎扑食般向狼狗冲来。一条狼狗瞬间被威风凛凛的威猛吓破了胆，一下就瘫软在了雪地上，尿都吓出来了。另一条狼狗则不知死活地继续狂吠着冲向威风凛凛。当威风凛凛距离狼狗七八米的时候，突然咆哮一声，猛然跳起，一口咬住狼狗的脖子。那速度之快，让狼狗猝不及防。威风凛凛巨大的虎头一甩，狼狗的脖子断了，并重重地摔在一块巨石上，当场死亡。

一个鬼子军官看到威风凛凛轻松战败两条日本狼狗，气急败坏

第十一章 猛虎豪情

地举起猎枪要向威风凛凛射击。威风凛凛快如闪电般跳起，扑向拿猎枪的鬼子军官。鬼子军官仓促开枪，没有打中威风凛凛。威风凛凛一口咬断了他的脖子，猎枪掉在草地上。

一个鬼子举起一把特殊的枪，准备向威风凛凛射击。郝二钢估摸，那不是要杀死威风凛凛的枪，否则三八大盖就足以杀死它了，应该是麻醉枪或者什么毒药枪，让威风凛凛失去攻击能力，然后将它抬下山。

郝二钢举枪就想击毙拿特殊枪的鬼子。然而，威风凛凛突然扑向拿特殊枪的鬼子，一口咬住他的脖子，用力一甩，鬼子飞出七八米远，瞬间死亡。一个鬼子举枪就要向威风凛凛射击，郝二钢一枪打爆了他的脑袋。

威风凛凛朝密林深处跑去。

郝二钢想把剩下的一个鬼子干掉。他躲藏在石头后面，朝郝二钢射击。郝二钢转身飞速朝密林跑去。在密林中，郝二钢就是东北虎，奔跑起来虎虎生风。

鬼子快速追赶郝二钢。

郝二钢藏在一棵大树后面。鬼子赶紧趴下。郝二钢没有动，在原地用枪瞄准鬼子趴下的地方，就像是耐心等待猎物的出现。

鬼子趴了半天，一点儿动静都没有，以为郝二钢走了，就翻滚了一下身体然后迅速站起，就在这时，郝二钢的枪响了……

第十二章　保卫老黑背

　　抗联队伍平时住在山上的密营里，粮食很少，主要以打猎为生。鬼子对他们进行层层封锁，频频拉网"讨伐"，致使他们生活十分艰难。

　　抗联独立营为了对付鬼子的秋季"讨伐"，在鬼子进山的道路两旁山坡上进行埋伏，想打鬼子的伏击，还在道路上埋下连环地雷。

　　当鬼子进入埋伏圈的时候，钟志勇大喊一声"打"，战士们一起向鬼子射击，同时拉响了连环地雷。

　　打埋伏是抗联打鬼子常用的战术，也是行之有效的战术。这种居高临下的突然袭击，打鬼子一个措手不及，可以以少胜多、以弱胜强，尤其是方便转移，不容易被鬼子包围，掌握战斗的主动权。

　　鬼子长期和抗联作战，屡次吃抗联打埋伏的亏，也伤透了脑筋。他们深入研究抗联的各种战术，尤其对抗联打埋伏战术研究得透彻，也研究了一些对付抗联打埋伏的办法。在可能遭到埋伏的地方，军车要拉开距离，不一辆接一辆通过；队伍拉开队形，不过于集中；前面遭到伏击，后面立刻策应反击，互相掩护。因此，鬼子对独立营的这次伏击并没有惊慌，很快稳住阵脚，开始还击。

　　抗联打鬼子还采取一种化整为零，分散游击战术。这次打鬼子

第十二章 保卫老黑背

伏击，钟志勇只带着郝二钢等十二名战士，除了一些地雷、手榴弹之外，子弹很少。所以，他们依靠这次伏击战术打了鬼子一个措手不及，有二十多个鬼子被击毙、被地雷炸死。

郝二钢作为独立营的最出色的狙击手，钟志勇每次执行任务时，都单独对他强调："你的主要任务就是在稍远的隐蔽处埋伏好，不要轻易出手，出手狙杀目标是鬼子军官和机枪手、狙击手。"

郝二钢早已将他的任务根植于心，就是狙杀鬼子军官、机枪手和狙击手。

这次伏击，郝二钢打死了一个鬼子军官和两个鬼子机枪手。穆大头他们也打死了两个鬼子机枪手。

当鬼子架起了迫击炮，开始还击的时候，钟志勇果断命令战士们撤退到山林里去。

抗联战士有两人牺牲，四人受伤，其中两人是重伤。因为有伤员，他们走不了太远，只能悄悄地穿过鬼子的封锁线，返回到老黑背山的密营里。这是仅有的几个尚未被鬼子破坏的密营之一。它隐藏得非常巧妙。其实这个密营就是个大地窖。地窖挖在密林深处，进出口则挖在几棵腐烂的倒木缝隙中间。

鬼子追踪、搜索了一天，也没看到抗联的踪影。他们也折腾得累了，就在密营附近设下明岗暗哨，鬼子坚信抗联没有走远，加强了对抗联的封锁……

在抗联独立营的影响下，黑鹞子、胡胜男的抗日信心和热情更加高涨。他们带领抗日独立大队袭击了哈尔滨开往密山的鬼子给养火车，大量物资被独立大队运走，没有运走的全部被炸毁。还打死了四十个多个押运物资的鬼子。

鬼子断定是独立大队干的，对独立大队恨之入骨，下决心再次进攻老黑背山寨，铲除黑鹞子和胡胜男，彻底消灭独立大队。

密山的地下党联络站得知这一消息，立刻向抗联首长报告。钟志勇接到命令后，让郝二钢带领猎人小队火速赶往老黑背山寨，让黑鹘子做好迎敌准备，并帮助独立大队阻击鬼子进攻山寨。

郝二钢建议钟志勇带领抗联独立营到老黑背山后山埋伏，听到鬼子进攻山寨的枪声后，迅速从后面攻击鬼子，和独立大队里应外合，让鬼子腹背受敌，更能有效地保卫老黑背山寨，打击鬼子的嚣张气焰。

郝二钢把身上的三颗手榴弹留给战友们。他和猎人小队的战士如同一只只敏捷的东北豹，傍晚疾速朝老黑背山寨跑去。

老黑背山寨在黑鹘子他们夜以继日的建设、修筑下，防御工事几乎恢复了以前的模样。不说固若金汤，也可以说戒备森严。山寨四周除了恢复了圆木栅栏外，还挖掘出战壕。山寨正面有用麻袋装满沙土垒成的防御工事，四角有按照牛头马面布置的炮台，每座炮台有一挺机枪。通往后山的秘密暗道已经贯通，万不得已的时候，可以从暗道撤出山寨，还在山寨四周布置了明岗暗哨。平时，黑鹘子、胡胜男都注重对战士进行军事素质训练，练习射击和格斗。黑鹘子和手下都是老兵痞，警惕性很高，一有风吹草动，即可快速投入战斗。因为在他们的意识里，鬼子最擅长偷袭，必须时刻预防鬼子偷袭。

前几天，黑鹘子他们袭击鬼子给养火车时，把大批武器弹药、粮食用品运回山寨，简直是沟满壕平，重机枪、轻机枪、手雷等应有尽有，足以装备一个营……

郝二钢说鬼子要来进攻山寨，在黑鹘子、胡胜男预料之内，袭击了鬼子的给养火车，弄出这么大动静，鬼子不可能没有反应，但没想到鬼子来得这么快。

黑鹘子和郝二钢、胡胜男研究对付鬼子的办法。黑鹘子擅长防御、阻击作战，立马在山寨正门部署了战壕、沙袋工事、山寨里面三层防御，三层防御各设三挺机枪，优化火力配置。每挺机枪配备一正两副射手，确保射击的持续性和杀伤密度。而且在山寨四周都埋伏了枪手，万一鬼子偷袭，就鸣枪示警。

郝二钢说:"我们猎人小队留下来帮助你们阻击鬼子进攻山寨。我们主要负责两项任务:一个是夜袭鬼子山下的营地。在抗联的打击下,鬼子不敢黑天进山,所以不可能在黑天进攻山寨。估计鬼子今晚在山下扎营,明天早晨进攻山寨。我带着猎人小队,夜袭鬼子营地,让鬼子不能好好睡觉,明天进攻山寨没精神。"

黑鹞子笑着说:"这个主意太好了!二钢兄弟,那就辛苦你了!"

郝二钢接着说:"山寨的工事坚固,弹药充足,鬼子很难攻进来。但是有一点我最担心,就是鬼子的迫击炮。钟营长讲过,抗联和鬼子打了这么多年,鬼子的迫击炮是最让抗联头疼的,简直是深受其害!好多次战斗本来抗联占据主动,也占据优势,然而胜利在望的时候,鬼子的迫击炮来了,火力猛,打得准,太邪乎了。抗联想打它又打不到,只能被动挨打,局面立马由主动转为被动,由优势转为劣势。明天山寨的防御战也面临这个问题。"

黑鹞子深有同感:"是,鬼子的迫击炮太厉害了,不好对付。二钢兄弟,你有什么好办法吗?"

郝二钢来山寨的路上,就如何对付鬼子迫击炮进行了深思熟虑,他说:"我想说的另一个任务,就是我们负责消灭鬼子的迫击炮阵地,不让鬼子的迫击炮炮击山寨。这样,你们防守山寨就没那么难了。"

黑鹞子如释重负:"二钢兄弟,只要能消灭鬼子的迫击炮,你要什么我给什么,带多少个兄弟都行。"

郝二钢说:"消灭鬼子迫击炮不用带你的人。我一个人去。你给我一百发辽十三子弹、四个手雷就行。"

黑鹞子有些惊讶:"你一个人怎么行?鬼子迫击炮阵地肯定有不少鬼子防守。我再给你派二十个兄弟,帮助你消灭鬼子迫击炮阵地。"

胡胜男也不同意郝二钢一个人去:"你最起码也得带上猎人小队呀。一个人去太危险!"

穆大头也说:"猎人小队都跟你去,你一个人打鬼子的炮阵地太危险了。"

郝二钢胸有成竹："人多了目标大，容易暴露。我一个人埋伏在离鬼子迫击炮阵地较远的地方，狙杀鬼子炮手。抽冷子打在迫击炮发射药上，让它爆炸。"

黑鹞子感觉郝二钢说的有道理，只能由着他了。

郝二钢简单向黑鹞子、胡胜男讲述了威风凛凛杀死东北豹、杀死鬼子军官的故事。黑鹞子、胡胜男很受感动，也为威风凛凛感到自豪。

郝二钢嘱咐穆大头、井辘轳他们："明天白天，你们帮助独立大队守卫山寨，阻击鬼子。记住，你们专门负责狙杀鬼子的指挥官和机枪手。"

穆大头、水平他们都说明白。他们开始为夜袭鬼子营地做准备。

黑鹞子他们缴获的弹药中只有成箱的鬼子三八大盖子弹，没有成箱的辽十三子弹，两种子弹不是一个口径，不能通用。于是，黑鹞子让人在山寨的弟兄们中搜集辽十三子弹。山寨的弟兄们大多都用三八大盖，很少有人用辽十三了，只搜集了四十多发辽十三子弹。

郝二钢有点儿不满足："勉强够用。"又要了一支三八大盖。

黑鹞子又让人搬过来三箱手雷。

郝二钢让穆大头、井辘轳他们每人带四颗手雷。他自己则把几乎要空了的辽十三子弹带装满，还装满了一背包三八大盖子弹，然后带了六颗手雷。

郝二钢把穆大头、井辘轳、水平、穆文化、井沿儿、水娃儿、赵梗儿、郎崽子分成四个小组，每组两个人，投掷手雷的时候以小组为单位，一个小组集中投向一处营房。否则，手雷容易分配不平均，杀伤面积不大，有的炸掉了，有的没炸掉。然后再炸其他营房。

半夜十二点，郝二钢和穆大头、井辘轳、水平他们准备悄悄下山。

临走的时候，郝二钢再次强调："下山的时候谁也不许出声，说不准哪儿藏着鬼子的暗哨。我说准备的时候,你们就把所有的手雷准备好。听我命令,一起把手雷投向鬼子营房。"

远远望去,鬼子帐篷营房一片漆黑,分散设置在山脚下、山坡上,看不清多少个,每个帐营房面都有多人站岗放哨。不知道别的地方还有没有营房。不管那么多了。郝二钢带着四个小组分别摸上去,在投掷距离内,将每人四颗手雷快速、准确地投向鬼子营房,然后快速分散往山寨撤退。

郝二钢把一颗手雷准确地投在中间的大营房里,各营房爆炸声此起彼伏,火光冲天,至少有八九个营房被炸毁。穆文化一人就炸毁两个营房……

鬼子的迫击炮阵地设在距离山寨一千多米的山下,距离鬼子营地不远。山寨的枪打不到、手榴弹炸不到。郝二钢却轻而易举地找到了。他埋伏在距离迫击炮阵地四百多米远的几块石头的后面,把枪从缝隙中伸出。

早晨五点,鬼子的迫击炮准备射击。

郝二钢本想和鬼子迫击炮开炮时同时开枪,那样,鬼子听不清开枪的声音,也判断不出开枪的位置。但是转念一想,那样,山寨会挨更多迫击炮弹的打击。于是,他先发制人地向鬼子炮兵开枪。一个炮兵倒在地上,脑袋在流血。炮兵们立刻乱了阵脚。他们一边隐蔽,一边四处观察,硬是没有看到子弹是从哪儿打来的。又一个鬼子炮兵被郝二钢打中了脑袋。

此刻,鬼子开始进攻山寨。独立大队和猎人小队阻击鬼子的战斗已经打响。

郝二钢连续狙杀四个鬼子炮兵,负责保护炮阵地的鬼子才判断出打枪的方向,于是八个鬼子朝郝二钢埋伏的位置快速搜索而来。郝二钢为了不让山寨受到炮弹的打击,继续狙杀鬼子炮兵。搜索的鬼子已经不是搜索,而是冲锋了。眼看八个鬼子冲到距离他二百米的地方,他才朝冲在最前面的鬼子开枪。鬼子听出枪响的方向,但

猎人狙击手

是没有看到开枪的具体位置,只是盲目地向他埋伏的大概方向开枪。

郝二钢又连续三枪,打死三个冲在前面的鬼子。其他鬼子都趴在原地,不敢冲锋了。他趁机又朝鬼子炮兵开枪。三个炮兵被打死。不敢冲锋的四个鬼子又开始冲锋了,离郝二钢越来越近。

郝二钢换了一个地方,趴在一个土堆后面,前面有树丛遮蔽,因为地势较高,视野更加开阔。他又打死了两个冲向他的鬼子。最后两个鬼子知道遇到狙击高手了,不敢向前送死,就在原地朝他这个方向打枪。

郝二钢抓住时机,又打死三个鬼子炮兵。鬼子炮兵快被郝二钢打光了,开炮的频率明显下降,炮弹的准确率明显下降。郝二钢又打死两个鬼子炮兵。这个时候,冲锋的两个鬼子又开始冲锋了。

此时,钟志勇带领独立营的战士从进攻山寨的鬼子后面突袭鬼子,和独立大队、猎人小队前后夹击,打得鬼子阵营大乱,首尾不能相顾,只能分兵抵抗,有效缓解了山寨阻击鬼子进攻的压力。

郝二钢总想瞄准鬼子迫击炮的发射药包射击,因为有山石阻挡,无法直接击中。他想靠近鬼子炮阵地再打。于是,他一枪打死了冲在前面的一个鬼子。正要狙杀最后一个冲锋的鬼子,冲锋的鬼子不见了。他迅速后退,向右快跑,想迂回到鬼子迫击炮阵地侧面。

郝二钢在距离炮阵地一百米的地方,隐蔽在一棵树后瞄准鬼子炮阵地,果断地朝鬼子迫击炮发射药包开枪。迫击炮阵地发生连续爆炸,被彻底摧毁。他非常高兴,他曾多次击中鬼子迫击炮弹或药包,有时爆炸,有时不爆炸。这次爆炸了。他也不知道是什么原因。

郝二钢刚要转身离开,只听"咚"的一声枪响,打中了他的左肩膀。他向后一仰抬手一枪打中了鬼子的胸膛。他知道,这一枪是冲锋的最后一个鬼子打的。他明明知道这个鬼子一定会在后面偷袭他,为了打掉鬼子的迫击炮阵地,他已经将自己的生死置之度外。

郝二钢打鬼子和打猛兽一样,几乎都是一枪爆头。这个鬼子是为数不多被他打中胸膛的。他庆幸自己突然转身,否则被打中胸膛

第十二章 保卫老黑背

的就是他自己了。

郝二钢的肩膀被三八大盖的子弹打穿，子弹没有留在身体里，但流血很多，疼痛难忍。他用急救布条把肩膀简单缠绕了一下，如同捆绑一只不太好捆绑的野猪。肩膀还在渗血。

进攻老黑背山寨的鬼子因为没有迫击炮的掩护，已经失去用兵的优势，冲锋的鬼子伤亡很大。鬼子又开始用掷弹筒向山寨内外发射榴弹。然而，掷弹筒的威力远不如迫击炮，无法在短时间内压制山寨的火力，又有一批鬼子被打死。经过一上午的激战，鬼子已经没有后续力量再组织新一轮进攻了，只好狼狈逃窜。

黑鹞子、胡胜男怕着了鬼子的道，没有下令追赶。

郝二钢看到鬼子退兵了，索性坐在树下休息。

钟志勇听黑鹞子说郝二钢孤身一人消灭了鬼子迫击炮阵地，尚未返回山寨。钟志勇立马带领猎人小队寻找郝二钢。他们不但很快找到了郝二钢，还缴获了一批还没完全炸毁的鬼子迫击炮和炮弹以及其他武器。

郝二钢成为老黑背山寨的英雄。

猎人小队其他战士也表现得非常机智勇敢，狙杀了三个鬼子军官和五个鬼子机枪手。

黑鹞子找出缴获鬼子的消炎药和纱布，让山寨的老兽医为郝二钢的肩膀上药包扎。

黑鹞子深知，没有郝二钢，没有钟志勇他们抗联独立营的全力帮助，他们不可能取得这场战斗的胜利。他更加信赖抗联，更加敬佩抗联的狙击英雄郝二钢。在庆功宴上，他提出带着独立大队全体加入抗联，跟着抗联打鬼子，跟着郝二钢当英雄。

独立营正处在兵员不足、粮食弹药十分紧缺的艰难困苦时期，能够收编黑鹞子的独立大队，钟志勇求之不得。但是收编独立大队需要上级党组织批准。在上级党组织还没有批复之前，独立大队的名称暂时不变。

猎人狙击手

郝二钢非常高兴黑鹞子、胡胜男他们独立大队参加抗联，和抗联一起打鬼子。也希望上级党组织尽快批准。独立营壮大了，就更不怕鬼子了。

独立营又接受了新任务，和独立大队依依告别，离开了老黑背山寨……

郝二钢多次狙杀鬼子军官、狙击手和机枪手。他的名字在密山、鸡西、虎林一带家喻户晓，也让鬼子和伪军闻风丧胆。

驻密山鬼子军警备司令官秋野尾少佐多次派兵追杀郝二钢，不但没有杀死郝二钢，却被郝二钢杀得丢盔解甲。尤其是在抗联攻打密山的时候包围了鬼子的守备队。郝二钢第一个冲进守备队，活捉了秋野尾少佐，像拖死猪一样把他拖了出来，差一点儿没毙了他。

独立营情报得知，密山和鸡西的鬼子抽出七个特种作战高手，也是出色的狙击手组成狙杀小队，在大岛小林少佐的带领下，专门进山狙杀郝二钢。

大岛小林他们总是听说郝二钢厉害，一点儿都不敢狂妄、松懈和轻敌。他们知道将要遇到的是如狼似虎的抗联精英，是一等一的丛林作战高手，是他们的真正的狙击对手，必须小心谨慎、全力以赴，才能战胜他。但是他们又是日本武士道精神支配的杀人机器，永远不会失去他们杀人机器的狂妄。他们杀死郝二钢的决心坚定不移，都立下军令状，不杀死郝二钢，就切腹自尽。

郝二钢主动请缨，提出带领猎人小队迎战七个鬼子狙击手。钟志勇同意郝二钢带领猎人小队迎战鬼子狙击手，并消灭他们。

钟志勇嘱咐猎人小队说："鬼子狙击手的狙击步枪比辽十三和三八大盖打得都远，而且枪上还有瞄准镜，远距离有绝对优势。你看不到鬼子，鬼子能看到你。要发挥你们熟悉山林环境和冰雪特性，与猛兽周旋的经验优势，和鬼子狙击手斗智斗勇，逐个狙杀他们。相信你们一定能消灭鬼子狙击手，取得胜利！"

郝二钢强悍、自信地说："放心吧！"

第十二章　保卫老黑背

钟志勇带领独立营其他战士向郝二钢带领的猎人小队致敬！

郝二钢分析，独立营主要活动在榛子山和老黑背山，鬼子狙击手应该出现在榛子山和老黑背山。穆大头、井辘轳他们有打猎经验，没有狙击经验。郝二钢担心他们对付不了鬼子狙击手，害怕他们被鬼子狙杀。所以，让他们七人一组到老黑背山寻找鬼子狙击手。郝二钢把穆大头他们送到老黑背山寨，让黑鹞子、胡胜男他们独立大队协助猎人小队，消灭鬼子狙击手。

郝二钢一人负责到榛子山迎战鬼子狙击手。

郝二钢嘱咐穆大头、井辘轳、水平他们说："钟营长不是说了吗，鬼子狙击手是鬼子特种部队中的神枪手，都很邪乎。他们的狙击步枪是特制的，比三八大盖打得远，而且上面还带瞄准镜。远距离鬼子能看到咱们，咱们看不到鬼子。我分析，鬼子狙击手不是七个在一起小组作战，而是像是虎豹一样独自作战。你们必须和他们不一样，七人一刻都不能分开。好虎架不住群狼。你们要发挥猎人的优势，眼睛好使，像寻找棕熊、野猪和狼群那样警觉，不能有丝毫大意，最好能在鬼子发现你们之前发现鬼子，然后准确快速开枪，不能犹豫。只有隐蔽好、保护好自己，才能狙杀鬼子狙击手。"

穆大头、井辘轳、水平他们似懂非懂，嘴里却说："明白了。"

第十三章　雪地狙杀

皑皑白雪，覆盖了旷野，也覆盖了群山。山林朦朦胧胧，宁静而幽远，恰似人间仙境。一只雄鹰在天空翱翔，仿佛是在为英雄壮行，显得苍凉、悲壮。

郝二钢孤身一人，要去榛子山对决七个鬼子狙击高手。他带着野外生活必备的冬季野狼皮、棕熊皮和食物，带着辽十三和足够的子弹，还带了四颗手雷。他每次执行任务都带着两支枪。这次没有带猎枪，主要是想减轻负重，方便在丛林中和鬼子狙击手周旋。

胡胜男自从看到了郝二钢，就从心里喜欢郝二钢，因为郝二钢正是她多年来一直魂牵梦萦的英雄，具有大义凛然的血性，英勇无畏的铁骨。但是听说郝二钢已经有媳妇有孩子了，她只能把爱心深藏心里。郝二钢要去对决七个鬼子狙击手，她为他担心，嘱咐他说："一定活着回来！"并送给他一双毡疙瘩，又叫毛毡靴，是她缴获胡子的新靴。

毡疙瘩是北方少数民族和汉族用毡子制成的靴子，靴头和周围使用皮革加厚，外形宽大魁梧，显得笨拙，但靴子主体和鞋底部分很柔软，非常适合雪地行军作战，实用性强，是东北最常见的御寒鞋之一。除了军队外，猎人、渔民或者商人都穿这种毡疙瘩。

第十三章 雪地狙杀

郝二钢穿上了毡疙瘩,感觉非常温暖。但是,他还是喜欢穿他的牛皮靰鞡。是母亲陈小娟做的。

黑鹞子也感觉郝二钢此去危险重重、凶多吉少:"二钢兄弟,你不是也说了吗,好虎架不住群狼,我和你一起去吧,也能为你分担一些。"

郝二钢不同意。

郝二钢骑着一匹缴获鬼子的东洋马,很快就到了榛子山下。他故意把东洋马拴在一棵醒目的孤树上。进山的人一眼就能看到东洋马。他清楚穆大头、井辘轳他们不是七个鬼子狙击手的对手,不想让他们冒险,而想把鬼子狙击手引到榛子山。他在榛子山和鬼子狙击手对决。

郝二钢在人迹罕至的密林中穿行,避开鬼子狙击手可能的埋伏和狙杀。郝二钢自言自语说道:"瘪犊玩意儿小鬼子想在中国的土地上撒野,在我打猎的山林里狙杀我,太小瞧中国北方的猎人了。七个鬼子狙击手就是七只野狼,一定让他们有来无回!"

经过特殊训练的大岛小林等七个鬼子狙击手,骑着同样经过特殊训练的东洋马寻找郝二钢。当他们看到山下的东洋马,立马意识到郝二钢就在榛子山上,而且应该是郝二钢故意告诉他们的。他们不知道郝二钢这是瞒天过海,还是暗度陈仓。他们心理的优势是任何情况都难以改变的,不管他布什么迷魂阵,凭他们七人,是足以狙杀他的。于是,他们进入丛林,围追郝二钢。

日本鬼子普遍身材较小,这七个鬼子狙击手却是人高马大的。

鬼子狙击手知道中国有这样的话:"双拳难敌四手""好虎架不住群狼"。开始,他们采取群狼战术,七个鬼子一起宿营、一起吃饭,连拉屎撒尿都得两个人一起去,互相掩护,防止郝二钢各个击破。宿营的时候帐篷外设两个鬼子站岗放哨,生怕郝二钢偷袭。

然而郝二钢真的偷袭了鬼子营地。鬼子狙击手刚刚支起帐篷躺下,还没有进入梦乡,只听一声枪响,帐篷外站岗放哨的一个鬼子

猎人狙击手

狙击手被打碎了脑袋。旁边的鬼子立即卧倒瞄准。

郝二钢不希望鬼子狙击手采取群狼战术，而是希望他们独立作战，便于他个个狙杀。所以，他先狙杀一个鬼子，好让其他鬼子不敢合群，分开行动。

帐篷里的大岛小林等鬼子也立即卧倒。他们如临大敌，半天不敢抬头。

刚一进山，就被郝二钢轻而易举地狙杀了一个经过特殊训练的鬼子狙击手，震撼了鬼子的意志，也激发了鬼子的斗志。大岛小林他们不同于一般的鬼子，已被日本军国主义思想彻底洗脑，自认为肉体和灵魂已经不属于自己，只属于天皇。为天皇效力、为天皇尽忠是他们生的动力、死的目标。

大岛小林他们商量，决定采用中国猎人的围猎战术。郝二钢再厉害，毕竟也只是一个人、一条枪。只要谁追寻到了郝二钢，就把他引进预设的包围圈，他们是猎人，郝二钢是猎物，围而猎杀。

大岛小林的哥哥也是个出色的狙击手，叫大岛太郎。大岛太郎当狙击手之前只是一个普通大兵。有一次在密山、虎林之间的山林里猎捕东北虎的时候，被一个中国猎人用猎枪打瞎了左眼。这个中国猎人就是郝二钢，那只东北虎就是威风凛凛。

大岛太郎去哈尔滨治疗眼睛，左眼没有保住，瞎了。为了报仇，大岛太郎伤愈之后找到家族的叔叔、战争狂人大岛武藏，安排他到鬼子在哈尔滨的特种部队接受训练，天天练习射击。得天独厚的条件，让大岛太郎的射击水平突飞猛进，最后成为出色的狙击手，连那些两只眼睛齐全的狙击手都对他刮目相看。

大岛太郎从哈尔滨回到密山，千方百计寻找郝二钢。最后，他终于和郝二钢相遇，在山林里对决。郝二钢和大岛太郎都埋伏在石堆中，相持了八个小时，谁都不敢先动，谁先动谁先死。突然，一只野狼凶猛地向大岛太郎扑来。如果他开枪打死野狼，他就会暴露，瞬间就会被郝二钢猎杀；如果他不开枪打野狼，野狼会撕咬他的脖

第十三章 雪地狙杀

子，瞬间也会杀死他。想到这儿，他决定宁可被野狼咬死，也得狙杀郝二钢。于是他突然露出身位，朝郝二钢开枪。没想到郝二钢放出飞狼的同时，就已经做好猎杀他的准备。他刚一露出半个脑袋，郝二钢就扣动了扳机。本来，郝二钢的子弹都是奔对手的脑袋去的。大岛太郎冲出来的脑袋是斜着的，子弹打中他的右眼，又从右眼眶穿了出去。

郝二钢知道这一枪没有打碎大岛太郎的脑袋，本想冲过去补一枪，再缴获大岛太郎的狙击步枪。这时，二十多个鬼子向他包抄了过来。他只能撤退。

大岛太郎没有死，但是他的心死了。他秉持眼睛是狙击手生命的信念，失去了双眼，就失去了生命；失去了双眼，也是狙击手的耻辱。他无法苟活于世。于是，大岛太郎用他喜爱的狙击步枪结束了自己的生命，替郝二钢打碎了自己的脑袋。

开始，郝二钢并没有让飞狼去干扰和分散大岛太郎的注意力，担心飞狼被大岛太郎狙杀，但是，大批鬼子马上就要赶到了，再不杀死大岛太郎，就得被鬼子包围，死在这儿了。于是，郝二钢让飞狼冲向大岛太郎。是飞狼帮助他除掉了大岛太郎。

当大岛小林得知大岛太郎被狙杀的消息，悲痛不已，发誓要为哥哥报仇雪恨……

大岛小林他们按照约定战术追寻了一天一夜，连郝二钢的脚印都没有看见。

殊不知郝二钢就跟在他们身后，远远地跟着他们，找机会干掉他们。

大岛小林他们没有耐心了，又决定各自为战，发挥他们独立作战特长和丛林作战优势，分头追寻郝二钢。发现他的踪迹，如果能杀死他就立即杀死；如果不能杀死他，就以鸣枪为信号，其他人向枪声集中，继续围猎郝二钢。

郝二钢借助翻山越岭追赶猎物练就的在山林里健步如飞的本领，

以及对山林环境的熟悉，躲避着鬼子狙击手的追杀，伺机逐个除掉六个鬼子。

两个鬼子狙击手发现了郝二钢，并对他穷追不舍。

郝二钢借助树林、荒草、深雪的掩护，边跑边躲避鬼子狙击手的子弹。他猜想鬼子要把他赶进包围圈，然后像围猎一样杀死他。他必须朝相反的方向跑。同时，他几次回头想干掉一个鬼子，或者打死一个鬼子的马。然而，两个鬼子的枪法很准，几次差点儿打中他的脑袋。郝二钢琢磨必须先干掉一个鬼子，否则两个鬼子对他的威胁太大。他猛然想起前些天，他为了节省子弹打鬼子，在前面不远的地方挖了一个陷阱，准备捕猎野猪、狍子用。他可以借助陷阱，除掉一个鬼子。于是，他朝陷阱的方向跑去。

当郝二钢跑到陷阱跟前儿时，发现已经有猎物掉进陷阱，陷阱不能再用了。他转念一想，大雪已经掩盖在陷阱上面，看上去就是一个普通的雪坑，根本看不出是个陷阱。即使陷阱捕捉不到鬼子，也能把马腿别断。鬼子没有马骑，就失去了速度优势。于是，郝二钢快速从陷阱旁边跑过。

前面的鬼子非常警觉，追到陷阱跟前儿，踩着郝二钢的脚印一闪而过，没有掉进陷阱。后面的鬼子就没有那么幸运了。他的马蹄子一下踩到了陷阱边儿，马蹄子一滑，东洋马侧身掉进了陷阱里。马脖子瞬间折断，八九百斤庞大的身体将骑马的鬼子狙击手死死地挤在陷阱壁上。他的胸骨已经被压断，发出被野猪撕咬一般撕心裂肺的号叫。

郝二钢设置这个陷阱的时候，没想在底部竖起锋利的木剑，主要是担心抗联战士和其他猎人掉下去，所以挖得比平时的陷阱要深，有近三米深。

前面的鬼子听到后面的鬼子号叫，知道他出事儿了，赶紧掉转马头往回跑。当他看到同伴的惨象，快速下马，要把他拽上来。

此时，郝二钢就在三百米远的一棵树上，本可以一枪击毙前面的鬼子，但是他没有开枪。他判断，刚才两个鬼子一边追他一边开枪，就是为了给其他鬼子报信，如同野狼的嗥叫，召唤其他"野狼"对他展开"群狼战术"，击杀他。此刻，其他鬼子也许已经埋伏在了附近，瞪着血红的眼睛在窥视着这里的动静，等待他的出现。这样的机会难得。他想借助这个机会多打死几个鬼子狙击手。

前面的鬼子狙击手费了九牛二虎之力，把掉进陷阱的鬼子拽了上来，才发现，他已经断气了。沮丧之余，鬼子刚要捡起狙击步枪去继续追赶并干掉郝二钢，突然从陷阱里冲上来一头巨大的野猪。野猪一头将鬼子撞了个人仰马翻，眼睛里射出愤怒的凶光。鬼子狙击手冰凉幽暗的眼睛里则冒出了耀眼的金星。

郝二钢在树上差一点儿没忍住笑出声来。猎人都知道这样一句话：一猪二熊三老虎。郝青石说过，不是说野猪比黑熊、老虎都厉害，而是说孤野猪在攻击人的时候，比黑熊、老虎还凶猛。因此，猎人在打猎的时候遇到野猪群可以随便打，一头野猪跑了，其他野猪都随大流跟着跑，很少伤人；遇到孤野猪尽量不要去招惹它，要离它远远的，它能拼命。

野猪是掉进陷阱里的猎物。它清楚自己掉进人设置的陷阱里了，即将成为人的美食，正在对人咬牙切齿、恨之入骨之际，有人掉下来了。接着，又有人来拽掉下来的人。报复心极强的野猪立马蹬着马腿跑了上来，端着不太锋利的獠牙就冲了上来，要痛下杀嘴。

猛虎的牙齿锋利，能够轻易撕下猎物的皮肉，咬碎猎物的骨头。野猪的牙齿比猛虎的牙齿长，并不锋利，因为它常年用牙齿拱泥土、树木、沙石什么的，磨得像硬木棍子。但是野猪的力量很大。

鬼子狙击手被野猪撞了个腚墩，刚要站起来，野猪的速度奇快，又猛冲过来，想用獠牙豁开他的肚子。鬼子向后一仰想躲开野猪的獠牙，没想到野猪的獠牙没有豁开他的肚子，却豁开了他的裤裆。鬼子疼得鬼哭狼嚎，痛不欲生。

鬼子想用力躲开野猪的獠牙，却用力过猛，加上剧烈的疼痛，

猎人狙击手

一下摔倒在雪地上,皮帽子像掉了的脑袋一样在雪地上滚动。野猪的獠牙正好对准鬼子没有多少头发保护的脑袋刺去……

只听一声枪响,野猪一头栽倒在鬼子身旁。紧接着,又一声枪响,不远处的一个鬼子狙击手的脑袋被郝二钢打碎了。第一枪,是埋伏在不远处等待郝二钢出现的鬼子狙击手打的。野猪刚冲上来的时候,他没有开枪,怕暴露自己的位置。鬼子狙击手为救同伙开了一枪,暴露了位置。郝二钢才抓住机会果断开枪。

一枪毙命已经成为郝二钢的习惯,铭刻在心,用洋炮时是这样,由洋炮换成双管猎枪和辽十三时是这样,当上抗联狙击手打鬼子更是这样。无论是对付猛兽,还是对付比猛兽更凶残的鬼子,都必须一枪毙命。

白桦林中无数只大眼睛在看着他,应该没有三个鬼子狙击手的眼睛。

郝二钢判断其他三个鬼子狙击手还没有赶到,就快速靠近被野猪攻击的鬼子狙击手跟前儿。他挣扎着要够他的狙击步枪反抗。郝二钢飞身跳起,一猎刀割断了他的脖子。郝二钢看了看掉进陷阱被同伙拽上来的鬼子,他的狙击步枪已经折断。就背上鬼子的狙击步枪,把他的子弹带在身上,又翻出两个牛肉罐头、三袋压缩饼干,也放进自己的背包。然后,把两个鬼子狙击手的尸体扔下山坡。又把野猪扔进陷阱,再用白雪覆盖了陷阱和鲜血。

雪还在下。郝二钢自言自语地说着:"马和野猪不能糟践了,它们的肉能救多少抗联战士的生命啊!"

他看了看远处被他狙杀的鬼子狙击手的方向,还想把鬼子狙击手那支狙击步枪也带走,一想,也许另外三个鬼子狙击手正在飞速赶来。他必须尽快离开。

郝二钢找了一个隐秘的地方休息,吃了一袋鬼子的压缩饼干和一点冻大饼子。随手拿过缴获的狙击步枪。他仔细查看了狙击步枪。过去,他不知道什么是狙击步枪,多次听钟志勇介绍过狙击步枪。

第十三章 雪地狙杀

这次缴获到狙击步枪了,他和当初缴获辽十三时一样兴奋。

鬼子狙击步枪的枪管比辽十三和三八大盖要长一些,上面还带一个长管,这一定是钟志勇说的瞄准镜。他举枪瞄准试了一下,远处的目标的确清清楚楚。难怪鬼子狙击手枪打得准,是因为上面这个瞄准镜啊。他想用这支狙击步枪狙杀三个鬼子,又感觉不如使用辽十三顺手,就不打算用狙击步枪了。

有些东西用习惯了,就是最好的。

郝二钢开始追寻剩下的三个鬼子狙击手。

突然,郝二钢看到一匹马被拴在一棵树上。远远地,看不到鬼子,只能看到马。马还在不停地嘶鸣,是鬼子狙击手的东洋马。

打猎,让郝二钢的眼睛变得鹰一般敏锐。对面三百米远的一棵树上有一点轻微的晃动。郝二钢立马判断出鬼子狙击手就埋伏在那棵树上。所以,他选择了在石头后面的洼地埋伏。在这个位置,他能观察到那匹东洋马,树上的鬼子狙击手却看不到他。当然了,如果他不移动身位,他也看不到树上的鬼子狙击手。

郝二钢分析,东洋马一定是鬼子设下的诱饵,而鬼子就埋伏在附近,时刻准备狙杀他。如果鬼子藏身树上,在浓密的树枝后观察他,他无处藏身,而他却看不到鬼子。他进退两难,不知如何是好。只能坚持到天黑,现在是上午,离天黑还很遥远。如果这个时候,三个鬼子包围郝二钢,他的处境会很危险。这种情况不应该和鬼子耗耐力,而应该速战速决,尽快摆脱鬼子,最好能消灭鬼子。于是,郝二钢移动一下身位,轻轻地把狐狸皮帽子摘下,放在一个石块儿上。帽子不能露出来太多,只能露出来一点点,让鬼子感觉是他无意中露出来的。然后他一翻滚,离开帽子三米远的地方,悄悄伸出枪管,只要鬼子打他的帽子,他就能观察和判断出鬼子的位置,打鬼子的脑袋。

然而,鬼子没有打郝二钢的帽子。

郝二钢摸了摸自己的光头,感觉让他摸不着头脑。

猎人狙击手

正当郝二钢一筹莫展之际，突然意识到一个严重的问题，他的处境极度危险。

这座山上有一个狼洞，住着七八只野狼。野狼最喜欢住在山洞里。山上的山洞很少，野狼也在石缝、雪窝或雪地里过夜。郝二钢以前经常来这座山上打猎，也和山上的野狼较量过。

过去，野狼都是夜晚出来觅食。因为鬼子封锁抗联，想把抗联战士饿死冻死在山上，"讨伐"抗联的鬼子还有另一项任务，那就是打猎，看到猎物就打。还派出狩猎队，除了猎捕东北虎、东北豹等珍稀野生动物运送到日本去之外，就是猎杀其他野生动物，彻底切断抗联的食物来源。因此，山上的野生动物几乎被鬼子打光了。野狼都饿得狼哇的了，黑天白天都出来觅食，还经常到村民家捕杀家禽充饥，甚至还吃人。这个时候的野狼具有凶残、贪婪、多疑、胆大等特点。

鬼子为了诱杀郝二钢真是绞尽脑汁，无所不用其极，甚至牺牲跟随他们出生入死的东洋马。他们把拴在树上的东洋马的屁股上刺了一刀，让它流血不止，还不至于马上死去，引诱野狼来围攻东洋马。如果这群野狼来了，其他山上的野狼也能从风中闻到鲜血和马肉的味道，会追寻而来。当然，野狼也会轻而易举地闻到人的气味。野狼的听力也远远胜过人的听力，人听不到的落花落叶落雪的声音，野狼都能听到。过去，野狼很少攻击人，尤其不敢攻击拿着猎枪的猎人，除非饿急了。野狼在饿急的时候是疯狂无比、穷凶极恶的，除了人肉的诱惑之外，还担心人会和它们争夺马肉，因此会对人进行疯狂进攻。鬼子狙击手如果埋伏在树上，既可以躲避狼群的攻击，又可以居高临下，观察郝二钢的动静。

如果有两只野狼对郝二钢发动进攻，郝二钢会怎么样呢？他不可能坐以待毙，一定会用步枪猎杀野狼，或者用猎刀杀死野狼。那么，只要他一动，隐蔽在树上的鬼子狙击手就会瞬间开枪，狙杀他。

突然传来一声嚎叫。郝二钢知道，野狼的嚎叫不光是呼叫同伙，

第十三章 雪地狙杀

也有报警、警告的意思。这个时候，野狼已经发现了郝二钢，或者发现了鬼子狙击手。因为野狼呼叫同伙猎食的狼嚎会长而平直，报警、警告的狼嚎带有不满、愤怒，声调高亢。

每一群野狼都有自己的头领，一般为强健威猛的雄性野狼，就像胡子的头儿。一旦捕到猎物，头领必须先吃。每一群狼都有自己的领地，和家狗一样，用抬腿撒尿方式以自己的特殊气味来标记领地。一般情况下，狼群各占各的领地，互不干扰、侵犯，只有猎物太少了，饥饿得要命时，才采取不要命的方式争夺别的狼群的领地或食物。

三只野狼已经开始攻击东洋马了。

郝二钢知道，无论是普通马还是东洋马，如果受伤是挺不过多长时间的。尤其是拴着的马在狼群的攻击撕咬之下，没有逃跑的机会，也没有反抗的实力，很快就会倒下。之后还会招来更多的野狼。

郝二钢有些急了。他又把帽子换了个地方，引诱鬼子狙击手开枪。然而，鬼子狙击手还是没有开枪。

鬼子的东洋马已经倒下了，长长的马头还被拴在树上的绳子拎着，显得极为凄惨。有五六只野狼在抢食。一定有更多的野狼正在向东洋马集结。

郝二钢把帽子又连续换了六个地方，鬼子狙击手仍然没有开枪。难道鬼子狙击手根本没在附近？不可能，一定就在他前方的树上。

当郝二钢把帽子换了第八个地方的时候，只听一声枪响，在山谷中回荡。野狼停止了抢食，眼睛齐齐地看着郝二钢这个方向。只见一个鬼子狙击手从郝二钢前方三百米的那棵树上大头朝下重重地摔了下来。

这是郝二钢开的枪，打碎了鬼子狙击手的脑袋。郝二钢冒了一把大险。险中取胜。他琢磨，他连续七次在不同的地方暴露狐狸皮帽子，鬼子狙击手都没有朝他的帽子开枪。说明鬼子狙击手过于小心谨慎，担心万一开枪打的是帽子，会暴露了自己藏身的位置，容

猎人狙击手

易被郝二钢反杀。寄希望于野狼攻击郝二钢的时候狙杀他,万无一失。郝二钢借助于鬼子的心理,第八次不光是换帽子,帽子下面的石缝中还有他的脑袋。几次换帽子,已经让他估摸出鬼子狙击手在树上的大概位置,所以才能在最短时间内找到并瞄准鬼子狙击手,果断射击。

郝二钢深知,和鬼子狙击手对决,必须斗智斗勇、当机立断。

这时,四只野狼,丢下嘴里的马肉,两只朝鬼子狙击手扑去,两只朝郝二钢扑来。当前抗联独立营武器弹药非常紧缺。郝二钢本想拿走鬼子狙击手的狙击步枪和子弹。但是,还有两个鬼子狙击手没有被消灭,也不知道他们现在在什么地方,也许已经离这儿不远了。两只野狼已经开始撕咬鬼子的尸体。两只野狼距离他越来越近,不能冒险去拿鬼子狙击手的狙击步枪和子弹。

郝二钢迅速撤离了这个险象环生之地……

另一个鬼子狙击手骑着东洋马,在山林里马不停蹄地搜寻了一天,虽然腿不累,但是眼睛累。他想坐下来休息一会儿。这时,听到了野狼的嚎叫。不一会儿,又听到了枪声。他听出这不是日本九七式狙击步枪的声音,而是中国产辽十三的声音,应该是郝二钢打的。九七式狙击步枪的枪管要比辽十三的枪管长些,射程远些,声音也比辽十三的回声大些。按照约定,他应该快速向枪响地点去集结增援。可他改变了主意。因为郝二钢的辽十三步枪只响一声,这个时候,他的同伙应该已经被郝二钢狙杀了。郝二钢一定能分析到他们会去增援,势必在枪声附近设下埋伏。如果他这个时候去集结、去增援,必定会遭到郝二钢的狙杀。于是,他埋伏在了山坡树林的雪地中,静待郝二钢到来,然后狙杀郝二钢……

郝二钢虽然擅长奔跑,但是腿脚不停地翻山越岭,尤其是踩在深雪中非常消耗体力,有些地方还得一边走,一边用树枝扫平他留下的脚印,生怕鬼子沿波讨源、追踪而来。寒风刮在脸上,就像树枝划的一样疼痛。狂风卷起的雪花,不断往郝二钢的脖子里面灌,

第十三章　雪地狙杀

连风带雪吹进眼睛里，看不清方向。他感觉非常疲惫，就索性找到一处隐秘的草丛躺下休息，养精蓄锐。

山坡的雪不是很深，但是很凉。郝二钢蒙蒙眬眬，竟然要睡着了。也不知道过了多长时间，感觉旁边有轻微的响动。他一骨碌趴下，用枪指向有响动的地方。原来是一只狍子突然从对面的林中跑出，一蹦一跳，然后又猛地站住，回头往树林里看。

郝青石、郝红石和郝钢都对郝二钢说过："打猎，必须掌握猎物喜欢吃什么、有哪些习惯动作、猎物的不同气味等。成为好猎手光枪打得准不行。"

郝二钢熟悉狍子的习性。狍子之所以被称为傻狍子，除了它长相呆萌外，主要是因为它好奇心强，遇到危险反应很快，跑得也快。然而它的好奇心驱使它跑不多远就停下来，回头观望，露出了屁股上的白色心形图案。猎人打狍子好多时候是在它停下来观望的瞬间开枪的。因此，郝二钢轻易判断出树林里有人，一定是鬼子狙击手。

郝二钢的辽十三已经瞄准狍子回头看的位置，只要鬼子狙击手一冒头，他就开枪。他一动不动，就像深藏在草丛未被发现的一个古代文物雕像。因为一动不动，身体缺乏热量，他感觉要被冻僵了。他必须坚持。

时间一点点过去，天气越来越寒冷。

鬼子狙击手实在坚持不住了，极度寒冷，让他感觉双腿的血液已经不再流动，不是他的腿了。再坚持下去，他的腿就会被截肢。开始，他似乎听到树林里有动静，又似乎没有。当他看到一只狍子出现，以为动静是狍子发出的。才如释重负地认为郝二钢不会来了。于是，他在坡下轻轻活动一下胳膊和腿脚，防备万一扣动扳机的时候手指不灵活。然后猛地朝前方扔了一颗烟幕弹，之后快速跃起，就要朝前方，也就是郝二钢埋伏的位置投掷一颗甜瓜手雷。瞬间，郝二钢的枪响了。辽十三的子弹打碎了鬼子狙击手的脑袋。他的手雷还没扔出，就在他的手上爆炸了，炸得鬼子狙击手血肉横飞……

猎人狙击手

郝二钢分析,就剩下一个鬼子狙击手了。最后一个应该是最难对付的。刚才又是狼嚎,又是枪响,又是爆炸,好不热闹。如果最后这个鬼子狙击手不逃走,他一定会来这个地方凑热闹。他们七个狙击手一起来执行狙杀郝二钢的任务,郝二钢还活着,六个狙击手已死,就剩下他一个了,他能临阵脱逃吗?不能。鬼子兵投降的少,鬼子狙击手应该更顽固。他一定会孤注一掷,即使牺牲自己的一切,拼命也要狙杀郝二钢。

郝二钢没有离开,而是找了一个雪窝,在深雪中挖出一个小雪窖,把自己藏在雪窖里。这是他们郝家爷们儿冬天打猎的时候经常使用的方法。雪窖里没有风,又保暖,比外面暖和得多。

郝家爷们儿祖传的冬季猎装,都是郝家媳妇用冬季的野狼皮手工缝制的。冬季的野狼皮毛长绒厚,非常保暖,有些部位还是双层的。郝二钢穿着一如既往的狼皮大衣,平时在树林和草丛中具有掩护色,在雪地里就不具有掩护色了。所以,要伏击鬼子,他就得把自己藏身在深雪里。他把野狼皮铺在雪窖地上,身上盖着黑熊皮。他本想带着狍子皮来着,防潮隔凉保暖,但是冬季的狍子皮毛粗长浓密,却容易掉毛,怕暴露他的行踪,就没带。他在雪窖四周掏了四个小小的瞭望孔,从瞭望孔观察外面的动静……

最后这个鬼子狙击手就是大岛小林。他没想到几天时间,他们七个狙击手有六个已经抑或将要葬身在这片丛林里。他们都具有丰富的丛林作战经验,又是经过特殊训练的优秀狙击手,怎么就能如此轻而易举地被抗联的郝二钢杀死了呢?大岛小林百思不得其解。他不甘心,同时预感自己也可能和他们六人一样,将要葬身在这片丛林里。

大岛小林把东洋马拴在一棵树上,抚摸着它的脑袋,念念有词地向它做最后的告别。然后将长长的刺刀猛地刺进它的脖子。东洋马大动脉里的血喷涌而出。他抹了一下眼泪,头也不回地走向山坡。他发誓要和郝二钢决一死战,坚决捍卫狙击手的荣誉。

第十三章 雪地狙杀

大岛小林悄悄地选择了一棵树，埋伏在树下雪地里。距离郝二钢有四百米。

鬼子在对抗联进行"冬期讨伐"的时候，无论骑兵还是步兵进入山林，都穿着白色军服，用于伪装。大岛小林他们七个狙击手同样穿着白色伪装军服，外面还披着从帽子到小腿的白色风衣。马都蒙着白布，和白雪融为一体。甚至连他们使用的狙击步枪都缠着白布条，尤其是趴在雪地里，很难被发现……

天渐渐黑了下来。丛林中死一般寂静，寒风都刮得悄无声息，阴冷阴冷的。

数九寒天在野外过夜，没有山洞，就得被冻死。那种死的残酷，郝二钢并不陌生，邻村的朱冬就是冻死的。他去亲戚家吃饭，喝了三杯烧刀子烈酒。天黑了，黑灯瞎火的，亲戚不让他一个人走。他非要走。半夜没到家。家里人慌了神了，点着了松明火把沿着原路寻找，到后半夜，突然看到两只野狼正在朝一个什么东西跑去。他们赶紧冲过去一看，竟然是朱冬的尸体。他把衣服脱光了，靰鞡也脱下，扔在旁边，也许是出现了幻觉，以为自己到家睡觉了。那个凄惨啊，让人联想起村子里家家腊月杀年猪，把半拉猪埋在雪坑里，除夕夜前挖出来的场面一样，新鲜而僵硬。多亏家人及时赶到，否则他将被野狼撕咬得死无全尸了。

此刻的郝二钢不像从雪坑里出来的猪半拉，而是像冬眠的黑熊，披着黑熊皮坐了起来。

郝二钢吃了一袋缴获鬼子狙击手的压缩饼干。还想吃一罐缴获的牛肉罐头，但害怕鬼子狙击手闻到气味，也怕野狼闻到气味，就没吃。可要想挨过一夜，必须吃饱。肚子里没有食物，就得被冻死。他想睡一会儿，怎么也睡不着。

密山、鸡西一带没有太高的山峰，大多是地垄沟一样的丘陵。山洞更为稀少，加上冬天漫长，暴雪严寒，在鬼子的进攻封锁之下，抗联战士经常无处藏身，很多战士被饿死、冻死。冬天，是抗联最

猎人狙击手

艰苦的时候,冻伤是普通现象。最关键的是无处安身。山里的密营都被鬼子破坏了,又没有可以躲避风寒的山洞。老百姓家不敢去,怕老百姓受到牵连。二人班的老姜家,就因为收留了一个受伤的抗联交通员,全家人都被鬼子和伪军活活烧死了。再就是没有食物,没有棉衣。抗联战士经常是饿得身体直打晃,冻得要昏迷,处境艰难得让人绝望。在这样的情况下,一些意志薄弱、贪生怕死之辈坚持不下去了,向鬼子投降,当了汉奸。一些有血性、意志坚强的抗联将士甚至想找到鬼子,和鬼子同归于尽,最终还是坚持了下来,决心和鬼子战斗到底……

半夜,为了保暖,郝二钢把四个瞭望孔都用雪堵上,吃了一袋鬼子的压缩饼干,又填了几把雪。

忽然传来一种既熟悉又陌生的声音,像是狗叫,又类似杜鹃的鸣叫。郝二钢马上判断出这是猫头鹰的叫声。他有些纳闷儿,这种猫头鹰春天要踩蛋的时候才叫,冬天不叫。他打猎的时候经常看到猫头鹰一动不动地蹲在树杈上,冬天从来没听到它叫过。猫头鹰冬天叫了,是因为它感觉到了危险。鬼子狙击手应该就埋伏在猫头鹰的附近。叫声大概是从三百多米之外传来,那么鬼子狙击手应该就埋伏在三百多米远的地方。

猫头鹰的叫声,让郝二钢感到山林里还有为数不多的生命,但是同时感到自己的生命受到了威胁。

郝二钢根据猫头鹰的叫声,判断出大岛小林埋伏的大概方向。

大岛小林趴到半夜,实在坚持不下去了。再坚持,他就再也不用坚持了,就无法完成狙杀郝二钢的任务了。他清楚,他和郝二钢都不可能黑天行走在山林里,因为现在狼群虽然白天就出来找食儿,晚上,山林中更是狼群的天下了。如果在山林中行走,饥饿的狼群会把人撕咬得连骨头都不剩,甚至连皮鞋皮带都要被吃掉。想到这儿,他突然担心起来,山林中的野狼都已经饿疯了,即使不走动,趴在雪地上,狼群一样会把他吃得连骨头都不剩。于是,他想站起来伸伸胳膊活动活动腿，然后离开这里。然而，他刚一站起来，头顶的树上突然传出猫头鹰的叫声，把他吓了一大跳，让他感觉阴森恐怖。大岛小林想，郝二钢神出鬼没，凶神一样可怕，说不定已经埋伏在附近了，如果一走动，郝二钢就会轻易狙杀了他。他赶紧又趴回原来的位置。

郝二钢的注意力转向猫头鹰叫的大概地方，时刻不忘静听那边儿的动静。他又开始琢磨，猫头鹰不太怕人，打猎的时候经常看到它蹲在树上，距离挺近，它也没被惊飞。大岛小林不可能半夜才经过猫头鹰藏身的树洞或者树上，应该是下午或傍晚就埋伏在了离猫头鹰不远的林间雪地上。长时间趴在雪地上，能把他冻僵、冻死。他一定感觉半夜应该是最安全的，谁也不敢半夜在山林里行走，因为谁半夜在山林中出现，饥饿的狼群顷刻就会把谁撕成碎片。于是，他站起身来，想在林中活动活动身体，让自己清醒一些，恢复一下体力。自己不被冻死，才能杀死郝二钢。这时，猫头鹰才会发出惊恐的叫声……

郝二钢不想睡觉了，他想坚持一夜，和鬼子狙击手比意志，比耐心。他想了很多。

记得一次和鬼子狙击手对决。双方谁都不敢动一动，谁先动一动，瞬间就会被对方发现并狙杀。那是夏天，一条毛毛虫爬在郝二钢的脸上。他正在聚精会神地瞄准，如果拍虫子一个微小动作，都有可能让树叶晃动，让鬼子狙击手从瞄准镜中发现他。他一动不敢动。

一条蛇从郝二钢腰间钻进衣服，在他后背上蠕动。他知道，这山上没有什么毒蛇，只有一种蛇，叫赤链蛇。它长得像毒蛇，攻击人，但没有毒。他还是一动不敢动。

最后，鬼子狙击手动了，也许是一条洋辣子爬在他的脖子上或者鼻子上。洋辣子身上长有带刺的毒毛。鬼子狙击手被洋辣子的毒毛刺得疼痛难忍，本能地伸手想打掉洋辣子。他只是露出一小段手指，郝二钢瞬间开枪，打碎了他的脑袋……

郝二钢在雪窖里埋伏了一夜。虽然雪窖里没有外面那种刺骨的寒风，却也是难以忍受的寒冷，因为雪窖狭窄，没法活动身体，感觉浑身的血管如同冬天结冰的壕沟，一冻到底，血液已经不再流淌。

快要亮天的时候，郝二钢又在雪窖的雪壁上掏出四个瞭望孔，观察了一下四周，没有什么动静。这个时候，他又冷又饿，只有吃饱了，才能抵御寒冷，才能有体力和大岛小林相持下去。他带的大饼子、野猪肉干已经吃光，缴获鬼子的压缩饼干也已经吃光，只能吃一罐鬼子的牛肉罐头了。他用猎刀割开牛肉罐头，狼吞虎咽地吃了起来。他已经顾不了会不会让大岛小林或者野狼闻到牛肉罐头味了。

这一夜，野狼没有发现他、攻击他，他感到幸运。

天亮了。山林白茫茫一片，似乎天亮得早些。

一只小紫貂从不远处的小雪洞中伸出头，缩了回去；又伸出头，又缩了回去。

大岛小林一动不动地趴在雪地上，冻僵了一般。他没有冻僵，只是腿脚要冻僵了。半夜，他冻得实在受不了了，也曾起来活动身体，幸运的是野狼也没有攻击他。

世界醒来了。大岛小林的意识也跟着醒来。他轻轻地攥了攥拳，手还好使。腿脚却不好使了，已经没有了知觉。为了确保手指灵活地扣动扳机，他一直把手放在棉衣里面，隔一会儿就要活动活动手指，而不再理会他的腿脚。大岛小林已经不想要他的腿脚了，顾不过来了。此刻，他心意已决，即使高位截瘫，即使死去，也要狙杀郝二钢。于是，他又开始目视前面、耳听八方，狙击步枪瞄准镜始终瞄向他认为郝二钢一定会出现的狙击点，一动不动。

郝二钢的辽十三没有瞄准镜，但他的眼睛像瞄准镜一样好使。猎人有鹰一般的眼睛，在千米之内能够清楚地看到荒草里或雪地上奔跑的兔子。他在雪窖里轻轻地活动着腿脚和手臂，唯恐开枪时手

第十三章 雪地狙杀

慢，奔跑时腿慢。

郝二钢清楚，狙击高手对决，生死只在一瞬间，不能有丝毫失误。也不知道穆大头他们怎么样了……

黑鹞子让胡胜男防守山寨，自己和猎人小队在老黑背山的山林里寻找了两天一夜，连七个鬼子狙击手的毛都没有看到，只好返回山寨。

胡胜男担心郝二钢遭到七个鬼子狙击手的疯狂围攻、狙杀，心想："两天时间，他即使是骑着乌龟去的，也应该回来了，何况是骑马去的呢？"她建议黑鹞子和猎人小队去榛子山增援郝二钢。

于是，黑鹞子和猎人小队直奔榛子山而来……

大岛小林的手臂也渐渐不听使唤了，麻木了，狙击步枪仿佛也冻僵了。最让他绝望的是他的脑袋渐渐不清醒了，昏昏欲睡，恍惚之中，死神已经临近……

郝二钢清楚，大岛小林绝不是等闲之辈，他和大岛小林一定都判断出了对方的大致位置，都在步枪的射程之内聚精会神地紧盯对方，也许只要一动，瞬间就会被对方狙杀。现在就看谁的定力强，谁能靠过谁了。他来之前，为辽十三涂上了老母鸡枪油。是郝红石教他的，说抗联战士发明的，就是把老母鸡油涂在枪里，可以有效解决冬季严寒环境中步枪枪栓结冻，子弹无法击发的问题。

太阳已经高过山头了。大岛小林还是没有动静。郝二钢也不敢动一动。

两只野狼突然出现在四百米远的一棵树下，四面张望一下之后，用鼻子闻着什么，用嘴拱着什么。郝二钢喜出望外，野狼一来，大岛小林就要有动静了。这样的场景不正是鬼子狙击手昨天给他设置的场景吗？竟然在他们自己人身上情景再现了。他的眼睛瞪得比猫头鹰还要圆，生怕大岛小林抢在他的前面开枪。

接着，一个狙击步枪的枪管向上挑了一下。瞬间，郝二钢的辽十三响了，子弹打在大岛小林的脑袋上。

猎人狙击手

两只野狼听到枪声陡然一惊,立马跑出去百米开外,蹲在地上观望。

郝二钢端着辽十三朝大岛小林跑去。到跟前一看,大岛小林的脑袋被郝二钢打穿,但是血迹不多,子弹如同打在冻猪头上。他早已被冻死了。

郝二钢拿起大岛小林的狙击步枪和子弹、手雷、压缩饼干,快速离开。他怕野狼来追赶他,几步一回头,看看野狼已经增加到四只,但它们只顾着撕咬大岛小林的尸体,顾不上追赶他,他才从雪窖里取出缴获鬼子狙击手的狙击步枪等东西,放心大胆地朝山下跑去。

突然,郝二钢看到山下上来一伙人,带着家伙什儿。开始他以为是鬼子增援上来了。仔细一看,是黑鹞子和猎人小队来增援他的……

第十四章　保卫淘金木屋

郝二钢带领猎人小队参加抗联之后，父亲郝钢一个人担负起全家人生活保障和生命安全的重担。同时，还要时刻提高警惕，防备鬼子和胡子突然袭击。

郝钢不敢进山打猎，害怕他打猎的时候，鬼子、胡子突然到来，给家人带来灾难。种地、施肥、锄地、收割都不敢长时间在地里。

郝云龙的降生，为郝家增添了新鲜血液，让郝家后继有人了。夏雪皎主要哺育和照顾孩子。郝云龙茁壮成长，结结实实。

夏雪皎以前不会做针线活儿。母亲赫春枝自己做各种家务，不让夏雪皎做，也不教她做。夏雪皎自己摸索做针线活儿，从给郝二钢做棉裤开始。结果第一次做棉裤竟然把两条裤腿缝一起了，她干脆把自己的旧棉裤拆了，看怎么缝的，却缝不上了。只好让母亲赫春枝帮她。赫春枝看到夏雪皎执意要学做针线活儿，就不得不教她了。凭着夏雪皎的冰雪聪明，很快就做得一手好针线活儿，皮衣、皮筒、牛皮靰鞡、纽襻、鞋底都做得很好，针脚细密，大有"青出于蓝而胜于蓝"的架势。

郝钢总想在家里选择一个会打枪的，他在地里干活儿或者上山打猎的时候好有人看家护院，即使不能打鬼子打胡子，关键时刻开枪报警也行啊。

挑来选去，只有夏雪皎合适。她年轻，精明干练，但是她要抚育孩子，也没有时间练习打枪。当郝钢对她说了自己的想法，夏雪皎非常高兴："太好了。我早就想学习打枪，二钢不教我。爹您教我打枪我求之不得。郝家的女人也得学习打枪，万一您不在家，鬼子来了，胡子来了，我好拿起枪保护家人！"

郝钢也非常高兴。夏雪皎天天做饭看孩子，虽然有母亲赫春枝、婆婆陈小娟帮她，但毕竟以她为主，她非常辛苦。他还以为她不能答应呢，没想到她答应得很痛快。

郝钢天天在院子里教夏雪皎打枪，其实也就是给她讲解猎枪的性能、特点、使用方法、注意事项什么的。夏雪皎听得津津有味，加上她悟性极高，很快就对猎枪的性能、使用方法等知识了如指掌。她要到外面树林里实弹射击。郝钢也认为光纸上谈兵不行，如果不实弹射击，鬼子、胡子来了，猎枪有可能就成烧火棍了。他不知道鬼子、胡子和夏雪皎学会打枪哪个先来，所以迫在眉睫地希望夏雪皎尽快能学会打枪。

于是，郝钢在外面小树林里教夏雪皎实弹射击。他们不能离家太远，万一鬼子和胡子来了，他们赶不回来；又不能离家太近，万一让鬼子和胡子听到枪声，会给家里招致灾祸。郝钢特意做了两颗装填火药较少、没有装填铅砂的空包弹，专门用于夏雪皎的实弹射击。

夏雪皎心灵手巧，胆也大，在树林里打了两枪，她就学会了。

郝钢多次带领家人进入通往后山的密道。万一鬼子或胡子来了，好快速从密道转移到后山。但是，密道中有一个仓库，只有他一人进去过。郝红石和郝二钢要给独立营送情报，嘱咐郝钢接替他当联络员的时候，就告诉过他暗道里面有一个仓库，是抗联的秘密弹药库。武器弹药不多了，但让他一定要保护好。

郝钢琢磨，应该把这个秘密告诉夏雪皎，万一他牺牲了，夏雪

第十四章 保卫淘金木屋

皎好接替他当抗联的秘密联络员。

郝钢悄悄地对夏雪皎说："你二爷和二钢走的时候，把家里的子弹都带走了。我装填了一些，但是猎枪只有一支。保卫木屋得有武器。密道里有抗联的弹药仓库。要保护好弹药仓库也得有武器。咱俩进仓库看看，有没有什么称手的家伙什儿。"

郝钢提着一盏带玻璃罩的煤油灯，和夏雪皎进入了弹药仓库。仓库不大，里面的武器已是寥寥无几。只有一支三八大盖步枪、两支双管猎枪、一支老洋炮，还有一箱三八大盖子弹、两箱手雷。

郝钢拿起一支猎枪递给夏雪皎，"你就用这支猎枪吧。我再给你装填一些子弹。"他自己则又拿了一支三八大盖和一些子弹。想了想，又递给夏雪皎两颗手雷，并嘱咐她说："手雷威力大，你放好，关键的时候能用上。"自己也拿了四颗手雷。

第二天，郝钢又教了夏雪皎如何使用手雷。她很快就学会了。

赫春枝也想学打枪，万一胡子、鬼子来了，她也可以顶一个。

郝钢不同意她学打枪："如果胡子、鬼子来了，我和雪皎负责保护你们。亲家母你就不用学了。你和小娟负责看好云龙吧。"

赫春枝不太高兴。她闲不住。郝云龙在悠车里睡着的时候，她不是看《诗经》《古文观止》，就是和陈小娟玩纸牌。

郝钢给夏雪皎装填了二十发猎枪子弹。为了保证猎枪的杀伤力，装填的都是独弹。并嘱咐她说："飞狼不是狗，它是野狼。平时它不叫，一旦叫起来，就是野狼的嚎叫。说明鬼子或者胡子来了。"

夏雪皎也听他们议论说飞狼是野狼，但是她不相信。她惊讶地说："飞狼真的是野狼啊？二钢没跟我说过，我不知道它是真的野狼！"

郝钢说："飞狼是野狼。是野狼偷老郎家狗崽儿的时候落下的。最起码它也是野狼和家狗的杂交后代，像野狼一样凶猛。"

三个月以后，秋季到来。半夜，飞狼突然嚎叫了起来。

夏雪皎一下坐了起来。郝二钢说过，飞狼一闻到鬼子和胡子气

猎人狙击手

味,就会嚎叫。飞狼嚎叫,就是鬼子或者胡子来了。她把母亲赫春枝叫醒,让她抱着郝云龙领着婆婆陈小娟进密道逃到后山去。自己则摘下挂在墙上的猎枪,又从身边一个淘金人使用过的破炕琴里拿出一些子弹和两颗手雷。

飞狼还在使劲儿嚎叫,就好像它生怕家里人不知道鬼子或者胡子来了似的。

夏雪皎刚一出门,看到郝钢正在外屋地的窗户朝院子里观察。他赶紧对她说:"告诉她们先别进入密道,鬼子、胡子没来,是野狼来了。"

赫春枝她们听到了郝钢的话,就没有进入密道。

夏雪皎捅破窗户纸,朝外面一看,隐约看到两只野狼在飞狼的窝门外和飞狼对峙,飞狼和窝外的两只野狼都发出低沉的吼声。还有一只野狼则埋伏在窝门左侧,伺机偷袭飞狼。

郝钢说:"得把野狼赶跑。刚才野狼的嚎叫也许是在呼叫更多野狼。飞狼危险!"

她问:"怎么能赶跑野狼?"

他说:"只能开枪,把野狼打跑。"接着,又补充了一句,"你开枪吧,借这个机会练习一下打枪。朝天开枪,朝天开枪声儿大,吓跑它们就行。"

她说:"明白。"

"咕咚",猎枪特有的沉闷声音,在寂静的深夜里显得格外响亮。

郝云龙被吓醒了,哭声也很响亮。

三只野狼不但没被猎枪的声音吓跑,反而把嘴触在地上一齐嚎叫,仿佛世界都成了野狼的世界。

不一会儿,栅栏外,十多对鬼火一样的蓝色光亮由远及近而来。是更多的野狼。

突然,十多只野狼纷纷越过栅栏跳进院子里,就像是鬼子和胡子要进攻淘金木屋一样。

第十四章 保卫淘金木屋

郝钢一看情况不妙，喊了一声："雪皎，把弹药仓库里的子弹都拿出来！"

夏雪皎也不回答，快速跑进密道，把弹药仓库里的三八大盖子弹箱子搬了出来。她开始还以为有一支步枪、两支猎枪，野狼不能把家人怎么着呢。看到郝钢严肃的表情，她才感觉情况很严峻、问题很严重。

郝二钢又对她说："把你的猎枪子弹也都拿出来。告诉她们躲进密道里！"

她把两颗手雷递给郝钢，赶紧进屋把猎枪子弹都取了出来。

这时，十多只野狼的眼睛一边注视着木屋里，一边在院子里来回走，想伺机冲进屋里。

开始，郝钢还担心飞狼遭到狼群的围攻，后来，看到飞狼在窝里一直守着窝门不出来，他放心了。但是，他开始担心家人的安危了。他怕野狼冲进木屋里，伤到女人和孩子。

突然，一只野狼从夏雪皎正在观望的窗户冲了进来。她没有准备，被吓得手足无措，竟然忘记了开枪。野狼张开大长嘴、露出锋利的牙齿就扑向夏雪皎。郝钢瞬间举枪，又怕误伤着夏雪皎，就抽出猎刀刺向野狼的脖子。野狼发出狗一样的呜咽声，立马倒在地上。

夏雪皎惊魂未定，又有两只野狼朝窗户冲来。郝钢刚要朝这两只野狼开枪，他这边又有两只野狼朝窗户冲来。他大喊一声："快开枪！"

夏雪皎第一次面对如此凶猛的野狼，战战惶惶，持枪的手在发抖。听到郝钢的喊声，她才朝前面的野狼开了枪。野狼脑袋中弹，一下摔在了窗台下。

野狼的鲜血溅到了窗户纸上，如同秋天窗外的晚霞。

几乎在夏雪皎枪响的同时，郝钢的枪也响了。枪声把窗户纸震得纷纷飘落。

郝钢平时很警觉。他怕鬼子、胡子偷袭，把屋里的窗户都用木头加固了。否则,如果野狼从各个窗户同时冲进屋里,他和夏雪皎两个人、三支枪是打不过来的。那样,野狼对家人的威胁就更大了。

三只野狼同时冲向窗户。

夏雪皎竟然拿起了一颗手雷。郝钢赶紧制止她:"不能扔手雷。手雷一爆炸,咱们的木屋有可能被掀开,最起码窗户被炸飞。"

郝钢多年打猎都观察野狼,他认为狼群的进攻和撤退像是一支军队,是有严格组织纪律的,甚至具有人类谋兵布阵的智慧。这支军队是以家庭为单位组成的,由公狼和母狼领导,狼儿狼女等听从指挥,紧随其后,让其冲锋就冲锋,让其撤退就撤退。如果射杀了领头的公狼和母狼,狼子狼女就会不战而退。

于是,郝钢寻找着公狼和母狼,还无意识地对夏雪皎说:"寻找公狼和母狼,打死它们!"

夏雪皎看了一眼窗外,然后说:"这黑灯瞎火的,借助月光,只能看清是狼,没法辨别哪个是公狼、哪个是母狼。再说了,如果杀了它们的爹妈,说不定狼子狼女为了给它们的爹妈报仇,会更加疯狂地进攻呢。"

郝钢这才意识到自己对夏雪皎说的话不着边儿了。她这是第一次看到野狼,怎么能辨别出公狼和母狼呢?如果郝二钢在就好了。

郝钢只好和夏雪皎对准进攻的野狼猛烈射击。必须消灭野狼的家庭,才能保护自己的家庭。无论人还是动物,爹妈受到威胁,子女会不顾一切地拼命;子女受到威胁,爹妈更会不顾一切地拼命。

如果郝二钢在家,父子两人会轻而易举地消灭这些野狼。郝钢还得时刻提醒夏雪皎给猎枪换子弹。她总是忘记给猎枪换子弹。

一只野狼从院子里腾空跳起,直接从窗户冲进屋里。夏雪皎打了一枪,没有打中;再打,枪膛里没有子弹了。野狼张开长着锋利牙齿的大嘴就来撕咬她握枪的手臂。她本能地用猎枪打它的嘴。没有打到野狼,猎枪还被甩出去了。郝钢更凶猛地冲了上来,一刀刺进野狼张开的大嘴,瞬间拔出。接着一手掐住野狼的脖子,一手拽

第十四章 保卫淘金木屋

住野狼的后腿,突然用力,把它重重地摔在东边灶台上。灶台塌了。野狼死了。

院里的野狼停止了进攻。院外还有野狼朝木屋集结。也许院里的野狼在等待院外的增援,准备再次发起更具威胁的猛烈进攻。

这时,赫春枝从密道里出来了。她们在密道里听到外面的密集枪声,担心出事儿。陈小娟让赫春枝出来看一看,看能不能帮助他们打野狼。陈小娟担心郝钢和夏雪皎两个人打不过狼群。

赫春枝看到郝钢和夏雪皎安然无恙,才放心了。她对夏雪皎说:"我让你老公公也教教我打枪。他不教。我要是会打枪,也敢帮助你们打野狼。"

趁这个机会,郝钢把灶台旁边的柴火搬到窗户下。然后准备好洋火。他知道,野狼怕火。

她们不知道他要干什么,还以为实在坚持不住,从密道转移到后山之前,要把淘金木屋烧掉了呢。

郝钢解释说:"野狼最怕的是火。如果野狼再次进攻,就用火攻击野狼。但是,用火是危险的。木屋别的没有,就有柴火,啥都是木头做的。如果火烧得过大,能把院子里的柴火垛甚至木屋点着了。"

听到郝钢的话,赫春枝说:"这简单。"随手用洋火就要去点松明子。

郝钢也恍然明白了她要干什么,赶紧帮助她去拿松明子:"还是亲家母聪明啊!你再看看哪只是母狼。"

赫春枝向院子里的野狼瞥了两眼,立马指出:"靠近院子门的那只是母狼。"

郝二钢朝那只野狼开了一枪。它立刻倒地。然后,他又把赫春枝点燃的四根松明火把扔到院子中间。

松明熊熊燃烧,把黑夜照耀得宛若白昼。

野狼本来想冲进木屋,为死去的母狼报仇,一看熊熊燃烧的火把，纷纷跳出栅栏，朝荒野和山林跑去。

一般情况下，野狼是不会攻击屋里人的，尤其是还有枪，除非它们饿急了。

人饿急的时候可以去偷去抢，可以为了食物去拼命。野狼也是这样。

七只野狼被打死。

飞狼的嘴被野狼咬伤了，幸好伤得不重。

郝钢开始就意识到一个非常严重的问题。和野狼的搏斗，尤其是枪声，有可能已经惊动了鬼子。也许鬼子正在赶来淘金木屋的路上。

郝钢对家人说："鬼子很快就会来淘金木屋。必须尽快做好进入密道和转移准备。"

郝钢琢磨，如果鬼子看到野狼是被猎枪和三八大盖打死的，一定会暴露了木屋这个抗联联络点；如果鬼子发现木屋里的人转移了，就会把木屋烧毁或炸毁，然后追踪木屋里的人。那么，全家人都危险了！所以，必须给鬼子造成淘金木屋没人居住的假象。

于是，郝钢安排赫春枝、夏雪皎打扫战场，把所有从太平山上搬来的和后添置的东西都转移到密道仓库里去，覆盖好院子里和外屋地的血迹，擦去窗框上的血迹，撕掉溅血的窗户纸。

郝钢把七只野狼的尸体扔进山沟。

淘金人当年建造密道是为了防胡子抢黄金。

郝红石到淘金木屋后，发现了密道。他感觉密道的门已经破旧不堪，不够隐秘。他重新设计了密道门，并用上了他打家具的榫卯技术。新的密道门设置得十分隐秘、十分巧妙。外屋地的左侧有一个门，看似进入后院的门，其实是茅房的门。茅房由木板制成，密道的门正对茅房的门。茅房下面是粪池，通向一个壕沟。粪池上面铺着四块厚实的踏板，抽出最左侧的踏板，才能用力向外推开茅房中的密道门。进入密道之后，关上密道门，再将左侧的踏板推回原

第十四章 保卫淘金木屋

位,密道门就锁上了。但是,从里面推踏板,密道门锁得不够严丝合缝;他修理了两次,也不理想。也许因为没有木匠工具,硬是用猎刀砍的木头,做工不够精细。也许是因为年久木头风化和干枯,木头变形,致使踏板推回原位而不到位。从后院看茅房的位置,则是从生的荒草之中,有几棵早已被人遗忘了的倒木和一个已经风化了的柴火垛,把密道掩饰得没有一丝破绽。

郝钢到外面放哨,主要是观察山下动静。

第二天下午,郝钢突然看到从山下上来一群鬼子,十二个。他赶紧跑回淘金木屋,让家里人转移到密道中,也把飞狼带进密道里。

原来是一小队偷猎的鬼子昨天隐约听到了枪声。由于抗联的打击,鬼子不敢在山里过夜。他们回到密山报告,白天又来了。

鬼子发现了淘金木屋。

他们恰似偷鸡的贼,鬼鬼祟祟地进到院子里,又冲进木屋里。搜查了五个房间,翻箱倒柜,甚至搜查了犄角旮旯,也没有要找的人。三个鬼子看到外屋地的茅房门,以为是通向后院的呢。推开门后,浓浓的臊臭味、血腥味、霉菌味扑鼻而来,才知道是茅房,立马关上门。他们又到院子里的仓房去搜查,还是一无所获。

此刻,躲藏在密道里的郝钢他们一动都不敢动,连大气都不敢喘,生怕鬼子听到他们喘息的声音,尤其担心鬼子发现密道门锁得不严的踏板。

当鬼子去搜查仓房的时候,郝钢以为鬼子要走了,然而鬼子没走。

鬼子看看天色将晚,就叽里呱啦地说了半天日本话,然后有的把枪放在炕上,有的把枪立在墙边。他们是想在木屋过夜。东边、西边灶台上的大铁锅都被赫春枝扬了一些土灰。她还把一些土灰和树叶扔进辘轳井里。东边的灶台塌了,西边的灶台可以用。鬼子从院子的辘轳井里打上来一些浑水,刷了刷西边的大铁锅,然后把他们的野战水壶里的水倒进铁锅,烧成热水。他们喝着热水,吃着肉

> 199

猎人狙击手

罐头和压缩饼干。有一个鬼子还拿出了一瓶日本清酒。他们喝起了清酒。

郝钢还是担心。这次不是担心鬼子发现密道,而是担心郝云龙大哭和飞狼嚎叫。他哭、它嚎,声音巨大,鬼子就会找到密道,找到他们了。还好,他没哭,它也没嚎。

郝钢下决心要杀掉这些鬼子。他担心明天天亮,鬼子上茅房,会从密道踏板看出破绽,发现密道。他们吃的东西不多,不能长时间躲在密道里。尤其,万一郝云龙哭起来,飞狼嚎起来,惊动了鬼子,他们就被动了。

木屋里有十一个鬼子,还有一个鬼子在外面站岗。要想杀掉这些鬼子,必须先发制人、突然袭击。用手雷,是消灭鬼子的最好办法。当鬼子睡觉的时候,一颗手雷扔进屋去,几乎全部炸死;个别没死的,补上一枪。但是,手雷爆炸的威力很大,有可能把木屋的屋顶掀掉。这样不行。可以对鬼子突然袭击。鬼子肯定是分别住在四个大屋里,只有这四个大屋有炕。为抗联伤员和交通员准备的小木屋朝向不好,木头墙已经发霉变形。郝二钢故意没有收拾,保持小木屋原样。如果有抗联伤员和交通员来,他会把大屋让出来……他负责两个大屋,夏雪皎负责两个大屋,同时冲进去朝鬼子开枪。她的双管猎枪就算打死两个鬼子,一个大屋有三个鬼子,第三个鬼子怎么办?她没有经验,给猎枪换子弹也慢,应付不了突发情况。这样也不行。

郝钢冥思苦索,最后决定自己用猎刀偷袭鬼子。鬼子发现了再用枪。

他小声嘱咐夏雪皎说:"你检查一下猎枪和子弹,把猎枪装满子弹,左手再握两颗子弹,方便换子弹。打完两枪必须瞬间换子弹。到时候我冲进屋里用猎刀杀鬼子,你在后面掩护我,千万别先开枪。如果其他屋里的鬼子听到声音冲出来了,你就开枪。瞄准了打。"

夏雪皎回答:"明白。"说完就要走出密道。

第十四章 保卫淘金木屋

郝钢赶忙说:"不是现在出去。等半夜鬼子睡死、发出猪鼾声的时候,再出去。"

夏雪皎一伸舌头:"我说嘛。"

半夜,四个大屋都传出鬼子如雷的猪鼾声了。郝钢、夏雪皎神不知鬼不觉地走出密道。他背着三八大盖和猎枪,兜里揣着一颗手雷,手握猎刀。夏雪皎手握猎枪,兜里还偷偷揣了两颗手雷。四个大屋都没有门闩,只有房门有木门闩。他先是悄悄地把房门闩上,不让站岗的鬼子听到声音后冲进来。站岗的鬼子好像睡着了。郝钢用手示意夏雪皎,让她躲在灶台后面观察掩护。他要摸进自己和陈小娟住的东大屋。

外面月光皎洁,外屋地因为没有了窗户纸,也和外面一样明亮。屋里却显得幽暗,还没听到猪鼾声。郝钢凭着对自己屋的熟悉,轻轻地从炕梢摸起。想摸到一个,杀死一个。然而,快摸到炕头了,也没摸到一个鬼子。他心里好生纳闷儿。摸到炕头了,才摸到一个脑袋。他的手不像开始那么轻了,就像扒拉一个西瓜。这个鬼子一下被扒拉醒了,刚要出声,被郝钢一刀割断了脖子。

这个鬼子是个小队长。他不适应密山的寒冷,患上寒腰和寒腿,睡觉就怕着凉。于是,他让鬼子兵给他烧炕。鬼子兵可以不烧水,但是必须烧炕。鬼子小队长没发出一点儿声响,就回了老家。

郝钢刚想进入夏雪皎、郝云龙住的大西屋,一个鬼子突然从大西屋出来,想去茅房。郝钢和夏雪皎从密道出来的时候没有把密道的门关上,因为按照郝钢的安排,万一偷袭鬼子失败,就快速退入密道,再朝木屋扔一颗手雷。如果鬼子去茅房,密道就暴露了。于是,郝钢毫不犹豫地一个猛虎扑食,一刀割断了他的脖子。

郝钢进入大西屋。屋里虽然幽暗,也比大东屋看得清楚。这时一个鬼子已经醒了,也想去茅房,坐炕沿等上茅房的鬼子回来。郝钢进屋,他还以为上茅房的鬼子回来了呢。郝钢上去就是一刀,深深地刺进他的胸膛。本以为他不会出声了,没想到他倒下的时候,

猎人狙击手

一巴掌打在旁边鬼子的脸上。旁边的鬼子一下坐了起来,大骂一声,把其他鬼子也惊醒了。郝钢回手一刀,刺进他的肋骨。还有一个鬼子反应很快,伸手抓起三八大盖,就要反击。郝钢比鬼子反应快,"咚"的一枪,打死了鬼子。

与此同时,原本在赫春枝一人住的大西屋里的三个鬼子听到枪声,快速冲了出来。

夏雪皎果断开枪。两枪打死了两个鬼子。猎枪里没子弹了,她慌了。给猎枪上子弹来不及了。鬼子就要朝将要从她和郝云龙住的大西屋出来的郝钢开枪了。情急之下,她朝鬼子扔去一颗手雷。鬼子一下趴在地上。她瞪大眼睛看了一会儿,手雷没炸。鬼子的手雷也不好使呀!她赶紧蹲在灶台后面给猎枪装填子弹。

这时,郝钢冲了出来,把猎枪猛地甩向正要站起来的鬼子。这个鬼子还没站起来,就被猎枪打倒了。郝钢飞身跳起,用膝盖压断了他的肋骨,鬼子瞬间毙命。这时,外面站岗的鬼子踹开房门,就要冲进来。平时空着的大东屋最后三个鬼子也冲了出来。夏雪皎给猎枪装填完子弹,立马站起来想掩护郝钢。郝钢只能打死一个,他放弃了自己活的希望,朝要对夏雪皎开枪的鬼子开枪,救了夏雪皎。瞄准郝钢的鬼子的枪也响了,但是子弹打在了天棚上。是夏雪皎及时开枪打死了鬼子,救了郝钢。

郝钢和夏雪皎走出密道后,赫春枝心里忐忑不安。她总感觉鬼子人多,他俩人少,肯定要吃亏。她总想帮助他们分担一下,就进入仓库,想在里面找一把刀什么的,只发现了两箱手雷。她以为手雷就是砸鬼子用的铁疙瘩,就随手拿起两颗手雷。后来听到了枪声,她立刻和飞狼冲了出来。她看到大东屋出来的最后一个鬼子正要朝郝钢开枪,用力将手雷砸向鬼子。鬼子一惊,又一个黑影向他扑去。他本能地朝黑影打了一枪。

这时,夏雪皎开枪打死了外面站岗冲进来的鬼子。

郝钢打死向飞狼开枪的鬼子。

飞狼被鬼子打死了，但是它救了郝钢。

郝钢、夏雪皎、赫春枝对飞狼的死感到惋惜，也感到欣慰。

郝钢把十二个鬼子的尸体也扔进山沟，和那七只野狼做了伴儿……

第十五章　生死对决

郝二钢一人狙杀了以大岛小林为首的七个狙击高手，如同往平静的湖水中扔进一颗手榴弹，在密山、鸡西的鬼子大营掀起轩然大波，简直乱营了。鬼子认为这是"皇军"的耻辱，也是日本狙击手的耻辱。他们对郝二钢恨之入骨，必欲杀之而后快。同时，郝二钢狙杀了七个鬼子狙击高手，极大地鼓舞了东北人民和东北抗联的抗战决心和信心，东北抗联是打不垮的，永远是鬼子的噩梦。

隶属于日本关东军司令部的哈尔滨日本宪兵队中村大佐除了大骂藤田中佐之外，还派出关东军三个顶级的狙击手高山槐、高山榆和大岛一雄来密山，狙杀郝二钢。

高山槐少佐是这次狙杀行动的指挥官。

藤田和高山槐、高山榆、大岛一雄分析，密山的抗联密营都被日军"讨伐"部队摧毁，队伍被打散，大部分人越境去了苏联，但是仍有少数人在坚持和日军战斗。郝二钢就是这少数人之一。如果想找到对密山地形了如指掌、擅长山地作战的郝二钢，简直如同大海捞针。必须运用智慧和计谋，把他引出来，然后狙杀他。

高山槐、高山榆是同胞兄弟。他们从小受到良好的家庭文化教育和邪恶的军国主义教育，读过不少诗书，还熟读中国古代兵法，

第十五章 生死对决

对中国的军事、文化并不陌生。其实高山槐、高山榆和大岛一雄并没有把郝二钢放在眼里，更没有放在心上。一个山野村夫没有受到过狙击手的特殊训练，也没有特殊设计的带有瞄准镜的最新款狙击步枪，在经过专业训练的三个日本顶级狙击手面前，应该不堪一击。但是，他们又不敢轻敌，因为郝二钢毕竟一个人狙杀了七个日本狙击手的高手……

郝二钢狙杀了大岛小林等七个鬼子狙击手，缴获了两支他们的狙击步枪之后，对狙击步枪进行了反复、细致的研究，已经对狙击步枪的使用了如指掌，并开始使用狙击步枪了。主要是因为辽十三老化严重，毛病多了起来，子弹也越来越少了。"九一八事变"后，辽十三停产。鬼子在"九一八事变"中缴获东北军的辽十三及弹药都配发给了伪军。抗联只能从缴获伪军的武器弹药中才能补充为数不多的辽十三步枪和子弹。因为缺少配件，经常是将三支辽十三组装为一支辽十三，才能正常使用。

钟志勇强烈推荐郝二钢使用鬼子的狙击步枪，并告诉郝二钢，他缴获鬼子的狙击步枪是九七式，射程比辽十三和三八大盖都远，而且还带有瞄准镜。只有使用狙击步枪，才是真正的狙击手。

开始，郝二钢还认为自己的眼睛像金雕一样敏锐，没有必要用瞄准镜。后来，他多次从瞄准镜里观察目标，才渐渐感觉瞄准镜看得更清晰，简直就像老花眼戴上老花镜。尤其是用瞄准镜瞄准远距离目标，真比他的金雕眼睛还敏锐。

高山槐、高山榆和大岛一雄提出采取敲山震虎之计，派出八个小组鬼子进山，各带一挺歪把子机枪、一架望远镜，在各个制高点设点观望，如果看到有人立刻扫射，把郝二钢逼出来。他们三个狙击手则在下山必经之路设伏，狙杀郝二钢。然而，八个小组的鬼子守望了三天三夜，除了看到三个猎人上山用捕猎夹子捕猎，被他们打跑外，并没有看到一个抗联战士。

猎人小队在山林设置了几个捕猎夹子，依靠猎物弥补粮食的不

猎人狙击手

足。郝二钢、穆大头、水平进山收获捕猎夹子上的猎物。突然有人朝他们开枪,一定是鬼子。他们赶紧撤离。郝二钢他们不知道鬼子在山上作什么妖。他决定进山侦察,看看鬼子要干什么。穆大头、水平他们要和他一起去。他坚持一个人去,人多容易暴露。

郝二钢想起大岛小林他们七个鬼子狙击手来狙杀他的时候,采取过敲山震虎之计,逼他露面,然后狙杀他。也许又有鬼子狙击手来狙杀他,为被他杀死的七个狙击手报仇来了。于是,他带上狙击步枪、足够的子弹、手榴弹,还有食物、熊皮、绳索等必备的物品。午夜,郝二钢悄悄地进山,侦察鬼子在搞什么鬼。如果是鬼子狙击手来狙杀他的,他一定让他们有来无回。

高山槐、高山榆和大岛一雄看敲山震虎之计没有奏效,决定采取调虎离山之计,诱杀郝二钢。

近两年来,鬼子千方百计隔断村民和抗联的联系,让抗联成为无水之鱼,他们准备泽竭而渔。现在,鬼子又烧毁了几个村子,逼迫村民和鬼子一起在山上拉网式搜寻东北抗联和郝二钢,并多处点火,企图用火烧、用烟熏逼迫郝二钢下山。

初春,山林中有的地方冰雪尚未融化,缺少春天的生气,没有人,也没有多少动物。

高山槐、高山榆和大岛一雄从永安镇营地出发,选择山区和平原衔接处的一座山作为伏击点,郝二钢上山下山必须经过这里。高山榆、高山槐埋伏在半山腰的一个土堆里;大岛一雄埋伏在对面山腰的一棵树后,互相掩护,准备狙杀郝二钢。

郝二钢一直在等待时机,坚决消灭高山槐、高山榆和大岛一雄。如果郝二钢走在上山和下山的山路上,向上看不到山坡埋伏的高山槐、高山榆和大岛一雄。他们则能居高临下,俯视山路上的动静,一目了然。

狐狸再狡猾也斗不过好猎手,况且郝二钢又是出色的猎手呢。这个时候,他上山不可能走山路,而走的是山顶。他在侧面的山崖

第十五章　生死对决

上看到了高山槐、高山榆和大岛一雄的两处藏身之处。郝二钢清楚，这三个狙击手一定比已被他狙杀的七个狙击手更难对付，不能一对三，而应各个击破。于是，他利用绳索准备翻山越岭、攀登悬崖，绕到高山槐、高山榆身后侧面，先干掉他们俩……

高山槐是哥哥，高山榆是弟弟，出身于军人世家。高山槐和高山榆的爷爷参加过一八九四年的中日甲午战争，是"西京丸号"巡洋舰上的速射炮炮手。在黄海海战中，"西京丸号"险些被北洋舰队"福龙号"鱼雷艇发射的鱼雷击中，"西京丸号"和他们的爷爷差点儿完蛋，侥幸逃生。后来，他们的爷爷又参加了侵占中国台湾的战争。高山槐和高山榆的父亲参加过一九○四年开始的日俄战争，当机枪手，在日俄金州南山之战中身负重伤，被送回日本。日本在日俄战争中打败了沙俄，通过日俄条约，日本将中国旅顺口、大连湾等地的租借权和中东铁路"长春—旅顺"段及附属设施的财产权利占为己有。此后，日本建立"南满洲铁道株式会社"，并派出军队负责铁路沿线的警备，占领并驻扎在中国被沙俄租借的关东州，故称"关东军"。日俄战争不仅是对中国神圣领土主权的粗暴践踏，使中国东北人民在战争中蒙受了空前浩劫，也不难看出日本侵略中国的野心由来已久。

强大的遗传基因，使高山槐和高山榆与他们的爷爷、父亲长相极为相似，如同一个模子脱出来的草泥土坯。个子不高，脸色灰暗，长长的脸盘，小小的眼睛，却长着一张吞天的大嘴；头发不多，眼眉挺长，还长着一个鼻孔朝天、鼻毛浓密的大鼻子。

高山槐和高山榆感情深厚，形影不离。本来哥儿俩商量要一起上大学，同一个学校、同一个专业、同一个班级、同一个宿舍。这个时候，日本全国动员青年参军，全力以赴进行军事训练，准备打仗。他们血管里流淌着日本军国主义的血液，身体遗传了侵略者的基因，脑袋里灌满武士道精神，毅然报名从军，在他们要求之下被分在了一支部队。

猎人狙击手

后来，高山槐、高山榆和一些日本军人一道，被调往驻扎中国东北的关东军铁路"守备部队"。

高山槐和高山榆参加了"九一八事变"，进攻沈阳北大营。本来，东北军接到不抵抗的命令，高山槐和高山榆却杀红了眼睛，不管抵抗不抵抗，见到东北军军人就杀。好多东北军战士被杀害；有些东北军战士对不抵抗命令有抵触，奋起还击；有些东北军战士本来想执行不抵抗命令，看到好多战友被杀，被迫还击。

日本法西斯刚开始训练高山槐和高山榆杀人的时候，也许他们会人性尚未泯灭地眨眨眼，后来他们成为毫无人性、杀人不眨眼的魔鬼。日本军国主义发动的侵华战争，把高山槐和高山榆变成了杀害中国人的机器。

一九三二年二月初，哈尔滨被日军占领。日军攻占哈尔滨后，高山槐和高山榆开始接受狙击手的特殊训练。为了提高狙击水平，高山槐和高山榆远距离杀害了五十多名共产党员和爱国志士。他们接受狙击训练的最初目的，是准备专门对付苏联的狙击手……

郝二钢清楚，狙击步枪都带瞄准镜。所以，他的位置不能在距离鬼子狙击手四百五十米之内，这样既能发现鬼子狙击手，又不容易被鬼子狙击手发现。否则，谁先被对方发现，谁先被对方狙杀。于是，他想从七丈崖下来。七丈崖有六十多米高，打猎追赶猎物的时候，他多次借助绳索上下七丈崖。有一年冬天，七丈崖结冰很滑，他为了抄近路围猎一群野猪，非要从七丈崖上下来。郝青石、郝红石、郝钢他们都坚决反对他从七丈崖下来。他们都知道，七丈崖虽然不是太高，但是非常邪性，曾经有三四个猎人为了抄近道，冒死攀登七丈崖，结果摔死在了崖下。郝二钢也不吱声，都以为他不再从七丈崖下来了呢。在郝青石、郝红石他们围猎的关键时刻，郝二钢突然从野猪群前面出现了。

这次围猎取得巨大成功，太平村七个猎手，共猎杀十一头野猪，让全村人欢欢喜喜地过了个新年。后来，郝青石、郝红石他们才知道,郝二钢仅凭双臂,拽着绳子就从山崖上下来了……

七丈崖位于高山槐他们的侧面,他们只要一转头,就会发现郝二钢。郝二钢必须快速从七丈崖下来。他越快,高山槐他们发现他的可能就越小,他就越安全。于是,郝二钢用狼皮手套抓紧绳索,突然手劲儿稍微一松,他像从七丈崖跳下一样快速坠落,距离地面十米的时候,双手猛然用力,再紧握绳索,放缓了下降的速度。他平稳地站在林草中,然而,由于下降速度过快造成强烈摩擦,狼皮手套都磨破了,他的手也磨出了血。

高山槐他们没有发现郝二钢。

郝二钢在密林中悄无声息地接近高山槐和高山榆。此刻,郝二钢最担心的是他惊飞丛林中的鸟。如果有鸟被惊飞,鬼子狙击手瞬间就会判断出他的位置,把狙击枪对准他。三支狙击枪同时向他瞄准,他就身处险境了。郝二钢选择了一个非常隐秘的位置,既不会让高山槐和高山榆看到,又不会让大岛一雄发现。

他观察了一会儿,轻轻地从树丛中伸出枪口,只听一声枪响,惊起了一群飞鸟。高山榆被打碎了脑袋。

郝二钢出枪速度极快,多次用猎枪猎杀几乎同时扑向他的野狼和野猪。然而,出人意料的是高山槐的反应速度更快,就在郝二钢枪响的瞬间,高山槐一翻身,躲藏在了土堆的后面。郝二钢根本没有机会开第二枪,而且他能感觉出来,大岛一雄也将狙击步枪对准了他的位置。如果他再不撤走,就会处于腹背受敌,被高山槐、大岛一雄两枪夹击的被动处境。于是,他借助树木的掩护,退出了对他恨之入骨的高山槐、大岛一雄的视野。

高山槐抱着高山榆的尸体失声痛哭,泪如雨下,发誓要杀死郝二钢,为弟弟报仇雪恨。

过了五分钟,高山槐用力抹了一把眼泪,放下高山榆的尸体,拎起狙击步枪就去追赶郝二钢。大岛一雄紧跟其后。他们像两只追赶猎物的野狼,穿越山林如履平地,一直朝山里追赶了五公里,也没有看到郝二钢的身影。

郝二钢判断高山槐和大岛一雄看不到他的踪迹，一定以为他下山了，必定沿着下山的路追赶。于是，他跑了五百米丛林，猛然折返到一个山坡上，在一堆石头后面埋伏。下面是下山的必经之路，他准备伏击下山的高山槐和大岛一雄。他就像知道两头野猪一定会经过这里一样，耐心等待高山槐和大岛一雄的到来。

高山槐和大岛一雄远比野猪狡猾。他们的调虎离山之计没有奏效，高山榆还被郝二钢狙杀了，高山槐和大岛一雄受到了致命的精神重击，心理有阴影，思想有负担，却更加激起他们复仇的疯狂、虐杀的决心。同时，他们也成为惊弓之鸟，再不敢轻视东北抗联，也不敢对郝二钢轻敌了，深刻意识到自己遇到了可怕的对手。因此，高山槐和大岛一雄没有从下山的必经之路下山。他们害怕郝二钢埋伏在山路上面的山坡上对他们进行反伏击，所以绕道下山，才躲过了郝二钢的伏击。

高山槐和大岛一雄看看天色将晚，只好返回永安镇鬼子营地……

郝二钢没有狙杀到高山槐和大岛一雄，也意识到了他们远比野猪狡猾。

郝二钢一时不知道怎么对付他们了。下山或者进山，他犹豫不决。琢磨了一会儿，他灵机一动，有了一个出奇制胜的想法，对付高山槐和大岛一雄这样训练有素的狙击高手必须既斗勇又斗智。一般情况下，好猎手不会被同一种猛兽扑倒两次，好狙击手也不会在同一个地点设伏两次。郝二钢预感，高山槐和大岛一雄一定会利用他的这一心理，再次回到这里设伏。最不安全的地方也许就是最安全的地方，所以，郝二钢准备到大岛一雄埋伏的树后五十多米处埋伏。他在残雪和枯叶堆积的土沟中挖了一个掩体，上面铺上伪装的树枝树叶，准备对大岛一雄来个反伏击，先猎杀了他，再对付高山槐。

第十五章　生死对决

郝二钢借助黑夜的掩护，将他埋伏地点的两边设置了诡雷，防备高山槐和大岛一雄偷袭他。就是将一颗手榴弹固定在一棵树下，拉火绳延长横在可能走人的草丛里，拴在另一棵树下。如果偷袭的鬼子狙击手绊到拉火绳，手榴弹就会爆炸，既能杀伤鬼子狙击手，又能给自己报警……

高山槐和大岛一雄一致认为郝二钢还在山上。狙击手的首选战术就是埋伏。他们决定换一种方法，采取以逸待劳之计，重新埋伏，再次准备狙杀郝二钢。他们坚信，即使再凶猛的动物、再强悍的猎手也离不开食物，都要下山觅食。一般人在丛林中坚持不了一天一夜，即使饿不死，野狼也会置他于死地。高山槐在永安镇附近铁道边上岗楼的对面埋伏，大岛一雄在永安和太平之间公路旁边的岗楼埋伏，等待郝二钢下山寻找食物的时候，狙而杀之。

一夜过去了，也没有看到郝二钢的踪影。高山槐和大岛一雄决定孤注一掷，和鬼子大部队一起进山，继续寻找和围猎郝二钢。

鬼子部队刚一进山，高山槐突然意识到，郝二钢不是一般人，他是精于丛林战的猛士，野外生存能力极强，在丛林中几天几夜不会饿死，也不会被野狼吃掉。带部队进山，敲山震虎，有可能让郝二钢远走高飞，那么再找到他就真的如同大海里捞针了。高山槐决定让部队守住山下，防止郝二钢转移。自己和大岛一雄带着手摇式电台，进山追寻郝二钢。

怎样才能找到郝二钢，并让他进入他们设置的伏击圈，或者真刀真枪地和他们进行一次生死对决呢？高山槐和大岛一雄绞尽脑汁，也没有想出十全十美的好办法。

正当一筹莫展之际，高山槐突发奇想。狙击手都知道这样一句话：好狙击手不会在同一个地方设伏两次。郝二钢是丛林中精英战士，最不可能去的地方也许就是他最可能去的地方。于是，高山槐和大岛一雄决定反其道而行之，回到昨天的埋伏点埋伏。

晚上，高山槐和大岛一雄小心翼翼地接近埋伏点。大岛一雄要

猎人狙击手

到他上次埋伏的地点埋伏，高山槐没让，而是让大岛一雄和他在一起埋伏。狙击手在观察一个点的时候，视野很窄，而且精力高度集中。这个时候如果有人从背后偷袭，是非常危险的。所以，有的狙击手喜欢独往独来，有的狙击手则喜欢配一个助手或观察员，主要负责帮助狙击手观察四周特别是身后的动静。高山槐就是担心郝二钢从后面偷袭他们，才让大岛一雄和他在一起埋伏，他负责狙杀，大岛一雄负责观察四周，确保他身后安全。尤其是高山槐判断郝二钢有可能选择大岛一雄上次埋伏的地点附近埋伏。

郝二钢眼观六路、耳听八方，没有助手或观察员，自己就是自己的助手、观察员。

半夜，郝二钢听到了远处树林中有动静，估摸是高山槐和大岛一雄来了。他聚精会神地观察大岛一雄埋伏点附近的动静。只要大岛一雄在他的埋伏点一出现，郝二钢会瞬间开枪。因为距离近，十拿九稳地狙杀他。没想到大岛一雄没有出现在他的埋伏点。

郝二钢依靠自己准备的野兔肉干、野鸡肉干和缴获鬼子的压缩饼干，在伏击点坚持三天三夜了。他除了第一天看到几个鬼子士兵把高山榆的尸体抬走之外，连一只狍子、野兔都没看见。

白天，郝二钢突然从瞄准镜中看到高山槐、高山榆上次埋伏地点的树枝动弹了一下。应该是大岛一雄。他埋伏的时间太长，无意中伸了一下懒腰，瞬间被高山槐制止了。就这一瞬间，让郝二钢看清了他们的准确位置。然而郝二钢距离他们有七百米，超出了九七式狙击枪六百米的精确射程。如果没有一枪毙命，就暴露了自己埋伏地点，容易受到他们两人的攻击。

郝二钢一直用狙击枪跟踪瞄准高山槐和大岛一雄的藏身之处，只是距离太远，没有狙杀条件。自己也不敢轻易离开埋伏点。

郝二钢猛然想起，在一次追踪野猪群的时候，一头野猪落在了后面。他想靠近野猪，到猎枪的射击范围，射杀它。然而他朝野猪一跑，野猪就跑；他一停下，野猪就停下。猎枪有效射程是七十米，

第十五章 生死对决

独弹能打到八十米。他和野猪的距离是一百米。他感觉猎枪的射程不可能可丁可卯地说七八十米就七八十米。于是，他想做一下试验，在正常瞄准点的基础上将枪口抬高一寸向野猪射击。不偏不倚，正好打中野猪的脑袋。野猪一下倒在了草地上。

钟志勇说九七式狙击枪的精确射程应该是六百米。郝二钢感觉狙击枪的不精确射程应该更远，也许是八百米。他确信九七式狙击枪在七百米的距离一定能够击毙高山槐和大岛一雄。

两天两夜过去了，还是没有郝二钢的任何踪迹。高山槐和大岛一雄坚持不住了。中村大佐催促他们，藤田中佐也催促他们，必须尽快消灭郝二钢。关东军的鬼冢少将计划年内要来密山，视察虎头军事要塞，必须清除抗联独立营、抗日武装和郝二钢对鬼冢少将的威胁，确保鬼冢少将的安全。如果他们再不能除掉郝二钢，就赶紧返回哈尔滨，准备保护鬼冢少将视察虎头要塞。

郝二钢提前埋伏，占据了先机。高山槐和大岛一雄动摇了，确信郝二钢没有在他们附近地点附近埋伏，也许是他们高估了郝二钢的智商。开始放松了警惕，当大岛一雄再一次想伸伸胳膊，并露出了脑袋的瞬间，只听一声枪响，在山凹中回荡。大岛一雄一头栽倒在土堆下，脑袋就像西葫芦一样被打碎。

郝二钢和狙杀高山榆时一样，以本能的速度要打碎高山槐的脑袋，然而高山槐根本就没露出脑袋。郝二钢快速隐蔽，他清楚，高山槐应该已经用狙击步枪瞄准了他的位置，只要他举枪寻找高山槐，就可能被对方打中。郝二钢狙杀鬼子狙击手必须打脑袋，因为狙击枪和辽十三、三八大盖一样具有强大的穿透力，打其他地方子弹贯穿而过，有生存可能，打脑袋绝无生存可能。高山槐一定和他一样，会向他的脑袋开枪。

郝二钢以静制动，趴在草丛中一动不动，等待高山槐出来找他。他脸上爬上三四只虫子，应该是草爬子，有两只已经钻进他的脖子里。他也不去动它。他清楚，面对高山槐这样的狙击高手，只要有

猎人狙击手

一丝草动，都会被高山槐察觉，遭到狙杀。草爬子钻进脖子后果非常可怕，容易钻进肉里。但是，此时的郝二钢，为了狙杀高山槐这个屠杀共产党员和抗日将士的刽子手，已将自己的生死置之度外。为了杀死高山槐，自己死了也值得。

时间在一分一秒地过去，天终于黑下来了。郝二钢完全可以借助天黑脱离险境，然而他还是一动不动。他想消灭高山槐，不能让他继续残害中国百姓和抗联战士了。

郝二钢带的食物已经吃光，有些饥肠辘辘了。肚子咕咕叫，他担心让高山槐听到。他轻轻地去薅钻进脖子的草爬子。他以前春天上山打猎的时候，经常会有草爬子往肉里钻，用鞋底打，用烟头烫，用洋火烧，它都能自己爬出来。用手薅，很容易薅断。薅断，它就出不来了。一到阴雨天气，脖子就痛痒难熬。他身上有洋火，但是不敢用洋火烧。一有光亮，高山槐瞬间就会朝郝二钢开枪。

高山槐不可能没有狙杀郝二钢，还搭上了高山榆和大岛一雄的性命，就灰溜溜地返回哈尔滨，那样没脸面对关东军的长官，也对不起自己的兄弟。他必须狙杀了郝二钢再回去，否则，就和高山榆、大岛一雄一起留在这儿了。

半夜，高山槐心想，不能被动等待时机了，应该主动进攻。进攻和等待同样能抓住狙杀郝二钢的时机。高山槐整理了一下武器、弹药，悄无声息地从左边朝郝二钢这边摸了上来。

左边的诡雷没炸，但是郝二钢听到了高山槐卧倒的声音。他迅速朝高山槐卧倒的地方开枪。高山槐也朝他埋伏的地方开枪。都没有打到。黑夜，互相看不清，对射了几枪之后，又是一片寂静。

相持了一个小时，郝二钢似乎听到高山槐走了，又好像没走。郝二钢在打猎的时候，在很远的距离，能听到野鸭离开水面飞翔的声音，甚至能够听到野兔在雪地里奔跑的声音。现在却无法听清高山槐的脚步声，难以判断出他走了还是没走，可见经过特殊训练的高山槐夜战的实力有多强。

第十五章　生死对决

又过了漫长的一个小时，郝二钢听到右边有动静。他瞬间把枪口对准右边。

高山槐在左边差一点儿吃了诡雷的亏，分析郝二钢一定会在右边也设置了诡雷。于是他绕过郝二钢可能设置诡雷的地方，一点点接近郝二钢埋伏的地方。

突然，右侧的诡雷爆炸了。

郝二钢瞬间把枪口对准爆炸的地方。鬼子太鬼。郝二钢不敢确定高山槐是碰上诡雷了，还是故意引爆了诡雷。高山槐发现了左侧的诡雷，他一定能分析出右侧还有诡雷，一定是他引爆了诡雷，故意做出他触碰诡雷的假象，以引诱郝二钢出来。郝二钢就是不出来。

高山槐引爆了右侧诡雷，的确是想引诱郝二钢出来。看郝二钢还是没有露头，说明郝二钢识破了他的意图。于是，他朝郝二钢埋伏的地方扔了一颗手雷。"轰"的一声巨响，郝二钢埋伏地方的残雪、枯叶被炸得如同天女散花，泥土也四处飞溅。高山槐断定郝二钢被炸，怕郝二钢不死，果断冲上前来，朝郝二钢埋伏的地方补枪。

就在这时，一声枪响，比手雷的爆炸声音清脆，再次打破黑夜的寂静。高山槐的脑袋和高山榆、大岛一雄一样，被郝二钢的狙击枪打碎。

高山槐、高山榆、大岛一雄三个穷凶极恶的鬼子狙击手一起留在了密山这片抗争不屈的英雄土地上。

其实，郝二钢听到高山槐从右侧上来之前，就离开了早先埋伏的地方，到一棵大树下埋伏。郝二钢在打猎的时候练就了移动中射击的技能。当他听到高山槐向他早先埋伏的地点冲去，并开枪射击的时候，瞬间跳起，抓住最佳时机，移动中朝高山槐开枪……

第十六章　围歼骑兵连

一九三四年满铁株式会社用大量中国劳工将林口铁路向密山、虎林方面延伸。密山火车站设在二道岗。从此，二道岗的人逐渐增多。过了两年，林密线、密虎线先后通车，二道岗开始繁荣起来。一九三九年一月，密山实施街村制，二道岗定名"新密山街"。

一九三九年六月一日，日本侵略者为强化所谓伪满"国防"，将三江省的饶河、宝清两县与牡丹江省的密山、虎林两县划出设置东安省，加上新增设林口县，共辖五县，"省会"设在新密山街，改为"东安街"。

东安街驻扎着臭名昭著的鬼子骑兵连。鬼子在密山一带"围剿"抗联，以上尉连长石黑光一为首的骑兵连一直充当先锋，杀害了大量抗联战士、抗日志士和普通百姓。抗联独立营对石黑光一恨之入骨，总想消灭鬼子骑兵连……

面对日本鬼子的侵略，国家面临生死存亡的危难，但凡有点良知的中国人都不会心甘情愿地当亡国奴。好多人在抗联精神的感召之下，自愿拿起武器保家卫国，和侵略者进行各种形式的斗争。

有一个叫钱有为的地主暗中支持抗联，多次给东北抗联送粮食，协助抗联打鬼子。他假装当维持会会长，取得鬼子的信任。他和抗联商量妥当，要除掉罪大恶极的鬼子少佐黑木一郎。一天，他邀请鬼子少佐黑木一郎来他家赴宴。经过周密部署，抗联在他家外面埋伏了十一名战士。黑木一郎坐在炕里的饭桌上，四个鬼子兵坐在屋地的饭桌上喝酒，两个鬼子在门外站岗。上杀猪菜的时候，钱有为突然将杀猪菜扣在黑木一郎的脸上，同时大喊一声："杀肥猪！"掏出驳壳枪照黑木一郎的胸膛连开三枪。埋伏在门外的抗联战士早已经把两个站岗的鬼子兵干掉。听到"杀肥猪"信号，立马冲进屋里，干掉了四个鬼子兵……

一九四一年冬天，由于叛徒告密，鬼子骑兵连包围了钱家村，搜查三个抗联伤员。鬼子把村子包围，把全村人都集中在场院里，四挺机枪对准村民。连长石黑光一说："如果不交出三个抗联伤员，就把全村人杀掉。"

全村人没有一个出声的。

石黑光一伸出魔爪抓过来一个孩子，问他抗联伤员在哪里。他不出声。石黑光一抽出战刀，杀死了孩子。孩子和他的姥爷相依为命。孩子被鬼子杀，他姥爷也不活了，冲上来要和石黑光一拼命。石黑光一反手一刀，正中老人胸膛。老人含恨死去。

石黑光一看不可能在村民口中得到抗联伤员的下落了，就一挥手，命令鬼子机枪手向村民射击。

就在这危急时刻，钱有为挺身而出。全村人都以为他要当汉奸，出卖抗联伤员呢，向他投来愤怒的目光，简直要把他烧死。然而，他不是要出卖抗联伤员，更不是要当汉奸。他对石黑光一说："村子里没有抗联伤员。我知道抗联独立营藏在什么地方。把村民都放了，我带你们去找抗联独立营。"石黑光一兴奋之情溢于言表，虽然没有抓到抗联伤员，但消灭抗联独立营是大功一件。于是，石黑光一让钱有为给他们带路，去消灭抗联独立营。钱有为带着他们在林海雪原中走了两天两夜。石黑光一多次对他表示怀疑，要杀了他。钱有为总是说，过了前面这座山就到了。石黑光一对消灭抗联独立营存

猎人狙击手

在幻想，对建立战功抱有希望，还是跟着钱有为艰难地翻山越岭。

数九寒天，大烟炮发出令人恐怖的咆哮，雪深过膝，滴水成冰。鬼子骑兵连的东洋马走得非常吃力。钱有为骑着鬼子的东洋马走在队伍的最前面，后面紧跟着四个骑马的鬼子持枪押解着他，只要他一逃跑，鬼子就会朝他开枪。寒风夹雪，抽打在他的脸上，开始脸上火火辣辣地疼，渐渐脸上就失去了知觉，只有腿脚还在不停地催促着东洋马快走。后来，押解他的四个鬼子距离他越来越远。他还等待着他们走近，但愿他们不要掉队。

此刻，钱有为有一个坚定的信念，那就是要做一个有血性、有骨气的中国人，不当亡国奴，一定要把鬼子的骑兵连带进地狱去。

终于，钱有为把既充满警觉又充满希望的骑兵连带到一片人迹罕至的原始森林。

最后，鬼子骑兵连一百多个鬼子骑兵食物吃光了，除了石黑光一和一个士兵靠吃战马尸体死里逃生之外，其余鬼子全部冻死或者被狼群咬死在寒风刺骨的原始森林中。

本来，钱有为在途中有机会摆脱鬼子，逃出森林，但是为了确保消灭这些侵略者，他选择了和鬼子骑兵连同归于尽，冻成不朽的雕像。他是大义凛然的平民英雄，既保护了受伤的抗联战士，又保护了全村百姓。

过了三天，一个中队的鬼子才把冻死的一百多个鬼子装在马拉的爬犁上运走，也把钱有为的尸体运走。然而，到了密山，鬼子要处理一百多个鬼子尸体的时候才发现，钱有为的尸体不见了。有人猜测，是东北抗联把钱有为的尸体转移出来埋葬了；也有人猜测，是钱家村的村民把钱有为的尸体偷出来埋葬了……

石黑光一本想切腹自杀，但是正值鬼子用人之际，密山鬼子长官让他重新组建骑兵连，戴罪立功。新的骑兵连很快就组建完成，而且武器装备更好，士兵素质更高，战斗能力更强，对中国人下手更狠。

第十六章 围歼骑兵连

一九四二年秋天,钟志勇命令郝二钢带领猎人小队到东安街刺杀石黑光一。他们在东安街侦察、寻找、跟踪、埋伏了七天七夜,也没有发现石黑光一的踪迹,却得到了一个重要消息:明天,密山的鬼子骑兵连要去鸡西执行一项秘密任务。他们立马返回山里,想向钟志勇汇报,趁机歼灭鬼子骑兵连。然而,独立营最后一处密营被鬼子炸毁了,独立营去向不明。

郝二钢他们在附近找了半天,也没有发现独立营的踪迹,只好带着猎人小队快速赶到老黑背山寨,想和独立大队一起去伏击鬼子骑兵连。

正好,郝钢送来了重要情报。郝二钢才知道,鬼子骑兵连去鸡西执行的秘密任务,就是让鸡西的鬼子配合鬼子骑兵连抓捕从鸡西滴道煤矿逃出来的七个矿工。如果这七个矿工逃出去,鬼子虐待、杀戮矿工,"用人命换煤炭"的残暴行径就会公之于世。

郝二钢从郝钢口中还得到一个重要消息,独立营在鬼子围追堵截之下,只剩下钟志勇等七个人杀出重围,已经撤退到苏联。

得知独立营撤退到苏联的消息,郝二钢心里的一块石头终于落在地上。郝二钢参加抗联以来,只回家三次,每次只待一天。他非常惦记家里人,尤其想念儿子郝云龙。父亲郝钢还告诉了他一个让他欣喜若狂的消息。夏雪皎又生了一个胖小子,起名郝天龙。

郝二钢知道夏雪皎怀孕,也知道她在近期要生。可他忙于打鬼子,实在没有办法陪伴在她的身边。他感觉对不起夏雪皎。同时,也为找了夏雪皎这样聪明、贤惠、能干的媳妇而自豪……

郝二钢认为这是消灭鬼子骑兵连的好机会。他向黑鹞子和胡胜男提出建议,在蜂蜜山下埋伏,彻底歼灭鬼子骑兵连和石黑光一。

黑鹞子、胡胜男一致赞成。

独立大队的李长军听说鬼子骑兵连要去抓捕从鸡西滴道煤矿逃出来的七个矿工,怒不可遏。他就是两年前从鸡西滴道煤矿死里逃生的矿工。他饿昏在山上,被胡胜男救回山寨,参加了独立大队。

猎人狙击手

他再次讲述了在滴道煤矿两年多的悲惨经历和鬼子欺凌矿工的残酷暴行。

从一九三五年起,日本鬼子就大肆在鸡西地区掠夺式开采煤炭资源。鬼子在各处战场上遭受惨败,日本国内的资源逐渐枯竭。日本鬼子公然在其控制的鸡西各煤矿打出了"少吃饭,多出煤"的口号,甚至"用人命换煤炭"。鬼子丧心病狂地追求高产,把源源不断的中国煤炭运到日本去,逼迫成千上万的煤矿工人进行采煤高危作业,冒顶和瓦斯爆炸事故层出不穷,加上饿死、累死、病死和被鬼子打死的矿工数不胜数。鬼子为了毁尸灭迹掩盖罪行,在恒山、滴道、城子河等地煤矿修建了十多座"死人仓库",挖掘了七八个巨大的万人坑,还有天然山凹的万人坑。每天从早到晚,鬼子拉死人的大汽车从"死人仓库"里源源不断地往万人坑里运尸体。鬼子还建造了大量的炼人炉和烧人场。更令人发指的是,很多矿工和家属还没有死亡就被鬼子和伪军强行投进炼人炉或烧人场活活烧死。

李长军是密山兴凯湖畔的渔民,以打鱼为生。一九四〇年四月,日本岛根县的移民团来到密山白泡子,建立"兴凯湖渔农开拓团",团长叫门胁良男。"开拓团"有负责农耕的,有负责打鱼的。门胁良男和鬼子兵把中国农民赶出家园,霸占了他们的土地,也不让渔民打鱼。李长军和十多个当地年轻人被鬼子拉到鸡西滴道煤矿当矿工。

李长军目睹了鬼子为了大量出煤不顾中国人的死活,不堪忍受这地狱般的非人生活,总想寻找机会逃出去。有一天,三个鬼子毒打一个密山老乡,他冲上去和三个鬼子扭打在一起,却被鬼子一镐把狠狠地打在脑袋上,当场昏死过去。鬼子看到他满头鲜血,以为他已经死亡,就把他和死去的矿工一起扔进了烧人场。深夜,李长军在寒风中苏醒过来。他不顾头上还冒着血,拼命地爬行,绕过了一个尸垛,又绕过一个尸垛,任由身体浸泡在血水和稀泥中。李长军突然感觉眼前一花,跌进了一条深沟,很快就失去了知觉。当李长军再次苏醒过来,已经是第二天的凌晨。他艰难地爬出深沟,双手攀住沟沿睁大眼睛朝远处望去。昨天那一垛又一垛的尸体已经被烧光，变成了一堆堆的骨灰，此时正冒着呛人的浓烟……

李长军对鬼子具有刻骨仇恨，杀鬼子总是冲在前面。有一次战斗中，他追杀一个鬼子军官翻过两座山，决不让杀害战友和矿工的鬼子活着逃走。他一直把鬼子军官追得累吐血，跪地投降。他不管鬼子投不投降，全都一刀杀死。鬼子杀害中国人的时候残忍至极。他杀死鬼子的时候也决不留情，以牙还牙，以血还血。

郝二钢感叹地说："刚逃出来的七个矿工和李长军一样，都是九死一生从鬼子魔爪和死人堆里逃出来的，也不知道他们怎么样了。咱们消灭了鬼子骑兵连，也是帮助七个矿工兄弟不被鬼子抓住。必须消灭鬼子骑兵连！"

胡胜男说："听了李长军和那些矿工的悲惨遭遇，感觉小鬼子太惨无人道了。咱们一定消灭鬼子骑兵连，不能让他们去抓捕从鬼子魔爪下逃出来的矿工兄弟！"

黑鹞子强调："目前，鬼子骑兵连的武器装备更好，机动速度更快，攻击能力更强，对咱们打游击、打鬼子威胁很大。咱们不能轻敌，要讲策略，要抓住骑兵的弱点，那就是目标大。如果打鬼子不好打，那就先打鬼子骑的东洋马。马倒了，再打鬼子。"

过去，日本的战马和鬼子兵一样，小个儿不高。出于战争需要，日本改良了战马。马的身高和力气都有了大幅提升，达到了欧洲标准，就是现在鬼子骑兵连骑的高大的东洋马。

郝二钢担心地说："听说鬼子在连珠山镇建有大型军火仓库，有重兵把守，称西大营。密山、连珠山镇离咱们伏击地点都不远。伏击鬼子骑兵连必须速战速决。"

黑鹞子分析："在蜂蜜山下设伏存在一个问题，就是公路的北边是蜂蜜山，南边是坡地，不便埋伏。鬼子骑兵遭到伏击，会迅速向坡地撤退，冲出伏击圈。"

郝二钢说："蜂蜜山这一带我熟悉，以前多次到山上打猎。南边有三家猎户，因为上山打猎得罪了山上胡子大当家的赵四，害怕赵四报复，搬走了。房子被赵四烧成废墟。我带着猎人小队八个战士，到废墟埋伏，专门射杀从公路上逃跑过来的鬼子骑兵。"

黑鹞子同意郝二钢的建议："好啊。这样就万无一失了。"

郝二钢又提出了一个担忧："我听说蜂蜜山寨胡子大当家的赵四已经投靠了密山的鬼子，这两年帮助鬼子对付抗联和其他抗日游击队，为鬼子强抢百姓的粮食，强行将几百个农民送到为鬼子修筑虎头要塞的劳工营，干老鼻子坏事儿了。咱们伏击鬼子骑兵连，我担心赵四和山寨的胡子从背后对咱们下黑手。"

胡胜男感觉郝二钢的担忧不无道理："我也担心蜂蜜山寨的胡子会帮助鬼子打咱们。一定要加强对他们的戒备，防止他们偷袭！这帮为虎作伥的汉奸，太可恨了！等咱们消灭了鬼子骑兵连，再收拾他们。"

郝二钢补充说："你安排人手专门观察蜂蜜山和连珠山镇的动静，一有动静立马开枪。咱们埋伏的地点并不理想，必须防备鬼子的援兵。这次伏击想把鬼子骑兵连整个消灭不太容易，争取多打死打伤一些鬼子骑兵吧，让他们大伤元气。"

胡胜男立马安排人观察和监视蜂蜜山寨和连珠山镇的动静。

黑鹞子接着说："告诉他们，一有动静立马开枪。不能让鬼子增援打我们一个措手不及。我也这样想。即使把鬼子骑兵连打得一个不剩，他们还可以重新组建，就像是割韭菜似的。能消灭他们三分之二，就算消灭骑兵连了。"

独立大队和猎人小队早早就到了蜂蜜山下，在山坡上简单挖掘了一下掩体，做好伏击准备。同时，派二十个战士到公路上埋设地雷和布置诡雷。独立大队和猎人小队打鬼子有一套。

独立大队没有地雷。他们缴获的鬼子手雷也有和木柄手榴弹一样带拉火绳的。战士们把大量手雷固定在公路两旁的树上或者埋在公路上，然后把加长的拉火绳拴在另一头的树上。鬼子骑兵的马腿

第十六章 围歼骑兵连

一绊到拉火绳,手雷就会爆炸。

为了保险,有些手雷拉火绳握在战士手里。只要鬼子骑兵进入伏击圈,抗联战士就能迅速拽拉火绳,更灵活也更有威力。

郝二钢带着穆大头、井辘轳、水平、穆文化、井沿儿、水娃儿、赵梗儿、郎崽子埋伏在山坡下面三家猎户的破房子里。

上午九点,一个趴在公路上用耳朵听声的战士朝黑鹞子摆手,又用手指了指密山方向。意思是鬼子骑兵连马上就要到了。

大家都做好了战斗准备。

自从钱有为把鬼子骑兵连引入绝境,死里逃生的石黑光一变得更加谨慎小心起来。他担心抗联或者其他抗日武装伏击骑兵连,一再嘱咐骑兵要保持左右两人一组、前后间隔十米的队形。如果遭遇伏击,可以减少伤亡,还便于前后呼应和及时撤退。

当鬼子骑兵连一百多个骑兵陆续进入猎人小队和独立大队伏击圈的时候,二十多颗手雷相继爆炸,有三十多个鬼子当场被炸死炸伤。由于鬼子骑兵前后拉开了距离,不像步兵那样密集,所以炸死炸伤的鬼子并不是很多。

黑鹞子和郝二钢他们都没想到鬼子骑兵间隔的距离这么远。

同时,埋伏在山坡的独立大队战士一齐向鬼子东洋马和骑兵射击或投掷手雷,又打死、炸死二十多个骑兵、十多匹东洋马。公路上人喊马嘶,一片狼藉,东洋马惊恐地乱跑。经过短暂的慌乱之后,石黑光一快速组织反击。鬼子朝山坡发动冲锋,骑马冲不上去,又下马冲锋。战士们居高临下,猛烈射击,同时,不断投掷手雷。一群群的鬼子倒在山坡上。石黑光一清楚,他的部队擅于在平原地带骑马冲锋陷阵,不擅于像一般步兵那样抢夺山坡阵地。没有战马,他们的骑兵连就失去优势,会伤亡惨重,甚至全军覆没。眼看骑兵连已经损失大半,独立大队又居高临下,占据有利地形,反击也是徒劳的,于是,石黑光一带领三十来个骑兵,朝郝二钢他们的埋伏地点逃窜。

猎人狙击手

突然，胡胜男骑马冲了上去，左轮手枪左右齐射，立马又有七八个鬼子骑兵被打下东洋马。

郝二钢的猎人小队担心胡胜男有失，开枪狙杀，立刻又有十来个鬼子被击中。

郝二钢开始就判断出石黑光一，紧盯着石黑光一的一举一动。当石黑光一朝猎人小队这边逃窜的时候，郝二钢立马瞄准了他，想狙杀他。但是有两个鬼子一直在他的前面保护，无法直接击中他。只能先打死他前面的两个鬼子，然后再打死他。两个鬼子被射杀的瞬间，石黑光一猛然策马朝密山方向逃窜。

郝二钢瞄准石黑光一的脑袋开枪。石黑光一一头栽到马下。

除了十几个鬼子骑兵逃跑之外，其余鬼子骑兵悉数被猎人小队和独立大队歼灭。

这次战斗，鬼子伤亡近百人。猎人小队无一伤亡；独立大队牺牲七人、负伤十多人。

此后很长一段时间，都没有了鬼子骑兵连的动静，不敢外出"围剿"抗联和其他抗日武装了。也许，鬼子骑兵连被取消了番号，也许再也不敢猖狂了。

郝二钢狙杀了石黑光一，阻止了鬼子骑兵的溃逃，并没有尽快去打扫战场。而是带着猎人小队八个战士继续埋伏在山坡下面的破房子里。他断定赵四爷一定会带着胡子下山抢夺战利品，想打赵四爷一伙胡子一个措手不及。

井辘轳看到别人去抢战利品，自己心痒难耐，也想去抢战利品："鬼子骑兵连已经被咱们消灭了，为什么还守在这儿？别人都去抢战利品了，咱们也去抢点儿吧。一会儿战利品都让别人抢光了！"

郝二钢耐心解释说："好饭不怕晚，后面还有好戏，马上开场。"

战士们对郝二钢的话感到莫名其妙。好戏刚刚落幕，哪儿还有什么好戏开场啊？

突然，蜂蜜山下传来枪声。负责观察蜂蜜山寨动静的两个战士

第十六章 围歼骑兵连

气喘吁吁地跑了回来，上气不接下气地说道："蜂蜜山寨的胡子下来了！"

猎人小队和独立大队伏击鬼子骑兵连的战斗刚一打响，蜂蜜山寨站岗的胡子就快速报告赵四爷。老奸巨猾的赵四爷有些举棋不定。

赵七儿已经是蜂蜜山寨二当家的了。他建议赵四爷坐山观虎斗，不要下山："咱们还是别下山了。'皇军'咱们不敢得罪，抗联什么的咱们也不能得罪呀。万一'皇军'哪天被打回日本了，遭罪的还是咱们。"

两年前，蜂蜜山寨缺少粮食，胡子们饿得要散伙。赵四爷和赵七儿才在万般无奈之下，决定抢劫鬼子的运粮车。抢劫的粮食刚运上山寨，下锅的大米还没有煮成熟饭，鬼子的大队人马就把山寨围上了。

赵四爷准备抗击鬼子，保护山寨。

赵七儿主张投降："鬼子的部队已经占领大半个中国，连几百万国民党正规军都抵挡不住鬼子的进攻，我们要是抗击鬼子只能是以卵击石。"

鬼子翻译官喊话："赵大当家的、兄弟们，只要你们把'皇军'的粮食交出来，以后为'皇军'办事，'皇军'可以既往不咎。如果你们一意孤行，拒不交出粮食，'皇军'将把你们的山寨炸成平地。"

赵四爷坚定地说："坚决不能投降，鬼子一吓唬咱就投降了，以后鬼子也会把咱们当作软柿子捏。必须让鬼子知道蜂蜜山寨是块石头，也是不好惹的。"然后命令胡子们朝鬼子开枪。

鬼子的迫击炮弹如同场院扬起的黄豆，向山寨落下。胡子们被炸得晕头转向、鬼哭狼嚎。瞬间，山寨就要被炸成废墟，近半胡子被炸死炸伤。

赵七儿立即对赵四爷说："鬼子的炮火太猛，咱们抵挡不住了。好汉不吃眼前亏。权宜之计就是先向鬼子投降，保存山寨实力，否则，山寨成平地了，人也没了！"

猎人狙击手

赵四爷只得向鬼子投降了……

山寨附近枪炮声乍起,有人来报说日本军队遭到了抗联伏击。赵四爷让组织人马准备下山增援日军。赵七儿连忙阻止,他怕得罪了抗联。

赵四爷琢磨了片刻,说道:"不得罪也得得罪。因为鬼子,不,'皇军'咱们更得罪不起。不管是抗联,还是其他抗日武装,打鬼子,对了,打'皇军',咱们都不能袖手旁观。否则让密山的'皇军'知道了,得炸平山寨,活扒了咱们的皮。集合队伍,下山支援'皇军',如果来不及了,就抢夺战利品,供山寨使用。"

赵七儿只好集合队伍。

黑鹞子命令迅速打扫战场,然后撤退。

独立大队立即打扫战场,把缴获鬼子的冲锋枪、马枪、战刀、手雷、罐头等都驮在四匹东洋马上,准备运回老黑背山寨。本来,他们可以把更多东洋马带回山寨去,然而山寨近期粮食紧缺,战士都吃不饱,没有那么多粮食喂这些东洋马。只能宰杀一些东洋马。

黑鹞子让胡胜男带领一伙人把缴获的鬼子战利品运回山寨,自己则迅速带领其余人进入山坡阵地,准备阻击赵四爷他们的进攻……

于是,赵四爷和赵七儿骑上鬼子奖励他们的东洋马,带领八十多个胡子下山,准备增援鬼子骑兵连。当他们看到战斗已经结束,鬼子骑兵连被独立大队和猎人小队打得人仰马翻,死人死马横七竖八,一片凄惨。独立大队正在打扫战场,赵四爷本想带领胡子们返回山寨,但是一看胡子们都冲上去抢战利品去了,也只好策马扬鞭,冲了上去,准备抢夺战利品。

赵四爷和赵七儿在两挺机枪的掩护下,带领胡子们一边打枪一边冲向独立大队的战士。有五六个抗联战士中枪牺牲。然而赵四爷快冲到跟前儿了,一看战利品已经寥寥无几,好东西已经被胡胜男带人运走了，再看独立大队的战士已经进入山坡阵地，打起来他们占不到便宜，心中暗骂，就想返回山寨。

独立大队的战士朝赵四爷他们猛烈射击，有三十多个胡子被击毙。

这时，郝二钢看到两个胡子持着鬼子的机枪开始向山坡上的战士扫射，就开枪打死了一个机枪手。穆大头开枪打死了另一个机枪手。

赵四爷看到两个机枪手被干掉了，没有机枪掩护，他们更是没有胜算了，就加快步伐往山上撤退。

独立大队和猎人小队的战士继续向逃跑的胡子射击，又打死了三十多个胡子。

郝二钢想狙杀赵四爷，在用狙击步枪的瞄准镜搜寻着赵四爷。郝二钢见过赵四爷。他看到骑着白色东洋马的老头儿手里握着一把驳壳枪，肩膀上背着两个驳壳枪的木头枪盒，其中的一个枪盒里还有一把驳壳枪。断定他就是鬼子的走狗、作恶多端的蜂蜜山寨大当家的赵四爷。于是，郝二钢用狙击步枪瞄准赵四爷的脑袋开了一枪。赵四爷一头栽在鬼子奖励给他的东洋马下。

赵七儿一看赵四爷被打下了马，立刻下马想要救他。然而当他看到赵四爷已死，骑上他的灰色东洋马就跑，谁也不顾了。

赵梗儿一看有个骑灰色东洋马的胡子头儿要逃跑。举枪就要狙杀他。郝二钢估摸他是山寨二当家的赵七儿，就阻止赵梗儿说："别打死他，打他的马！"

赵梗儿一枪打在灰色东洋马的屁股上。东洋马一下翻倒在地上。赵七儿的腿被压在马下，动弹不了了。

胡子们一看赵四爷被打死了，赵七儿也被打下马了，立马如同树倒而散的猢狲，四处溃逃。郝二钢立刻带着猎人小队冲了上去，并告诉大家不要开枪，抓活的。跑了三百多米，胡子近在咫尺了。郝二钢朝天空开了一枪，学着抗联的做法高声喊道："都站住，缴枪不杀，谁跑打死谁！"

胡子立刻停了下来。猎人小队活捉了剩余的二十多个胡子，缴了他们的枪。赵七儿也被活捉。

郝二钢端详了一下赵七儿，明知道他是赵七儿，故意问他："你叫什么？是山寨的什么头儿？"

赵七儿想隐瞒身份，又感觉隐瞒不住，就实话实说："我叫赵七儿，是蜂蜜山寨二当家的。"

郝二钢心里有数了："好啊。"

郝二钢看了一下连珠山的方向，没有什么动静，然后立马走到黑鹞子跟前说："咱们应该趁热打铁，一举拿下蜂蜜山寨。"

黑鹞子也想拿下蜂蜜山寨，但是有些担心："咱们的战士牺牲了二十多人，伤了三十多人，战斗力明显下降。而且不知道蜂蜜山寨上还有多少胡子。这里距离密山、连珠山和永安都近。我担心一时半会儿拿不下山寨，再让鬼子给包了包子。"

郝二钢胸有成竹地说："听说书的讲，《三国》里有'关公赚城斩车胄'的故事。咱们来个'赚寨灭胡子'。立马把胡子的衣服换上，带上赵七儿，让他叫开寨门，咱们快速冲进去，打他们一个突然袭击。拿下蜂蜜山寨应该不难，既可以为咱们补充给养，也可以阻击鬼子援兵。"

黑鹞子愉快地接受郝二钢的建议。

赵七儿的腿被他的灰色东洋马压得不重不轻，骨头没断，筋肉拉伤，走起路来一瘸一拐的。郝二钢让他骑上赵四爷的白色东洋马。自己也骑上一匹枣红东洋马，抱着狙击枪在旁边看着赵七儿。

在上山的路上，郝二钢对赵七儿说："你听好了。我叫郝二钢。我想你也熟悉我的名字。石黑光一和赵四爷都是被我一枪打爆脑袋的。你必须按我说的去做，如果不老实，我一枪打爆你的脑袋！"说完，还拍了拍他的狙击步枪。

赵七儿早就听说过郝二钢的威名，如雷贯耳。而且，当年他

第十六章　围歼骑兵连

去太平村绑架郝二钢，误绑了郝大钢，才给朱大麻子招来杀身之祸。他胆战心惊地瞅了一眼郝二钢："我不敢不老实，一定按你说的去做。"

到了山寨门口，赵七儿按照郝二钢让他喊的内容大声喊道："快快开门，四爷受伤了！"

守门的胡子和山寨围墙上的胡子一看是赵七儿让他们开门，并说赵四爷受伤了，朝寨门外一看，赵七儿威风凛凛地骑在赵四爷的马上，五六十个胡子抬着战利品等待开门。还有两个胡子抬着一副单架，上面躺着一个貌似赵四爷的伤者。胡子毫无戒备，立即开门。

五六十个胡子都是猎人小队和独立大队战士伪装的。一进山寨门，战士们立刻缴了院子里胡子的武器，然后冲进碉堡和聚义大厅、房屋、密道等，没放几枪，就轻松拿下蜂蜜山寨。

赵四爷和赵七儿把山寨里大部分胡子都带下山抢夺战利品去了，山寨里只有三十几人守护。赵四爷自从投靠了鬼子，给鬼子当走狗，有鬼子做靠山，还以为谁也不敢打他的主意了呢。

郝二钢对三十个被俘的胡子说道："如果你们愿意留下来和我们一起打鬼子，我们欢迎。如果谁不想留下来，可以回家。"

这些胡子大多是猎手、老兵、绿林好汉出身，只有四人是穷苦农民、渔民和猎户，他们被生活所迫或者被鬼子所逼，才上山当胡子的，哪儿还有什么家呀？听郝二钢一说，他们一致同意留下来打鬼子。

郝二钢和黑鹞子都非常高兴。他们打鬼子又增加了新的力量，尤其是他们都从心里反对赵四爷向鬼子投降，不想为鬼子做事……

第十七章　血战到底

猎人小队和独立大队歼灭了鬼子骑兵连，驻密山的鬼子岂能善罢甘休。日军驻密山司令官下川中将将要亲自率领两个中队的鬼子和一个大队的伪军，"围剿"和"讨伐"猎人小队和独立大队。

两年来，蜂蜜山寨已经修复得固若金汤。碉堡、岗楼林立，武器弹药、粮食物资储备充足，还有朱大麻子在时挖的密道。

黑鹞子对郝二钢说："蜂蜜山寨可比老黑背山寨好多了，有吃有喝，还有足够的武器弹药，咱们可以在蜂蜜山寨住一段时间，享受享受。"

郝二钢提醒他说："猎人小队可以和独立大队暂时住在这儿，反正我们现在也没什么地方可去了。但是，鬼子不可能让咱们在这儿享受。"

黑鹞子一向敬佩郝二钢，知道猎人小队目前没地方可去，立马说道："明天，我们独立大队返回老黑背山寨，把蜂蜜山寨留给你们。"

郝二钢知道他的好意："蜂蜜山寨留不住。鬼子一定知道伏击骑兵连和拿下蜂蜜山寨的是独立大队和猎人小队，也知道咱们在蜂蜜山寨。他们很快就会攻打蜂蜜山寨和老黑背山寨。你们先别走，咱

第十七章 血战到底

们在这儿等待鬼子进攻山寨,和他们大干一场再走。"

黑鹞子也知道鬼子一定会攻打独立大队和猎人小队,但是他认为鬼子不可能这么快:"鬼子不可能今晚就进攻蜂蜜山寨吧?咱们已经好长时间没吃顿饱饭了,让战士们吃顿饱饭,补充补充体力,好有劲儿和鬼子干。"

郝二钢判断鬼子明天就得进攻蜂蜜山寨:"吃饱饭是必须的,但是不能大意和轻敌。鬼子最擅长偷袭。我认为鬼子今晚不会来,明天早晨一定来。咱们必须做好准备。也要通知胡胜男做好准备,万一鬼子认为老黑背山寨空虚,会先偷袭老黑背山寨,他们那边如果没有准备,就吃大亏了。"

黑鹞子感觉郝二钢说得对:"就按二钢兄弟说的,做好保护两个山寨的准备。"并让两个战士连夜去通知胡胜男做好准备,防备鬼子偷袭。

郝二钢参加抗联,和鬼子打了一年多,积累了一些战斗经验。他强调说:"先让战士们熟悉山寨的地形,包括岗楼、碉堡、密道、武器、弹药什么的,不能等鬼子来时抓瞎。同时做好撤离山寨的准备。如果挡不住鬼子的进攻,不能硬拼,要从密道撤退到老黑背山寨,继续和鬼子战斗。"

黑鹞子说:"山寨里有四个大口径迫击炮,有炮弹四箱。鬼子进攻山寨,要把这些迫击炮用上,让鬼子也尝尝用他们的迫击炮炸他们自己的滋味。"

郝二钢非常赞同黑鹞子的想法:"没想到胡子还有迫击炮,太好了。不能让迫击炮闲着,这是好玩意儿。咱们还是采取之前保卫老黑背山寨的打法。你带领独立大队负责阻击鬼子进攻山寨。我们猎人小队负责在山寨外面埋伏,抽冷子打掉鬼子的炮阵地,狙杀鬼子军官和机枪手,减少山寨的防守压力。你们还应该在上山的路以及路两旁多埋一些地雷,布一些诡雷。再设一些明岗暗哨,发现鬼子就开枪示警。"

猎人狙击手

黑鹞子欣慰地说:"二钢兄弟,有你在,我打鬼子心里有底,放心!"

吃完晚饭,郝二钢就准备带领猎人小队到山寨外面的树林中埋伏,提防鬼子偷袭。

黑鹞子感觉猎人小队在树林中过夜太辛苦,就劝他们明天起早再去埋伏。

郝二钢坚持说:"我们打猎的时候经常在山林中过夜,已经习惯了,不辛苦。就怕鬼子万一偷袭山寨,咱们再手忙脚乱。"

从公路到蜂蜜山寨只有一条山路。过去,附近村民进山狩猎的、采摘山货的人挺多。自从朱大麻子到蜂蜜山占山为王以来,人们都不敢上蜂蜜山狩猎和采摘山货了。

黑鹞子命令十个战士到上山的路以及路两旁埋设地雷,布设诡雷。

猎人小队九人都是猎手,也都是狙击手。郝二钢、穆大头、水平使用的是鬼子的九七式狙击步枪,井辘轳、穆文化、水娃儿、井沿儿、赵梗儿、郎崽子使用的是鬼子的三八大盖步枪。郝二钢对八人说:"今晚或明天上午肯定有一场恶战。你们要带足了子弹、手榴弹和吃的,每人带一个皮筒和一张狼皮。咱们九人分成两组,我带井辘轳、穆文化、水娃儿一组;穆大头带水平、井沿儿、赵梗儿、郎崽子一组。我们组负责狙杀鬼子军官和机枪手,穆大头组负责摧毁鬼子的炮阵地。咱们的任务关系到独立大队兄弟们的生死,即使牺牲性命也要完成任务。"

八人表态简洁、整齐:"知道了。"

郝二钢又叮嘱穆大头他们:"要防备鬼子狙击手。如果遇到,多动脑子,集中优势,以智取胜。"

郝二钢一组将埋伏点定在距离山寨门三百米的一个山坡岩石中,既可以隐蔽自己,观察鬼子的动静,又可以掌握山寨的情况。

穆大头一组则埋伏在距离山寨五百米的高岗上,既能监视鬼子

第十七章 血战到底

上山必经之路的动静，也能观察到鬼子迫击炮阵地的大概位置。

寒风萧萧，枯叶飘零，寥落的山林中黄叶铺了厚厚的一层，走起路来如同踩在大烟炮天气后的积雪上，不硌脚，但是很消耗体力。郝二钢他们把狼皮铺在落叶上，再钻进温暖的野狼皮皮筒里，就感觉比冬天的雪窖里温暖舒适多了。野狼皮皮筒就是将两三张野狼皮毛朝里缝制成一个圆筒，脚下面缝死，只留上面作为进出口。冬天打猎回不去家了，他们把野狼皮、狍子皮或者棕熊皮铺在雪窖地上，钻进皮筒，挡风保暖，再戴上狐狸皮帽子，即使冰天雪地、数九寒天，都不会冻死。

郝二钢、穆大头都按照计划，安排两个人一组在树林里站岗放哨，前半夜一组、后半夜一组轮换。

天空更加阴暗，大有黑云压顶、山雨欲来之势。树林中伸手不见五指，即使鬼子走到跟前儿，也看不到。只能凭借猎人敏锐的听觉来判断鬼子的动静。

一夜平安无事。除了听到几声野狼的嚎叫和长尾林鸮的叫声之外，没有鬼子的一点儿风吹草动。长尾林鸮的鸣叫是狼嚎引起的恐惧反应。

天放亮了。

郝二钢、穆大头他们两个组开始聚精会神地观察鬼子的动静。

直到太阳比山尖都高了，也没看到鬼子。

突然，随风传来踩踏落叶的窸窣声音，是对面林子里传来的。郝二钢断定是走路的声音，一定是鬼子！他对井辘轳、穆文化、水娃儿说道："你们在这儿观察鬼子的动静。我过去看看，如果听到枪声，就是鬼子摸上来了。"

说完，郝二钢端起狙击步枪就朝声音的方向跑去。他只跑出去两百米，就发现了大批鬼子在树林中悄悄地向山寨方向移动，如同稻地放水后的鲫鱼一样密集。很明显，鬼子担心山路有地雷或者有埋伏，没敢走山路，而是衔枚裹蹄地走丛林，想对山寨进行突然袭击。

郝二钢为了尽快给山寨报信，随便朝一个鬼子兵打了一枪。然后朝山路跑去，想把鬼子引到山路的雷区。

鬼子听到枪声，感觉无法偷袭山寨了，就派一小队鬼子追杀郝二钢。大队人马则冲向山寨。

郝二钢一看鬼子大队人马没有追赶他到山路，他就没有必要去山路了，于是，带着小队鬼子朝井辘轳他们埋伏的地方跑去，想让井辘轳他们狙杀这小队鬼子。自己则去追杀鬼子军官。

黑鹞子听到枪声，知道是郝二钢他们给他报信，鬼子来了。他立刻集合队伍，进入碉堡、岗楼、寨墙和山寨正门口的战壕，做好打击鬼子进攻的准备。

过了安静的一刻钟，突然一种尖厉的声音由远及近地传来。黑鹞子大喊一声："趴下！是迫击炮！"

有的战士迅速卧倒，有的战士还没来得及卧倒，鬼子的七八颗迫击炮弹就爆炸了。有十几个战士被炸死炸伤。

黑鹞子抬头看了看，迫击炮是从山顶打下来的。鬼子担心迫击炮阵地遭袭，竟然将迫击炮阵地设在了接近山顶的一块平地上，完全出人意料。他赶紧命令山寨炮兵架设迫击炮朝山顶发射，摧毁鬼子迫击炮阵地。然而，当炮兵刚要把迫击炮架起来，鬼子的第二拨迫击炮弹飞来，三门迫击炮被炸毁了。

黑鹞子心急如焚，迅速指挥炮兵用最后一门迫击炮朝鬼子的迫击炮阵地开炮。一发炮弹在山顶爆炸，却没有命中山顶下面平地的鬼子的迫击炮阵地。独立大队为数不多的几个会使用迫击炮的战士平时很少使用迫击炮，尤其刚刚接触到这种大口径迫击炮，感觉陌生，连实弹试射都没有，所以打得不准。当炮兵调校了炮口准备再次发射的时候，鬼子的第三拨迫击炮弹呼啸飞来，炸死了炮兵，也炸毁了最后一门迫击炮。

黑鹞子一拳打在自己大腿上，嘿！

第十七章　血战到底

五波炮击一停止，鬼子开始进攻山寨。

黑鹞子指挥战士们向鬼子猛烈射击，顽强抵抗。一拨一拨的鬼子被打倒，一群一群的鬼子跟上来，风卷浪涌、杀气腾腾。

郝二钢想多狙杀鬼子军官，阻止鬼子的进攻。山上树高林密，看不清哪个是军官，哪个是士兵。于是，他爬上一棵高树上，视野开阔了许多。他连续狙杀了三个鬼子军官、三个鬼子机枪手。但是丝毫没有影响鬼子对山寨的进攻，说明他狙杀的都是小军官。他换了一棵树作为狙击点，继续寻找狙杀目标。

穆大头他们听到郝二钢的鸣枪示警，就开始寻找鬼子的迫击炮阵地，却没有找到。当鬼子开炮的时候，他们才知道鬼子的迫击炮阵地设在接近山顶的一个平地上。于是，他们向山顶冲去。

穆大头他们很快接近了鬼子的迫击炮阵地。穆大头让井沿儿、郎崽子掩护，自己和水平、赵梗儿准备炸掉迫击炮阵地。井沿儿、郎崽子举枪瞄向鬼子炮兵。"咣"的一声枪响，井沿儿脑袋中枪身亡。穆大头、水平、赵梗儿、郎崽子立刻隐蔽。他们清楚，一定是遇到鬼子狙击手了。听声音，这是四五百米外的远距离狙杀。他们只知道鬼子狙击手的大概位置，一时半会儿找不到他的准确位置。

鬼子狙击手的存在，给摧毁鬼子迫击炮阵地带来极大的麻烦。

穆大头、水平、赵梗儿、郎崽子心急如焚，又不知所措。水平用枪挑起自己的狗皮帽子，轻轻嘱咐穆大头、赵梗儿、郎崽子注意观察鬼子狙击手的位置，然后向上伸出帽子。他是想引诱鬼子狙击手朝帽子开枪。然而，鬼子狙击手没有朝他的帽子开枪。

山寨门前的枪声不像刚才那么密集了。一定是鬼子冲锋受到黑鹞子他们的顽强阻击，鬼子要停止进攻，然后开始新一轮炮击。

穆大头、水平、赵梗儿、郎崽子心如火燎一般。如果鬼子再进行一拨炮击，山寨的战士会有更大伤亡。必须尽快摧毁鬼子的迫击炮阵地。

水平想起郝二钢叮嘱他们的话：多动脑子，集中优势，以智取胜。有了。他急中生智，想出了一个不得已而为之的主意。于是，对穆大头说："狙击步枪瞄准镜观察面狭窄，只能瞄准一个人，也就是说一次只能狙杀一个人。我、赵梗儿和郎崽子站起来引诱鬼子狙击手开枪。大头枪法最准，负责寻找和狙杀鬼子狙击手。"

水平本来没啥水平，但是这句话说得挺有水平。赵梗儿和郎崽子赞成他的主意。

穆大头坚决反对："你们三个用身体引诱鬼子狙击手开枪，就是在找死。"

水平说："不这样，还能怎么样？你有什么好办法吗？"

穆大头固执地说："要引诱，也得我引诱！"

郎崽子对穆大头说："大头叔，你就别争了，没时间了。水平叔的想法挺有水平，就按水平叔说的做吧。我们三个引诱鬼子狙击手。你负责狙杀！"

水平补充说："我们三个引诱鬼子狙击手开枪，也不是直挺挺地等着他狙杀。我们同时举枪瞄向鬼子狙击手的大致方向，他开枪，只能打死我们三个中的一个，其他两个加上你一定会看清鬼子狙击手开枪的位置，迅速狙杀他。你们活着的千万瞄准打中，否则我就白死了！"

郎崽子马上接着说："不一定你死，一定是我死。我想去陪我爹我妈。"

穆大头焦急地说："别争着死了，没时间了。都做好准备。我喊一、二、三，你们三个麻溜儿站起身瞄准。"

当水平、赵梗儿、郎崽子猛然站起身瞄向鬼子狙击手的大致位置的时候，鬼子狙击手开枪了。水平应声倒在草丛中。穆大头竟然没有看清鬼子狙击手的准确位置，郎崽子却看清了。他一枪打中了鬼子狙击手的脑袋。

穆大头狙击步枪瞄准镜视野太窄，郎崽子的三八大盖步枪没有瞄准镜，视野好些，加上小崽子眼睛好使。

第十七章 血战到底

赵梗儿、郎崽子已经把水平、井沿儿的手榴弹都装进自己的手榴弹背包里。郎崽子把水平使用的鬼子的九七式狙击步枪递给赵梗儿。赵梗儿说:"你的枪法比我准。这支狙击步枪归你使用,好多杀鬼子。"

郎崽子只好不再推辞,端起狙击步枪。

此刻,鬼子已经感觉到穆大头他们的威胁,二十多个鬼子从迫击炮阵地朝穆大头、赵梗儿、郎崽子冲来。鬼子的迫击炮正准备向山寨开炮。穆大头、赵梗儿、郎崽子把五六颗手榴弹投向鬼子的迫击炮阵地,有四门迫击炮被炸毁。

穆大头对赵梗儿说:"你绕到侧面去,把另外四门迫击炮炸毁。我和郎崽子负责对付冲上来的鬼子。"

赵梗儿回答干脆:"嗯哪。"迅速朝侧面跑去。

穆大头和郎崽子开枪狙杀冲过来的鬼子,就像和郝家爷们儿一起围猎野猪群一样,一枪一个。郎崽子眼睛好使,枪法又准,使用狙击步枪得心应手,几乎百发百中。很快就狙杀了十多个鬼子。正当穆大头得意自己戒酒后手不再哆嗦了,枪法也恢复得和过去差不多了,没有给太平村人丢脸的时候,鬼子迫击炮突然掉转炮口朝他俩发射了一发炮弹。穆大头被炸得血肉模糊,壮烈牺牲。

郎崽子也身受重伤,狙击步枪也被炸断。这时,六个鬼子朝他冲来。他拿起身边装有四颗手榴弹的背包,取出两颗手榴弹的拉火绳。当鬼子要上前活捉他的时候,他猛然拉响了手榴弹,六个鬼子为他陪葬……

蜂蜜山寨门外的战壕几乎被鬼子炸平,战士们伤亡惨重,只能退到山寨里面的掩体中,和鬼子血战。山寨里面也被鬼子炸得断壁残垣、血流遍地。独立大队已经死伤过半。有的战士脑袋受伤了,用白布缠上后继续战斗;有的战士大腿中弹,还一瘸一拐地给战士们送弹药。

蜂蜜山寨参加抗日的三十个胡子个个枪法精准,还背着一把磨

猎人狙击手

得非常锋利的大砍刀,有的曾经在和鬼子搏斗的战斗中用大砍刀砍死过鬼子。他们忠义仁勇、血性强悍,杀鬼子从不含糊。当鬼子进攻到山寨门口的时候,他们抡起大砍刀冲向鬼子,砍下了十多个鬼子的脑袋。最后,鬼子的两挺重机枪一齐开火。他们全部壮烈牺牲。他们是打鬼子的英雄好汉!

赵梗儿绕到了鬼子迫击炮阵地侧面山顶。他正要把手榴弹投向鬼子迫击炮阵地的时候,保卫迫击炮阵地的鬼子发现了他,并朝他开枪。他的右臂中弹,接着肚子也中弹。赵梗儿一边顽强地取出兜里手榴弹的拉火绳,一边自言自语地说道:"姐,姐夫,我已经杀死十九个鬼子,为你们报仇了!"此时,鬼子迫击炮正要朝山寨里开炮。情急之下,他抱着一兜手榴弹从山顶跳下,和鬼子及其迫击炮阵地同归于尽……

天黑下来了。

郝二钢狙杀了七个鬼子军官、十二个机枪手。鬼子派出两个小队去追杀他。他只能潜回山寨,和黑鹞子会合。井辘轳、穆文化、水娃儿也回来了。

郝二钢、黑鹞子分析,鬼子和伪军黑天不会对山寨发动进攻,但也不会放松警惕让独立大队和猎人小队去偷袭他们。他们被抗联和其他抗日游击队偷袭怕了,一定在山下丛林中布下天罗地网,等待独立大队和猎人小队去偷袭他们,然后一网打尽。所以不能去偷袭鬼子。鬼子不会以疲惫之师开始明天的进攻,一定会从密山调集增援部队,妄图一举拿下蜂蜜山寨,消灭独立大队和猎人小队。

因此,郝二钢建议,后半夜从密道突围,转移到老黑背山寨,和胡胜男会合,继续和鬼子战斗。

黑鹞子不同意现在转移:"现在转移是不是太早了点?山寨里有十二个碉堡,还没用上呢。尤其是让咱们头疼的鬼子迫击炮被大头他们摧毁了,对碉堡没什么威胁了。明天应该借助这些碉堡和鬼子大干一场。"

第十七章 血战到底

郝二钢坚持自己的想法："虽然鬼子的迫击炮阵地被摧毁了，但是，明天增援的鬼子一定会补充迫击炮，甚至带来比迫击炮更厉害的重炮。关键是山寨里的伤员越来越多，不在今晚趁鬼子不备转移，白天就不好转移了。"

黑鹞子感到郝二钢说得有道理，就同意转移。

清点人数，独立大队、猎人小队和山寨好汉一共二百三十人，牺牲一百二十人，受伤五十人，能够战斗的只有六十人了。

穆大头、水平、井沿儿、赵梗儿、郎崽子没回来。郝二钢从鬼子迫击炮阵地被炸毁，就能断定他们已经牺牲了。他小时候就不流眼泪，此刻，他的心里在流血。这些队员都是太平村的。穆大头、水平虽然是他的长辈，但总是在一起围猎，有着忘年之交；井沿儿、赵梗儿、郎崽子小时候就和他一起疯玩疯跑，情谊深厚。他们五个都是他带出来一起打鬼子的。现在他们死了，他还活着，他心里非常难过！他下决心多杀鬼子，为他们报仇！

井辘轳的儿子井沿儿牺牲了，穆文化的爹穆大头牺牲了，水娃儿的爹水平牺牲了，他们悲痛万分，他们想号啕大哭，但是一看这么多战友牺牲了，也只能把悲痛埋在肚子里，想多杀鬼子，为亲人报仇！

黑鹞子命令三十人负责照顾伤员转移，三十人负责掩护转移。

五十个伤员说什么都不肯转移。他们说如果他们转移会拖累大家，大家都转移不了。他们提出利用碉堡和鬼子决一死战，并且早就做好了利用碉堡和鬼子战斗到底的准备。有些伤员已经进入碉堡。郝二钢、黑鹞子劝说不动他们，只好由着他们了，并给他们留下一些食物。

深夜，郝二钢、黑鹞子和战士们眼含热泪朝碉堡挥手，和受伤仍要坚守山寨的英雄们告别，向他们致敬！

第二天早上。

鬼子的增援部队到了。增援的鬼子开始用迫击炮、山炮轰击山寨，接着向山寨发起更猛烈的进攻。当鬼子冲到山寨门外的时候，没有遭到任何抵抗。然而，当鬼子冲进山寨的时候，十二个碉堡里的独立大队伤员突然向鬼子猛烈开火。鬼子死伤有五六十人。其他鬼子狼狈逃出山寨。

鬼子用山炮轰击山寨，足足轰击了十多分钟。十二个碉堡被炸毁。独立大队的五十名伤员全部壮烈牺牲。

老鬼子下川分析独立大队、猎人小队一定是转移到老黑背山寨去了。于是，命令部队追踪他们来到老黑背山下，并包围了老黑背山寨。

郝二钢、黑鹞子他们刚到老黑背山寨，鬼子和伪军大队人马就追踪而来。鬼子并没有急于进攻山寨，而是在山下三八大盖的射程之外安营扎寨。

郝二钢、黑鹞子和胡胜男合兵一处，但是战斗力远不如在蜂蜜山寨开始和鬼子对抗时的实力强。人数少，只有一百二十一人；武器弹药没有在蜂蜜山寨那么充足，尤其没有粮食；寨墙、碉堡、岗楼、寨门也不如蜂蜜山寨坚固，其中碉堡只有四座。

在研究对策的时候，郝二钢还是提出不能把全部兵力都聚集在山寨里，应该分出一部分人在山寨外面打游击，袭击鬼子后勤给养，抽冷子打掉鬼子的炮阵地，狙杀鬼子的指挥官，让鬼子腹背受敌，首尾不能相顾。

胡胜男感觉郝二钢不但有勇，而且有谋。郝二钢又进步了。她赞成郝二钢的建议。

黑鹞子也赞成郝二钢的建议："我赞成二钢兄弟的建议。但是，我认为咱们不能坐等鬼子来攻城拔寨，而应该按照上次防守山寨的做法，偷袭鬼子营地，削弱鬼子的战斗力。这个办法行之有效。"

郝二钢不完全赞成黑鹞子的做法："现在鬼子比以前更鬼了。他们都被咱们偷袭怕了，打仗首要的任务就是防止被偷袭和反偷袭。还像上次那样朝鬼子军营扔手榴弹肯定不行了。也许还没走到地

第十七章 血战到底

方,就被鬼子包围了。我建议偷袭鬼子的后勤补给站,炸毁他们的弹药。"

黑鹞子、胡胜男都认为郝二钢的建议切实可行。

郝二钢接着说:"我带着井辘轳、穆文化、水娃儿四人去完成这项任务,抽冷子再摧毁鬼子的炮阵地。"

孙一刀过去是老黑背山寨三当家的,现在是独立大队副大队长。黑鹞子、胡胜男还没表态,他抢着说:"你们在蜂蜜山寨浴血奋战,人困马乏。我据守山寨,蓄精养锐。这次任务还是让我带人去完成吧。二钢兄弟带的人太少。我带二十人去,一定能完成任务。"

胡胜男立刻提出反对意见:"郝二钢丛林战、夜战能力强,袭击鬼子有经验,人少但是精干,猎人小队个个都是英雄。我赞成郝二钢去完成这项任务。"她又担心这项任务危机四伏,怕郝二钢有危险,就又补充了一句,"我听二叔的。二叔让谁去就让谁去。"

黑鹞子表态出人意料:"那就让他们一起去。独立大队出六个人,猎人小队出四个人,组成特战小队。二钢兄弟当队长。一刀必须听从二钢兄弟指挥。"

孙一刀愉快接受任务。

郝二钢表面接受任务,并表示一定完成任务,心里却感觉别扭。他对孙一刀不太了解,不知道孙一刀为什么主动提出要完成这个难以完成的任务。

在做准备的时候,郝二钢偷偷地对井辘轳、穆文化、水娃儿说:"注意孙一刀,防备他背后使刀!"

月明星稀的半夜,郝二钢、孙一刀他们出发。按照郝二钢的安排,他们要悄悄地穿过鬼子的包围圈。

孙一刀走在郝二钢的后面,几次想偷袭郝二钢。然而他总是感觉后面好像有几双眼睛盯着他、几个枪口对着他,郝二钢也像脑后长着眼睛似的,所以他没敢轻举妄动。

当特战小队刚刚穿过鬼子的包围圈,郝二钢突然听到身后一声

猎人狙击手

枪响，不知道是特战小队谁的枪走火了。一群鬼子一边打枪，一边朝特战小队冲来。郝二钢立马带领特战小队朝森林跑去。他们甩掉鬼子后，想休息一会儿。郝二钢回头一看，孙一刀不见了。

孙一刀失踪，郝二钢认为绝非偶然。他应该是去向鬼子投降了，或者说他早已经叛变投敌了。如果孙一刀真的叛变投敌了，那么特战小队偷袭计划已经暴露，无法完成偷袭任务了。

井辘轳问："刚才，谁的枪走火了？"

水娃儿说："刚才，是孙一刀故意用刀鞘使劲儿绊了我一下，让我的枪走火了。"

郝二钢听到水娃儿的话，断定孙一刀叛变投敌了。他绊水娃儿，让水娃儿枪走火，就是为了给鬼子报信，好消灭特战小队。再就是他想趁机摆脱特战小队，急于为鬼子提供山寨的情报。

其实，孙一刀一年前已经叛变投降于鬼子。他去密山逛窑子，被汉奸盯上了，报告了鬼子宪兵队。他从窑子一出来，就被鬼子宪兵抓进宪兵队。

孙一刀本以为占山为王，可以吃香的喝辣的，过不劳而获、无忧无虑的生活。然而，从黑鹞子、胡胜男帮助抗联打鬼子开始，他就整天提心吊胆的了，担心总有一天鬼子会把老黑背山寨一锅端了。"九一八事变"之时，孙一刀也是热血青年，要和鬼子对抗到底。现在，他却被鬼子的淫威吓破了胆。在宪兵队，还没等鬼子宪兵使用老虎凳、辣椒水，孙一刀就主动投降了，把老黑背山寨的所有情况和盘托出了。

鬼子少佐为了放长线钓大鱼，让孙一刀继续在老黑背山寨潜伏，监视黑鹞子和胡胜男的一举一动，如果有东北抗联的动静立刻向密山的鬼子报告。

鬼子少佐没有杀死孙一刀，还让他做奸细。让他对鬼子少佐感激涕零，认贼作父了："太君能让我活着，太君就是我爹呀！"

鬼子千方百计要抓捕郝二钢，或者重金收买郝二钢的人头，并

第十七章 血战到底

且独立大队和猎人小队要炸毁鬼子的弹药给养,孙一刀必须报告鬼子,破坏这个计划,活捉郝二钢。所以他才主动向黑鹞子要求完成这项任务。

郝二钢想返回山寨,告诉黑鹞子、胡胜男孙一刀叛变投敌的消息,让他们做好准备。然而,当他们要从另一个地方穿过鬼子包围圈的时候,遭到了鬼子和伪军的猛烈阻击。鬼子听到枪声,已经加强了戒备,返回山寨很难了。郝二钢感觉人多目标大,不容易冲进鬼子的包围圈,就派独立大队的战士李长军、于鲤迅速从密道返回山寨,通知黑鹞子、胡胜男孙一刀已经投敌的消息,让他们做好防范,千万别中了他的诡计。

郝二钢决定带领六个战士在山寨外面打游击,干扰鬼子,抽冷子打掉鬼子的炮阵地,狙杀鬼子的指挥官……

第十八章　深入敌后

夏天绿树葱茏，枝叶茂密，是打鬼子的天然屏障。深秋山林凋零，草枯叶落，郝二钢、井辘轳、穆文化、水娃儿他们失去天然屏障，白天在山林中穿行很容易暴露；晚上，山林才是他们的世界。

郝二钢嘱咐大家说："遇到鬼子能不打尽量不打。一打就暴露了咱们的行踪。就像是咱们打猎，要打黑熊，就打它胸前的白毛位置；要打毒蛇，就打它七寸的位置。"

大家都明白郝二钢的意思。

郝二钢他们在黑夜的山林中穿行，就像一群猎手在寻找狼窝……

黑鹞子、胡胜男在阵地上坚守了一夜，鬼子也没有炮轰山寨，也没有进攻山寨。围而不打、引而不发，也许是鬼子的一个战术。

山寨里已经没有粮食了，饥饿让战士们无精打采。只好杀死东洋马，依靠吃马肉维持生命。如果鬼子始终围而不攻，山寨将不攻自破了。

黑鹞子、胡胜男也纳闷，鬼子是怎么知道山寨里没有粮食的呢？

就在天快亮了的时候，郝二钢派回来报信的战士李长军跌跌撞撞地从密道回到了山寨。他一看到黑鹞子和胡胜男，瞬间哭了起来。黑鹞子、胡胜男焦急地问他怎么一个人回来了。他上气不接下气地说道:"孙……孙一刀叛……叛变了。郝队长让我告诉你们做好准备。"

胡胜男感到很惊讶:"孙一刀叛变了?"

黑鹞子气愤地说:"我早就看出歪瓜裂枣这小子脑后有反骨。去年,他去密山逛窑子,第二天才回来,我就感觉他和以前不一样了,就是没细想怎么不一样了。我估摸他去年就投降小鬼子了。"

去年,孙一刀叛变投敌后从密山回来,说是赌博赢了钱,酒喝多了,才没赶回来。还给黑鹞子送来一百块大洋,想打消对他的怀疑。黑鹞子立马拒绝了他:"我不差你歪瓜裂枣这仨瓜俩枣的。以后再夜不归宿,军法从事!"

胡胜男问李长军:"为什么你一个人回来了?郝队长他们呢?"

李长军平静了许多:"郝队长让我和于鲤回来报信。在通过鬼子封锁线的时候,被鬼子发现并追杀我们。于鲤为了掩护我,被鬼子手雷炸死了。郝队长他们要去炸毁鬼子给养和迫击炮阵地,干扰鬼子。"

胡胜男为郝二钢担忧:"郝二钢他们深入敌后,危机四伏。但愿他们都能活着回来。"

黑鹞子忧心重重地说:"孙一刀叛变了。山寨的密道也不是秘密了。鬼子清楚山寨里没有粮食了,所以才围而不攻,想把咱们困死在山寨里。我看,这仗没法打了,咱们还是突围吧。"

胡胜男有些不高兴了:"还没看到鬼子,就要突围,是不是太早了点儿?怎么也得等郝二钢他们特战小队回来再突围吧。"

黑鹞子解释说:"我一直想等二钢兄弟他们都回来咱们再突围,一起转移。现在,我担心鬼子知道山寨有密道,很快会在孙一刀的带领下,从密道冲进来。那样,谁也走不了了。应该派人通知二钢兄弟他们不要回到山寨,直接转移到别的山上去。"

胡胜男说:"哪个山寨没有密道,即使孙一刀没投降鬼子,鬼子也知道咱们山寨有密道。现在鬼子对山寨的封锁更严密，没法派人出去通知郝二钢他们了。我带二十个战士、两挺机枪，到密道出口埋伏，如果鬼子想从密道偷袭，我们阻击鬼子，掩护你们从密道突围。"

黑鹞子说："这样最好。"

郝二钢带着井辘轳、穆文化、水娃儿等特战小队成员在山林里和鬼子周旋了一天一夜，到处是鬼子的巡逻队。他们险象环生。

井辘轳问郝二钢："咱们还是要炸毁鬼子的弹药仓库和给养吗？"

郝二钢说："密山、连珠山都离蜂蜜山很近，即使炸毁了鬼子的弹药、粮食等给养，很快就会得到新的给养补充。咱们重点是寻找和摧毁鬼子的炮阵地和指挥部，打乱鬼子的部署。"

两天了，鬼子既没有炮击山寨，也没有进攻山寨。郝二钢也感觉纳闷儿，鬼子围而不攻，是要干什么？难道是想困死山寨里的人吗？他忽然想起黑鹞子说过，山寨里没有粮食了。应该从鬼子手里抢一些粮食，为山寨解困。

郝二钢也认为，黑鹞子、胡胜男他们不应该继续坚守山寨了。孙一刀投降，鬼子对山寨情况了如指掌。应该趁鬼子没有从密道摸进山寨的时机，抓紧从密道突围。

傍晚，郝二钢他们突然发现一处鬼子的营地。营地里有一个大帐篷、三个小帐篷。四个帐篷外面各有一个鬼子在站岗放哨。大帐篷门外还有一个用麻袋沙包砌成的掩体，里面有一个鬼子，还架着一挺歪把子机枪，可谓戒备森严。

穆文化说："我看像是鬼子做饭的地方。做饭的地方肯定有粮食。"

郝二钢说："这儿不是做饭的地方。做饭的地方必须有烟囱。这儿没有。"

水娃儿说："我知道了，如此戒备，应该很重要，是鬼子的指挥部。"

郝二钢说:"也不是鬼子指挥部。鬼子指挥部不可能这么冷清。"

井辘轳有些不耐烦了:"都别瞎猜了。不管是什么,咱们也要把它炸毁。好不容易找到了这个重要地方,不能不打吧?"

郝二钢态度坚决地说:"老井说得对,不管是什么,反正看着挺重要,进去看看再说。我估摸里面是粮食、弹药仓库。"

穆文化端着枪就想冲过去。

郝二钢拽住了他。他安排方行他们三个战士做掩护,他和井辘轳、穆文化、水娃儿负责干掉帐篷外面的鬼子,然后冲进帐篷。他强调说:"我负责大帐篷。你们一人负责一个小帐篷。不开枪最好。如果是粮食,一人背一袋;如果是武器弹药,立刻炸毁,迅速撤离!"

井辘轳、穆文化、水娃儿回答:"明白。"

郝二钢按照分工,先用猎刀快速杀死大帐篷外面的鬼子岗哨,紧接着飞身杀死掩体里的鬼子机枪手。然后左手握着手榴弹,右手端着狙击步枪冲进大帐篷。里面的东西让他喜出望外,全是武器弹药和粮食。他背起一袋粮食,拎起一袋粮食就往外跑,并准备朝大帐篷投掷手榴弹。井辘轳、水娃儿也背着一袋粮食跑出来了,手里都握着手榴弹。穆文化还没出来。郝二钢担心他出事儿,刚要冲进去看看情况,穆文化才跑出来。只见他一手拎一箱手雷、一手拎一袋粮食,两个胳膊各夹着一袋粮食。

郝二钢刚要对他大发雷霆,猛然想起他的用意,就摆手让方行他们过来。郝二钢把三袋粮食给了他们三个,然后,让每人从手雷箱子里拿两颗手雷。郝二钢一比画,七个人同时将手雷投向鬼子的帐篷。

顿时,连环爆炸声响成一片、响彻云霄、震天动地、震撼人心!

鬼子的粮食弹药仓库被炸毁,知道是山寨下来的人干的,立即派出大量鬼子和狼狗密集搜索。

猎人狙击手

郝二钢他们背着粮食钻进丛林。

他们刚跑出去不远,鬼子就从后面追上来了。即使郝二钢、穆文化力大无穷,背着一袋粮食和枪支、子弹、手榴弹等,跑起来也感觉吃力。平时在山林里奔跑健步如飞,背着一袋粮食就无法健步如飞了。但是,面对鬼子的穷追不舍,他们也不舍得把粮食扔掉,因为山寨里那么多战士急需这些粮食,就算付出千辛万苦、想尽千方百计,也要把这些粮食背回山寨。他们都在咬牙坚持。

这时,前面也出现了鬼子。郝二钢他们面临被前后夹击的危险。

郝二钢说:"麻溜儿把粮食袋子背好系在身上。咱们七人不能集中在一起跑,一起目标大,不容易冲出去。方行你们三个一组,我们四个一组,分头行动。任务只有一个,就是把自己的粮食送回山寨去。"

大家赶紧把粮食袋子背好系紧,然后腾出手来握枪,准备冲出去。

方行说:"我们三个掩护你们冲出去。"

郝二钢说:"不用你们掩护,你们一定要冲出去,活着回到山寨。"说完,一枪打死了一个在不远处伸头探脑的鬼子兵。然后补充一句,"你们向右,我们向左,冲!"猛地向左冲去。

方行他们向右冲去。

井辘轳、穆文化、水娃儿紧跟着郝二钢后面,一边朝林子里的鬼子射击,一边拼命奔跑。跑了一会儿,郝二钢喊"停下"。他们立刻停下,各自快速寻找掩体。一起向追上来的鬼子射击。有七八个鬼子被打死。他们继续奔跑。在郝二钢的带领下,猎人小队个个枪法精准,丛林作战能力都很强,狙击水平也不断提高。

然而,鬼子越打越多,就像是进攻的狼群,来了一群又一群。郝二钢他们都没有棉或皮的手闷子,手冻僵了,射击远不如正常时候准。郝二钢说:"不能恋战,更不能让鬼子合围。我掩护,你们冲出去!"

第十八章 深入敌后

穆文化说:"我掩护,你们冲出去!"

郝二钢焦急地说:"别争了,快往东边冲!"

穆文化只好和井辘轳、水娃儿朝东边冲去。

郝二钢一枪一个,打死十多个鬼子。他打两枪就换一个狙击位置。不让鬼子掌握他的具体位置,尤其不能让鬼子狙击手确定他的位置。眼看井辘轳他们已经跑远,他也快速撤退,追上了他们……

方行他们三人都是密山当地的农民,鬼子占领了他们的家园、土地,家人也被鬼子杀害了。他们走投无路了,又想为家人报仇,才参加独立大队的。他们对鬼子有着刻骨仇恨,但是他们不太会打仗,战斗力不强。和鬼子打过几次仗,随大流冲锋陷阵,他们绝不含糊,不会落在后面,但是,让他们在山林里和鬼子打游击,和鬼子周旋,他们就远不如猎人小队的战士了。

他们在穿过一片草地的时候,遭到了鬼子的伏击。他们一边还击,一边后撤,本可以用粮食袋子做掩体,向鬼子射击,也可以扔掉粮食袋子,减轻负担,保命要紧。然而,他们怕粮食袋子被子弹打漏,粮食流出来。他们也不想让粮食落到鬼子手里,自己完不成任务。一个战士的腿被鬼子打中了,他一瘸一拐地吃力移动,也没有把粮食放下,最后一颗子弹打中了他的脑袋。当鬼子追上另一个战士的时候,他的枪里已经没有子弹了。他想拉响手榴弹和鬼子拼命。鬼子用刺刀打掉他的手榴弹,随即用刺刀刺向他的肚子,然后伸手要抢他的粮食袋子。他趴在了粮食袋子上,用身体保护粮食。鬼子在他身上又刺了三刀,鲜血流进粮食袋子。

之后,一颗子弹打在方行背着的粮食袋子上,穿透了粮食袋子,也打中了他的胸膛。方行的鲜血和大米一起流淌在枯草上。他牺牲了,倒在了草地上,紧握着粮食袋子的手仍没有松开……

水娃儿的粮食袋子也被鬼子的子弹打中,幸运的是没有打中他。大米漏了一道,就剩半袋了。鬼子沿着大米追了三里地,大米突然不见了。原来穆文化看到水娃儿的粮食袋子漏了,赶紧为他扎好,

猎人狙击手

不漏了。

他们带的食物早已经吃光。穆文化、水娃儿的肚子里没有一粒粮食了,他们也不舍得吃袋子里的一粒粮食。粮食淌在地上,他们怕浪费,才抓起两把往嘴里倒,有些嚼了几下就咽进肚子,有些没嚼就咽进肚子。他们饿急了。

郝二钢猛然发现前面的枯草晃动了一下。无论军人还是猎人都知道,无风而草动,无声而鸟飞,都是有情况的征兆。一定是鬼子在前面埋伏,想把他们一网打尽。他吸了一口拔凉的空气,好险啊,差一点儿着了鬼子的道儿,他大喊了一声"快跑"。

井辘轳、穆文化和水娃儿不知道怎么回事,一看郝二钢让快跑,他们跟着他就跑。瞬间,鬼子的四挺机枪同时开火,子弹恰如追赶他们的蝗虫打在地上。鬼子兵和狼狗一起向他们追来。

郝二钢他们在山林中奔跑的速度是鬼子望尘莫及的,逐渐把鬼子甩在后面。但是,他们毕竟每人背着一袋粮食呢,实在跑不动了。郝二钢看到下面有一条被雨水和山洪冲刷形成的深沟,里面堆积了厚厚的枯叶。他一摆手,他们一起跳进深沟,立即被湿漉漉、黏糊糊的枯叶覆盖。一股浓浓的树叶和其他植物霉变的气味、死水变质的气味、动物尸体腐烂的气味,当然还有沼气,一起涌入他们的鼻子,比井沿儿小时候在山洞里拉裤子的气味还难闻,让他们感到窒息。虫子不住地叮咬他们,他们也顾不过来了。此刻,鬼子和狼狗已经追到深沟上面。郝二钢他们硬是在被死亡笼罩着的深沟里屏住呼吸,一动不敢动,依靠顽强的意志坚持着。鬼子看看四周,没有郝二钢他们的踪影,就让狼狗下到深沟里闻气味找踪迹。狼狗没有下去,只是用鼻子朝深沟里闻了几下,然后朝远处叫了两声。鬼子就朝远处追去。也许鬼子和狼狗都嫌深沟里的气味难闻。

郝二钢从深沟站起来的时候,深深地吸了一口气。穆文化的大脸瘪得确青,想咳嗽,还不敢咳嗽。他想爬到沟上去,呼吸一下新鲜空气。郝二钢制止了他:"都别上去。沟里最安全。等到天黑了,咱们才能穿过鬼子的封锁，回到山寨去。今晚咱们必须返回山寨，如果再晚了，也许山寨里的战士已经转移，或者已经饿死了。"

他们在深沟里坐着，只把脑袋露在外面。过了三个小时，天才黑下来。

郝二钢观察好了，顺着深沟走进密林，就距离山寨不远了。于是，他们顺着深沟走。深沟里的枯枝烂叶有一米多深，每走一步都很艰难，仿佛在深雪里走路一样吃力。在深沟里走路又非常消耗体力，饿得心里发慌，浑身无力。这样，他们都没舍得从粮食袋子里抓一把大米吃。

郝二钢担心粮食在潮湿的深沟里受潮发霉。还好，鬼子的粮食袋子是防潮的。

他们走到半夜，终于走到密林了。

月明星稀，山风送爽。

出了密林，就是山寨的北面。鬼子折腾了一天，也许鬼子也折腾得累了，不再折腾了。郝二钢他们很顺利地走到山寨北面。

郝二钢知道，正门的鬼子肯定多，不能走正门，要想办法从北面进入山寨。山寨为了进出方便，四面都有小门。只是小门平时都是锁着的。只能从侧面跳进去。

突然，郝二钢他们身后传来枪声。开始，他们以为是鬼子追他们来了，赶紧隐蔽。后来他们感觉不对，鬼子不是对他们开枪。只见一个人快速朝山寨跑来，后面有鬼子在紧紧追赶。跑来的是个年轻人，背着一支步枪，应该是抗联的战士。这时，山寨木墙上的战士朝鬼子开枪，明显是来掩护年轻战士的。

鬼子距离郝二钢他们已经很近了。

郝二钢意识到一个严峻的问题。如果他们不朝鬼子开枪，鬼子就会发现他们，并向他们开枪，这个过程山寨里的战士看不清楚；如果他们和年轻人一起朝山寨跑，他们是刚到山寨的，和山寨的战士都不熟悉，山寨的战士会把他们当作鬼子或者是鬼子的同伙，也会向他们开枪。那样,他们将处于自己人和鬼子两面夹击的危险境地。

鬼子已经近在咫尺了。郝二钢他们只能向鬼子开枪。这时,山寨里的战士以为鬼子要进攻山寨北侧小门了,朝郝二钢这边猛烈射击。鬼子也朝郝二钢他们射击。

穆文化举枪要打鬼子。郝二钢猛地按下穆文化牛一样倔强又和穆大头一样不够聪明的头,和他一起趴在地上。井辘轳和水娃儿一看他们俩趴下了,也瞬间趴下。这样一致的步调已经形成默契。

山寨的战士和鬼子对打。

郝二钢他们抽冷子打死一个鬼子,或者朝鬼子扔了一颗手榴弹。很快,七八个鬼子被消灭。

这个时候,山寨里的战士才感觉有人帮助他们。穆文化的嗓门大。郝二钢让他向山寨喊话。他大喊起来:"山寨的兄弟,我们是猎人小队,快给我们开门。"

但是,山寨里的战士不认识猎人小队的人,还是不敢开门。又有一批鬼子冲上来了。郝二钢带着井辘轳和水娃儿阻击鬼子,让穆文化高喊黑鹞子、胡胜男的名字。

胡胜男正好巡视山寨防务,来到北面小门。当她听到穆文化喊她的名字,瞬间断定是郝二钢他们回来了。她赶紧登上木墙。

此时,郝二钢他们的子弹已经打光,开始用猎刀和鬼子肉搏。郝二钢捅死了五个鬼子,井辘轳、穆文化和水娃儿杀死了七个鬼子。又有鬼子冲上来了。

就在猎人小队处于极度危险的关键时刻,胡胜男大声喊道:"郝二钢,快进山寨!"

胡胜男的这一嗓子胜过男人,响彻云霄,枪声都掩盖不住。郝二钢他们快速朝山寨北面小门跑去,那速度就像没有背一袋粮食、就像吃饱了浑身有力气一样。

山寨北面小门打开了。

在胡胜男和山寨里的战士掩护下，井辘轳进去了，穆文化也进去了。

水娃儿也要进去了，年轻的脸上露出胜利的笑容。就在这时，一声枪响，响彻夜空。一颗子弹，打在水娃儿的脑袋上。他的笑容尚未消失，就倒在了血泊中……

第十九章　艰苦卓绝

　　水娃儿牺牲了。郝二钢赶紧把水娃儿抱进山寨，穆文化出来把水娃儿背回来的半袋大米也拎进了山寨。

　　原来，因为山寨断粮，黑鹞子让四个战士半夜到山寨以前挖的捕猎陷阱看看，有没有捕到猎物。四个战士悄悄地出寨，轻轻地来到陷阱附近，却掉进了鬼子设下的"陷阱"。鬼子快速从四面包抄上来。三个战士当场中枪身亡，只有年轻战士一人侥幸逃回了山寨。

　　郝二钢他们回来了，还带回来三袋半大米。黑鹞子、胡胜男非常高兴。鬼子围而不攻，封锁山寨，就是想把他们困死在山寨里。

　　黑鹞子说："山寨里早就没有粮食了。你们带回来了粮食，为山寨解了燃眉之急。如果没有这些粮食，独立大队连突围的力气都没有了。但是，这点粮食也解决不了根本问题。我和胜男天天盼你回来，就是想和你商量下一步我们怎么办，不能在山寨里坐以待毙吧。"

　　郝二钢说："现在看，只能是突围了。"

　　黑鹞子、胡胜男和郝二钢不谋而合，决定突围。

　　黑鹞子命令厨房用郝二钢他们历经千辛万苦带回来的大米做干饭，吃饱了准备突围。

第十九章　艰苦卓绝

战士们多天喝着没有几粒米的稀粥，喝得只撒尿不拉屎，饿得浑身无力，没精打采。吃上了大米干饭，感觉就像是长这么大吃到过的最好吃的饭了，也有了力气，有了精神。

山寨里本来有三匹东洋马，是黑鹞子、胡胜男和孙一刀的坐骑，还有四匹东洋马是缴获鬼子骑兵连的。其中有两匹东洋马杀了当粮食了。现有的五匹马因为没有粮食和草料喂养，高头大马已经瘦成驽马了。黑鹞子、胡胜男让马倌小马牵过来一匹东洋马，给郝二钢专用。郝二钢说已经不习惯骑马了，不要马。

黑鹞子、胡胜男了解郝二钢的个性，就不再强求。

黑鹞子坚持从密道突围。

郝二钢坚决反对："孙一刀叛变，已经成为鬼子的忠实猎狗。他肯定把密道告诉了鬼子。鬼子不可能任咱们从密道突围而不管，一定在密道之外埋伏了重兵，等着咱们进入他们布下的网，然后将咱们一网打尽呢。我建议从南面小门突围出去。"

黑鹞子固执地说："鬼子这几天一直没进攻山寨，也许是歪瓜裂枣还有良心，没有坏透腔儿，或者顾念我们在北大营东北军时的旧情，没有告诉鬼子密道的秘密。再说了，南面小门外荒草丛生，根本无路可走，更无法骑马。"

以前，胡胜男总是和郝二钢见解一致，这次却和黑鹞子一致了："我在密道外面守候了两天两夜，鬼子没有一点儿动静。也许鬼子真的不知道密道的秘密呢。"

郝二钢说："鬼子不可能不知道密道的秘密。孙一刀也不可能不告诉鬼子密道的秘密。我断定鬼子布下了口袋，正在密道外面等着咱们往里钻呢。这么多战士，咱们不能根据'也许'而冒险！"

胡胜男又转变了话题："不从密道突围就从南面小门突围。我最关心的是咱们突围之后去什么地方。"

郝二钢说："不知道你们琢磨过没有。光独立大队这些人、这样打鬼子，鬼子是打不光的，也不可能把鬼子赶出中国去。在这样

猎人狙击手

艰苦的环境下孤军作战,没有粮食,没有弹药,说不准哪天鬼子会把独立大队打光了。你们还是应该参加东北抗联,和抗联一起打鬼子。"

胡胜男补充和重复说:"我也想过,独立大队现在的唯一出路就是参加抗联,和抗联一起打鬼子!我不是说抗联有充足的武器、粮食,其实抗联比咱们更艰苦。我是说抗联是共产党领导的人民军队,有坚定的信念和纪律,参加抗联打鬼子心里踏实。但是,抗联撤退到苏联去了,怎么和他们联系参加抗联啊?参加你们猎人小队得了,和你们一起打鬼子,就是和抗联一起打鬼子了。"

郝二钢立马解释说:"咱们一起打鬼子没说的。但是猎人小队代表不了抗联。上次钟营长说过,收编独立大队需要上级党组织批准。也不知道上级党组织批准没批准。"

黑鹞子有些伤感地说:"不管批不批准,咱们也照样儿打鬼子。只是万一我被鬼子打死了,还不是抗联战士,死得遗憾啊!"

郝二钢安慰他说:"那咱们突围后就有地方去了。抗联的大队人马已经进入苏联休整,抗联独立营钟营长他们也去了苏联。抗联去苏联休整是为了更好地打鬼子。咱们突围之后,先去杨岗沟山抗联的一个密营休息几天,然后去苏联找抗联,和他们一起打鬼子!"

黑鹞子、胡胜男都说太好了。只是在从哪儿突围的问题上黑鹞子和郝二钢有分歧。胡胜男也不表态了。最后,黑鹞子说:"要不这样吧,咱们分兵两路。二钢兄弟带领二十人从南侧小门突围。我和胜男带领其余的人从密道突围。咱们在杨岗沟山下会合。"

郝二钢明明知道他们进入的是鬼门关,但是,黑鹞子固执己见,连三头倔驴都拉不回来。他也就不好再坚持了,只能由着他了。

黑鹞子、胡胜男让战士给郝二钢他们送来一袋大米、几箱子弹手雷和一匹东洋马,让他们用马驮大米袋子和子弹手雷箱子。郝二钢不要东洋马,只留下一袋大米和几箱子弹手雷。

郝二钢让穆文化、井沿儿到厨房把大米炒熟,平均分给二十个

第十九章 艰苦卓绝

战士。还把子弹和手雷平均分给二十个战士,没有大米袋子,也没有子弹手雷箱子了。郝二钢嘱咐二十名战士:"突围必须轻装。只带武器、弹药、食物和鞋,其他东西全部留下。"

黑鹞子、胡胜男命令和他们一起突围的战士把一袋半粮食、十箱弹药、衣服被子以及一些袁大头等等都包装好,驮在东洋马上。

夜深人静的时候,突围开始。

胡胜男让和她在密道口防守的二十名战士带着两挺机枪走在最前面,当先锋。黑鹞子、胡胜男骑着东洋马紧跟其后,其他三十多名战士和三匹东洋马驮着粮食、弹药跟在最后。

郝二钢带着井辘轳、穆文化等二十名战士鸟悄儿地走出南面小门。他让十名战士在前面披荆斩棘,开辟一条下山的路。自己则带着井辘轳、穆文化等十名战士守候在山寨正门口,准备接应黑鹞子、胡胜男他们。

过了一会儿,只听到密道出口附近枪声大作,在寂静的夜空显得震耳欲聋。

黑鹞子、胡胜男走出密道不远,还暗自庆幸没有鬼子埋伏呢。鬼子突然开枪。当先锋的两个机枪手还没等反击,就中弹身亡了。黑鹞子、胡胜男命令战士们赶紧退回密道返回山寨。然而后面的三匹东洋马把狭窄的山路堵得死死的,没办法过去。黑鹞子情急之下,让战士们把三匹东洋马和驮着的物资一起推下山坡,让出来山路,他们才进入密道。二十个当先锋的战士全部牺牲。黑鹞子他们想从郝二钢他们突围的南面小门突围,然而大批鬼子已经从正门攻入,封锁了密道出口。他们面临被鬼子前后夹击的危险。

正当黑鹞子、胡胜男万分焦急、手足无措之际,郝二钢指挥十名战士一起朝攻进正门的鬼子投掷手雷。他则用狙击步枪打死了一个鬼子军官和一个机枪手。在郝二钢他们的掩护之下,黑鹞子、胡胜男他们才冲出密道,从南面小门冲了出来。

郝二钢说:"你们先走,我们掩护。"然后和十名战士撤退到南

猎人狙击手

面小门外,阻击追击的鬼子。他先是安排两个战士在南面小门口设置了诡雷。看看黑鹞子他们已经走远,他们向鬼子投了两颗手雷,然后迅速撤退。

手雷的爆炸声如同欢送他们的礼炮……

黑鹞子对孙一刀咬牙切齿:"该死的歪瓜裂枣,如果不是他告诉鬼子密道的秘密,鬼子哪能在密道出口埋伏?我一定亲手宰了他!"

郝二钢和黑鹞子、胡胜男会合,往杨岗沟山转移。猎人小队和独立大队加一起,只剩三十四人。

到了杨岗沟山里的村子密营一看,这个村子密营已经被鬼子炸毁。房子框架还好。他们简单收拾了一下,在密营暂时安身。

他们找到了一个腌酸菜的破水缸,用来当锅,煮粥烀肉都用破水缸。一个小战士、一个老战士因为脑袋受伤,担心树枝剐碰,用鬼子的钢盔保护脑袋。钢盔成了饭菜盆。有几个战士身上带着缴获鬼子的野战水壶,成为难得的取水工具。战士在倒塌的房子里找到了几只半拉破碗,成了吃饭的宝贝。在树上掰几根直溜树枝就成了筷子。

休息了三天。当他们想下山去苏联和东北抗联会合的时候,才知道鬼子已经把杨岗沟山封锁了。因为有七个伤员,其中三个伤势严重,无法突围。

在蜂蜜山寨,独立大队的五十名伤员为了掩护黑鹞子他们转移而全部壮烈牺牲,一直让黑鹞子心里不安和愧疚。他不能再抛下伤员不管,让战士们心寒,也让自己心寒了。

郝二钢、胡胜男也同意暂时住在杨岗沟山,等伤员的伤养好了,再找机会突围。

难挨的冬季来临。这个冬天特别寒冷。

他们住的房子有的没有房顶,有的只有房架。窗户没有窗户纸,门没有门板。战士抱回来一些枯草,他们只能躺在枯草上过夜。房子四处透风,头顶仰望星空,屋外是刺骨寒风,屋里是寒风刺骨。

战士没有褥子、没有被子,也没有棉衣棉裤棉鞋,冻得瑟瑟发抖。实在冷得厉害,战士就又抱了一些枯草,盖在身上。

他们一粒粮食都没有了。有几个受伤的战士伤口发炎了,还没有药品。郝二钢清楚,东北的粮食主要是苞米、高粱、大豆和豆饼。抗联在艰苦的时候,粗粮都是带皮吃的,蔬菜多以咸菜为主,吃野菜、草根、树皮是家常便饭。药品更是奇缺,一旦战士受伤,如果没有消炎药,死亡率就会大大增加。重伤,就意味着死亡。

吃饭问题,仍是他们的当务之急。

黑鹞子、胡胜男骑的东洋马是前些年缴获鬼子的,跟随他们几年了,已经成为他们的忠实伙伴。日本人经过了半个世纪的杂交改良的东洋马,高大能吃,除了草料,还要吃粮食。战士都没有粮食吃了,怎么能喂东洋马吃粮食呢。黑鹞子和胡胜男只能忍痛割爱,杀了东洋马,让战士们吃饱才能杀鬼子;让伤员们吃饱,才能早日康复。

小马负责饲养东洋马,和两匹东洋马有着深厚感情。他流着眼泪杀了两匹东洋马。白天还不敢明目张胆地煮肉,怕鬼子看到炊烟、闻到肉香,找到密营。只能到夜深人静的时候偷偷地煮肉。

别人都在吃东洋马肉,只有小马不吃,还在流泪。黑鹞子、胡胜男劝他吃,吃饱了才能保持体力,并当着他的面吃了一块马肉。他才一边哭一边吃了一小块马肉。

两匹东洋马先后被吃掉了。

郝二钢在一个地窖里找到了一小布袋苞米面,也就三斤多,有些发霉了。他们如获珍宝,舍不得吃,每天吃两顿饭,每顿饭仅用两把苞米面煮半水缸粥。这三斤多发霉的苞米面,让三十四人吃了三天。战士们除了放暗哨,就是躺着,怕运动消化快,饿得眼睛直冒金星。

井辘轳和穆文化要去山下凿冰捕鱼。郝二钢担心鬼子从凿冰的痕迹判断出他们藏身的位置,没有同意他们去凿冰捕鱼。

猎人狙击手

郝二钢带着井辘轳、穆文化每两天就要进山打猎，担负起为大家解决食物的重任。有时能打到猎物，有时空手而回。他们有时在附近看到猎物，也不敢轻易开枪，怕枪声引来鬼子。走到十多里远的地方才敢开枪，只打一两枪，就背着猎物回来。

鬼子没来的时候，密山的猎物很多。惊蛰前后，雪表层挺硬，形成厚厚的硬壳，人在上面走都没事儿。狍子蹄子比较尖，一旦踩在硬壳上，就会陷下去，腿拔不出来，跑也跑不动，只能束手就擒。猎手不用打枪，就能抓到狍子。当地猎人管这叫"打硬壳"。现在，即使有雪地的硬壳，也抓不到狍子了。

有一天，郝二钢他们在山林中寻找、追踪了一天，也没打到猎物。正要无奈地返回密营，突然发现一匹黑马在被三只野狼追赶。黑马在生死关头表现出了超乎寻常的狂野和威猛，用蹄子猛踢野狼，让野狼都望而生畏，不敢靠近。他们打死了野狼，救下了黑马。黑马也不再跑了。郝二钢走近一看，认出了这匹黑马是独立营专门驮物资的黑子。黑子似乎也认出了郝二钢，在他面前表现出了跟刚才截然不同的温顺和信赖。它瘦得仿佛只剩下骨头，在野狼的追赶之下，已经耗尽了体力，趴在他面前，含泪望着他，也许在对他说："我不想死在那些该死的野狼口中，给咱抗联独立营丢脸。把我带走吧，我要和你们一起打鬼子。"郝二钢抚摸着黑子的脑袋，不知道如何是好。

黑子是一匹母马。东北抗联的行军打仗离不开母马，因为母马比公马更可靠。公马容易受惊吓，容易与其他马匹发生冲突，给行军带来麻烦，暴露部队行踪。公马消耗的食物也更多，而且在缺乏饲料的情况下容易生病。因此，抗联在战争中尽量采用母马作为战马。能够获得的马匹主要是用于种地和拉车的本地母马，虽然体型矮小、四肢粗壮，奔跑速度相对较慢，却能够适应严寒环境，耐饥饿、不易生病，是抗联的好伙伴。在条件允许的情况下，喂它们粮食、黄豆和盐，如果粮食不足，它们靠撕咬积雪下的草或嫩树皮、

第十九章 艰苦卓绝

细枝来获取营养，也能活下来。

郝二钢估摸，一定是独立营在弹尽粮绝、饥寒交迫的最艰苦的时候，战士没有吃的，也没有草料喂黑子了。他们舍不得把黑子吃掉，才是把它放了。现在怎么办？他们不能养活黑子，战士们都没有吃的，不可能有吃的喂养黑子。再说，黑鹞子、胡胜男含泪把两匹东洋马都贡献给了战士们，郝二钢要是把黑子带回去养活，他们会怎么想？如果放任黑子不管，它很快就会成为野狼的猎物。也不知道这些天来，它是怎么活过来的。

只能把黑子放了，让它自己在这个世界闯荡吧。

郝二钢让井辘轳、穆文化把身上能吃的都拿出来，想让黑子吃点儿东西。然而，他们除了一身瘦肉，没有一点儿能吃的了。郝二钢和井辘轳、穆文化只好用猎刀从雪下割了一些干草，在树上掰了一些枯枝，让黑子吃。他们看到黑子吃得差不多了，才含泪离开黑子，一人背着一只野狼，返回营地。

有一天，放哨的战士气喘吁吁地跑回来说："鬼子来了。是孙一刀领鬼子来的。"

也不知道是不是打猎的枪声把鬼子和孙一刀招来的。必须立马转移。

黑鹞子听说孙一刀来，气不打一处来："歪瓜裂枣竟然带鬼子找上门儿来了，等我杀了这个鬼子的走狗再走。"

郝二钢劝他说："咱们早晚要除掉孙一刀，为死去的战士们报仇。但是现在必须转移。"

胡胜男也劝黑鹞子立马转移，要为伤员着想。他才立马转移。

郝二钢找到一处已经被鬼子炸毁的半地下密营。收拾了一下，用树枝搭棚，还能勉强住人。但是密营不大，只能住下二十六人，剩下八人没地方住。只能让伤员住进密营，其他人轮流住。不在密营住的在外面站岗放哨。厚衣服少，让站岗放哨的穿。

平时，战士们冬天用手闷子给手取暖，有的手闷子因为戴五六

猎人狙击手

年了,磨损严重,已经露手指了;有的手闷子毛磨平、棉漏光,已经破旧不堪,不怎么保暖了。现在想起来那些破手闷子都是稀罕玩意儿了。没有一个战士有手套,手冻得通红通红的,放在嘴里直哈气。有些战士手脚都冻伤了,甚至需要截肢。

正常情况下,即使动物稀少,都是老猎手的猎人小队也完全可以靠打野猪、打狍子,解决战士们的饥饿问题。但就怕枪声招来鬼子和伪军,不敢打枪。郝二钢就和井辘轳、穆文化利用以前猎人设置的捕猎陷阱捕猎野猪和狍子。还下了一些用布条、皮条做的简易捕猎套子捕猎野鸡、野兔、榛鸡什么的。

以前的捕猎套子都是用钢丝做的,即使套到野猪等大动物都不容易跑掉。用布条、皮条做的简易捕猎套子即使套到野兔等小动物,也容易跑掉。所以,下套子只是偶尔能套住一些小动物。郝二钢以前打到大型动物,都把内脏扔掉。现在无论打到什么动物,内脏都舍不得扔掉了,内脏都是好东西,都是美食,都得吃掉。

一天,井辘轳、穆文化头疼发烧了。穆文化本来就和穆大头像是一个模子倒出来的,头大。一头疼发烧,感觉头重脚轻,站不稳了。郝二钢让他们俩在密营休息,自己一个人带着猎枪、猎刀进山寻找猎物。

郝二钢野外生存能力极强,什么季节都能找到吃的。春天吃无毒植物的嫩芽;夏天吃的东西最多,野菜、野花、鱼、蛙等;秋天吃浆果;冬天吃猎物,烤野兔、野鸡。野生植物、菌类什么无毒,能吃;什么有毒,不能吃,他一清二楚。然而这个冬天,野草枯萎、树叶落尽,动物寥寥无几。郝二钢的生存能力经历了前所未有的考验。没有吃的,生存能力再强的人也无法生存。

鬼子为了断绝抗联和其他抗日游击队的食物来源,除了把村民赶到"集团部落",不让村民为他们提供食物外,还派兵围猎山里的动物,快把山林里的动物打光了。山里的动物稀少,捕猎陷阱、套子几乎捕不到动物了。

第十九章　艰苦卓绝

因为饥寒交迫，郝二钢由一匹强健的骏马，变成了一匹清癯的瘦马。改变不了的，是他那宁折不弯的钢筋铁骨，驰骋千里的强悍雄风。

郝二钢想起十七岁的时候，自己第一次冬天在山里过夜。临走之前，郝青石、郝红石、郝钢都劝他不要进山，下午可能有大烟炮。那个时候，他有一种莫名的叛逆心理，别人越不让他做的事儿，他越要做。他非要自己进山打猎，不让他去不行，别人和他一起去也不行。没办法，只能由着他自己去了。是死是活，听天由命了。

中午，他用洋炮打到两只狍子。本想把狍子装在爬犁上，带着胜利的喜悦回家。然而大烟炮太邪乎了，活撕拉地把他拉爬犁的绳子轰断了。惯性让他在雪地上直打趔趄。爬犁就像水里的盆儿，在雪地上打转。

突然，他发现有一群野狼跟上了他。他背起两只狍子，想快跑摆脱野狼。野狼也快跑追他；他停下来，野狼也停下来。这个时候，他有些紧张了。因为他清楚，野狼没有向他发起进攻，是为了试探他的实力，也为了消耗他的体力。如果他的体力消耗得差不多了，狼群会向他发起疯狂攻击。群狼战术势不可当，连棕熊、老虎都怕。

开始，郝二钢舍不得把打到的狍子扔给野狼。狼群对他穷追不舍。为了保护自己，他无奈地把一只狍子扔给了狼群。狼群去抢食他扔过去的狍子。他趁机加速奔跑，想摆脱野狼。然而，他在山林雪地中跑了五百多米，正要朝山下跑，只见十一只野狼在前面站成一排，在等待着他。他瞬间停了下来。他琢磨，如果狼群攻击他，洋炮只能打死一只野狼，再给洋炮装填弹药肯定来不及了。他用猎刀和狼群搏斗，再杀死四只野狼，剩下六只野狼会把他撕成枯叶。野狼不会爬树。最好的办法是他上树，在树上射杀野狼。他环顾一下，正好左边有一棵大树。于是，他把另一只狍子朝狼群扔去。野狼去抢食狍子。他抓住机会，爬到了大树上。狼群撕咬了一会儿狍子，就又来打郝二钢的主意。一看他爬到了大树上，就在树下围了

猎人狙击手

一圈,仰头观望着他。洋炮在家的时候装填了弹药,他带的弹药还能装填十次,打第二只狍子的时候装填了一次。如果他能打死九只野狼,剩下两只野狼即使不被吓跑,他也能轻松应对了。于是,他瞄准看似头狼的野狼的脑袋果断开枪。野狼脑袋中弹倒地。其他野狼后退了十米,又围成了圆圈,继续观望着他。他一个一个打死了五只野狼。剩下三只野狼已经后退了六十米,要退出洋炮的射程了,就是不肯放弃郝二钢这块坚硬的肥肉。然而,当他再次为洋炮装填弹药的时候,因为手冻得有些僵硬,装独弹的口袋没拿住,掉在了树下。没办法,他只为洋炮装填了火药和纸垫。可以吓唬野狼,无法打死野狼。他的脚冻得快没了知觉,腿冻得支撑不了身体。就在这时,突然又刮起了大烟炮。呼啸的大风比狼嗥还令人恐怖,夹着雪粒,排山倒海、摧枯拉朽而来。雪雾弥漫,视野朦胧,看不清三只野狼走了还是没走。眼下他已经管不了那么多了,再不从树上下来,就会成为一个冻梨,明年春暖花开的时候才能掉下来。他上树是一步一步爬上去的,下树也想一步一步下去,然而他的腿脚都冻僵了,不听使唤,一下踩空,直接从树上掉了下来,仿佛一个大大的冻梨掉在雪地里。他观察了一下四周,没看到野狼。才慢慢地试着站了起来,捡起掉在树下的独弹口袋,艰难地往下山的方向走。大烟炮吹在脸上,像是冻硬的皮鞭抽的一样疼痛,跌跌撞撞地走起来仿佛一个找不到家的醉汉。天冷得厉害。他把硬如炕席、冷似铁锹的皮衣再往破皮裤里塞一塞,勒紧腰间的麻绳。他的皮衣是奶奶李凤兰用没有熟好的黑熊皮做的,平时就硬,一冻更硬。还是冷,就把还带着寒雪的枯草塞进皮衣里。里面没有内衣,肌肉发达的皮肤都被枯草扎出了血印儿。感觉浑身都冻僵了,血液如同封冻的溪流,十根手指已经不是自己的了,宛如十根冰溜子,从他的手臂垂下。本能地用嘴往手上吹气,吹出来的气都是凉的了。

"咕咚"一声,郝二钢掉进了一个猎人挖设的捕猎陷阱。躺着真舒服,还感觉温暖,真不想起来。原来陷阱里有一只刚刚死去的野猪。他猛地坐起，迫不及待地用猎刀剖开野猪的肚子。他伸手去掏野猪的肝脏的时候，手停在了里面。肚子还是温暖的，冒出热气。他想焐焐手。此刻，他感觉野猪的肚子有点儿小，否则他能钻进去。大烟炮很快又将陷阱的缺口填平。陷阱里形成一个雪窖，比山林里暖和一些，尤其是没有大烟炮。他将手脚塞进野猪的肚子里，血液开始正常流动了。他皮衣里的枯草也变得温暖和柔软。他听到了野狼的嚎叫，又把独弹装填到洋炮里，但是野狼没有发现他。他啃了两个冰块一样坚硬的苞米饼子，吃了几把雪。第二天早晨，郝青石、郝红石和郝钢来寻找他了……

在老黑背山，郝二钢穿的牛皮靰鞡被山石、枯枝剐得不能穿了，埋在了树林里。他从鬼子的尸体上扒下来一双军鞋，穿在自己的脚上。现在，军鞋也张开了鲇鱼的大嘴，走林间雪地里不断灌进冰雪和石块，脚冻得快成不再流血的熊掌了。他想起小时候冬天放牛，冷了，就趴在黄牛背上，用黄牛的热量取暖。他穿着一双快掉底儿的狍子皮鞋，脚冻得实在受不了了，就把鞋脱掉，光脚伸进黄牛刚拉的粪便里。当时是热乎了，但是，当黄牛的粪便凉了，把脚拿出来的时候就更遭罪了。得趁脚上的牛粪还没凉透，快速用雪把牛粪洗掉，再用牛毛把脚擦干，否则就真冻成熊掌了。然后把脚放在牛肚子上取暖……

人在饥饿的情况下，更不耐寒冷。郝二钢和战士们经常是肚子饿得咕咕作响，身上冻得瑟瑟发抖。

郝二钢发现捕猎陷阱里掉下一头野猪，还活着。他大喜过望，竟然忘记郝青石告诉他"一猪二熊三老虎"的警示了，不顾安危，抽出猎刀，一下跳进陷阱，借助身体下落的力量一刀刺在野猪的后脖子上。然而，野猪后脖子的皮肤又粗又厚又硬，加上此时的郝二钢有气无力，竟然没有刺中野猪的动脉。这一刀激怒了野猪。本来设置陷阱，让野猪掉下来，已经让野猪憋气又窝火的了，还用猎刀刺它，它更是怒火冲天、怒目切齿的了。野猪想转过身来，向他发起攻击。陷阱空间狭小，它转身较慢。郝二钢抓住机会果断出刀，又从侧面刺中它的脖子，再快速把猎刀拔出。野猪脖子上鲜血如同泉眼的水一样涌出。郝二钢恰似沙漠中马上就要干死的独行狂人，不等野猪死去，就骑在野猪身上，抱住还在挣扎的野猪猛喝它的鲜血。他又用猎刀剖开野猪的肚子，把两脚伸进野猪的肚子。冻僵的脚才慢慢有了血色。

郝二钢在陷阱里和野猪相拥，借助野猪的体温恢复自己的体力。过去，他能轻松地把二百多斤的野猪从山上背回家，现在因为长期吃不饱饭，经常饿肚子，体力消耗过大，又得不到恢复，背起二百斤的野猪感觉吃力。他只能把野猪的内脏留在陷阱里，把野猪头也留在陷阱里，再吃力地把野猪拽出陷阱，然后更吃力地背回密营。

有两只野狼看到郝二钢背着一头野猪，紧紧地跟在他的后面，想伺机攻击他，再抢下野猪。郝二钢心想，平时找都找不到野狼，今天竟然送到跟前儿来了。郝二钢想打死两只野狼，储备起来过几天再吃。然而当他放下野猪，野狼就跑远了。他再背起野猪的时候，就感到手脚酥软，没有力量背起野猪了，一下坐在雪地上。

两只野狼蹲在猎枪的射程之外观望。如果郝二钢倒下了，野狼会瞬间冲过来，咬断他的脖子。甚至会招来狼群，把他和野猪吃得只剩白骨。

想到这儿，郝二钢以其强大的精神力量支配他沉重的身体慢慢站立起来。他吃了一把白雪，然后用超人的毅力将野猪背起，一步一步朝密营走去。

每一个猎手在遭遇狼群攻击之前也许都是英雄，然而在狼群的凶悍、猛烈攻击之下，仍然安然无恙甚至战胜狼群的猎人，才是真正的英雄……

战士们看到郝二钢艰难地背着一头大野猪回来了，欢欣鼓舞，简直想把郝二钢抬起来，抛在空中。但是，他们没有力量把他抬起来。

第十九章 艰苦卓绝

郝二钢已经精疲力尽，瘫软地倒在雪地里。胡胜男赶紧和几个战士把他抬进密营休息。

战士们继续用从村子密营拿过来的破水缸烀野猪肉。野猪骨头和肉还没烀熟透，他们就迫不及待地用刀割下肉来吃，还淌着血呢。因为他们太饿了，如果再不吃点肉，也许连吃肉的力量都没有了。

附近山林中的猎物本来就少，现在，郝二钢、井辘轳和穆文化他们几乎找不到猎物了。有时，一找找一天，也没看到猎物的踪迹，到了傍晚才带着饥饿、疲惫和对战友们的歉意返回密营。他们只能越走越远，到别的山上寻找动物。但是，猎物打到了，要背负沉重的猎物走很远很远的路程返回密营，让他们感觉非常吃力。如果打到一头野猪，他们除了掏空内脏，还要把野猪分成三份，一人背一份。他们把野猪的内脏埋在深雪里，下次来再取回去。有几次，他们来取动物内脏的时候才看到，猎物内脏已经被别的动物吃掉了。他们感到可惜！

因为路途远，负担重，饿得筋疲力尽了，甚至有倒地不起的感觉，就用猎刀挖树皮吃，咽不下去的时候，就一边吃树皮，一边吃雪。或者是吃雪下面的草根。据说，东北抗联第一军军长兼政委杨靖宇牺牲后，鬼子解剖了他的肠胃，里面没有一粒粮食，全是草根、树皮、皮带和棉絮，抗联将士的坚韧和顽强令人敬佩！

郝二钢也领着井辘轳和穆文化他们去挖耗子洞，抓耗子吃。农田里的耗子洞里储藏的粮食多，耗子肥；山林里的耗子洞储藏的粮食少，耗子瘦。胡胜男开始不敢吃耗子肉，后来饿得前胸贴后背了，看到战士们都吃得津津有味，她垂涎欲滴，也吃得津津有味了。

郝二钢又和穆文化做了一个简易的木爬犁。打到猎物就放在木爬犁上。用木爬犁拉着猎物要比肩扛绳拽省力。谁受伤了或者饿倒了、累昏了，就躺在木爬犁上。有一次，他们把打到的一只狍子放在木爬犁上，准备返回密营。有两只野狼突然从树林中冲出，要和他们抢夺狍子。郝二钢担心山谷中的枪声太大，引来鬼子，就没有

猎人狙击手

开枪,而是让穆文化快跑。穆文化力气大,跑得也挺快。两只野狼在后面紧紧追赶。又有四只野狼加入追赶他们的行列。眼看野狼近在咫尺,要扑上来了。郝二钢突然开枪。他想把六只野狼都猎杀了,供战士们食用。然而一只野狼被猎杀,其他野狼吓跑了,逃跑的速度比追赶他们的速度还快……

时光飞船仿佛在杨岗沟山原始的苍凉中搁浅。今年的冬天特别漫长,本来快到了下雨的日子,大雪却还在没日没夜地飘落着。

一天,郝二钢他们终于和鬼子在山里遭遇了。他们还没打倒猎物,听到有声音,以为是野猪群来了呢。一看是鬼子群,是一个小队的鬼子。郝二钢不想让鬼子看到他们在打猎,就示意井辘轳、穆文化不要开枪。鬼子发现了他们,向他们冲来。十一个人的鬼子小队被他们全部猎杀。

他们缴获了鬼子的武器弹药、军用水壶、棉军装,还从鬼子身上搜到了牛肉罐头和压缩饼干。

平时,缴获鬼子的罐头、压缩饼干,是抗联的食物来源之一。缴获的罐头多,就给战士们一人一个,改善生活。缴获的罐头少,只能几个人吃一个,就着野菜或窝头吃,一人一口就没了。

这次,郝二钢他们没打到猎物,但是打到了鬼子,缴获了战利品,比打到猎物还高兴!

郝二钢很快就高兴不起来了。他估摸鬼子新的"讨伐"和"围剿"开始了,担心鬼子发现密营,就赶紧和井辘轳、穆文化把鬼子尸体埋藏在深雪里,不留痕迹。然后用木爬犁把战利品拉回密营。

当他们距离密营二百多米的时候,看到七八个鬼子正鸟悄儿地接近密营。鬼子已经发现了密营,并想包围密营里的战士。外面放哨的战士已经被鬼子杀死,里面的黑鹞子、胡胜男他们还不知道鬼子正要将他们包围。

胡胜男凭着女人敏感的直觉,似乎感到外面有动静。她要到外面看看,就听一声枪响,接着外面枪声不断响起。黑鹞子他们才知

第十九章　艰苦卓绝

道鬼子来了。第一声枪响是郝二钢打的，他为了给黑鹞子他们示警。

黑鹞子、胡胜男立刻带领战士们冲出了密营。

这时，孙一刀带着十来个伪军冲了过来。

黑鹞子一看孙一刀来了，气就不打一处来，感觉他的嘴脸更加丑陋，更歪更裂了，立马掏出驳壳枪就要上前责骂孙一刀。胡胜男拽他回来，没拽住。他还以为他是孙一刀的领导，可以随意责骂部下孙一刀；孙一刀有感恩之心，不敢对他怎么样呢。他一路骂过去："你个瘪犊子玩意儿歪瓜裂枣，竟然敢投降鬼子，出卖老子……"他和孙一刀的距离就差十五米了。孙一刀用左手握着一把军用刺刀。当黑鹞子距离孙一刀只有十米的时候，孙一刀向前跨步，假意迎向黑鹞子，左手的军刺突然迅疾飞出，正中黑鹞子前胸。

黑鹞子的驳壳枪也响了，子弹刺穿了蓝天。

黑鹞子和胡胜男都以为孙一刀擅长使用军刺，是因为出手迅猛，刺点准确，所以一刀毙命。没想到孙一刀祖传的飞刀绝杀一直深藏不露，关键时刻突然出手，让胜券在握的黑鹞子措手不及。胡胜男捶胸顿足，朝孙一刀打了两枪，就冲向黑鹞子，救黑鹞子。没想到，孙一刀拽过身边的一个伪军挡住了胡胜男愤怒的子弹。右手又抽出一把军刺就要刺向胡胜男。

关键时刻，郝二钢及时出手，将孙一刀一枪狙杀。一颗子弹穿透他的脑袋。

郝二钢早就看到了孙一刀，也看到黑鹞子、胡胜男向他冲去，他就带着井辘轳、穆文化去消灭其他鬼子和伪军了。胡胜男向孙一刀开枪的时候，郝二钢就感觉不好。瞬间用狙击步枪瞄准孙一刀。

突然，一个装死的鬼子悄悄地举起步枪，要向胡胜男射击。郝二钢正在为狙击枪更换子弹，向鬼子开枪已经来不及了。只见他稍一侧身，猎刀瞬间从手中飞出，深深地射进鬼子的胸膛。

一会儿的工夫，郝二钢救了胡胜男两次，让胡胜男非常感激！

黑鹞子被孙一刀的飞刀杀死了。郝二钢、胡胜男都为他的死感到惋惜！

郝二钢担心大批鬼子会蜂拥而来，就催促胡胜男立马转移："鬼子的部队就在附近，听到枪声很快就会包围这里。咱们快撤！"

黑鹞子死得突然，让胡胜男有些心灰意冷："咱们已经走投无路了，和鬼子拼了吧！"

郝二钢说："鬼子人多，咱们人少，硬拼只能是自寻死路。咱们不能这么快就死，咱们死了，打鬼子的人就更少了。鬼子上山攻打咱们，山下封锁咱们的鬼子就少了。咱们趁机突出去，寻找抗联，回来再打鬼子。去虎头，从虎头过江去苏联。"

胡胜男心想，东北漫漫寒冬，通常在五个月以上，在鬼子极其严厉封锁情况下，想要活着过冬，比登天都难。虽然冬天就要过去了，但春天是青黄不接的季节，想过去更难。她感到绝望。但是听到郝二钢的话，又有了信心："我对虎林一带很熟悉。虎头隔着乌苏里江对岸就是苏联的伊曼。咱们去伊曼找娜塔莎。然后去找抗联。"

陆续退入苏联境内的抗联部队，被苏联安置在南北野营休整。一九四一年三月下旬，抗联第三路军的李兆麟、金策、王明贵，第二路军的王效明、姜信泰，分两批率小部队返回东北重新投入抗日斗争。但随即因一九四一年四月签订的《苏日中立条约》，在苏联境内的抗联人员不再能过境回东北从事抗日游击战了。只好在苏联境内长期整训，并等待时机再返战场。

一九四二年七月，在苏联远东的北野营，周保中将撤入苏联境内的抗联部队整编为抗日联军教导旅，为保密，对外番号为"苏联红军远东红旗军第八十八独立步兵旅"。全旅官兵一千五百余人，周保中担任旅长、李兆麟担任政委。抗联教导旅不断派遣游击小队回国，继续坚持与鬼子作战，开展游击战争，主要是破坏鬼子的交通线，袭击鬼子的后勤部队，寻找被打散或失联的抗联战士，搜集关东军的情报，狙杀鬼子高级军官……

后来，郝二钢、胡胜男他们在鬼子和伪军的围追堵截下，经历

第十九章 艰苦卓绝

千辛万苦、千难万险到了苏联的伊曼,找到了娜塔莎。她又带他们去伯力,找到了钟志勇。胡胜男参加了抗联。郝二钢、胡胜男、井辘轳、穆文化多次参加抗联教导旅派遣的游击小队,回国继续坚持与鬼子作战。

郝二钢当上了抗联教导旅步兵三营侦察班班长,也是抗联步兵三营的狙击手。

苏联红军教官安德烈对抗联战士进行了专业的军事训练。除了常规训练外,为适应敌后游击战争需要,军训内容还增加了爆破技术、跳伞训练,抗联战士每人都从两千多米高空跳伞十多次。几乎人人都会跳伞、滑雪、游泳、攀岩。相当一部分人还会电台收发报、照相、测绘、爆破等侦察技术。抗联部队整体军事素质有了很大提高。

郝二钢没什么文化,安德烈用俄语和生硬的汉语讲解的特种部队的大量训练内容好多都听不懂,就不想听了。

郝二钢的九七式狙击步枪换成了苏联生产的莫辛－纳甘M91-30狙击步枪。当安德烈用俄语和手势讲解莫辛－纳甘的使用时,郝二钢才聚精会神地听讲,也听得只言片语。但是,郝二钢对武器有一种与生俱来的悟性,语言没太听懂,却懂得了莫辛－纳甘如何使用。安德烈看好多人听不懂,就开始用生硬的汉语讲解:"狙击步枪是执行特殊任务的特制步枪,必须装配瞄准镜。瞄准镜的放大倍率为四倍,能把较远的距离拉近,非常有利于瞄准远距离目标,提高击中狙杀目标的成功率。瞄准镜肯定比人的眼睛好使,会让狙击手如虎添翼。"

郝二钢早就适应了狙击步枪上的瞄准镜,离不开瞄准镜了。

郝二钢总以为自己做了几年狙击手了,对狙击内容了如指掌,不用再接受训练了,自己到一片白桦林中练习使用莫辛－纳甘。

安德烈跟郝二钢到白桦林,继续对他说:"你知道的狙击知识只是你打到的猎物的外衣,差得远了。好好听听我讲的吧。你会成为一个出类拔萃的狙击手。"

　　郝二钢还不服。这回，他真想再听听，安德烈讲的狙击手训练内容到底是什么。

　　穆文化是郝二钢的助手。

　　狙击手训练主要有几方面内容。基础知识：包括单兵战术理论、无线电通信技巧、野外求生、各种个人装备的操作。地图导航：包括阅读地图及导航、判读空中侦察照片技巧、绘制地图技巧。隐蔽技巧：包括伪装服的制作、隐蔽移动、建立隐蔽据点。观察技巧：包括识别目标、判断距离。射击技巧：弹道学、高级射击技术等。太深奥、太复杂了。安德烈讲课，郝二钢还是听得一塌糊涂。穆文化上了一年多日本人在太平镇办的学校，有点儿文化，也听得一知半解，再耐心细致地给郝二钢讲了个一鳞半爪。

　　郝二钢虽然不全懂，但是他深知他所掌握的狙击知识的确是像安德烈说的那样，只是他打到的猎物的外衣，这里的学问太多了。

　　其实，郝二钢不懂什么狙击理论，但是他具有丰富的狙击经验。安德烈讲的好多内容他都似曾相识，都是他做过的。所以，经穆文化一讲，郝二钢很快就融会贯通地理解了。这使他的狙击水平突飞猛进。尤其是莫辛－纳甘加上四倍瞄准镜，真的让他如虎添翼了……

第二十章　狙杀鬼冢

日本关东军为了防御苏联的进攻和进攻苏联，在中苏边境修筑了多处军事要塞。虎头要塞就是其修筑的重要军事要塞，位于伯力和海参崴的中心点，可扼制苏联远东乌苏里铁路的咽喉，也可阻击远东苏军进入中国东北。

根据情报，关东军鬼冢少将要来虎林视察虎头要塞，然后就要离开中国，回到日本去。抗联教导旅步兵三营派出郝二钢等七人小队，执行狙杀鬼冢的任务。

郝二钢负责狙杀，其他六人负责掩护，假如郝二钢狙杀失利，其他人继续完成狙杀任务。郝二钢他们都知道这次狙杀任务十分艰巨，也十分重要。

步兵三营王营长嘱咐他们："鬼冢是战争狂人和侵略中国杀害中国人的罪人。在'七七事变'、南京大屠杀中，他屠杀了大量中国人，手上沾满中国人的鲜血。你们一定要干掉他，为死难的中国人报仇雪恨，不能让他活着离开中国！"

郝二钢表态："一定完成任务！"

一九三七年七月七日晚，日本华北驻屯军进驻紧靠卢沟桥中国守军驻地开始演习。日军声称一名士兵"失踪"，要求进入中国守

猎人狙击手

军驻地宛平城搜查,被中国守军严词拒绝。日军一面假意与中国方面交涉,一面部署军队对宛平城形成了包围进攻态势。七月八日早晨五点左右,日军突然向宛平城发动炮击,中国守军奋起抗战——"七七事变"爆发。日本鬼子进一步侵略中国。

鬼冢是参加卢沟桥战斗的侵略者,也是南京大屠杀的刽子手。

一九三七年十二月,日本鬼子攻入南京,进行了惨绝人寰的大屠杀。日军第十六师团鬼冢部队是攻入南京的急先锋,大肆屠杀中国人。他们除了任意杀戮在家中、在街上的中国人之外,还对解除了武装的军警人员进行若干次大规模集体屠杀,用机枪扫射、用刺刀杀、集体活埋等,手段极其残忍。鬼冢部队甚至还进行了"杀人竞赛",谁先杀满一百人谁为胜者。鬼子将被打死的中国军人、妇女、儿童浇上煤油焚化,或被弃尸于长江,以毁尸灭迹。负伤未死者与死者尸体同样焚化,同样被扔进滚滚长江。南京三十多万中国人被鬼子屠杀,尸横遍野、满目凄凉……

后来,鬼子顾虑苏联在东北的军事威胁,将老奸巨猾的鬼冢调到哈尔滨,由大佐晋升为少将。

情报说,鬼冢从哈尔滨坐火车到鸡西,再从鸡西坐汽车到虎头要塞。

郝二钢认为,七人小队应该分成两个小组执行刺杀鬼冢的任务,才能万无一失。大家一致赞成。一组由井辘轳负责,井辘轳、关子君、李长军等五人从横道河子火车站登上鬼冢乘坐的火车,炸死或者击毙鬼冢。另一组由郝二钢负责,带着穆文化,埋伏在鬼冢由鸡西到虎头的必经之路旁,万一井辘轳他们刺杀鬼冢没有成功,由郝二钢和穆文化负责狙杀鬼冢。郝二钢叮嘱井辘轳说:"你们的任务更危险,一定小心。鬼冢老奸巨猾。你们要防止进入鬼子的陷阱!"

井辘轳又重复了一下事先约定:"如果到明天晚上,鬼冢的车还没有出现,就说明我们在火车上刺杀鬼冢成功,你们就可以结束埋伏撤退了。"

第二十章 狙杀鬼冢

郝二钢拍了一下井辘轳的肩膀说："我们忘不了。你们保重！"

郝二钢选择永安的锅盔山作为狙击地点。锅盔山下的公路是通往密山、虎林的必经之路。

从远处眺望，锅盔山恰似农家用的一口铁锅扣在平坦的旷野上，因此得名。锅盔山西北南三面险峻，东面坡缓，最高处叫锅盔砬子，二百来米高。

郝二钢和穆文化从苏联伯力出发，先是坐汽车，再骑马，最后步行，日夜兼程，早晨就赶到了锅盔山附近。

郝二钢让穆文化在离公路不远的民房废墟中埋伏，掩护他完成狙杀任务。万一他狙杀鬼冢没有成功，穆文化就用手榴弹炸毁鬼冢的汽车，继续完成任务。

穆文化投掷手榴弹又远又准。在一次战斗中，猎人小队的手榴弹打光了。郝二钢身边有一颗没爆炸的哑弹，是鬼子扔过来的手雷。他让穆文化把手雷朝一个鬼子机枪手投去，他好趁机狙杀这个压制他们的鬼子机枪手。没想到穆文化投的手雷径直打中鬼子机枪手的脑袋，打开了瓢儿。

穆文化带着四颗手榴弹埋伏在民房里。

鬼子为了确保公路和铁路安全，强迫公路、铁路边上的村民迁移到"集团部落"或别的村子去，然后把民房烧毁或炸毁。这几间民房不知道为什么没有烧毁炸毁，成为没有人居住的空房……

郝二钢没有选择山上设伏，而是选择锅盔山下一个积雪的小石坑，面朝鸡西通往密山、虎林公路。石坑内是雪，坑沿儿的石头刚刚高出地面，而且视野开阔，下面的鬼子看不到他，他能看到下面的鬼子，公路的往来车辆尽收眼底。

郝二钢以前打猎多次到锅盔山，也曾经和穆文化、井沿儿、水娃儿带着金雕在锅盔山上和狼群搏斗。最后，金雕救了他，金雕和一只野狼缠斗在一起掉下山崖，同归于尽。他把金雕埋在山下一个石头前面，应该就在这附近。

猎人狙击手

因此,郝二钢对锅盔山非常熟悉。山上有一座用石头砌的古城遗址,顺山势沿顶部边缘构筑而成,据说是唐代渤海国时期修建的。墙上每隔四十至五十米远有一个炮台,共有十多个。古城之内还有蓄水井和饮马坑,因为时间久远,蓄水井和饮马坑只有蓄积的雨水,马能喝,人不能喝。郝二钢曾在井边看到过一些陶片,像是家里淘米用的陶盆一样的碎片。他还看到一只狐狸,追赶它的时候看到它跑进了一个小山洞⋯⋯

郝二钢先是在石坑里掏一个雪窖,将狍子皮铺在下面,熊皮盖在身上,然后把旁边的干枝枯叶盖在雪窖上面。又在朝公路的雪墙和外面的石缝挖出一个射击孔,把莫辛-纳甘狙击步枪伸出雪墙和石缝,用瞄准镜仔细观察外面的狙击环境、估算射击距离。射击孔在石堆中非常隐秘,外面不容易看见。他收回狙击枪,开始检查狙击枪和弹药,调好标尺,重新装好五发子弹。

按情报说,鬼冢的车下午路经锅盔山。然而,郝二钢从早晨等待到晚上,鬼冢的车还是没到。公路上的车本来就不多,只有几辆鬼子的军车开过,是鸡西的鬼子给密山、虎林的鬼子运送给养的。还有鬼子的装甲巡逻车,不时从公路上驶过⋯⋯

天黑得有些恐怖,感觉狼群就要出来觅食了。野狼的嗅觉灵敏,大老远就能闻到人的气味。郝二钢是远近闻名的郝大胆,他多次和狼群对决,不怕狼群,但是在执行这次重要任务的特殊时刻,如果狼群包围他并向他发起攻击,正好鬼子的装甲车或者鬼冢的车队经过,那么他就暴露了,无法完成狙杀任务。

按照小队事先约定,如果到了晚上,鬼冢的车还没有出现,就说明井辘轳他们在火车上刺杀鬼冢成功,郝二钢他们就可以撤退了。

郝二钢不打算撤退。他没有办法和井辘轳他们联系,甚至也没有办法和穆文化联系。万一井辘轳他们在火车上没有完成刺杀任务,他就在这儿送鬼冢回日本老家。日本鬼子在中国欠下的种种血债必须让他们加倍偿还,绝不让鬼冢成为漏网之鱼!

第二十章 狙杀鬼冢

其实，井辘轳、关子君、李长军他们五人刺杀鬼冢的任务已经失败。

井辘轳、关子君、李长军他们搭乘鬼子的运煤火车到了横道河子。他们在铁道旁的山坡上埋伏了一夜，当鬼冢坐的火车开过来的时候，他们跳上火车。然而，当他们打碎车窗玻璃，全部进入车厢的刹那，三十多个鬼子将他们包围。他们才知道刺杀行动暴露了，他们掉进鬼子设下的陷阱。他们宁死，也不能被俘虏，冲上去和鬼子拼命。最后，两个战士牺牲。井辘轳、关子君、李长军被俘……

关子君是独立大队的战士。

关子君是五常背荫河靠山村人。一九三二年，鬼子黑田大尉带着一队鬼子来到靠山村。他们将二十多户村民赶出家园，强占了村民的房屋，作为细菌武器实验基地。竣工时，鬼子派了一个叫中马的大尉来管辖这个基地，所以，基地被称为"中马城"。鬼子进行细菌和化学武器研究的目的是用于对付中国和苏联军队，征服和称霸全世界。

中马城被鬼子修筑成一座秘密堡垒，设重兵把守，可谓戒备森严、与世隔绝，中国人一律不准靠近。中马城与拉滨铁路线相距一千余米，火车经过背荫河站时，必须把窗帘放下，严禁乘客向外张望。违者格杀勿论。

鬼子为了尽快研究制造出细菌和化学武器，竟用成千上万中国人、苏联人、朝鲜人做人体试验，许多人被残忍地迫害致死。它是日本鬼子在中国建立的第一个细菌武器实验基地。

深夜，中马城经常有帆布篷汽车出入，车内传出凄厉的惨叫声，把住在附近的百姓从睡梦中惊醒。中马城内有个监狱，可容纳五百人，还有地下实验室和焚烧尸体的炼人炉。夜间炼人时，炼人炉大烟囱浓烟滚滚，散发出焚烧尸体的焦臭味。

关子君和弟弟关子臣也被鬼子抓进了中马城。

鬼子将关家兄弟关押在监狱里，像重刑犯一样戴上手铐和脚镣，没有人身自由。每天三顿饭，鬼子宪兵都定时用小推车推着食物送到牢房门口。过一段时间，一个哈尔滨青年被宪兵带走问话，一直没回来。隔了两天，又有两个青年被宪兵带走问话，还是没回来。牢房里的人不断减少，又有新人不断地补充进来。

有一天，是日本的一个节日。鬼子放回来了一个密山的青年，叫武威，是中共党员。鬼子看守忙着去喝酒，随手把他关进了关子君、关子臣所在的牢房。武威已经奄奄一息，过了一会儿，才开口说话，声音很微弱。

原来，鬼子宪兵将他们秘密押到了地下室，分别绑在墙壁的铁钩子上或分别关在铁笼子里，日本军医将炭疽、鼻疽、鼠疫和霍乱等细菌注入他们的体内，然后从他们的动脉血管里抽血化验。还利用人体进行毒液、毒气及冻伤等科目试验。穿着白大褂的日本军医用粗大的针管强行在他们的动脉血管上抽血，用于细菌和化学武器试验。有的人由于抽血过多，身体过于虚弱或器官衰竭，没有利用价值了，就被宪兵拉出去用斧头砍死，或者以治疗疾病为由，注射毒药毒死。这些被残害致死的人，有的被拖出去炼油，剩下的尸骨丢进炼人炉里焚烧，骨灰被扬在山坡下或就地埋掉。

关子君、关子臣听后大惊失色，对鬼子进行细菌和化学武器试验的残忍行为痛恨不已。不能在这魔窟里等死，一定要越狱逃出去，完成武威的嘱托，将鬼子惨无人道的罪行公之于世。

中秋节的夜晚，天上乌云密布。中马城除了岗楼里的鬼子，其余的鬼子都在餐厅里胡吃海塞、饮酒作乐。到了深夜，鬼子看守把一桶鬼子吃剩的肉菜和喝剩的半瓶清酒递进了铁栅栏门。关子臣一边接菜桶，一边和醉醺醺的鬼子看守搭话。关子君接过酒瓶子，突然朝鬼子看守的头上猛砸。鬼子看守顺着铁栅栏门倒了下去。

关子君从鬼子看守的腰上解下钥匙，打开了三四个牢房的门。紧接着，难友们在关子君的指挥下向东墙移动。他们架起了人梯，依次爬到墙上，又翻过护城壕，向东跑去。最后墙内只剩下了关子

第二十章　狙杀鬼冢

臣一个人，由于没有人给他搭人梯，他爬不到墙上。关子君等人在墙上伸手又够不着他。关子臣被鬼子机枪打死。

鬼子追出了中马城。二十多个逃出来的难友死在了鬼子的枪下。关子君等十二人成功逃出中马城。关子君在鬼子穷追不舍之下，以沿途乞讨维持生命，终于跑到哈尔滨。鬼子布下了天罗地网，必须抓捕到从中马城逃出来的十二个"要犯"。如果不把他们抓回去或者就地枪决，鬼子在背荫河建立细菌武器实验基地和惨无人道地用人体做试验的罪行就会公之于世。

关子君看到哈尔滨大街上贴的抓捕逃犯告示竟然是他们十二人。他又爬上一列运煤火车，历经千辛万苦地跑到了鸡冠山下，遇到了进山打猎的黑鹞子，给他吃的，并用自己的马把他驮上老黑背山寨。

由于东北抗联多次袭击中马城。鬼子高层意识到中马城的秘密已经泄露，担心中马城被东北抗联摧毁，一九三六年，鬼子将中马城拆毁，迁往哈尔滨平房七三一部队……

突然，两束灯光从远处向这边射来，是鬼子的两辆装甲巡逻车。当巡逻车开到穆文化埋伏的几处民房时停了下来，先是用探照灯往锅盔山上照射，照射了几遍后开始向锅盔山射击，又向民房扫射。几个鬼子下了装甲车，向民房扔了几颗手雷，又点燃了民房院子里的柴草垛。一时，隆隆炸声响彻夜空，熊熊烈焰直冲天际。

郝二钢肝胆欲裂，"哎呀，穆文化！"穆文化就埋伏在民房里，这下完了！

郝二钢完全可以射杀向民房投掷手雷的鬼子，掩护穆文化，然而，郝二钢开枪就会暴露自己的藏身之处，无法完成狙击任务了。他在痛心之际，猛然意识到一个问题。为什么鬼子黑天来炸民房、烧柴草垛？一定是鬼子接到命令，有大人物要来。用探照灯照射锅盔山、炸民房、烧柴草垛是因为锅盔山、民房、柴草垛距离公路近，担心有埋伏的抗联狙击手。鬼子大人物是谁？一定是鬼冢。鬼子诡计多端，说鬼冢下午由鸡西去虎头是故意放出的假情报，鬼冢一定是半夜或者明天早上经过锅盔山去虎头要塞。郝二钢坚定了继续埋伏的信心，一定要杀死鬼冢，打击鬼子的疯狂气焰，为牺牲的战友报仇。他啃了几口冻得像石头一样的黑面包，吃了一口雪。他已经口干舌燥了，就是不敢多吃雪，实在渴得厉害，就用舌头舔一舔雪，因为尿尿不方便。经过小小休整，继续他严阵以待的狙杀姿势。

鬼子巡逻车开走了，火还在燃烧。

郝二钢从得知鬼冢要视察虎头要塞开始，就下决心必须杀掉鬼冢，哪怕牺牲自己。

郝二钢一想起虎头要塞，都气愤得咬牙切齿！鬼子为了修筑虎头要塞，把数以万计的中国劳工源源不断地押运到虎头劳工营。中国劳工没日没夜地开山凿石、挑土运沙，从清晨太阳没升起，干到天黑太阳落山。在挨饿挨累受冻的情况下，还要遭受鬼子辱骂和毒打的非人虐待。天天吃不饱加上超强度的体力劳动，使中国劳工大批死亡。中国劳工生病或者被鬼子打伤了，不能干活了，就被鬼子活活处死。尸体被鬼子焚烧或者扔进山谷。冬天尸体被鬼子直接扔到草甸，弃尸山林，被野狼撕咬，惨不忍睹。虎头要塞即将完工时，鬼子担心要塞不可告人的秘密被公之于世，将遭到鬼子残酷奴役的无数中国劳工和战俘集体屠杀，死难者的尸骨被暴弃于中猛虎山背后的山谷里。虎头要塞是用中国劳工和战俘的累累白骨堆积而成的。

虎头要塞共有大小十余处要塞，由猛虎山、虎北山、虎东山、虎西山、虎啸山五个阵地组成。鬼子还在虎林的西岗、太和等地修筑了大量工事，以守护虎头要塞。

郝二钢、胡胜男他们多次对虎头要塞进行侦察，了解掌握了一些虎头要塞的情况，也想方设法要炸毁虎头要塞，但是鬼子层层设防，戒备森严，没能成功……

雪窖外寒风刺骨，雪窖内寒气逼人。雪窖里面比外面温度要高一些，且没有寒风。郝二钢在冰天雪地中奔跑，追赶猎物的时候，总是穿着一种用牛皮缝制的鞋，上面满是包子的褶皱，东北人管它

第二十章 狙杀鬼冢

叫靰鞡。靰鞡里塞上用木槌砸软的靰鞡草，穿在脚上温暖舒服。然而现在，郝二钢埋伏在雪窖里，只能小幅度活动，牛皮靰鞡早已经冻透。他把靰鞡脱下来，把里面的靰鞡草重新铺好，再穿上，还是冻脚……

由于鬼子的频繁进攻，抗联密营大多被鬼子破坏了。在一个寒冷的冬天，郝二钢他们执行侦察任务时，被鬼子追杀了两天，尚未弹尽，早已粮绝，只有靠吃雪维持生命。最后，他们找到一处小的密营。本想休息一夜后再突围。他们安排两人在外面站岗，每两个小时换一班岗。郝二钢站第一班岗。换岗的时候，他把自己身上的野狼皮大衣披在了一个小战士身上。每次，他都给换岗的战士穿上他的野狼皮大衣。然而，到了半夜的一班岗，两个战士在外面的冰天雪地中睡着了。当下一班战士去换岗的时候，才发现他们已经冻死。他们的脸上带着怪异的微笑，也许他们在睡梦中正在抗联大营中烤着火盆……

郝二钢的眼睛一直在盯着公路上的动静。也曾在朦胧的幻觉中烤火盆，但是他马上告诫自己千万不能睡觉，不能让小鬼子鬼冢从他的眼皮底下活着过去。一犯困，他就用雪洗洗脸。

天刚刚亮，郝二钢感觉饿了，想吃点儿东西，苏联的黑面包和牛肉罐头。以前，抗联缴获鬼子的罐头都是牛肉的，后来再缴获的就是牛肉加鸡肉、牛肉加猪肉罐头了。他马上又决定不吃牛肉罐头了，在雪窖里吃牛肉罐头，也怕被野狼闻到，暴露了他的狙击位置。

安德烈教官在培训的时候说过："狙击手要有助手。助手的任务主要是帮助狙击手测距离，测风速，观察目标，还有一个更重要的任务，那就是保证狙击手后面的安全。"郝二钢独来独往习惯了，脑袋后面如同长着眼睛。即使现在，后面是险峻的锅盔山，他也时刻注意身后。突然，身后有轻微的响动。他静听了一会儿，还是有响动，猛然起身，想用猎刀对付来自后面的威胁。一看，是一只大耗子，正在津津有味地啃着熊皮。他用猎刀比画两下，想赶跑大耗子。

> 281

猎人狙击手

大耗子无视他的比画,也不惧他的猎刀。他急了,随手把猎刀甩向大耗子,正中它的肚子。大耗子死在残雪中。

这个时候,郝二钢突然担心起了后面,万一鬼子发现了他,绕道上山,然后从锅盔山上往下扔手雷,他就无处藏身了。

狙击手既要安如磐石,也要神出鬼没;既要聚精会神,也要眼观六路。

太阳出来了。

郝二钢又担心瞄准镜反光,尽量不把狙击枪直接对着太阳。一招不慎,有可能全盘皆输。

上午九点多,公路上终于有了动静。有三辆车从鸡西方向开来。其中,前后两辆是鬼子的装甲车。鬼子装甲车里都有机枪,能够想象车上的鬼子架着机枪在观察着周围的动静,随时准备射击。中间一辆车是花大姐一样的轿车,估计鬼冢就坐在中间的轿车里。

打猎的时候,郝二钢担心皮手套打枪不灵敏,把右手手套二手指剪掉。在雪窖里太冷,他就把手指攥成拳头,用来保暖。看到鬼子车队来了,他立马把二手指伸出手套,准备射击。

就在鬼子车队距离锅盔山还有一千三百多米的时候,前面装甲车上的鬼子机枪突然向锅盔山这边胡乱扫射。随后,从装甲车上下来一群鬼子,架起了两门迫击炮,也朝锅盔山轰击。

一时枪炮声响彻大地。山上的碎石、泥土、枯枝纷纷落下,差一点儿压塌郝二钢埋伏的雪窖。郝二钢想立马开枪狙杀鬼冢,否则如果他被山上的落石打中,就无法完成狙杀鬼冢的任务了。他瞄了一下,距离太远,无法狙杀鬼冢。莫辛-纳甘M91-30狙击步枪的射程比辽十三、三八大盖和九七式狙击步枪的射程都远,但是最多只能打一千米的目标,打不到一千三百米远的轿车。

郝二钢琢磨,鬼子一到锅盔山就要开枪,就好像鬼子知道有人要伏击他们似的。难道抗联内部又出现叛徒了?也许鬼子也预感到锅盔山不安全了。

第二十章 狙杀鬼冢

一颗子弹穿过了石头缝，打穿了郝二钢的狐狸皮帽子，差一点儿打中他的脑袋。他摘下帽子看了看，摸摸脑袋，没事儿。他一边自言自语地说："瘪犊子玩意儿，差点儿削上老子的脑袋。看老子削上你们的脑袋。"又赶紧开始了狙击的架势。

鬼子的机枪还在扫射，迫击炮还在轰击。

郝二钢感觉纳闷儿，也不知道小鬼子是怎么想的，车队鸟悄无声地过去，神不知鬼不觉多好，非要开枪开炮大造声势，就好像生怕别人不知道鬼冢要去虎头要塞视察似的。也许，鬼冢认为抗联大部分被他们消灭，小部分撤退到苏联去了，密山已经没有抗联了。所以，才敢大张旗鼓地去视察虎头要塞。也许鬼冢就要回日本了，整出点儿动静来，向密山这块神奇的土地告别。

郝二钢一定要让鬼子知道密山还有抗联，抗联是打不垮的，一定要让鬼冢视察不成，也回不了日本。

鬼子的枪炮声突然停止。鬼子的炮兵上车。车队继续朝虎头要塞进发。

郝二钢瞄准了轿车。他先是瞄准前排，前面除了开车的鬼子兵，另一个也是鬼子兵。坐在后排的是两个鬼子军官。抗联不知道鬼冢长得什么人模狗样，只听说他长了个比倭瓜还光溜儿的秃头。两个鬼子军官都戴着帽子，看不出哪个是秃头鬼冢。郝二钢已经琢磨好了，把后面的两个鬼子军官都干掉，保证有一个是鬼冢，万无一失。

当轿车开到了接近锅盔山下时，郝二钢抓住机会，一枪打碎了靠近锅盔山这边鬼子军官的脑袋。这个鬼子军官向右一倒，正好倒在右侧鬼子军官的怀里。瞬间，又一声枪响，右侧鬼子军官的脑袋也被打碎，恰似打在一个倭瓜上。

轿车后排的两个鬼子，靠左侧的鬼子是驻鸡西的犬养中佐，专程陪同鬼冢去虎头要塞视察的；靠右侧的正是杀害中国人的刽子手鬼冢。

鬼冢的脑袋如同鹅卵石一样光滑，却没有鹅卵石一样坚硬，挡不住郝二钢愤怒的子弹。

郝二钢的埋伏地点已经暴露，他一跃而起，想迅速撤离锅盔山。

当郝二钢狙杀鬼子鬼冢少将和犬养中佐的时候，前面装甲车上的鬼子机枪手已经发现了郝二钢的埋伏地点。郝二钢刚一跳出雪窖，向锅盔山斜坡方向撤退时，鬼子的机枪子弹像捅了马蜂窝后倾巢而出的马蜂一般向他飞来。他瞬间扑倒在地，又一跃而起，借助石头和树木的掩护，不回头地飞奔。后面装甲车上的机枪手竟然把机枪架在装甲车的上面，也开始向他扫射，打得他不得不趴在树后，抬不起头来。就在这时，只听两声爆炸巨响，鬼子前面装甲车的机枪声戛然而止。郝二钢趁机跳起，迅速躲在了几块石头后面开枪，打死后面装甲车上的鬼子机枪手。

郝二钢判断穆文化没有死，是穆文化用手榴弹炸毁前面装甲车的。

郝二钢必须掩护穆文化撤退。于是，他在石头的缝隙间伸出狙击枪，只见穆文化在前面奔跑，五个鬼子在后面追赶。还有六个鬼子一边打枪，一边朝他这个方向冲来。他不顾自己的安危，毅然朝追赶穆文化的三个鬼子开枪，三个鬼子顷刻毙命。第四个鬼子，刚要往回跑，被穆文化回身一枪击毙。

郝二钢正要狙杀追赶穆文化的第五个鬼子的时候，鬼子不见了，不知道躲在了什么地方。他开始狙杀向他冲来的六个鬼子。鬼子距离他只有一百米了。郝二钢换了个狙击位置，迅速把子弹装满，连开五枪，打死五个鬼子。当他又把子弹装满，要打死第六个鬼子的时候，发现第六个鬼子也不见了。他仔细观察了一下，又用瞄准镜搜寻了一遍，都没有看到第六个鬼子的踪影。

这些鬼子都是从鬼子装甲车上下来的，没有抓到他和穆文化，不可能再回到装甲车上去。

郝二钢估摸这个鬼子害怕被狙杀，躲起来一直不敢露头了。追赶穆文化的鬼子也没有露头。郝二钢担心穆文化跑过来和他会合，遭到躲起来的两个鬼子的暗算。于是，他从石头后冲出来，吸引鬼子的注意。这时，追赶穆文化的鬼子突然从土沟里伸出三八大盖，要向郝二钢射击。郝二钢抬手一枪，将鬼子击毙。郝二钢猛跑几步顺势倒地，从斜坡滑下。另一个躲起来的鬼子突然露头了，正要朝郝二钢开枪。郝二钢早有准备，瞬间开枪，打中了他的脑袋。郝二钢迅速躲藏在石头后面寻找穆文化。

穆文化没有过来和郝二钢会合……

昨天，穆文化在空房子里埋伏到了晚上，不见鬼子车队过来。按照来之前约定，他应该撤退，但是没有郝二钢的动静，他也不敢弄出动静来。天气极为寒冷，空房子四处透风。他实在受不了了，看到院子里有一个敞着口的老菜窖，就躲在了老菜窖里。

鬼子手雷的一阵爆炸之后，穆文化竟然安然无恙、毫发无损……

山坡上和公路上已经看不到活的鬼子了。

郝二钢小心翼翼地靠近鬼子车队，想看看车里到底是不是鬼冢，鬼冢死没死。当他看到两辆装甲车上也没有活的鬼子了，才打开轿车后门。右侧鬼子军官的军帽掉在脚下，脑袋就像是被锤子砸碎的倭瓜，惨不忍睹，罪有应得。郝二钢确定他就是鬼冢。

郝二钢迅速去和穆文化会合。穆文化背靠一棵大树坐着喘息。郝二钢一看，他的小腿被鬼子的子弹打穿。幸好没有打碎骨头。

郝二钢解下自己的绑腿，缠好穆文化的伤腿，搀扶着穆文化朝着密山方向走去，去找他们藏起来的马。走了一里多远，穆文化实在走不动了。郝二钢就背着他走。

密山的二人班海宴村有共产党的红色交通线。如果这个交通线没被鬼子破坏，他们可以通过交通线回到苏联伯力抗联教导旅三营的住地……

后 记

一九四五年八月九日，苏联红军出兵中国东北，对关东军发起大规模进攻。抗联教导旅积极配合苏联红军，完成了侦察敌情、担任向导、营救战俘、破坏日军军事设施等多项任务。苏联红军攻打虎头要塞，在进攻虎啸山、偏脸子山和猛虎山的时候，郝二钢、胡胜男为苏联红军当向导，并直接参加进攻虎头要塞的部分战斗。

抗日战争胜利前夕，七三一部队的鬼子对在押人员进行了惨绝人寰的大屠杀，炸毁了大部分建筑。只有四名东北抗联战士逃了出来。他们是七三一魔窟仅有的幸存者。

从四名逃出来的抗联战士口中得知，井辘轳、关子君和李长军被俘后，被鬼子送到哈尔滨七三一部队。他们多次想逃走，都没有成功。他们被鬼子注射了炭疽杆菌，造成了败血症。鬼子又把他们带到山里，用他们进行投掷芥子气炸弹试验。当鬼子要把他们捆绑在大树上的瞬间，井辘轳一口咬住一个鬼子军官的耳朵。鬼子军官疼得像杀猪一般嚎叫，抽出战刀向井辘轳的肚子连刺三刀。井辘轳不屈地倒下了，嘴里还叼着鬼子军官满是鲜血的耳朵。关子君、李长军一起撞向两个鬼子，要和鬼子拼命，然而他们的手被捆绑着，力不从心，被后面的鬼子用刺刀杀害。他们死得惨烈，死得慷慨悲壮……

抗战胜利后，为了打破国民党消灭中国共产党领导的人民革命力量，独占东北的企图，中共中央依据"向北发展，向南防御"的战略方针，决定从关内各解放区抽调一批部队和干部挺进东北，会同东北抗联执行发展东北的战略任务。根据党中央指示，进驻东北的八路军、新四军部队与以抗联教导旅为主力的东北抗联合兵一处，整编成东北人民自治军，建立巩固的军事政治根据地。至此，东北抗联完成了自己的历史使命，抗联将士为解放全中国开始了新的战斗。

一九四六年一月，东北人民自治军改称东北民主联军。郝二钢、穆文化参加了东北民主联军的剿匪战斗。郝二钢在剿匪战斗中左腿中枪，没有参加解放军第四野战军。密山解放后，郝二钢、郝钢、陈小娟、赫春枝、夏雪皎、郝云龙、郝天龙回到太平村。他们拆掉日本人建的房子，在老宅基地重新建起了新的茅草房。郝二钢不再以打猎为生，开始垦荒种地，当本本分分的农民。穆文化参加了解放军第四野战军，先后参加了辽沈战役、平津战役。后又参加了抗美援朝战争，最后牺牲在朝鲜战场……

一九四五年十月二十日，中共中央东北局书记彭真在沈阳接见了东北抗联党委领导成员。周保中等人用了两天两夜的时间，向彭真等领导详尽汇报了东北抗联的战斗历程。彭真感慨万分地说："在我们中国共产党人二十多年的革命斗争中，有三件最艰苦的事：第一件是红军的二万五千里长征；第二件是红军出征后，南方红军的三年游击战争；第三件就是东北抗联的十四年苦斗。"东北抗日联军消灭、牵制了大量日军，配合了全国抗战，推动了抗战胜利进程。东北抗联的十四年抗争，谱写了中国抗日战争中一部气贯长虹的英雄史诗，抗联精神是中华民族的宝贵精神财富。

我创作这部长篇小说，是出于我对文学创作的执着，出于对家

猎人狙击手

乡鸡西、对黑龙江这片黑土地的热爱，也出于对猎人的硬汉形象、对国难当头挺身而出保家卫国的英雄们的崇敬。浓郁的故乡情结和深厚的家国情怀，让我再一次用长篇小说讴歌人民，讴歌英雄，讴歌东北抗日联军十四年艰苦卓绝、不屈不挠的浴血抗战历史，宣传黑龙江的悠久历史和风土人情，弘扬中华民族精神。我感到欣慰！

王伟力

2024年10月